Neue isländische Literatur
Herausgegeben von Hubert Seelow

Ólafur Gunnarsson

Niemand wie ich

Roman

Aus dem Isländischen
von Maria-Claudia Tomany

Steidl

Originalausgabe: »Tröllakirkja«, erschienen 1992 bei Forlagið, Reykjavík

1. Auflage 2004

Umschlaggestaltung: Steidl Design/Claas Möller
unter Verwendung einer Fotografie von Fee Schlapper
Satz, Druck, Bindung:
Steidl, Düstere Straße 4, D-37073 Göttingen
www.steidl.de
Printed in Germany
ISBN 3-86521-048-1

Hier soll der Liebe
hören von Groß-Mähne,
dem Pferd draußen im Fluß.

Federico García Lorca

Zur Erinnerung an
Alfred Flóki
(1938–1987)

Eins

Der Architekt Sigurbjörn Helgason konnte sich nichts Peinlicheres vorstellen, als schlecht gekleidet in der Öffentlichkeit zu erscheinen. Winters wie sommers machte er bei schönem Wetter lange Spaziergänge mit seinem Sohn Thórarinn. Vater und Sohn hingen sehr aneinander, und die Leute im Viertel lächelten, wenn beide ins Gespräch vertieft erschienen, stets ernst und tadellos gekleidet.

– Auf wessen Seite bist du, auf Mamas oder auf meiner? fragte Thórarinn.

– Hör bitte auf damit, Junge, sonst trifft mich noch der Schlag, sagte sein Vater.

Es war ein milder Abend Anfang Juni 1953, und sie überquerten gerade Skólavörduholt in nördlicher Richtung. Sigurbjörn trug einen schwarzen Wollmantel, das dicke Haar steckte unter einer Schirmmütze. Auf den ersten Blick fielen die narbenübersäten Wangen in seinem kantigen Gesicht auf. Er war groß und ging sehr aufrecht. Unter dem Kinn trug er eine breite, blaue Fliege.

Er bemerkte einen Mann, der in einem zerschlissenen offenen Anorak auf einer Bank unter der Statue von Leif Eriksson saß. Mit Unbehagen musterte Sigurbjörn den Mann mit Hängebauch und massigen Schenkeln, wie er dort herumlümmelte, die Beine lässig gespreizt, in weitschaftigen Gummistiefeln und blauen, verwaschenen Arbeitshosen, das Gesicht mit den schlaffen Wangen abgewandt, und hinüber zum Frakkastígur sah.

Ein neuer grüner Dodge fuhr langsam vorbei. Während der Junge dem Auto nachsah, ließ sein Vater den Blick über die Baustelle schweifen, wo auf dem abschüssigen Schotterfeld der Chor der Hallgrímskirche mit seinem provisorischen Dach stand. Weiter war der Bau nicht gekommen. Sigurbjörn Helgason hatte jahrelang an den Plänen für die riesige Kirche gearbeitet, die sich in gotischem Stil auf der Anhöhe von Skólavörduhæd erheben sollte, und er hatte die Angewohnheit, auf den Spaziergängen mit seinem Sohn eine Weile dort stehen zu bleiben und sie vor seinem inneren Auge erstehen zu lassen. Plötzlich erinnerte er sich an eine lang vergessene Skizze. Im ersten Jahr seines Architekturstudiums in Kopenhagen hatte er zum Spaß eine Kathedrale skizziert, die seinem Vorschlag nach auf diesem Platz errichtet werden sollte. Er sah mit zusammengekniffenen Augen in den Himmel und verzog das Gesicht, während er sich dieses Bild ins Bewußtsein rief.

Aber dann fiel sein Blick unbeabsichtigt auf den Mann, der unter der Statue saß und sich jetzt vorbeugte und sie unverwandt anstarrte. Sigurbjörn erschrak. Er sah sich unauffällig um, warf einen Blick über die Schulter, dort war niemand. Gaffte der Mann im Anorak ihn und seinen Sohn an? Und weshalb? Hatte er bemerkt, wie Sigurbjörn sein Äußeres gemustert hatte? War irgendetwas mit Thórarinn? Er schaute an seinem Sohn hinab.

Thórarinn Sigurbjarnarson war elf Jahre alt. Er hatte eine hellbraune Schirmmütze auf dem Kopf und einen hellgrünen, doppelreihig geknöpften Mantel an. Er trug schwarze, glänzende Lackschuhe, genau wie sein Vater. Seine Stirn war breit und hoch, was seinem Gesicht einen trotzigen Zug gab. Er hatte blaue Augen und volle Wangen; sein kurzgeschnittenes Haar glänzte rötlich. Er war klein und kompakt. Seine Klassenkameraden nannten ihn manchmal Herr Universitätsrektor. Sigurbjörn warf einen vorsichtigen Blick zu dem Mann hinüber. Der Unbekannte saß nun auf der Kante der Bank und starrte sie angespannt und mit offenem Mund an. Er schien erbost.

Thórarinn sagte in das Schweigen hinein: – Papa, glaubst du, man könnte Autos mit Kernkraft antreiben? Sigurbjörn antwortete nicht gleich. Er hatte gute Lust, diesen heruntergekommenen Flegel anzusprechen: Wollte er etwas Bestimmtes? Kannten sie sich? Plötzlich überkam ihn Wut. Er ging einen Schritt in Richtung der Bank, der andere sah ihm entgegen. – Kennen wir uns, mein Freund? fragte Sigurbjörn.

– Nicht daß ich wüßte.

– Willst du was von mir?

Der andere schüttelte den Kopf.

– Was zum Teufel glotzt du dann so?

Der unbekannte Mann betrachtete ihn von oben bis unten.

– Ich möchte darauf aufmerksam machen, daß Sie nicht die Polizei hier sind, sagte er unwirsch.

Sigurbjörn antwortete nicht und machte zornig und mit geballten Fäusten einen weiteren Schritt auf den Unbekannten zu. Der Mann stand auf, zog sich mit einer schnellen Handbewegung die Kapuze über den Kopf und machte sich davon wie ein scheuendes Pferd, während er mit abgewandtem Gesicht etwas vor sich hin murmelte.

– Was war denn los? fragte Thórarinn.

– Wir haben das gleiche Recht uns hier aufzuhalten wie solche Penner, Tóti, antwortete sein Vater nach einigem Schweigen, als sich seine Erregung wieder gelegt hatte. – Das war ein komischer Vogel.

– Hör mal, Papa, du bist doch auf meiner Seite, oder? Du weißt, daß ich auf dich zähle.

– Ob ich auf deiner Seite bin? Sigurbjörn nahm seinen Sohn unwillkürlich bei der Hand.

– Mann, was machst du denn jetzt? maulte Thórarinn ärgerlich. – Du weißt doch, daß ich nicht mehr an deiner Hand gehe. Ich werde bald zwölf.

– Aber erst im Herbst, sagte sein Vater geistesabwesend, während er seinen Mantel aufknöpfte und den Mann in der Ferne beobachtete, der jetzt in einer Hosentasche nach etwas zu suchen schien.

– Es wird für alle das Beste sein, wenn ich diese Sache selbst entscheide, sagte der Junge altklug. – Komm, laß uns gehen.

– Ich verstehe dich, Tóti, aber ich bin auf der Seite deiner Mutter, sagte Sigurbjörn, während er wieder mit langen Schritten zu gehen begann, die Hände in den Manteltaschen vergraben, und angestrengt auf den Bürgersteig hinunterstarrte. – Laß uns ein andermal darüber sprechen.

Sie gingen zum Ende des Platzes und sahen den steilen Frakkastígur hinunter. Auf dem ruhigen Sund unterhalb des Bergs Esja lag vor der Landspitze der Insel Engey ein fünfmastiges, weißgestrichenes Segelschiff, und sein Abbild spiegelte sich unverzerrt und klar auf der Wasseroberfläche. Die Sonne ging gerade unter. Das Segelschiff glänzte noch im letzten Licht, doch die felsigen Klippen am Fuß des Berges lagen schon in Dunkelheit. Sigurbjörn drehte sich um, scheinbar zufällig; der Mann hatte sich wieder auf die Bank gesetzt und stierte ausdruckslos nach Hnitbjörg hinüber. Er hatte noch immer die Kapuze auf dem Kopf und kaute jetzt auf einem Streichholz.

Vater und Sohn machten sich auf den Weg den Frakkastígur hinunter.

Auf dem Platz südlich von Hnitbjörg, dem Einar-Jónsson-Museum, hatte Sigurbjörns Vater als erster ein Haus gebaut, im Sommer 1924, Sjafnargata 1a. Sigurbjörn war damals sechzehn Jahre alt und Handlanger auf der Baustelle. Eines Abends im Spätsommer, sie hatten wieder einmal länger gearbeitet, kam Einar Jónsson, der Bildhauer, und bot ihm drei Kronen in der Stunde an, wenn er einige Tage lang nachmittags für ihn Ton kneten könnte.

Eine Platte wurde auf zwei Holztonnen gelegt, daran stand er bei der Arbeit. Noch nie hatte er so schwer arbeiten müssen, obwohl er Kraft hatte und starke Hände. Dennoch fand er, daß es das Modell, eine schwarzhaarige Frau in einer weißen Tunika, noch schlechter getroffen hatte, sie begann morgens und durfte sich bis zum Abend kaum bewegen.

Eines Tages stieg das Modell vom Podest und ging im Atelier herum, streckte sich und machte ein paar Kniebeugen, um dann die Treppe hinauf zur Frau des Hauses zu verschwinden. Sigurbjörn aß gerade eine Blätterteigtasche und trank einen Kaffee an seiner Platte. Der Bildhauer stand ein Stück entfernt und starrte auf die Statue. Er hielt eine Kaffeetasse in der Hand, die er von der Untertasse gehoben hatte, doch plötzlich ließ er beides fallen, stürzte sich mit einer kleinen Kelle auf die Figur und begann zu formen und zu schaben.

– Ho ho, Sigurbjörn lachte bei der Erinnerung daran.

– Was ist so lustig? fragte Thórarinn.

– Ich dachte gerade daran, wie Einar Jónsson die Tasse mit der ganzen Brühe einfach auf den Boden fallen ließ.

– Da gibt es etwas, wonach ich dich nie gefragt habe.

– So?

– Was hat seine Frau dazu gesagt?

– Was soll sie schon gesagt haben, Tóti. Die Weiber damals haben sich nicht immer aufgeplustert und zu allem ihren Senf dazugegeben, sagte Sigurbjörn düster.

– Damit wäre er bei Mama nicht weit gekommen, sagte Thórarinn.

– Ja, da hast du wohl recht, Tóti, sagte sein Vater.

– Übrigens hast du mir das schon tausendmal erzählt, sagte der Junge mürrisch.

Sie gingen schweigend über den Laugavegur und hinunter zur Ecke, an der sich Frakkastígur und Hverfisgata kreuzten.
– Wollen wir kurz bei Oma und Opa vorbeischauen? fragte der Junge.

– Nein, antwortete der Mann griesgrämig. – Dazu habe ich keine Lust. Trotzdem gingen sie die Hverfisgata ein Stück in östlicher Richtung hinunter, bis Sigurbjörn das Haus seiner Schwiegereltern am Vitatorg sehen konnte. Es war ein grüngestrichenes zweistöckiges Holzhaus mit einem gelben Ziegelschornstein und einem pechschwarzen Dach. Das Haus, das schon ein wenig in die Jahre gekommen war, stand an der Ecke des Platzes gegenüber Bjarnaborg. Der alte Mann hatte die Wohnung im Erdgeschoß halbiert und beide Hälften an Ärzte vermietet. An der westlichen Giebelseite befand sich ein mit einem Lattenzaun abgegrenzter, gepflegter kleiner Garten. Dort wuchsen rote Johannisbeeren, und einige alte Vogelbeerbäume standen dicht in vollem Schmuck.

– Opa erlaubt dir nie, dort zu bauen, sagte der Junge.

– Und worauf stützt du diese Behauptung? Sigurbjörn warf seinem Sohn einen scharfen Blick zu.

– Ich war dabei, als Mama sie das letzte Mal besucht hat. Sie will, daß du dir ein anderes Grundstück besorgst. Opa sagt, daß er zu alt ist zum Umziehen. Er sagt, er bekommt Miete von den Ärzten, was wie eine Altersversicherung für ihn ist. Opa sagt, daß dein Plan völlig schiefgehen und er nie etwas zurückkriegen wird, und daß Mama dann ganz mittellos zurückbleibt. Opa sagt, alles wird so kommen, wie er vorhergesagt hat.

– Ist wohl ein Prophet geworden, der Alte? Er braucht nun wirklich nicht weit weg zu ziehen, dem gehören doch Wohnungen in der ganzen Stadt. Und er bekommt wertvolle Ladenfläche dafür.

– Opa sagt, es ist unmöglich, ein Haus in so kurzer Zeit zu bauen, und es kommt überhaupt nicht in Frage, daß er dir das Grundstück überläßt. Er sagt, daß sich keiner für diese neue, hirnrissige Art Geschäfte interessiert. Daß das reine Spinnerei ist. Und daß er das am besten wissen muß, weil er nun schon ein halbes Jahrhundert Kaufmann ist.

– Ja, fünfzig Jahre zu lang! sagte Sigurbjörn wütend. – Keiner geht in dieses verkommene Loch von einem Laden, außer ein paar alten Weibern, die da aus reiner Gewohnheit ihren Schwarzmarktschinken kaufen. Er weiß gar nichts. Ich bin es, der Häuser bauen kann.

– Opa sagt ...

– Ja, Opa sagt, Opa sagt. Versuch nicht, Spielchen mit mir zu spielen, Thórarinn. Hör auf, dem Alten alles nachzuplappern. Ich kann mit erwachsenen Männern umgehen. Wenn die beiden mir das Grundstück überlassen, werde ich hier in zwei, drei Monaten den ganzen Bau hochziehen, und dann wird man sich um die Läden schlagen.

– Hat sich schon jemand interessiert?

– Ach, sagte Sigurbjörn gedehnt, ich habe mich noch nicht richtig darum gekümmert.

– Aber Opas Haus ist ein solides altes Haus. Keine Spur von Kernfäule. Es ist so gut wie nagelneu. Sigurbjörn konnte die Ausdrucksweise des alten Mannes aus den Worten seines Sohns hören.

– Laß uns umkehren, sagte er mit seiner Hand auf der Brust des Sohns. – Ich will nicht, daß dein Opa uns hier herumschnüffeln sieht.

– Kann man das machen, ein Haus, das so gut wie nagelneu ist, einfach abzureißen? Warum baust du nicht außerhalb der Stadt? fragte Thórarinn.

– Wegen der Straßen. Die Leute machen sich nicht die Mühe, ewig durch Schlamm zu kutschieren, um einkaufen zu gehen. Sigurbjörn hielt ein wachsames Auge auf die Fenster des Hauses und das Treppenstück an der Ecke; die Tür war von diesem Punkt aus nicht zu sehen.

– Ich würde kommen.

– Ja, du vielleicht. Aber was ist ein einzelner Junge in einem ganzen Einkaufszentrum, selbst wenn es ein ganz toller Junge ist?

– Ich fände es schade, Opas Haus niederzuwalzen, sagte Thórarinn düster.

– Hör auf, von Sachen zu reden, von denen du keinen blassen Schimmer hast, Junge. Du weißt, niemand plant, das Haus niederzuwalzen. Ich lasse es vollständig versetzen. Ein Mann in Selfoss möchte es gern kaufen ... Sigurbjörn legte den Zeigefinger vor die Lippen und zischte leise, er sah seinen Schwiegervater auf der Treppe. Geir Sveinsson war in den Achtzigern, aber er war schlank und hielt sich aufrecht, sein Haar war schwarz auf dem Kopf, grau an den Wangen, und das Gesicht so braun, als hätte er lange im Moor gelegen. Er rauchte eine Pfeife mit gebogenem Schaft, die er nur selten aus dem Mund nahm. Der Alte sah wachsam einem Auto nach, das die Hverfisgata in östlicher Richtung hinunterfuhr. Sigurbjörn nahm den Jungen beim Arm und sagte leise:

– Komm, Thórarinn, laß uns schnell machen, und sieh dich nicht um, wir sollten uns hier lieber nicht blicken lassen.

Der Tag war ungewöhnlich heiß und eine Menge Leute waren unterwegs gewesen, aber jetzt waren die Straßen beinahe menschenleer. Sie wanderten im sanften Wind Richtung Innenstadt, die Abendsonne schien auf die Wellblechdächer und blitzte hier und dort in einer Fensterscheibe. Das eine oder andere Auto fuhr gemächlich vorüber und klapperte über einen Kanaldeckel. Sigurbjörn hielt seinen Sohn an der Hand, ob das Thórarinn gefiel oder nicht, und ging hinüber in den Schatten auf der anderen Straßenseite.

– Dazu hätte ich keine Lust, die ganze Schufterei mit so einem Bau auf mich zu nehmen, sagte der Junge.

– Willst du irgend etwas anderes als spielen? sagte sein Vater verdrießlich. Er war mit seinen Gedanken bei den Mitteilungen, die ihm der Junge zugetragen hatte, und es fiel ihm schwer, sich nicht davon getroffen zu fühlen. Der verfluchte Alte hat also nicht vor, das Grundstück herzugeben, dachte er. Ich hätte gedacht, für seine Tochter tut er alles. – Du sollst deine Mama nicht schlechtmachen, sagte er laut.

Nach einem zügigen Marsch kam das Nationaltheater ins Blickfeld. Sigurbjörn deutete darauf.

– Sieh dir das mal an!

– Hältst du zu Mama oder zu mir? fragte der Junge.

– Ach sei doch still, Thórarinn.

– Wie ging es dir, als du in meinem Alter warst? Mußtest du anfangen zu arbeiten? Nein! Du hast Botengänge für Opa gemacht.

– Ja, das waren dann meine Sommerferien, sagte der Mann bitter. – Auf Achse von früh bis spät! Das nenne ich sehr wohl Arbeit, Bote bei einem Großhändler zu sein. Du könntest dir ja etwas in der Richtung suchen.

– Ja ja, vielleicht. Wenn ich will. Aber ich nenne das nicht Arbeit, für seinen Papa ein paar Gänge zu erledigen.

– Ich mußte immer an die Tür klopfen, bevor ich zu Papa hineinging, sagte Sigurbjörn Helgason mit einer Miene, als hätte man selten von etwas Härterem gehört. – Drei leichte Schläge, eins zwei drei, er pochte mit andeutender Geste in die Luft. – Wie hätte dir so etwas gefallen, mein Sohn?

– Ich will noch nicht arbeiten gehen, brummte der Junge. – Dabei bleibe ich, egal, was ihr alle sagt.

– Es geht ja nicht darum, daß du auf einmal deinen Lebensunterhalt verdienen sollst, Thórarinn, sagte sein Vater und hob die Schultern mit den Händen in den Taschen. – Du bist kein Kind mehr. Zwölf Jahre! Niemand sagt, daß du das Geld zu Hause abgeben sollst, aber alle müssen arbeiten. So ist das Leben nun mal. Außerdem ist Nichtstun todlangweilig, das ist auch nicht besser. Sigurbjörn legte noch einen Schritt zu.

– Jetzt bin ich auf einmal schon zwölf! sagte Thórarinn. Er mußte beinahe rennen. – Sieh an! Dort steht das Nationaltheater, das schönste Gebäude Islands. Architekt: Sigurbjörn Helgason.

– Sei nicht gemein zu deinem armen alten Vater, sagte Sigurbjörn und blieb stehen. – Du weißt, daß ich dieses Haus nicht entworfen habe. Allerdings habe ich alle Kostenvoranschläge gemacht ... und eine ganze Reihe Bauzeichnungen, und ich war für alle Ausschreibungen zuständig. Sigurbjörn vergrub die Hände tiefer in den Taschen. Er sah zum Nationaltheater hinauf und sagte: – Die ganze Familie glaubt, daß ich mir nicht im Klaren darüber bin, was ich eigentlich tue.

– Entschuldigung, sagte Thórarinn, nun bedrückt, den Blick auf den Gehsteig geheftet. – Ich kann mir nur einfach nicht vorstellen, den ganzen Sommer über zu arbeiten.

Auf der Anhöhe von Arnarhóll setzten sie sich unter die Statue von Ingólfur Arnarson, dem ersten isländischen Siedler. Die Sonne stand wie eine orangene Scheibe über dem Snæfellsjökull-Gletscher, man konnte direkt in sie hineinsehen. Sigurbjörn blickte hinüber zu Arnarhváll, dem Sitz der staatlichen Verwaltung, zu den Fenstern über der Ecksäule. – Sollen wir anklopfen und schauen, ob jemand da ist im Staatsbauamt, der vielleicht einen Schluck Kaffee für uns übrig hat?

– Ach nein, laß uns lieber woanders hingehen.

– In die Öldugata?

– Nein, Gudbrandur ärgert mich nur wieder.

– Was! Nimm dir das doch nicht zu Herzen, Kleiner. Zahl ihm lieber mit gleicher Münze heim.

– Das hilft doch nichts, Papa. Er spricht so schnell und lacht immer über seine eigenen Witze, und dann fangen die anderen auch an zu lachen, und ich fühle mich wie ein Esel. Ich habe nie eine Chance zu antworten.

– Tóti, du bist viel klüger als Gudbrandur, sagte Sigurbjörn lautstark.

– Oh, da bin ich mir nicht so sicher.

– Was hast du dieses Frühjahr in isländischem Aufsatz bekommen?

– Neun komma sechs von zehn, sagte der Junge stolz.

– Ich will ja nicht sagen, daß Schulwissen alles ist, aber da kannst du mal sehen! Sigurbjörn tippte ihn mit dem Zeigefinger an.

– Ich hatte eben eine gute Idee, sagte Thórarinn. – Wir durften schreiben, was uns einfiel. Ich hatte gerade *Von Mäusen und Menschen* von John Steinbeck gelesen und hatte den großartigen Einfall, ein neues Ende zu der Geschichte zu schreiben, also habe ich Lennie leben lassen, und er und George haben die Farm bekommen. Aber Träume werden nie ganz wahr, sie konnten nirgends Kaninchen für Lennie finden, und so endet die Erzählung damit, daß er auf der Veranda sitzt und traurig in den Schneckenklee starrt, während er einen Igel streichelt.

– Das war verdammt gut, sagte der Vater, und der Junge versuchte, seine Freude darüber zu verbergen. – Tóti, unter uns, ich habe große Ideen, was Reykjavíks Zukunft angeht. Sigurbjörn wurde ganz feierlich. – Manchmal hört man doch Leute sagen, daß sie gern ein Dach über dem Laugavegur oder einer anderen Straße hätten. Ich will ein Dach über die ganze Stadt bauen, mein Junge. Er hob die Hand. – Ich will eine Kuppel aus Glas über Reykjavík errichten. Das ist heute noch nicht möglich mit der Technik, über die wir verfügen, Tóti, aber die Zeit wird kommen, sagte er bedeutungsvoll.

– Über die ganze ... Thórarinn machte große Augen.

– Tropisches Klima würde in der Stadt entstehen. Sigurbjörn hob die Stimme. – Palmen und exotische Pflanzen würden zwischen den Häusern wachsen. Das Wetter würde sich vollkommen verändern! Den Leuten würden nicht länger im stürmischen Nordwind die Gesichter steif frieren, wenn sie im Winter Milch oder Fisch holen gehen, ja, die Frauen könnten einfach vom Fenster aus Bananen pflücken. Alles würde sein wie im Anbeginn der Zeit.

– Und Pfirsiche, sagte Thórarinn, der dieses Obst mehr als jede andere Sorte mochte.

– Ja, und Backpflaumen und Rosinen, falls es je dazu kommen sollte, lachte Sigurbjörn.

– Ach, du machst nur Witze, sagte Thórarinn enttäuscht.

– Nein, natürlich nicht, mir ist es ernst. Zuerst müßte man eine riesengroße chinesische Mauer um die Stadt errichten, auf der die Kuppel dann ruhen würde.

– Aber was ist mit dem Regenwasser? Würde dann eine Regenrinne unten um die ganze Kuppel herumlaufen, mit einem Abfluß ins Meer?

– Nein, sagte Sigurbjörn nach einigem Nachdenken. – Der Abfluß würde in den See Tjörnin münden, in erheblicher Höhe, dann hätten wir einen Wasserfall in der Stadt, wenn es regnet. Der wäre spektakulärer als alle natürlichen Wasserfälle Islands zusammen!

– Ein Regenwasserfall, sagte Thórarinn. – Das wäre toll.

Sigurbjörn streckte die Arme auf der Bank aus und sah hinauf in den Himmel. Dann setzte er unvermittelt einen mürrischen Gesichtsausdruck auf und sagte: – Wenn du so darauf bestehst, kannst du diesen Sommer zu Hause bleiben. Er warf einen kurzen Blick auf seinen Sohn, dessen Miene sich unter der breiten Stirn deutlich aufhellte.

– Das ist wirklich gut, sagte der Junge nach einer Weile. – Ich habe nämlich einiges zu tun diesen Sommer. Wir wollen die größte Gummischleuder der Welt bauen, ich und mein Freund Bragi, die wird mannshoch, und damit kann man bis zur Insel Videy hinüberschießen. Kannst du uns wohl dabei helfen, das Material dafür zu bekommen, Papa?

– Das wird schon gehen. Mannomann, wird das eine Schleuder! Damit werdet ihr über den ganzen Sund schießen, dem Snæfellsjökull direkt in die Schnauze.

Ein Schiffshorn ertönte. Im Hafen lag ein ausländisches Frachtschiff mit einem großen, rußigen Schornstein; ein Schuppen am Hafen zeichnete sich vor der Reling ab. Sigurbjörn sprang auf, und sie gingen den Hügel hinunter zum Kiosk, wo er eine Tüte Fruchtbonbons kaufte und dem Sohn davon anbot. Ein Bus kam den Kalkofnsvegur entlang, fuhr um das Transformatorenhäuschen herum und hielt dort. Eine Gruppe von Leuten wartete an einem anderen Bus, der dort mit laufendem Motor stand. Sigurbjörn erklärte seinem Sohn, daß das Transformatorenhäuschen im Jugendstil gebaut war, steckte sich ein rotes Bonbon in den Mund und zerbiß es. Sie überquerten die Hverfisgata und gingen die Lækjargata entlang. Ein schwacher Wind kam aus Richtung des Stadtteichs, über dem kreischend Seeschwalben schwärmten. Von der Domkirche schlug es neun. Vater und Sohn bogen in den Bókhlödustígur ein.

– Das muß die steilste Straße der Stadt sein, keuchte Thórarinn. – Der verdammte Frakkastígur ist schlimmer, sagte sein Vater.

– Nein, da kann man sich auf den Querstraßen ausruhen, aber hier geht es den ganzen Weg steil bergauf.

– Du solltest mal nach San Francisco fahren, sagte der Vater. – Dort geht es den ganzen Tag nur bergauf und bergab. So eine Neigung wie hier bemerken die gar nicht.

– Irgendwann fahren wir da einmal zusammen hin, sagte Thórarinn. – Das hast du versprochen.

Der Junge hatte es eilig, die Schaufenster am Skólavördustígur zu erreichen, aber sein Vater mochte die alten Wellblechhäuser in Thingholt und wollte sich etwas Zeit lassen. An der Kreuzung von Spítalastígur und Grundarstígur blieb der Architekt stehen und starrte auf ein verfallenes einstöckiges Holzhaus mit vollkommen durchgerostetem Wellblech, das leerstand und offensichtlich abbruchreif war. Alle Fenster zu dem niedrigen Keller waren zerbrochen. – Siehst du diese Bruchbude dort, Junge? dröhnte er pathetisch. – Es gab eine Zeit, da war dieses Haus ein Schmuckstück. Wahrscheinlich aus Norwegen importiert. Ich schätze 1908. Aber seine Zeit ist abgelaufen, Thórarinn. Sigurbjörn stand über seinen Sohn gebeugt. – Oder findest du es etwa schade, solche Häuser abzureißen und neue zu bauen?

– Opas Haus sieht viel weniger schlimm aus als dieses, sagte der Junge.

– Ja ja ja. Und wahrscheinlich könnte man auch hier mit etwas gutem Willen vieles wieder herrichten. An diesem Zustand ist nur mangelnde Instandhaltung schuld. Sigurbjörn betrachtete mit fachmännischem Blick die Sockelhölzer und die Fensterstöcke, ging die Treppe zum Eingang hinauf, wo der Putz zu bröckeln begonnen hatte, so daß man die kleinen Steinchen im Beton sehen konnte, und faßte an die Klinke. Die Tür war mit roter Farbe gestrichen, die an vielen Stellen abblätterte; blau kam darunter zum Vorschein. Das Haus war nicht verschlossen. Ein starker Modergeruch schlug ihnen entgegen. Sigurbjörn rief laut: – Hallo, hallo, ist hier jemand? Thórarinn sah sich verlegen um.

– Laß es uns ansehen.

– Ach nein, ich mag so was nicht.

– Komm schon.

– Nein, ich will nicht, Papa.

– Was bist du starrköpfig, ho ho, sagte der Vater. Sein Lachen klang hohl und verächtlich. Sigurbjörn blieb eine ganze Weile in dem Haus, einmal erschien er an einem Fenster, dessen Rahmen er begutachtete. Der Junge wartete draußen. Dann kam sein Vater die Eingangstreppe herunter und ließ seinen Blick über die Front des Hauses schweifen. – Wenn man so ein Haus abreißen dürfte, das würde mir Spaß machen. Die Bretter an den Fenstern sind 2 x 8 Zoll, Junge. Eiche! Ich habe mir mit dem Taschenmesser ein paar Späne herausgeschnitten. Man könnte es wahrscheinlich umsonst bekommen, wenn man anbieten würde, es abzuholen. In diesem Haus steckt hervorragendes Holz, sagte er voll Wärme. – Eiche im Balkenwerk, wahrscheinlich wie neu, nirgendwo genagelt, überall genutet. Verdammt schade, daß man solches Holz nicht nutzen kann. Deinen Brüdern würde es guttun, hier mit der Brechstange zu schwitzen, Ragnar und Helgi!

– Ja, das stimmt, und meiner lieben Schwester Vilborg würde es auch nicht schaden, sagte der Junge. – Andererseits vergeht einem dabei ziemlich die Lust, Architekt zu werden. Sein Vater lächelte so breit, daß seine großen Zähne zu sehen waren; sie waren sehr unregelmäßig und scharfkantig. An mehreren Stellen blitzte es golden. Das Lächeln stand ihm schlecht, es paßte nicht zu seinem Gesicht. Es war, als ob er es geliehen hätte; sogar seine Familie fand es unangenehm.

Endlich erreichten sie den Skólavördustígur, wo sich in einem kleinen Holzhaus ein Spielwarenladen befand. Im Fenster hing an Nylonfäden ein dunkelblaues Hawker Hurricane-Kampfflugzeug mit großen Abgasrohren an den Seiten. Dieses Spielzeug hatte etwas an sich, das sogar das Interesse eines älteren Mannes weckte.

– Das ist ein Benzinflugzeug, sagte sein Sohn.

Sigurbjörn trat näher, las das Preisschild und schlug vor, daß der Sohn auf ein Sparbuch einzahlte, bis er genug Geld dafür hätte. – Wenn du dich aufraffst, diesen Sommer zu arbeiten, könntest du genug für das Flugzeug zusammenbekommen.

– Aber kannst du es mir nicht schenken?

– Hast du nicht bald Geburtstag?

– Im Herbst! Der Junge fand diese Wartezeit unannehmbar.

– Hör auf, Thórarinn. Du hast mir heute abend alle Zugeständnisse abgepreßt, die zu haben waren. Laß es gut sein, und gib mir Zeit, die Sache zu überdenken.

Thórarinn lächelte kaum merklich.

Zurück auf Skólavörduhæd, erinnerte sich Sigurbjörn wieder an den Mann im Anorak, aber der war nirgends zu sehen. Der Architekt blieb wie gewohnt stehen, blickte über den Platz und danach hinauf in den Himmel und ließ im Geiste die Hallgrímskirche erstehen.

Sie gingen die Njardargata hinunter, und Thórarinn stellte sich vor, er sei ein hochgewachsener Buschmann vom Stamme der Kikuyu. Palmen wuchsen in den Gärten und zwischen den Häusern, ein Papagei mit langen Schwanzfedern flatterte über die Straße. Überall aus der schwülen Wärme drangen die mannigfaltigen Geräusche des Urwalds. Er begleitete diesen weißen Architekten, der mit seiner Familie aus England hierhergezogen war und nun in seiner großen weißen Villa in Kenia ein Leben im Luxus führte. Er selbst lebte als Laufbursche im Haushalt des weißen Mannes, aber das war nur Tarnung. In Wahrheit war er einer der Anführer der Mau Mau, eines geheimen Kriegerbundes. Bald würde ein großer Kampf ausbrechen. Er hatte sich die wichtigsten Eigenschaften dieses Mannes, den auszuspionieren sein Auftrag war, allesamt eingeprägt. Er hatte die Hand am Gartentor und sah den weißen Mann an. Alter fünfundvierzig Jahre. Geht mit Schirmmütze und Fliege. Ein weißer Tropenhelm wäre passender. Äußerst merkwürdiger Mann, gelinde gesagt. Wangen stark vernarbt. Die Schultern schmal. Der Blick bohrend, Mörderaugen. Ein äußerst gefährlicher Mann.

– Warum starrst du mich so an, Tóti?

– Nur so.

– Wie nur so?

Thórarinn öffnete das Tor, und sie gingen den Gartenweg hinauf.

Das Haus stand am oberen Ende eines großen, steilen Eckgrundstücks. Am Zaun entlang hatte Sigurbjörns Vater Vogelbeerschößlinge zu dicht nebeneinander gepflanzt, nun, dreißig Jahre später, lag der Gehweg im Sommer immer im Schatten. Ein riesiger Vogelbeerbaum verdeckte das Eßzimmerfenster. Eine Harke und eine kleine Schaufel lagen im Beet.

Sunneva hatte sie kommen sehen, die Haustür stand offen.
– Habt ihr nette Leute getroffen? fragte sie.

– Das kann man kaum sagen, außer man findet deinen Vater nett, den alten Kerl, antwortete Sigurbjörn.

– Na, und was hat er gesagt?

– Wir haben Opa nur kurz gesehen, wie er aus dem Haus kam, aber nicht mit ihm gesprochen, sagte Thórarinn.

Sigurbjörn zog sich den schwarzen Seidenschal vom Hals und legte ihn auf das Brett über dem Heizkörper. Sunneva nahm ihre beiden Mäntel und Thórarinns Mütze entgegen.

Sigurbjörn wärmte seine Hände am Heizkörper. Er war sehr bedrückt, und das entging seiner Frau nicht; ihr schwante so einiges. Sigurbjörn zog einen Kamm aus seiner Tasche und strich das Haar von den Schläfen nach oben, aber es fiel wieder in den gewohnten Mittelscheitel zurück, bevor er das Wohnzimmer betrat.

– Mehr Leute habt ihr also nicht getroffen?

– Doch, oben auf der Anhöhe saß so ein verdammter Penner und glotzte uns an, sagte Sigurbjörn.

– Es war sicher unterhaltsam für ihn, zwei so wundersame Wesen zu beobachten.

– Er selbst war allerdings am merkwürdigsten, sagte Thórarinn.

– Und was wollte dieser Mann, Sigurbjörn?

– Weiß der Teufel.

– Ist es jemand, mit dem du geschäftlich zu tun gehabt hast?

Sigurbjörn schlug den *Anzeiger* auf, er saß auf dem Sofa und sah von der Zeitung auf, plötzlich sehr nachdenklich: – Und was hast du heute abend gemacht, Frau? Er wollte nicht auf ihre Frage antworten.

– Im Garten gearbeitet. Sie setzte sich in Positur: – Da ist noch das mit der Sommerarbeit, Thórarinn. Im *Anzeiger* ist heute eine Stelle ausgeschrieben. Ein Fleischerladen braucht einen Botenjungen. Warum fährst du nicht gleich morgen früh dorthin und stehst schon vor der Tür, wenn sie aufmachen?

Thórarinn antwortete ausweichend und ging mit roten Wangen hinüber ins Eßzimmer. Er sah über die Schulter zu seinem Vater hinüber, der seine Fliege mit einer Handbewegung aufzog und den Kopf dabei zurückbog. – Ich gehe nicht arbeiten, rief der Junge. – Das haben Papa und ich so ausgemacht.

– Nicht möglich! Stimmt das, Sigurbjörn? Sie starrte ihren Mann an.

– Ich finde, daß es nicht gut wäre für den Jungen. Sigurbjörn zuckte leicht mit den Schultern und blätterte rasch einige Seiten um.

– Da hörst du es, da hörst du es, rief Thórarinn.

– Ohne mich, sagte seine Mutter. – Ich werde nicht hier im Haus bleiben, um dir und dieser Meute Jungs, die du den lieben langen Tag rein- und rausschleppst, hinterherzuputzen.

– Ich will keine dämliche Scheiß-Arbeit. Ich geh nicht arbeiten! Mach ich nicht! Papa, du hast es versprochen.

– Hör mal, Bursche, sagte seine Mutter streng. – Solche Ausdrücke will ich in meinem Haus nicht hören.

– Ich habe dem Jungen tatsächlich versprochen, daß er diesen Sommer mit seiner Bastelei verbringen darf. Sigurbjörn verschanzte sich hinter seiner tiefsten Stimme und linste zu seiner Frau hinüber.

– Gut, dann ziehe ich aus. Sie stampfte mit dem Fuß auf. – Dann ziehe ich eben von hier weg. Du willst wohl ein Tagedieb werden, Thórarinn?

– Kann man das nicht im Guten besprechen? brummte Sigurbjörn.

– Kommt nicht in Frage, daß das Kind den ganzen Sommer über hier zu Hause herumhängt. Kommt überhaupt nicht in Frage.

Vom Eßzimmer ging eine Wendeltreppe nach oben. Vilborg, die einzige Tochter der Familie, stand auf der zweiten Stufe, ihre Freundin zwei Stufen über ihr. Vilborg war ihrem Vater ähnlich, längliches Gesicht, aschblonde Haare, sehr ernst. Sie hatte auch seine Finger geerbt und war mächtig stolz gewesen, als sie drei Wochen zuvor zu ihrer ersten Klavierstunde gegangen war und der Lehrer ihre schönen Klavierhände gelobt hatte. Nun stieg sie die letzte Stufe hinab, lehnte sich an das Geländer und setzte den einen Fuß geziert vor den anderen, die Zehen wie eine Ballerina gestreckt, sah ihren Bruder mit erwachsener Überheblichkeit an und sagte: – Dingeling!

Ihre Freundin war ein häufiger Gast im Haus, sie hieß Gudbjörg, wurde aber Gubba genannt. Sie war pummelig und voller Sommersprossen, trug Jeans, die in der Taille einschnitten, und ihr Mund glänzte meist dunkel vor Lakritze und anderen Süßigkeiten; sie verfolgte die Auseinandersetzung mit unverhohlener Neugier.

– Papa, du hast es versprochen!

– Jetzt beruhige dich erst mal, Thórarinn.

– Willst du mich verraten? rief der Junge. Er war auf dem besten Wege, die Beherrschung zu verlieren, denn ihm dämmerte, daß das Spiel verloren und ein Wutanfall die letzte Hoffnung war. – Willst du die Mama so über uns bestimmen lassen? rief er.

– Am liebsten würde ich dem Jungen gegenüber zu meinem Wort stehen, sagte Sigurbjörn.

– Lieber Tóti, jetzt steigere dich doch nicht so hinein, sagte Vilborg.

– Misch du dich da nicht ein, brüllte der Junge.

– Ich mische mich sehr wohl ein, sagte sie ruhig. Ich wohne schließlich hier in der Sjafnargata. Und ich bin der Meinung, daß du diesen Sommer etwas arbeiten solltest. Es ist nicht gut für dich, immer zu Hause herumzuhängen. Wahnsinn, du bist ja auf einmal ganz rot im Gesicht, Tóti!

– Versuch erst gar nicht, so erwachsen zu tun! Du machst ja selbst nie irgendwas. Hast nach einem halben Monat mit den Klavierstunden aufgehört. Klavierhände. Ha!

Sunneva wurde zornig: – Du hast noch keine Arbeit.

– Und ich geh nicht arbeiten, ich geh nicht arbeiten, egal was ihr sagt, maulte Thórarinn.

– Ich werde diesen Sommer bei Gudbrandur und Ingirídur wohnen und als Kindermädchen arbeiten, sagte Vilborg stolz. – Und ich finde die Vorstellung unerträglich, daß du in der Zeit zu Hause herumhockst. Nichtstun ist nicht gut für dich.

– Halts Maul, du blöde Kuh! Verzieh dich und nimm deine fette Gubba mit.

– Halt selbst das Maul, du Fettkloß.

– Benimm dich, Junge, sagte Sigurbjörn scharf. – Benimm dich.

– Ja, Thórarinn, wir wollen, daß du dich Gästen gegenüber benimmst, sagte seine Schwester. Ihre Freundin Gudbjörg war feuerrot geworden.

– »Wir«, rief der Junge. – Ihr seid alle gegen mich. Ihr seid alle Verräter. Er stellte sich vor seiner Mutter auf, blickte sie an, so scharf er nur konnte, und zuckte mit den Augenlidern. Er hatte im Kino gesehen, daß damit einiges zu erreichen war.

– Ach Junge, hör auf damit.

– Er führt sich immer so auf, Mama, sagte Vilborg. – Es ist unmöglich, mit diesem Kind in einem Haus zu wohnen.

– Nie hätte Opa dir das angetan, sagte Thórarinn und stellte sich nun mit zitternder Unterlippe und schweißnassem Haar vor seinem Vater auf.

Sigurbjörn Helgason antwortete nicht. Er stand auf, die zusammengefaltete Zeitung in der Hand, und öffnete die Tür zur Kellertreppe. Als er die Treppe hinunterging, hörte er seinen Sohn kreischen: – Wir sind nicht arm! Ich brauche nicht arbeiten zu gehen! Sunnevas Antwort hörte er nicht.

Sigurbjörn hatte vor zwei Jahren sein eigenes Architekturbüro gegründet, nachdem er das Staatsbauamt im Streit verlassen hatte. Von diesem Keller aus hatte sein Vater, Helgi Vésteinsson, sein Großhandelsgeschäft betrieben. Er war ein vorsichtiger Kaufmann, der sich nicht den Luxus eines Büros in der Stadt leistete. Neben der Tür hing ein gerahmtes Foto aus der Zeit, als Helgi einen Sommer lang in einem Kaufhaus in Kanada gearbeitet hatte. Links davon sah man Fotos von zwei Modellen der Hallgrímskirche zusammen in einem Rahmen, das eine mit einem geraden Turm, das andere mit einem Turm mit Seitenflügeln. Unter den Turmflügeln sollten ein Gemeindehaus und das Pfarrbüro eingerichtet werden. Es hatte in der Stadt einige Auseinandersetzungen darüber gegeben, nach welchem Modell gebaut werden sollte. Sigurbjörn war für die Flügel. Er selbst hatte die Idee zu diesem Entwurf gehabt, aber das Verdienst wurde dem Staatsarchitekten zugeschrieben, wie natürlich immer bei Vorschlägen von Mitarbeitern.

Der Stamm des Vogelbeerbaums verdeckte das eine Fenster, so daß es drinnen fast dunkel war. Aus dem anderen sah man auf das Kiesbett rings am Haus; manchmal stand darin das Wasser noch lange nachdem es geregnet hatte. Die Wände waren aber niemals feucht, das Haus war gut gebaut. Sigurbjörn setzte sich an den riesigen Schreibtisch seines Vaters. Dieser Tisch bedeutete ihm viel. An ihm hingen all die Erinnerungen an Helgi Vésteinsson, den Großhandelskaufmann: Anzug, gestärktes Hemd mit Manschettenknöpfen. Zigarrengeruch. Branntwein... Helgi trank seinen Kaffee gern mit einem Schuß Branntwein, Sigurbjörn hörte seinen Vater dann mit näselnder Stimme sagen: »Als ich bei Eaton war, Sibbi, da wurde auf fünf Stockwerken verkauft. Und es gab Krankenversicherung und Pension. Er behandelte seine Leute gut, der Eaton.« Auf dem Tisch standen immer ein dicker Glasaschenbecher und die Branntweinflasche, wacklig auf grünem Löschpapier. Rechts davon stand nun ein Zeichentisch, und an der linken Wand waren Regale mit Hunderten von Büchern und Zeitschriften, die der Architekt zusammengetragen hatte.

Er blätterte die Tageszeitung durch und fand die Anzeige der Fleischerei. »Kräftiger Junge für Botentätigkeit gesucht.

Geschick im Fahrradfahren erwünscht.« Er hörte seine Frau und seinen Sohn zanken, nicht die einzelnen Worte, nur Stimmen, die sich hoben und senkten, und wie Thórarinn seine Mutter von Zimmer zu Zimmer verfolgte. Sigurbjörn faltete verärgert die Zeitung zusammen und breitete einen Entwurf auf dem Tisch aus. Architekturbüro Sigurbjörn Helgason. Der Name klang gut, fand er. Den Entwurf für ein sechsstöckiges Kaufhaus am Vitatorg.

Er hatte diesen Winter nichts zu tun gehabt. Eines Tages war sein Blick auf das alte Bild neben der Tür gefallen. In Reykjavík gab es nichts wie das Kaufhaus Eaton. Kaufhaus Reykjavík. Kaum war dieser Name geboren, machte er sich an den Entwurf.

Er kannte einen Mann in Selfoss, der das alte Holzhaus am Vitatorg gern kaufen wollte. Sigurbjörn freute sich schon darauf, mit Baggern die Erde von dem felsigen Untergrund abtragen zu lassen, einen Wellblechzaun aufzustellen und Preßlufthämmer und Dynamit, Zimmerleute, Rohrleger, Maurer und Elektriker, Bodenleger und Maler auf den Baugrund zu bestellen. Er konnte es kaum abwarten, die Tiefe der Erdschicht zu erkunden, aber er hatte keine Lust, mit einem Spaten aufzukreuzen und im Gärtchen seiner Schwiegermutter herumzubuddeln. In den Nationaltheaterjahren hatte er durch die Ausschreibungen sehr viele Handwerker kennengelernt. Er konnte gut mit Menschen umgehen, fand er. Aber mit seinem Schwiegervater konnte er kein vernünftiges Wort wechseln. Es war Jahre her, daß sie freundlich miteinander gesprochen hatten. Der alte Geir betrieb einen Lebensmittelladen in der Hverfisgata. Das *Lebensmittelgeschäft Geir Sveinsson.* Wie Menschen dazu kamen, dort auch nur ein Päckchen Kaffee zu kaufen, war dem Schwiegersohn ein Rätsel. Sunneva hatte sich ins Ausland abgesetzt, als sie mit Ragnar schwanger wurde. Der Alte hatte den Kindsvater abgelehnt. – Willst du der glücklichste Mann auf der Welt werden, mußt du eine Tochter bekommen, sagte Sigurbjörn laut. – Und willst du der größte Idiot werden, dann versuche sie zu halten, wenn sie ihrer Wege geht.

Doch nachdem Sunneva und er geheiratet hatten, redete Geir nur noch davon, welch großartiges Vorbild Ámundi, Ragnars Vater, für andere junge Männer sei.

Sigurbjörn hatte Geir besucht und ihm die Idee vorgetragen. – Ein Kaufhaus! Wozu soll das denn gut sein, Sigurbjörn?

– Die Leute werden gern dort einkaufen, weil sie alles an einem Ort bekommen.

– Und gibt es schon Interessenten?

– Noch nicht. Die kommen noch.

– Ah ja, und genau daran glaube ich nicht, sagte Geir gleichgültig.

– Aber ich.

– Und was willst du für den Grund bezahlen? Weißt du, daß ich der einzige Mann in Reykjavík bin, der einen ganzen Platz besitzt? Und ich hatte unverschämtes Glück, daß ich ihn kaufen konnte, sagte Geir und wurde lebhaft. – Die Stadt versuchte, den Kauf rückgängig machen zu lassen. Meinte, sie hätte ein Vorkaufsrecht! Aber da hatte ich bereits alles ins Grundbuch eintragen und veröffentlichen lassen. Der alte Mann bekam feuchte Augen vor Freude bei der Erinnerung daran.

– Das halbe Erdgeschoß, mit fast sechshundert Quadratmetern, das sollst du dafür bekommen, Schwiegerpapa.

– Tsss, sagte der Alte verächtlich und schüttelte den Kopf. – Damit kann ich nichts anfangen.

– Du bekommst Miete dafür.

– Die habe ich jetzt schon. Der Alte ließ sich nicht überzeugen.

– Warte nur, bis sie die Rolltreppe sehen, die die Leute in den ersten Stock bringt.

– Roll- was? Geir lehnte sich vor, hielt eine Hand hinter das Ohr und sah Sigurbjörn aus seinen stahlgrauen Augen im wettergegerbten Gesicht direkt an.

– Eine Rolltreppe, die elektrisch betrieben wird. Die Leute steigen auf die unterste Stufe, und die Treppe trägt sie automatisch nach oben. Sigurbjörn führte den gestreckten Arm schräg aufwärts, um die Bewegung der Treppe zu veranschaulichen.

– Zum Teufel, das wird ein Patent, sagte Geir Sveinsson voll Bewunderung. Er interessierte sich für technische Neuerungen und hatte einen der ersten Lastwagen des Landes besessen, und einmal, als er eine Lieferung Sand von der Ladefläche schippte, war ihm sogar der Gedanke gekommen, wie praktisch es wäre, wenn man einen Motor einbauen würde, der die Ladefläche anhob, so daß der Sand von allein herunterrutschte. Nicht viel später war denen im Ausland das gleiche eingefallen.

– Ich würde gern mit so einer Treppe fahren, rief Rósa, Sunnevas Mutter, aus der Küche.

– Dich hat niemand gefragt, schnaubte Geir.

– Ein Glück, daß Sunneva damals, als sie schwanger war, nach Kopenhagen geflüchtet ist, sonst wäre ich ihr nie begegnet, dachte Sigurbjörn, und wieder ließ er die Gedanken schweifen. Er war gerade von einem Besuch zu Hause nach Dänemark zurückgekehrt und bei einem geselligen Beisammensein in einer großen Wohnung im Gammel Kongevej. Auf der Suche nach einer Toilette ging er einen langen Flur entlang und öffnete eine Tür. Ein Mann und eine Frau lagen nackt auf einer Matratze auf dem Boden. Der Mann schlief und wandte der Frau den Rücken zu. Er hatte kräftige Schultern und einen breiten Nacken. Draußen vor dem Fenster schien eine Straßenlaterne wie ein Licht über einem alten Gemälde im Museum. Die Frau stützte sich auf die Ellbogen, und sie sahen sich in die Augen. Dann zog er die Tür wieder zu.

Die Tür ging auf. Er hatte die beiden nicht nach unten kommen hören. Sunneva stand in der Tür in einem langen blauen Rock und einem weißen Pullover, das rote Haar fiel ungekämmt über die Schultern. – Sigurbjörn, ist das dein Ernst, daß Thórarinn diesen Sommer zu Hause bleiben soll?

– Ich habe mir das noch nicht ganz überlegt, liebe Sunna, murmelte der Architekt, ohne aufzusehen, und strich mit der Hand über die Zeichnung. Das Dachgesims war waagerecht. Es würde dem Haus einen großartigen Zug geben, ein wellenförmiges Dach daraufzusetzen, wie die Schwingen fliegender Möwen. Ein weiteres eindrucksvolles Element!

– Du sitzt hier im Keller und grinst, Mann. Bist du nicht ganz bei Trost? Das Kind hängt mir diesen Sommer nicht zu Hause herum. Sonst werde ich verrückt.

– Du mein Lieblingsmodell, erlaube mir doch zu lächeln. Er senkte die Stimme in neckendem Ton und sah auf.

– In Gottes Namen, nenn mich nicht so. Gräßlich, wie wetterwendisch du bist.

Thórarinn stand verzweifelt hinter seiner Mutter. Der Vater ertrug kaum seinen Blick. Es war nicht gut, die beiden noch länger zwischen Furcht und Hoffnung zu halten.

Thórarinn drehte sich zur Wand. Sie hatten verloren. Papa hatte ihn verraten. Eben war seine Mutter ins Zimmer gestürmt und hatte ihm befohlen aufzustehen. Durch die Tür drang der Duft von Pfannkuchen, so daß er sich rekelte und zu überlegen begann, was an diesem Tag anstand. Es war fast elf Uhr. Er war gerade dabei, noch einmal einzudösen, als Sunneva erneut in der Tür erschien, diesmal im Mantel.

– Jetzt steh auf, Tóti, und sieh zu, daß du zu dem Mann in dem Laden gehst und mit ihm sprichst, oder ich zieh dich an den Ohren aus den Federn.

Er setzte sich auf die Bettkante, umschattet von Schwermut und Angst. – Und was soll ich denn zu diesem Ladenbesitzer sagen?

– Versuch, nicht so schüchtern zu sein, Kind. Sag ihm, wer du bist, und marschier da auf jeden Fall noch vor dem Mittag hin, sonst wirst du bis eins nicht mit ihm sprechen können.

Er begann, nach seinen Socken zu suchen. Sie waren nicht in Reichweite; er starrte zu Boden, hörte die Mutter die Haustür zuschlagen, lauschte dem Geräusch ihrer Schritte auf dem Gartenweg. Dann legte er sich auf dem Bett zurück, ohne die Beine wieder hineinzuziehen. – Papa hat mich verraten, sagte er und konnte es selbst kaum glauben.

Er hatte keine andere Möglichkeit mehr. Es war schlimm, dorthin zu gehen und mit dem Mann im Laden reden zu müssen. Es war schlimmer, zu Hause zu bleiben und sich noch mehr Gezeter anzuhören. Thórarinn kannte seine Mutter genau. Wenn ich jetzt nicht hingehe, dann bringt sie mich später hin. Langsam glitt er aus dem Bett.

Er zog sich an, putzte seine Zähne und verließ das Haus. Sagen, wer ich bin! Wer war er? Ich bin der Sohn von Sigurbjörn Helgason, der das Architekturbüro Sigurbjörn Helgason leitet. Er hat früher beim Staatsbauamt gearbeitet. Ich bin zwölf. Sie haben in einer Anzeige nach einem Botenjungen gesucht.

Er vertrieb sich die Zeit auf dem Weg über das Skólavörduholt: Ich bin der Sohn von Sigurbjörn Helgason, der ein Architekturbüro mit gleichem Namen betreibt. Er arbeitete früher beim Staatsbauamt und hat am Entwurf für das Nationaltheater mitgeholfen ... Nein, das war eine zu lange Rede. Er sollte sich beschränken auf seinen Namen, das Bauamt und sein Alter.

Die Fleischerei befand sich im Erdgeschoß eines grauen Steinhauses. Über den Fenstern und der Tür stand in großen blauen Buchstaben: Fleischerei Trog. Zwei Schäfchen starrten sehnsuchtsvoll hinunter auf die verschiedenen Delikatessen in einem grob gezeichneten Holztrog.

Es war mittlerweile beinahe Mittag und der Laden bis zur Tür hinaus voll mit Männern, die sich etwas Warmes zu essen kaufen wollten. Er sah eine längere Wartezeit voraus, zögerte etwas, bevor er hineinging, und sagte im Geiste noch einmal das Sprüchlein über seine Herkunft auf.

Hjálmur, der Kaufmann, war groß und laut und hatte sich wegen des großen Andrangs mit an die Theke gestellt, um die zwei Frauen zu unterstützen. Die ältere war klein und sehr dünn, das eine Augenlid hing ihr herab wie bei einem Seeräuber, gedankenlos schob sie den Unterkiefer ihres künstlichen Gebisses nach vorn. Die andere war groß und stattlich, mit hellblondem Haar und feuerroten Lippen, ein Showstar, oder war ein Zirkus hinter dem Haus? Mit Bären, die über offenes Feuer sprangen? Sie hielt ein Keulenstück zum Vorzeigen hoch. Hjálmur war sehr beschäftigt, man konnte sehen, daß er ein Jackett unter dem weißen Kittel trug, der am Bauch schmutzig war. Er wedelte mit Löffeln und Gabeln in der Luft herum und hetzte die Frauen hinter der Theke hin und her. Die ältere nahm dies mit Gleichmut hin, die jüngere aber fühlte sich davon offensichtlich beleidigt und murrte. – Die Leute warten, meine Gute, sagte Hjálmur. – Die Leute warten.

Dann nahm er einen weißen, wachsbeschichteten Karton, öffnete ihn und stand geduldig über die vielen Stahlgefäße mit den verschiedensten Leckereien gebeugt.

– Was darf es für Sie sein, mein Herr? Rindereintopf? Was? Rinderhacksteak. Etwas lauter sprechen. Hacksteak bitte!

Dutzende von Hacksteaks lagen in einer braunen Soße, die allmählich fest wurde durch das sich absetzende, erkaltende Bratfett. Die Leute standen im Laden und warteten beinahe furchtsam vor diesem hünenhaften Kaufmann, der lauter sprach, als es sonst einer wagte, und fast gar nichts hörte. Das Salzfleisch lag gummiartig in der Schüssel. Ein rundes Stahlgefäß mit einem Berg Rübenbrei. Ein anderes mit weißer Soße. – Möchten Sie Béchamelkartoffeln? Fleischbällchen mit Kartoffelbrei und Rotkohl. Gekochtes Lammfleisch. Sauer eingelegtes Walfleisch. Gekochte Schafsköpfe. Bratfisch. Der beste Bratfisch in der Stadt. Und die Remoulade bereitete er selbst zu: eine Schüssel, randvoll mit sonnengelber Tunke. Und nun öffnete Hjálmur einen weiteren kleinen Wachspapierkarton mit vor Kälte blauen Fingern, trotz des sonnenhellen Sommertags, warf schnell und mit großer Geschicklichkeit ein paar viereckige Stücke Bratfisch hinein, griff in den Kartoffeltopf und nahm blitzschnell zwei, drei Kartoffeln, schöpfte einen Löffel Remoulade, klappte den Deckel darüber, zog ein Umschlagpapier hervor...

– Der nächste, ja, was darf es für Sie sein? Etwas lauter sprechen...

Thórarinn verfolgte diese Vorgänge, von wachsender Angst erfüllt, und überlegte, ob er es wirklich wagen sollte, mit diesem riesigen Mann zu sprechen: Ich bin der Sohn des Architekten Sigurbjörn Helgason. Mein Bruder Helgi ist der beste Fußballer des Landes. Ich komme wegen des Inserats im *Anzeiger*. Er drehte sich um und betrachtete die Scheibe in der Tür, das Glas beim Türgriff war blindgeschliffen von den Ringen an den Fingern der Leute, die all die Jahre daran entlanggekratzt hatten. Sollte er weglaufen? Wenn er nur dieses Herzklopfen in den Griff bekäme.

Allmählich ließ der Andrang nach. Hjálmur war nach hinten verschwunden. Sollte er seinen Großvater Geir erwähnen? Nein nein, der war bestimmt nicht allzu beliebt, das konnte diese schlechte Sache noch verschlimmern; das Beste wäre natürlich, diese Stelle nicht zu bekommen, aber seine Mutter würde ihm stattdessen eine Arbeit am Hafen verschaffen. Das wußte er.

– Ja, was darf es für dich sein?

– Ich möchte gern mit dem Inhaber sprechen, murmelte er.

– Was sagst du? fragte die große Frau barsch. – Ich kann dich kaum hören.

Thórarinn zuckte zusammen. – Ich will den Inhaber sprechen, rief er verlegen. Diesmal nickte die Frau und verschwand nach hinten. Thórarinns Herz schlug in rasendem Takt. Die ältere mit einem Tuch über dem Haar, die den Boden wischte, stützte sich jetzt auf den Schrubber, schob ihr Gebiß vor und musterte ihn neugierig.

Die Blonde kam zurück und fragte: – Was hast du mit dem Inhaber zu besprechen?

– Sie suchen in einer Anzeige nach einem Botenjungen.

– Und wer bist du?

– Ich heiße Thórarinn. Mein Papa heißt Sigurbjörn Helgason. Er ist bald zwölf. Er betreibt ein Architekturbüro, aber früher hat er beim Staatsbauamt gearbeitet.

Etwas schien komisch zu sein an dieser Rede. Die große Frau mußte sich an der Theke abstützen, und die kleinere sah ihn lächelnd an. Thórarinn starrte zu Boden. Er war mit weißen, glänzenden Fliesen ausgelegt. – Ja, der hat aber früh angefangen, daß er jetzt schon einen halb erwachsenen Sohn hat, lachte die große Frau.

Hjálmar kam mit geistesabwesender Miene hereingestürmt. Sein volles Haar war ungekämmt und zwirbelte sich von der Stirn in hellgrauen Locken nach oben; nahe der Kopfhaut glänzte es an manchen Stellen schwarz vor Schweiß. Blaue, wäßrige Augen, ein Netz blauer Adern über den Wangen, ein enormes Doppelkinn gestützt auf den weißen Kragen. Die Nasenspitze war veilchenblau. – Er will mit Ihnen sprechen, dieser Junge hier, sagte die blonde Frau.

– Was kann ich für dich tun, mein Junge? fragte Hjálmur.

Diesmal, so nahm sich Thórarinn vor, sollte ihm kein Versprecher unterlaufen, eine große Entschlossenheit ergriff von ihm Besitz; er wurde wütend. Das Herz stellte seinen Galopp ein und schlug nicht mehr so wild: – Ich bin wegen dieser Stelle als Botenjunge gekommen, die Sie in einer Anzeige ausgeschrieben haben.

– Du bist viel zu klein.

– Besser stark und klein als groß und schwächlich sein.

– Das ist allerdings wahr, sagte Hjálmur und öffnete die Arme. – Das gefällt mir! So sollen junge Burschen sein, immer die richtige Antwort parat. Komm mit nach hinten und unterhalte dich ein bißchen mit mir.

Im Hinterzimmer befand sich eine Bandsäge. Auf dem Boden stand eine Salzfleischtonne, zwei vom Meer rundgeschliffene große Steine lagen auf dem Deckel. Eine Türöffnung ohne Tür führte in eine kleine dunkle Kammer. Darin sah man ein Telefon und Bündel von Rechnungen an den Wänden. In der Kammer stand außerdem ein Sofa mit einer blaukarierten Decke darauf. Auf dem Sofa saß regungslos ein Mann, der seine Hand mit dem Rücken nach oben waagerecht vor sein Gesicht hielt. Darauf balancierte er einen kleinen Wall aus Schnupftabak; er hielt die Hand still und wartete. – Ich komme gleich, Gútti, keine Sorge, rief Hjálmur und lief hinaus. Thórarinn sah im offenen Kühlhaus einige steifgefrorene, gehäutete Schafe mit gespreizten Beinen hängen. Der Hinterhof lag in Sonne getaucht. – Komm hierher, mein Freund, sagte Hjálmur.

Im Hof stand ein frischgestrichenes schwarzes Botenfahrrad mit einem Rahmen aus schweren Metallrohren; an einigen Stellen traten ältere Schichten unter dem Anstrich hervor, der so dick aussah wie Emaille. Vorne befand sich ein großer Träger mit einem Korb für die Waren. Das Rad hatte ein richtiges Nummernschild, als wollte es für ein Auto gehalten werden. *R.B. 213*. Lampe und Klingel hatte es auch. *Fleischerei Trog* stand in geschwungenen Lettern auf einer Sperrholzplatte unter dem Lenker. Thórarinn nahm das Rad von der Wand. Es war zentnerschwer. – Das *R* steht wohl für Reykjavík, aber was bedeutet das *B* in der Nummer?

– Bote, damit niemand meint, du wärst mit einer Staatskarosse unterwegs. Findest du das Rad schwer?

– Ach was, es ist federleicht.

– Schön zu hören. Steig auf und laß mal sehen, wie du fährst.

Thórarinn nahm den Lenker, schwang sich über die Stange und trat in die Pedale. Das Rad fuhr los, schwerfällig allerdings. – O Mann, natürlich ist es schwer, aber ich werde trotzdem gut damit zurechtkommen.

Hjálmur war sich nicht so sicher. – Fahr mal im Kreis.

Thórarinn fuhr auf dem engen Hof einen Kreis um ihn herum. Hjálmar stand, die Hände in die Seiten gestützt, den Oberkörper leicht zurückgeneigt, drehte sich mit und beobachtete ihn. Als der Junge die Geschwindigkeit erhöhte, wurde das Rad leichter. – Das ist alles kein Problem, sagte er und streckte das Bein nach unten aus, um zu bremsen.

Hjálmur schob die blassen Lippen nachdenklich vor. Thórarinn hielt den Blick auf die Mülltonnen hinter ihm gerichtet. Vier von ihnen standen dort an der Mauer, verbeult und übel zugerichtet. Es sah aus, als wäre ein Troll mit verdorbenem Magen in sie hineingestolpert und hätte beim Kotzen schlecht gezielt. Und diese Fässer mit Rindereintopf verströmten ein ganz besonderes Aroma. Mülltonnen in einem solchen Zustand hatte er nie zuvor gesehen, und unwillkürlich dachte er an seine Mutter. Was würde sie zu einem solchen Schmuddel sagen? Trotz allem, der Geruch war nicht unangenehm.

– Ich weiß nicht, sagte der alte Mann nachdenklich.

– Niemand weiß, was in einem steckt, bevor er es nicht versucht und bevor er nicht die Chance bekommt, es zu zeigen, sagte Thórarinn. Keine Ahnung, wo er diese weisen Worte her hatte, vielleicht aus einem Hörspiel im Radio. Jedenfalls hatte er den unbestimmten Verdacht, daß sie ihm an dieser Stelle helfen würden.

– Das stimmt absolut haargenau, rief der Ladenbesitzer begeistert, öffnete die große Hand und schlug mit der geballten Faust hinein. – Du hast den Job. Das ist kein kleines Gebiet, das du zu versorgen hast, mein Junge! Weißt du, wo die Sóleyjargata ist?

– Ja, natürlich, sagte Thórarinn fröhlich.

– Und der Bókhlödustígur?

– Die steilste Straße der Stadt.

– Da bin ich mir nicht so sicher.

– Ja, der Frakkastígur ist schlimmer.

– Und kennst du den Fjölnisvegur?

– Wie meine Westentasche.

– Und Gunnarsbraut? Hjálmur betrachtete ihn forschend.

– Direkt unten beim Schwimmbad.

– Richtig, ziemlich genau richtig. Du findest dich schon zurecht, mein Freund. Du wirst dich mit allem zurechtfinden. Und wie, hast du gesagt, heißt du?

– Thórarinn Sigurbjarnarson.

– Welcher Sigurbjörn ist dein Vater?

– Sigurbjörn Helgason, der Architekt, der jetzt ein Büro unter eigenem Namen führt, aber früher hat er beim Staatsbauamt gearbeitet und das Nationaltheater entworfen. Wann soll ich anfangen?

– Anfangen! Jetzt, in diesem Augenblick, mein Junge. Die halbe Stadt wartet. Die vornehmen Damen sitzen hungrig wie die Wölfe in ganz Reykjavík herum. Hjálmur stiefelte mit Thórarinn durch das Hinterzimmer nach vorn zu den Frauen. – Das hier ist der junge Thórarinn, der gekommen ist, um uns den ganzen langen Sommer hilfreich zur Seite zu stehen, sagte er.

– Willkommen auf Ihrem Posten, Herr Staatsbaumeister, sagte die blonde Frau und blinzelte Thórarinn zu. Sie hieß Ragna.

Sie war nahe daran, den Mut zu verlieren, als sie dort stand und auf die Eingangstür ihres Elternhauses blickte. Sie sah, wie eine Gardine in Bjarnaborg gehoben wurde. Die Gardine fiel nicht gleich wieder, sondern hing auf einem Finger. Sie war sich sicher, daß irgendeine alte Frau sie erkannt, die Schüssel mit den Krapfen gesehen und deren Inhalt und den Zweck ihres Besuchs erraten hatte.

Sie wollte einen letzten Versuch machen, das Grundstück zu bekommen.

Das hintere Treppenhaus bot einen traurigen Anblick; das Wellblech unter den Nägeln verrostet und braune Streifen bis hinunter zum Sockel. Auf dem Weg nach oben blieb sie auf der Treppe stehen. Ihre Mutter hörte die Schritte und öffnete die Küchentür. Geir war gerade aufgestanden, er ging barfuß in seinen Hausschuhen. Die Pfeife hing an ihrem Platz. Diese Pfeife hatte so lange im Mundwinkel gebaumelt, daß sich eine Delle in der Lippe gebildet hatte. Die Tochter warf einen Blick in die Spüle. Kein Abwasch, in den sie hätte flüchten können.

Ihre Mutter kochte gerade Kaffee. Sie hatte sich eine schaukelnde Gehweise angewöhnt. Entweder war das eine Folge ihres Oberschenkelbruchs, oder Rósa war mit den Jahren so dick geworden, daß das Fett auf den Hüften sie so schaukeln ließ. Sunneva schlug das Herz bis zum Hals, als sie die Serviette von der Schüssel hob.

– Ja so was, sagte ihre Mutter verblüfft. – Krapfen! Da wird sich dein Papa aber freuen. – Geir, rief sie in die Stube hinein, denn dorthin war er gewandert. – Geir, komm und sieh, was deine einzige Tochter dir bringen will!

– Ist er schlecht gelaunt?

– Er schimpft die ganze Zeit wegen des Autohandels, Sunneva. Sie haben eine Vereinbarung mit ihm, daß sie den Platz benutzen dürfen, aber jetzt parken die Männer bis vor unser Haus, sagte Rósa bedrückt. – Ich verstehe nicht, wie dein Papa sich so darüber aufregen kann. Sie seufzte.

Geir ließ sie in der Küche warten. Wochenlang hatte er sich mit Zweifeln gequält. Sollte er das Haus und das Grundstück aufgeben? Rósa hatte mittlerweile große Schwierigkeiten, die Treppe hinaufzukommen. Es war an der Zeit umzuziehen. Was, wenn sie sich noch einmal den Oberschenkel brach oder sich zu Tode stürzte? Wer sollte sich dann um den Haushalt kümmern? Sunneva konnte wohl kaum jeden Tag vorbeikommen und kochen ... Geir besaß eine Wohnung am Vídimelur, in die er schon lange ziehen wollte. Was für eine Kraftersparnis das bedeuten würde, im Erdgeschoß zu wohnen, dann brauchten sie sich nicht mehr die elende Treppe hinauf- und hinabzuquälen. Die alte Bude stand sowieso kurz vor dem Einsturz. Er hatte sich mit einem Makler beraten, wieviel man mit der Vermietung von Ladenfläche verdienen könnte. Würde der Schwiegersohn damit Erfolg haben? Der andere hatte nur mit den Schultern gezuckt und gelacht und gesagt, Mein lieber Geir, und wieder gelacht und dann gemeint, daß sicher noch nicht alle Millionen aus dem Land herausgeholt seien.

– Aber will irgendwer dort Ladenfläche kaufen? Nein, zum Teufel, sagte Geir mit Zweifel in der Stimme, stellte sich hilfesuchend und ahnungslos und versuchte, im Gesicht des anderen eine Antwort zu lesen.

Der Makler wägte die Frage ab. – Ist das nicht die Zukunft, mein lieber Geir? So machen sie es jedenfalls im Ausland. So viel weiß ich.

– Und wie wird in so einem Geschäft bezahlt? Alles an der gleichen Kasse beim Ausgang? Der alte Mann wurde gereizt.

– Nein, vermutlich bekommt jeder das, was ihm zusteht.

– Das habe ich mir gedacht, sagte Geir.

Für Geir war die Vorstellung, daß irgendjemand außer ihm an diesem Grundstück verdienen könnte, schlicht unerträglich. Seit dem Jahr 1904 stand das Haus hier. Es war doch ein gutes Haus, fand er auf einmal. Er hatte ein Zimmer darin gemietet, damals, als er noch ein junger Trawlermatrose und das Haus gerade neu gebaut war. Sigurbjörn hatte ihm das halbe Erdgeschoß angeboten, darin konnte man vier Geschäfte unterbringen. – Damit kann ich nichts anfangen, hatte Geir geantwortet. – Ich habe mein ganzes Leben lang mein eigenes Geschäft in meinem Laden in der Hverfisgata betrieben. Sigurbjörn hatte auch dafür gleich eine Antwort parat gehabt: – Dann behältst du eben eins und vermietest drei, Schwiegerpapa. Schwiegerpapa! Auch das noch. Der verdammte Bursche versucht, mich um den Finger zu wickeln, dachte er. Anfangs war ihm das Angebot ganz passabel erschienen, aber dann war ihm aufgefallen, daß geplant war, eine elektrisch betriebene Treppe in das Haus einzubauen, die den Kundenstrom nach oben befördern sollte. Ha! Verdammt, war der Bursche gerissen. Er wollte das Erdgeschoß loswerden, denn da würde kein Schwein hinkommen, weil alle ganz versessen darauf sein würden, mit der Treppe hinaufzufahren, und nur die oberen Stockwerke würden Umsatz machen! Glaubst du, ich durchschaue das nicht, alter Freund? Da hatte der Gauner gelacht, zähnebleckend, heiser vor Erregung, und hatte ihm das halbe Untergeschoß zusätzlich angeboten. Verflucht, war der Kerl hinter dem Grundstück her. Lagen solche Verdienstmöglichkeiten darin? Man mußte abwarten und sehen, was die Zukunft bringen würde. Neunhundert Quadratmeter? Was sollte er mit einem so großen Laden überhaupt anfangen? Die Leute würden bald genug haben von den langen Wanderungen. – Mein lieber Freund, du irrst dich gewaltig. Du solltest ein Haus mit vielen kleinen Wohnungen bauen. So etwas zu verkaufen ist kein Problem.

– Ich verstehe etwas von meinem Fach, hatte der Jüngere da gemurrt. – Ich weiß alles über Häuser! – Haha! Nein, Freundchen, du weißt leider nicht alles über Häuser. – Und ob, Geir. Ich habe im Ausland studiert. – Jaja, es haben schon viele im Ausland studiert und sind zurückgekommen mit nichts als Stroh und großartigen Grillen im Kopf. Deinen Riesenladen, den hält man dort vielleicht für eine gute Idee, aber hier in der Hverfisgata wird nichts daraus. Und was soll ich mit dem Freysteinn machen, meinem Verkäufer, wenn sich alle selbst aus den Regalen nehmen, was sie brauchen? – Das ist mir scheißegal, hatte der Schwiegersohn in höchster Wut geantwortet und war mitsamt seinen Plänen aus dem Zimmer gestürmt. Geir hatte keine Lust, sich von einem solchen Flegel beschimpfen zu lassen. Und jetzt war sie gekommen. Mit Krapfen! Man bekam keinen Frieden in diesem Haus! Der alte Mann schnaubte.

Geir trat in die Küchentür und betrachtete übellaunig die Schüssel mit den Krapfen. Er trug ein kurzärmeliges Hemd, seine Arme waren weiß und sehnig. – Hmpf, Krapfen! Er steckte seine Hosenträger in die Tasche.

– Ja, die du so gern ißt. Rósa hob die Stimme.

– Schon gut, du brauchst mich nicht anzuschreien. Diese Weiber! In der alten Zeit, da führten die Männer noch mit fester Hand.

– Nun setz dich schon und nimm einen Kreppel. Ist er nicht erstaunlich rüstig, sagte sie zu Sunneva, wackelte kichernd zur Spüle und begann, den Filter abzuwaschen.

Geir langte nach einem Krapfen, noch bevor der Kaffee auf den Tisch kam. Er häufte Zucker darauf und biß hinein. Rósa goß Kaffee in seine Tasse, er schlürfte davon, und dann donnerte er grimmig: – Ich will das gesamte Erdgeschoß und den halben Keller.

Sunneva stand wie vom Schlag getroffen. Ihre Mutter lehnte an der Spüle, strahlend vor Neutralität und häuslicher Harmonie.

– Das gesamte Erdgeschoß, Papa? Über tausend Quadratmeter?

– Ja, blaffte der alte Mann. – Wenn ich mich mit weniger zufriedengeben würde, wäre das hier der teuerste Krapfen meines Lebens. Er stopfte sich den Rest in den Mund.

– Was meinst du dazu, Mama? Sunneva sah ihre Mutter mit großen Augen an.

– Ich verstehe davon doch nichts, liebe Sunneva.

– Hmpf. Das wird eine Riesenpleite.

– Und was willst du mit einem ganzen Stockwerk anfangen, Papa?

– Gar nichts will ich damit anfangen, sagte Geir resolut. – Es wird deiner Mama gehören, wenn ich sterbe, das kann jetzt jeden Tag soweit sein, und dann kann sie es zu ihrem Lebensunterhalt vermieten. Wie du weißt, leben wir auch jetzt nur von Mieteinnahmen, und das schon seit vielen Jahren. Er sah ihr aufrichtig ins Gesicht. – Der Laden wirft nichts ab. Ich halte ihn nur geöffnet, weil ich nicht weiß, was ich mit meinem Verkäufer machen soll, dem Freysteinn. Außerdem ist es das schlechteste Stockwerk im Haus, das ihr mir überlassen wollt.

– Es ist das beste Stockwerk, Papa, sagte Sunneva und errötete.

– Ach, ich bin nicht so dumm wie ihr glaubt. Geir grinste. – Da kommt doch keine Seele hin. Die Rolltreppe bringt alle Leute auf direktem Weg nach oben. Der alte Mann sah seine Tochter halb lächelnd an, als erwartete er, daß ihr Gesichtsausdruck seinen Verdacht jeden Augenblick bestätigen würde. – Glaubt ihr, ich durchschaue euch nicht?

– Aber wovon redest du denn, Papa?

– Na, diese elektrische Treppe, die so großartig werden soll.

– Die Leute benutzen sie nur, wenn sie sie brauchen, Papa. Und eine zweite Treppe daneben bringt sie wieder nach unten.

– Jaja, davon brauchst du mir nichts zu erzählen. Geir hob abwehrend die Hände. – Ihr singt alle das gleiche Lied. Und dann noch was. Wenn ich dieses Haus hier aufgeben und euch das Grundstück überlassen soll für wenig mehr als einen feuchten Händedruck, wo mir jeder sagt, daß es sehr viel wert ist und mit das beste Bauland der Stadt, dann will ich von euch eine Bürgschaft. Er sah aus stahlgrauen Augen auf.

– Eine Bürgschaft! Sprachlos starrte Sunneva ihre Mutter an, die auf den Berg Esja hinaussah.

– Die Aussicht hier von der Küche ist immer so schön gewesen, sagte Rósa. – Mir graut davor, daß dieser Ausblick einmal verbaut werden könnte.

– Eine Bürgschaft! sagte Sunneva. – Das gefällt mir nicht. Bist du auch dafür, Mama?

– Nein. Aber mir gefällt es, sagte Geir mit Nachdruck und nahm sich noch einen Krapfen.

– Das muß ich mit Sigurbjörn besprechen. Sunneva blies sich ein Haar aus dem Gesicht. – Und hören, was er dazu sagt.

– Ja, mach das. Der Alte schien keinerlei Interesse mehr am Fortgang der Sache zu haben. Als die Rede auf Sigurbjörn kam, setzte Rósa sich mit an den Tisch. – Den Sigurbjörn fand ich immer so süß, sagte sie lächelnd.

– Süß sein nützt gar nichts, brummte Geir. – Und ich finde ihn auch nicht gerade hübsch, schob er langsam nach. – Du hättest Ámundi den Rohrleger heiraten sollen. Das war ein zuverlässiger Mann mit einem festen Einkommen.

– Den Ámundi! Nicht einmal verknallt war ich in den.

– Na na, deshalb brauchst du nicht gleich einen Herzinfarkt zu kriegen, sagte Geir scharf. – Warum hast du dann ein Kind von ihm bekommen?

– Weil ich selbst noch ein Kind war und nicht wußte, was ich da tat.

– Siehst du, und jetzt geht es fast genauso, sagte Geir. – Ihr wißt beide nicht, was ihr da eigentlich tut.

– Falls du über meinen Mann sprichst, sagte Sunneva, – der weiß haargenau, was er tut.

– Wers glaubt, wird selig, schnaubte ihr Vater.

– Wollt ihr noch Kreppel? fragte Rósa.

– Aber ihr habt kein Geld, sagte Geir. – Ich sehe nicht, wie so ein großes Haus gebaut werden soll ohne Geld.

– Wir haben Geld, und dazu nehmen wir einen Kredit. Die Zulieferer räumen uns längere Zahlungsfristen ein. Und viele Leute kaufen Ladenfläche und zahlen Vorschüsse.

– Vorschüsse! Einen Teufel werden die tun, und Kredite und gestundete Rechnungen müssen alle irgendwann bezahlt werden, Mädchen.

– Sunneva, meine Liebe, willst du nicht noch einen Kreppel? fragte ihre Mutter.

– Ach Mama, sag doch nicht immer Kreppel zu Krapfen. Mir wird ganz schlecht.

– Die Nína drüben in Bjarnaborg hat vor kurzem diese wunderbaren Krapfen aus Milchgrütze gebacken und ist damit zu ihrer Bekannten gegangen, und die hat den ganzen Teller abgeräumt, und als sie sich das letzte Stück in die Backen gestopft hat, sagte sie: Das war sehr gut, und ich werde davon satt sein bis ans Ende meiner Tage. Zum Glück sind diese Krapfen nicht mit alter Milchgrütze gebacken, denn dann würde ich alles auf der Stelle wieder auskotzen. Ja, aber die waren mit Milchbrei im Teig gemacht, sagte da die Nína. Und wißt ihr was? Die Frau rannte zur Toilette und erbrach das schöne Gastgeschenk wieder, ein Stück nach dem anderen. Rósa schlug sich mit beiden Händen auf die Schenkel. Wenn sie etwas lustig fand, amüsierte sie sich immer lautstark.

– Das kann ich gut verstehen, sagte Geir. – Wenn Weiber ihre Krapfen aus alter Milchgrütze machen, ist das der Gipfel der Abscheulichkeit.

Die Tochter hätte am liebsten gesagt: Genau solche Krapfen hast du gerade gegessen, mein Guter. Aber sie biß sich auf die Zunge. Ihr Vater konnte seine Meinung ändern, und dann mochte Gott wissen, wie viele Monate vergehen würden, bis man wieder mit ihm reden konnte.

– Ich werde das mit Sigurbjörn besprechen.

– Wie auch immer, sagte Geir unwillig.

Sunneva stand auf und sah im Fenster den Berg Esja. Ein rostiges ausländisches Frachtschiff lag vor Anker. Auf dem Bug stand *Marita Schelling Hamburg*. Weiter draußen lag ein fünfmastiges Schulschiff. – Hier kommen bald größere Instandhaltungskosten auf euch zu. Da bin ich mir nicht so sicher, ob diese Sache ganz schlecht für euch ist.

– Ich habe fast mein ganzes Leben in diesem Haus verbracht, liebe Sunneva, und bin bis jetzt gut zurechtgekommen. Und ich könnte sicher zufrieden darin leben, bis ich in die Grube fahre. Macht euch keine Sorgen. Uns reicht das hier allemal. Und danach werdet ihr euch sowieso darum prügeln und alles an euch reißen.

– Das ganze Erdgeschoß und den halben Keller? Das ist es, was du willst?

– Ja, und einen Pfandbrief oder einen Schuldbrief mit der Sjafnargata als Bürgschaft.

– Und was sagst du dazu, Mama? Sunneva fiel unwillkürlich zurück in ihre Kleinmädchenrolle.

Ihre Mutter stand auf. – Soll ich die Schüssel abwaschen, meine Liebe? Dann kannst du sie gleich mit nach Hause nehmen.

– Nein, das hat Zeit. Was sagst du zu der Sache?

– Ich mache mein Kreuzchen an der gleichen Stelle wie dein Vater. Das habe ich immer so gehalten.

Als Sunneva nach Hause kam, zog sie ihren Mantel aus und setzte sich an ihr Ende des großen Eßtisches im Wohnzimmer. Sie starrte auf den riesengroßen Ast vor dem Fenster. So oft hatte sie Sigurbjörn gebeten, einen der beiden großen Bäume zu fällen, am besten den Vogelbeerbaum. Nach zehn Jahren Nörgelei hatte er nachgegeben, aber den schönen Baum auf dem Rasen, den Goldregen, geschlagen. Sie vermißte seine hängenden Blütentrauben. Der Vogelbeerbaum hatte sich inzwischen über die ganze graue Front ausgebreitet, so daß man das Haus nicht streichen konnte. Thórarinn träumte von einem weißen Haus. – Ich will nicht, daß dieses verfluchte Kaufhaus gebaut wird, murmelte die Frau. – Ich will es nicht.

Es hatte sie nie interessiert, wann immer Sigurbjörn ihr die Pläne zeigen wollte diesen Winter, und dann war sie zu Tode erschrocken, als er sagte, wo er das Haus zu bauen gedachte.

Den Ámundi heiraten! Sie war achtzehn Jahre alt, als sie

schwanger wurde. Mama hat damals nicht zu mir gehalten, dachte sie. Genausowenig wie heute morgen. Sie starrte bitter in das dunkle Zimmer hinein und sah auf einmal das *Café Skindbuksen* in Kopenhagen vor sich, ein langer, dunkler Schlauch mit ewig betrunkenem Volk darin. Nachdem sie allein nach Dänemark gezogen war, hatte sie dort den ganzen Sommer lang bedient und dann ihr erstes Kind zur Welt gebracht. Die Küche war im Hinterhaus, und es ging ein kühler Luftzug, wenn die Tür zum Hof geöffnet war. Manchmal war nichts zu tun früh am Morgen. Dann saß sie an dem Tisch vor den Toiletten am Ende des Lokals und lauschte dem Klappern und Schwatzen in der Küche und starrte zur Tür hinaus, bis das viele Sonnenlicht sie blendete, oder bis sie aufschreckte von dem unwilligen Brummen der alten Frau, die die servierfertigen Tabletts zum Tresen trug, wo sie von den Kellnern abgeholt wurden. Einer von ihnen hieß Christian, und sie hatte sich sofort in ihn verliebt, denn er war unwiderstehlich.

Sigurbjörn kam am frühen Vormittag in die Kneipe, mit einem wadenlangen schwarzen Mantel bekleidet, suchte sie mit den Augen, sah sich dann um. Sie stand an der Bar und erkannte ihn gleich. Er war der Mann, der sie nackt gesehen hatte. Er setzte sich an den Tisch der Angestellten und schnippte mit den Fingern. Christian bat sie, den Gast zu übernehmen. Sie ging zu ihm und fragte: – Bist du Isländer?

– Ja, sagte er erstaunt. – Sieht man mir das an?

– Man erkennt das Schafsgesicht, sagte sie kühl. – Wir Isländer wissen nicht, wie man sich benimmt. So ruft man einen Hund.

Er lachte laut, und Christian sah zu ihnen hinüber. Der gefällt mir nicht, hatte Christian gesagt, als sie das Tablett fertigmachte. Er wird Rasputin genannt. Ist das nicht ein russischer Priester? fragte sie. Nein, ein russischer Taschenspieler, und er wurde erschlagen. Nimm dich vor dem in acht. Er ist ein Schluckspecht und ein Schnorrer, der gern andere für sich bezahlen läßt. Er ist zu faul, sich um die Mädchen zu bemühen. Ich habe ihn schon mit Huren gesehen.

– Studierst du Theologie? fragte sie, während sie das Bier und den Schnaps vor Sigurbjörn auf den Tisch stellte.

– Nein. Er war verblüfft.

– Du machst mir so einen Eindruck wie ein Pfarrer.

– Es war mir nicht vorherbestimmt, den Menschen zu predigen, sagte er und sah sie ernst an, die Augen scharf, dunkelbraun und zwingend. – Ich studiere Architektur. Schon als kleiner Junge habe ich immer gezeichnet. Mein Bruder war Theologe, aber er ist gestorben ... Aber was gibt es über dich zu erfahren? Seine tiefe Stimme hatte sie in den Bann gezogen. Er sprach langsam, auch das empfand sie als sehr männlich.

Die alte Frau kam aus der Küche mit einer Portion Labskaus. Er aß kaum je ein anderes Gericht in der Kneipe als diesen stark gepfefferten Brei aus Kartoffeln und Fleisch, der mit Lorbeerblättern garniert und von einem großen Stück Butter gekrönt serviert wurde; später sollten auch die Jungen Geschmack daran finden. Er brachte sie dazu, sich zu ihm zu setzen. Sie fand ihn auf attraktive Weise häßlich. Als sie das erste Mal miteinander schliefen, war er betrunken und flüsterte ihr einen dänischen Mädchennamen ins Ohr.

Er saß abends und manchmal ganze Tage lang in der Kneipe und ließ bei ihr anschreiben; später hatte er Schwierigkeiten zu bezahlen. Sie verliebte sich in seine Art sich zu kleiden und in seine Bildung, in sein ewiges Pech und seine Extravaganz. Sie war einsam und kannte nur wenige Isländer. Er war so furchtbar traurig über den Tod seines Bruders und brauchte Trost. Später wollte er zurück nach Island gehen und Häuser bauen, viele große Häuser. Er konnte ihr Kirchtürme und Kuppeldächer erklären, es gab wenig, das er nicht zu wissen schien. Das waren Zeiten! Wein in hohen Gläsern, Schnecken in Knoblauchbutter, frisches Brot, ein laubüberwachsener Tisch auf der Terrasse. Sie wurde schwanger.

Sunneva strich über den Eßtisch, sie hatten ihn zusammen bei einem Antiquitätenhändler in der Nähe des Hafens gekauft. Wie oft hatte er am Tischende gesessen, total betrunken, und diesen Bruder betrauert: Oh, Jóhannes. Jóhannes. Wie, glaubst du, ist das, wenn man neunzehn Jahre alt ist und weiß, daß der eigene Bruder in Deutschland vor die Hunde geht und man kann nichts machen? Wie, glaubst du, ist das? Keiner kann das verstehen. Es tat ihr weh, ihn weinen zu sehen. – Mein Sigurbjörn. Der Mann ist tot? Ich weiß, was es heißt, einsam zu sein. Was glaubst du, wie das für mich war, mein Kind ganz allein zur Welt zu bringen. Ich war so vollkommen allein. Sie haben mich weggejagt. Mama hat nicht zu mir gehalten. Ich habe kaum verstanden, was da vor sich ging. Er sah sie verständnislos an. Streckte dann seine große Hand aus und drückte die ihre.

Sigurbjörn arbeitete damals für verschiedene Architekten, sie hatten Glück und fanden eine schöne Mietwohnung in der Österbrogade. Sie vermißte diese Wohnung manchmal, die Decken waren höher als in der Sjafnargata, die Zimmer riesengroß. Sie heirateten, und sie schickte ihrer Mutter ein Hochzeitsbild. Ragnar war mit auf dem Foto. Blondes, lockiges Haar und ein weißes Spitzenjabot. Ein einziger Schatten fiel über diese Zeit – Sigurbjörn konnte sich nicht damit abfinden, das Kind eines anderen Mannes aufzuziehen.

Er brachte sie dazu, Ragnar wegzuschicken, nach Island zu Ámundis Eltern. Und jetzt hat er mich dazu gebracht, meinem Vater das Grundstück abzuschwatzen, dachte sie bitter.

Sigurbjörn kümmerte sich viel um den Haushalt, und er war geschickt im Einkaufen, brachte stets das beste Fleisch und Gemüse von den Märkten mit nach Hause; sie bekamen sogar Salzfisch aus Island geschickt. Sie veranstalteten großartige Feste, die allerdings dazu neigten, aus dem Ruder zu laufen, und die der Hausherr oft ohne Vorwarnung verließ, um in die Kneipen trinken zu gehen und von den Palästen zu träumen, die in Island entstehen sollten.

Nach einem Osterurlaub daheim saßen sie in Island fest. Dänemark war von den Deutschen besetzt worden, sie kamen nicht zurück nach Kopenhagen und zogen in eine winzige Mietwohnung. Helgi war fast neun, als sie unerwartet mit Vilborg schwanger wurde. Ragnar hatte sie wieder zu sich geholt, nachdem er sechs Jahre auf dem Land verbracht hatte. Sie lebte in ständiger Furcht, seinem Vater zu begegnen, wenn sie mit der Familie in die Stadt ging. Was für eine Erleichterung, als sie erfuhr, daß Ámundi nach Kanada gezogen war.

Ihre Liebe erkaltete mit den Jahren. Seltsam, dachte sie, daß sie sich über einen kleinen Platz in der Stadt nicht einigen konnten, obwohl sie so viel gemeinsam durchgestanden hatten. Einmal war sie schon fest entschlossen, Sigurbjörn zu verlassen. Da war er in eine üble Prügelei im Vetrargardurinn geraten, hatte einen Mann schwer verletzt, wurde deshalb verhaftet, mußte später Schadenersatz zahlen, und das Ganze war in der Presse gründlich breitgetreten worden. Zu ihrem großen Erstaunen gab er da von einem Tag auf den anderen das Trinken auf, zahlte seiner Mutter ihren Anteil an der Sjafnargata aus, und der verstorbene Bruder wurde nie mehr erwähnt. Thórarinn war ihr Versöhnungskind.

Sunneva hörte ein Rascheln, eine Drossel hatte sich auf den Ast gesetzt, sie spiegelte sich deutlich in der Tür des Gewehrschranks. Sigurbjörn ist genial darin, seinen Willen durchzusetzen und es hinterher so aussehen zu lassen, als hätte er anderen damit einen Gefallen getan, dachte sie. Vielleicht hat er gewollt, daß der Junge diesen Sommer arbeitet?

War ich zu hart? Wenn man klein ist, findet man es am schönsten, wenn man in Frieden spielen kann. Ich habe Mama und Papa verlassen. Warum habe ich ihn nicht verlassen? Ich bin mit achtzehn allein nach Kopenhagen gegangen. Ich bin gewohnt, allein zurechtzukommen.

Christian hatte gleich gesehen, daß er ein falsches Spiel trieb, dachte sie. Christian hatte so einen schönen Körper gehabt. War so ein wunderbarer Liebhaber gewesen. Es war so gut gewesen, sich rittlings auf ihn zu setzen und mit den Händen über das blonde Seidenhaar auf seiner harten Brust zu streichen.

Sunneva breitete ein weißes Tuch über den Tisch und stellte eine Rose in einer Glasvase darauf. Sie deckte das Königsporzellan auf, dessen vergilbte Lasur von Sprüngen überzogen war vor Alter. Auf dem blauen Rand gingen Mädchen mit Sonnenschirmen am Schloß am Dyrehavsbakken spazieren, Rehe grasten nahebei. Sigurbjörns Vater hatte das Service bei einer Auktion nach dem Besuch des dänischen Königs 1921 ersteigert.

Am Abend saß sie mit Thórarinn und Ragnar zu ihren beiden Seiten. – Jaja, hatte ich nicht recht damit, daß du dich beeilen solltest, fragte sie Thórarinn.

Er erzählte gerade zum zweiten Mal, wie es bei der Vorstellung im Laden gegangen war, seinen Versprecher erwähnte er nicht, auf dem Höhepunkt der Geschichte sah er dem Inhaber mutig ins Gesicht und sagte: – Niemand weiß, was in einem steckt, bevor er es nicht versucht. Und Hjálmur schlug die Faust in die Hand und antwortete: – Du bist eingestellt.

– Dingeling, machte Vilborg ungeduldig und sah ihre Mutter an.

Der Hausherr saß über seinen Teller gebeugt, das Spiegelbild des Astes im Fenster des Waffenschranks war schwarz geworden, der Stiel der Rose erschien vergrößert durch das Wasser. Auf dem Gemälde von Kjarval waren ein zerklüfteter Berg und ein milchweißer See zu sehen. Museen hatten schon oft angefragt, ob das Bild zu kaufen sei, das Sigurbjörn kurz nach ihrer Rückkehr nach Island erstanden hatte.

Sunneva stützte den Kopf auf die Hand und sah zu ihrem Mann hinüber. Er führte das Besteck ungelenk in den großen Händen. Gut, daß ich nicht gegangen bin, dachte sie. Warum bin ich nicht gegangen? Sie betrachtete ihre beiden ältesten Söhne; sie waren so unterschiedlich wie Sonne und Mond. Ragnars Gesicht hell und breit, zu lesen wie ein offenes Buch, die Nase klein, Helgi dagegen hatte den gebogenen Nasenrücken von seiner Mutter und die Züge der unteren Gesichtshälfte von seinem Vater. Er sah aus wie ein rothaariger Türke. Die alte Sigurlaug, Sigurbjörns Mutter, saß zwischen den beiden älteren Brüdern, eine verwitterte, magere Galionsfigur in isländischer Tracht.

– Soll das Haus so groß werden wie der ganze Vitatorg, Papa? fragte Ragnar. – Das wird ja ein monströses Gebäude!

– Na ja, ich bin an große Bauten gewöhnt, brummte Sigurbjörn. – Das Staatsbauamt hat auch keine Kartoffelkeller entworfen.

– Das wird das größte Gebäude, das je in Island errichtet wurde, dozierte Thórarinn.

– Nein, wirklich? sagte Helgi zweifelnd. – Und was ist mit der Austurbæjar-Schule?

– Tsss, sagte Thórarinn. – Die zählt nicht, das ist ja eine Schule. Papa hat das Nationaltheater erbaut.

– Na, das habe ich nicht gemacht, nicht allein jedenfalls, sagte Sigurbjörn.

– Aber es war dein Einfall, die Flügel an den Turm der Hallgrímskirche zu bauen, sagte Vilborg.

– Ja, und dein Opa hat den Kipplader erfunden, lachte Helgi.

– Wirst du ein Haus bauen, Sigurbjörn? rief seine Mutter, ihre Stimme krächzte heiser.

– Ja, sagte Sigurbjörn laut und lächelte. – Ich will diesen Sommer eine kleine Hütte zimmern.

– Und wo willst du das Geld für so ein Vorhaben her bekommen, Sigurbjörn? fragte die alte Frau.

– Jemand hilft mir dabei. Sigurbjörn sah mißmutig zu Helgi hinüber, und Sunneva vermutete, daß er im Lauf des Tages bei Helgi in der Bank gewesen war.

– Das hier ist meine allerliebste Freundin. Helgi sah zu seiner Mutter, legte den Arm um seine Oma, küßte sie auf die Wange und zog dann Ragnar zu sich heran. – Sind wir drei nicht hübsch zusammen? Die Brüder hielten ihre Köpfe nahe zur Großmutter hinüber, doch sie schob die beiden von sich. – Es hat mir schon oft leid getan, daß Oma und ich miteinander verwandt sind, sagte Helgi.

– Ach, sei doch still, Junge, sagte sie.

Sigurbjörn beobachtete sie. Niemand außer Helgi durfte sich je erlauben, so mit seiner Mutter zu scherzen.

Auf dem Tisch waren noch zwei gebratene Fleischküchlein, ein Schlag Kartoffelbrei und Soße in einer Schüssel. Thórarinn angelte sich schnell die beiden Küchlein. – Puh, ha, sechs Stück habe ich schon intus.

– Acht waren es, mein Lieber, sagte Sigurlaug.

– Mama, sag ihm, er soll nicht so gierig sein, fauchte Vilborg.

– Ja, Tóti, sagte seine Mutter, mit ihren Gedanken nicht ganz bei der Sache. – Andere wollen auch noch etwas abhaben. Ragnar, mein Lieber, bist du satt geworden?

– Ja, sagte dieser verstimmt.

– Mama, warum bindest du Ragnar nicht einfach ein Lätzchen um und fütterst ihn, sagte Helgi lachend.

– Jetzt kommt die arme Oma bestimmt auf Tótis schwarze Liste, flüsterte Vilborg.

– Als ich ein Mädchen war, gab es bei uns viel und gutes Essen, Braten an Festtagen, und es wurde so viel gekocht, daß man Gästen reichlich anbieten konnte, polterte die alte Frau. – Wir jungen Leute unternahmen manchmal gemeinsam Ausritte. Ich war immer sehr für Pferde.

– Ja, ich kann mich gut daran erinnern, wie du immer auf deiner Jörp davongaloppiert bist. Sigurbjörn lächelte. – Diese Stute hatte Feuer.

Sigurlaug brummte zustimmend. – Sie war ein hervorragendes Reitpferd. Die alte Frau entblößte die Zähne, ohne daß das Lächeln ihre Augen erreichte.

Sunneva blickte rasch ihren Mann an, der im Beisein seiner Mutter immer wie versteinert wirkte. Was hat er vor? dachte sie. Die Wohnung der Alten für seine Privatschulden verpfänden? Sie stand auf und versuchte, das Fenster zu öffnen. Es klemmte, sie stieß es gewaltsam auf.

Zu ihrem Erstaunen hing dichter Nebel über dem Garten. Die Mooskissen auf der Gartenmauer machten sie mißmutig. Verfluchte Alte, dachte sie. Hatte sie ihr soeben zu verstehen gegeben, daß sie das Essen knapp fand?

Nie konnte sie vergessen, was ihre Schwiegermutter gesagt hatte, als Sigurbjörn ihr ein Bild von Sunneva Geirsdóttir und ihrem Sohn zeigte. – Na ja, Sigurbjörn. Und das ist also der kleine Ragnar. Diese Unannehmlichkeit hat dir also jemand abgenommen ... Sigurbjörn hatte ihr diesen Kommentar damals zitternd und blaß vor ohnmächtiger Wut wiederholt.

– Du brauchst gar nicht so zu gucken, sagte Thórarinn zu seiner Schwester und schaufelte sich Sahne auf den Obstsalat.

– Wir essen hier schließlich nicht nur meinetwegen. Auch, weil der Papa das Grundstück bekommen hat. Und Thórarinn war sich sicher, daß noch mehr zu erwarten war. Daß sein Vater das Flugzeug gekauft hatte, um seinen Verrat wiedergutzumachen, und daß er es ihm nach dem Essen überreichen würde.

– Und wann wird das Haus versetzt, Papa? fragte Ragnar.

– Ich finde, daß euer Großvater sehr viel dafür haben will, brummte Sigurbjörn. – Ich muß mir die Sache noch überlegen. Ich kann mir nicht alles gefallen lassen.

– Er rief bei mir in der Bank an wegen der großen Sorgen, die er sich über irgendeine elektrische Treppe macht. Helgi grinste. – Worum geht es denn dabei?

– Ich glaube, mein Papa wird langsam etwas komisch, seufzte Sunneva und schloß das Fenster wieder. – Ich könnte ihm den ersten oder zweiten Stock anbieten.

– Ach, es lohnt sich nicht, sich noch länger mit dieser Sache herumzuschlagen, murmelte Sigurbjörn.

– Du hältst nicht eben viel davon, oder, Oma? sagte Helgi und stieß seine Großmutter leicht mit dem Ellbogen.

Die alte Frau brummte zustimmend.

– Tóti, erzähl uns doch, wie du deine Arbeit bekommen hast, sagte Vilborg hinterhältig.

Thórarinn verstand den Spott nicht und begann, die Geschichte ein drittes Mal vorzutragen.

– Statt zu sagen, niemand weiß, was in einem steckt, bevor er es nicht versucht, unterbrach sie ihn nachäffend, – hättest du sagen sollen: Wollen Sie mir nicht Geld geben für ein Flugzeug mit einem Motor?

– Mama, sag ihr, sie soll aufhören.

– Mama und Papa wollen dir nur nicht alles geben, was du verlangst, sagte Vilborg.

– Wo ist eigentlich deine Freundin, Ragnar? rief Sigurlaug.

– Diese Frau und ich haben uns schon vor zwei Jahren getrennt.

– Ach ja, wie konnte ich das vergessen. Das ist schade, sie war wirklich ansehnlich.

Sigurbjörn nahm seinen Löffel und schlug damit leicht an eine Schüssel.

– Zerbrich bloß nicht die Schüssel, du bist immer so furchtbar ungeschickt, sagte Sunneva.

– Ach Mama, laß doch den Papa was sagen, unterbrach sie Vilborg. – Was passiert jetzt? dachte Thórarinn, und er ließ den Blick von einem zum anderen schweifen. – Bekomme ich jetzt das Flugzeug?

– Als ich ein junger Mann war und hier in der Sjafnargata aufwuchs, dröhnte Sigurbjörn, – gab es das nicht, Geld für alles Mögliche zu verschleudern, was ja heutzutage selbst die besten Familien in Ordnung finden.

Die Großmutter brummte.

– Aber wir bekamen schöne Geschenke, und diese Tradition möchte ich ungern aufgeben, fügte er hinzu.

– Ich war dagegen, sagte Sunneva. – Es ist ohne meine Zustimmung gekauft worden.

– Jetzt nur keine Aufregung, Frau, sagte Sigurbjörn. – Niemand hat vor, dich zu erschießen. Er holte ein längliches Paket aus der Küche und reichte es seinem Stiefsohn.

Ragnar nahm das Paket mit beiden Händen entgegen.

– Seht mal den Raggi, wie rot der wird, sagte Vilborg.

– Mach es auf, Ragnar, sagte Helgi. – Wir sind alle gespannt.

Ragnar legte das Geschenk vor sich auf den Tisch. Mit seinen kräftigen Händen bekam er die Bänder kaum auf, das eine öffnete sich schließlich von allein, das andere streifte er einfach ab. Er hielt eine grüne Tasche in der Hand, die am einen Ende zugebunden war.

– Eine Angel, sagte Thórarinn mit dunkler Miene. – Wie schön.

– Nein, Freund, sieh mal genau hin.

– Was ist es dann? fragte Thórarinn, von Panik ergriffen. – Nicht schon wieder ein Gewehr?

– Tóti, sagte seine Schwester. – Deine Stimme zittert ja.

Ragnar zog ein neues Gewehr aus der Hülle, eine halbautomatische Waffe mit dunkelbraunem Kolben. Er hob sie blitzschnell an die Wange und zielte auf die Wohnzimmerlampe. Sunneva hob die Hände ans Gesicht, runzelte die Stirn und sagte: – Oh, mein Lieber, drück ja nicht ab hier im Haus.

– Da sparen wir aber, sagte Vilborg. – Jetzt können die beiden Schneehühner schießen für das Weihnachtsessen.

– Ja, oder Gänse. Ragnar, breitnackig und kräftig, drehte sich um. Er zielte auf jeden Gegenstand im Wohnzimmer, auf die Sofaecke, den Couchtisch, die Bilder an den Wänden. Der Schaft glänzte an seiner Schulter.

– Ich habe Todesangst vor dem Ding, Ragnar. Setz das Gewehr wieder ab, sagte Sunneva.

– Was für ein Gerät, sagte er strahlend.

– Eine handgefertigte Browning, sagte Sigurbjörn stolz. – Genau die gleiche, die Helgi hat.

– Pfui Teufel, sagte die Großmutter.

– Also ganz pleite bist du wohl doch nicht, Papa, sagte Ragnar.

Thórarinn sprang auf. Er lief die Treppe hinauf und schlug die Tür seines Zimmers hinter sich zu.

– Habt ihr gesehen, was ich gesehen habe? Vilborg sah von einem zum anderen. – Die Tränen sind ihm buchstäblich aus den Augen gespritzt. Dieses Kind ist verrückt. Sie schüttelte sich. – Oh, ich ertrage das nicht.

Ragnar sah die anderen verlegen an.

Helgi stand auf. – Ich gehe nach oben und rede mit ihm.

– Nein, laß ihn in Ruhe, sagte Sunneva.

– Es ist ein bißchen viel für ihn gewesen, so kurz nach der Sache mit dem Hawker Hurricane, sagte der Hausherr nachdenklich.

Helgi klopfte leicht an die Tür. – Haut ab, hörte man Thórarinn schreien.

– Lieber Tóti, ich bin es, Helgi.

– Was willst du?

– Mach auf, Freund, und sprich mit mir.

Nach einer Weile öffnete Thórarinn. Er setzte sich auf das Bett und starrte auf den Boden, die Wangen feuerrot, das Haar naß vor Schweiß. Helgi setzte sich neben ihn; er stützte die Ellbogen auf die Schenkel und faltete die Hände. Unwillkürlich nahm der jüngere Bruder die gleiche Haltung ein. Thórarinn hatte sich oft darüber gegrämt, nicht so eine großartige Nase zu haben wie Helgi. Der geschwungene Bogen gab Helgi etwas Raubvogelartiges.

– Tóti, Ragnar ist vor kurzem sechsundzwanzig Jahre alt geworden. Du mußt nicht traurig sein, wenn Papa ihm ein Gewehr schenkt. Ich habe meins im letzten Jahr bekommen. Ragnar mußte fünf Jahre darauf warten. Erst an meinem Geburtstag hat Papa an ihn gedacht.

– Das ist es doch gar nicht, sagte der Junge; er hatte große runde Augen. – Ich mußte mich beeilen, um den Goldfisch zu füttern. Und als ich vom Tisch aufgestanden bin, habe ich mich an der Hand verletzt. Er besah seine Handfläche. – Deswegen habe ich angefangen zu weinen. Mir ist ganz egal, ob Raggi ein Gewehr bekommt.

Helgi sah zu dem Goldfischglas, das auf einer blaugestrichenen Kommode stand. Darin konnte er seinen Namensvetter sehen, Helgi den Goldfisch, allein auf weiter Flur und nicht gerade verhungert. Er wurde so getauft, als Helgi einen Hattrick gegen den FC Fram erzielt hatte. Thórarinn wurde böse mit jedem Kind im Viertel, das die berühmten Tore nicht hersagen konnte. Helgi der Goldfisch hatte schon zwei Schwärme Guppies niedergemacht. Das Wasser war braun von den reichlichen Futtergaben. Helgi schnupperte an der streng riechenden Brühe. – Auf diese Weise bringst du den Fisch um, Mensch. Er bekommt viel zuviel zu fressen.

– Ich werde ihn verkaufen, sagte Thórarinn traurig. – Ein Junge oben in den Hlídar will ihn haben.

– Was! Du willst meinen Namensvetter verkaufen? fragte Helgi indigniert.

– Ich gebe ihm vorher einen anderen Namen, sagte Thórarinn. – Und er ist auch kein Kassierer bei der Bank, so wie du, fügte er hinzu.

Thórarinn stellte sich schlafend, als Sunneva eine Weile später die Tür öffnete. Rechtschaffene Wut brannte in seinem Herzen. Andere bekamen Geschenke, und er mußte schuften. Die Zeit verging. Er hörte, wie vor der Haustür gesprochen und ein Auto angelassen wurde. Helgi fuhr jetzt mit der Großmutter nach Hause. Er hörte, wie direkt unter ihm eine Tür geöffnet wurde, und er wußte, daß sein Vater jetzt hinunter in den Keller ging. Auf ihn war er ganz besonders böse. Langsam wurde es still im Haus. Vilborg öffnete die Tür und sagte: – Ich weiß, daß du wach bist. Er antwortete nicht. Er sah auf den Wecker auf dem Schreibtisch. Es war halb elf. Um Mitternacht lag er noch immer wach. Er hockte sich auf die Knie und sah aus dem Fenster. Der Nebel war noch dichter geworden. Eine Drossel spielte ihre Klarinette genau vor dem Fenster. Der Stamm des Vogelbeerbaums wand sich aus der Erde empor, seine Äste, dick wie Rohre, reichten über das Haus hinaus. An vielen Stellen schimmerte die Rinde grünlich. Einige Blattknospen hatten sich noch nicht vollständig geöffnet. Neben dem Baum stand ein Taubenhaus. Er konnte aufrecht darin stehen, so groß war es. Sigurbjörn hatte den

Schlag im Frühling des Vorjahrs gebaut, aber Thórarinn konnte die Tauben nicht mehr ausstehen, seit der Täuberich sein Junges aufgefressen hatte, kaum daß es aus dem Ei geschlüpft war. Er klopfte ans Fenster, um die Drossel zu verscheuchen. Aber das nutzte nichts. Die Bäume waren voll von ihnen. Er schlief ein zu ihrem hochgestimmten Gesang.

Mir war, als ob ich mich in der Mitte eines großen Sees befinde, es war der Thingvallavatn, glaube ich. Und ich glaube, ich wollte Lachsforellen angeln. Ich war in irgendeinem verfluchten alten Kahn unterwegs. Ich fing an, Wasser zu schöpfen, als ob mein Leben davon abhinge, aber das Boot lief immer voller. Sigurbjörn sah seine Frau an, als würde er sie in ein Geheimnis einweihen. – Das Erstaunliche war, daß auf allen Bänken im Boot Leute saßen und sich unterhielten und so taten, als ob sie das Ganze nichts anginge.

– Und was für Leute waren das? fragte Sunneva. Sie saßen in der Küche und tranken ihren Morgenkaffee.

– Keine Ahnung.

– War es vielleicht deine Familie?

– Nein, wie kommst du denn darauf, Mensch? sagte er verblüfft. – Glaubst du, ich kenne meine Familie nicht? Außerdem hat dieser verdammte Unsinn keinerlei Bedeutung für mich. Er stand auf, und er erinnerte sich plötzlich daran, daß seine Frau oft Dinge träumte, die sich als wahr herausstellten, und auch die Träume anderer gut deuten konnte. Er trat hinaus auf die Stufen und sah nach dem Wetter; eine kleine Wolke hatte sich vor die Sonne geschoben, und der Garten lag in fahlem Licht, ein Mückenschwarm tanzte darin. – Helgi hielt es nicht für sehr wahrscheinlich, daß ich einen Kredit von der Bank bekomme. Mein Sohn Helgi, dachte Sigurbjörn bitter. – Und dabei gibt der Junge zu Hause kein Geld ab und ißt von uns allen am meisten. Er setzte sich auf die Treppe.

Helgi hatte mit seinem Vater in der Eingangshalle der Bank gesessen und ihm gesagt, daß es schwierig sein würde, eine weitere Hypothek auf das Haus aufzunehmen. Sigurbjörn hatte überlegt, seine Mutter zu bitten, eine Bürgschaft für einen Kredit zu unterschreiben, damit er wenigstens die dringendsten Zahlungen leisten könnte, aber dann hatte er nicht den Mut gehabt zu fragen. – Ich bin bankrott, murmelte der Mann zornig. – Ich habe nirgendwo mehr Kredit. Ich kann nichts bauen. Alles, was ich tue, ist reine Farce. Wir verlieren das Haus, alles! Ich bin am Ende. Verzweiflung überkam ihn, und er brauchte einige Zeit, um sich davon freizukämpfen.

Sunneva erschien in der Tür und öffnete eine längliche Schachtel. – Schau mal, was ich gestern als Taufgeschenk gekauft habe, sagte sie und zog eine Lage Watte zurück; es war ein goldener Löffel mit silbernem Griff. – Ist der nicht schön? Das ist doch viel besser, als Geld für eine Schrotflinte rauszuwerfen.

– Ganz großartig, meine Sunna, antwortete er.

Als Sigurbjörn sein eigenes Architekturbüro eröffnete, liefen die Geschäfte schlecht. Es kamen weniger Kunden als erhofft, um sich einen Entwurf zeichnen zu lassen. Einige Entwürfe hatten den Leuten nicht gefallen. Er galt als schwierig in der Zusammenarbeit und als exzentrisch. Er hatte Wechsel akzeptiert, die Wechsel in Schuldverschreibungen umgewandelt und eine Hypothek auf das Haus aufgenommen. Oft wachte er früh morgens auf, wenn die anderen noch schliefen, und war kaum zu sich gekommen, da fiel ihm der ganze Schuldenschlamassel schon wieder ein. Er spürte, daß es seine Familie nicht kümmerte, wie schwer es für ihn war, sie zu ernähren. Er blickte über die Gartenmauer. Dahinter sah man das hellrote Dach ihres Autos, ein 1949er Plymouth Kombi.

Sie hatten ihn neu gekauft. »Frisch vom Band« sagte Thórarinn gern. Sigurbjörn starrte in seine Hände. Er stellte fest, daß er mit dem Gedanken spielte, das Auto zu verkaufen. Was würde Tóti dazu sagen? Er hörte, wie seine Frau Vilborg zurief: – Sag dem Tóti bitte, er soll endlich aus den Federn kommen, und zwar ein bißchen plötzlich. Wir fahren gleich zur Taufe.

Auf dem Weg nach Eyrarbakki stritten sich die Geschwister hingebungsvoll. Vilborg sollte ihre Sommerarbeit dort antreten; der Plan sah vor, daß sie nach der Taufe gleich dableiben sollte. Thórarinn hielt nicht viel von dieser Arbeit. Immer wieder ermahnte ihre Mutter die beiden, ruhig zu sein. Ihr Vater war tief in Gedanken und sagte kein einziges Wort. Der Wagen lag gut auf der Straße und die Chromleisten auf der Kühlerhaube glänzten in der Sonne. Nebel lag über dem hellblauen Vifilsfell. Der Frühling war spät gekommen dieses Jahr und der Berg noch zu großen Teilen von Schnee bedeckt. In Sandskeid blickten einige Männer einem Segelflugzeug nach.

– Papa, halt an und laß uns den Gleiter ansehen, sagte Thórarinn.

– Dazu haben wir wohl kaum Zeit, sagte seine Mutter.

– Der Junge und ich sind gleich zurück, sagte Sigurbjörn und bog von der Straße auf einen Feldweg ein. Er parkte ein Stück von den Männern entfernt, die in einer Gruppe beisammenstanden und in die Luft starrten. Vilborg wartete im Auto bei ihrer Mutter. Das Segelflugzeug befand sich in großer Höhe, es erinnerte an eine einsame Fliege. Der Gleiter machte einen weiten Bogen, klar zeichnete er sich vor dem schneebedeckten Berg ab, dann senkte er sich und flog auf die Landebahn zu, wo eine warme Brise die Windsäcke hob. Noch bevor das Flugzeug aufsetzte, sah Thórarinn, daß zwei an Bord waren. Ein Passagier saß hinter dem Piloten. Der Gleiter landete. Er bestand aus wenig mehr als einer Eisenstange mit

Flügeln, die Sitze waren an die Stange geschweißt. Der Passagier war eine blonde Frau; man nahm ihr die Flugbrille ab; sie zuckte konvulsivisch, Schaum stand ihr vor dem Mund, und die Männer griffen ihre Handgelenke und versuchten, sie ruhigzuhalten. – Schon gut. Ist ja schon gut. Die Gruppe war schweigsam und verlegen. Die Frau schrie wie ein Tier.

– Was ist los? fragte Sigurbjörn einen der fremden Männer. – Hat sie einen epileptischen Anfall bekommen?

– Sie wollte es unbedingt einmal versuchen, es war ihr erster Flug, antwortete der Mann; es war ihm offensichtlich unangenehm, vor der Gruppe angesprochen zu werden.

Vater und Sohn standen eine Weile und beobachteten die Frau, die nicht aufhören konnte zu schreien. Die Männer versuchten, sie aus dem Sitz zu heben.

– Wir sollten gehen, Thórarinn, murmelte Sigurbjörn. Der Junge schilderte Mutter und Schwester den Vorfall in allen Einzelheiten, bis es seinem Vater plötzlich zuviel wurde: – Eines mußt du im Leben lernen, Tóti, sagte er. – Manchmal sollte man so klug sein, seinen Schnabel zu halten.

– Wieso? Warum soll ich nicht darüber reden? fragte Thórarinn. – Ihr hättet mal ihre Augen sehen sollen.

– Papa versucht es dir doch gerade zu erklären. Manches ist so, daß es klüger ist, darüber zu schweigen, sagte Vilborg.

– Nun wollen wir nicht mehr über diese verängstigte Frau reden, sagte Sunneva. – Das regt euren Papa nur auf. Und erzählt es auf keinen Fall Gudbrandur und Ingirídur, wenn wir bei ihnen ankommen. Das ist kein Thema für ein Tauffest.

– Ach liebe Mama, wofür hältst du mich denn? fragte Vilborg.

In Hveragerdi kauften sie einen Blumenstrauß und das berühmte Roggenbrot, das dort in der Wärme der heißen Quellen gebacken wurde. Von dort ging es weiter nach Selfoss, wo Sigurbjörn mit einem Mann zu sprechen hatte. Der

Mann empfing ihn auf der Treppe vor der Tür, er war klein und untersetzt. Thórarinn beobachtete sie aus dem Auto. Er fand, daß sein Vater zu laut lachte.

– Er will das Haus immer noch kaufen, der alte Vogel, sagte Sigurbjörn aufgeregt, als er sich wieder ans Steuer setzte.

– Welches Haus?

– Na, das Haus am Vitatorg natürlich. Dein Elternhaus.

Sie fuhren durch eine Ebene mit goldfarbenem Gras. In der flimmernden Luft kamen undeutlich die Häuser von Eyrarbakki zum Vorschein. Ein Windstoß fuhr über die weiten Grasflächen wie ein Sensenhieb. Auf einmal war das Luftflimmern verschwunden, und das Dorf erhob sich klar aus der Ebene. Litla-Hraun, das Gefängnis von Island, lag breit davor. Sigurbjörn fuhr langsam die Hauptstraße entlang und suchte nach dem Haus von Gudbrandur und Ingirídur. Er freute sich darauf, es zu sehen, und erkannte es gleich nach der Beschreibung: ein kleines, einstöckiges Holzhaus mit einem hohen Schornstein. – Er hat gesagt, das Wellblech wäre etwas rostig, schnaubte er. – Da hat Brandsi gelinde gesagt etwas untertrieben. Diese verdammte Hütte ist doch braun vor Rost. Der Mann muß das Blech komplett auswechseln. Jedenfalls ist das nicht das einzigartige Schnäppchen, für das er es gern halten will. Sunneva sah ihren Mann mit schwachem Lächeln an. Gudbrandur hatte vor vier Jahren geheiratet und mit der Zeit aufgehört, bei jeder Entscheidung Sigurbjörns Zustimmung einzuholen. Sie bogen um die Ecke und fuhren einen Weg entlang, der an einem grauen Sandberg endete. Den Strand konnte man wegen der Dünen hinter dem Haus nicht sehen, aber die fliegenden Möwen gaben zu erkennen, wo Land und Meer sich trafen. Sie parkten am Maschendrahtzaun. Sigurbjörn stieg aus und legte die Hand auf einen Pfosten, um seine Stabilität zu prüfen. Der Pfahl stand wie einzementiert. Nahe dem Erdboden hatte sich Gras in das Drahtnetz geschlungen, und junger Strandweizen wuchs aus dem grauen Gestrüpp des Vorjahres. Im Garten war ein rechteckiges Beet frisch umgegraben. Er sah sich die Rückseite des Hauses an. Sie hatte ein großes Fenster und ein kleineres zweites.

Gudbrandur kam heraus, um sie zu begrüßen. Als Vilborg ihm den Blumenstrauß geben wollte, sagte er: – Nein, gib ihn Inga.

Ingirídur stand auf der Treppe. Sie hielt den kleinen Jungen an ihre Schulter gelehnt und klopfte ihm leicht den Rücken.

Thórarinn fand seine Mutter groß und breit im Vergleich zu ihr. Ingirídur hatte ihn einmal auf den Mund geküßt. Die feuchte Berührung war ihm tausendmal angenehmer gewesen als der Kuß seiner Mutter, und er hatte sich dafür geschämt. Er folgte den Frauen ins Haus und begann, sich nach Zeitungen oder Büchern umzusehen. Ingirídur setzte sich und nahm das Kind von der Schulter, einen pausbackigen kleinen Burschen. Erschreckt warf er die Arme hoch, wie ein Vogeleisammler, der an einem Brutfelsen abgeseilt wird und auf einmal unerwartet ein Stück fällt. Sunneva setzte sich auf einen Schemel und streichelte den Jungen unter dem Kinn.

Auf dem Tisch vor dem Fenster des Wohnzimmers stand ein Mandelkuchenkranz, bis zum Rand gefüllt mit Konfekt. Ingirídur hatte den Rosenstrauß in einen Glaskrug gestellt. Thórarinn zählte fünf hellblaue Teller und Untertassen mit umgedrehten Kaffeetassen darauf. Zwei Gläser, je eine Flasche Cola daneben und zwei Strohhalme befanden sich ordentlich nebeneinander auf dem weißen Tischtuch. Viele Gäste wurden hier nicht erwartet. Der Kuchen war mit Konfektstücken verziert. Das Wasser lief ihm im Mund zusammen, er setzte sich auf einen Stuhl und griff nach *Haus und Heim* und dem *Familienjournal* im Zeitschriftenkorb.

Er sah seinen Vater und Gudbrandur von außen im Wohnzimmerfenster erscheinen. Sein Vater hatte die Schiebermütze aufgesetzt. Er stocherte mit irgend etwas am Fensterrahmen herum, Gudbrandur sah ihm zu. Ein Windstoß kam auf, der das Haus ächzen ließ, aber das dicht gekräuselte Haar auf Gudbrandurs Kopf bewegte sich kaum. Er hatte hohe, ein wenig bläuliche Wangen. Thórarinn fand es verwunderlich, daß Ingirídur mit so einem Bauern verheiratet sein wollte. Im Winter hatte er einen italienischen Kinofilm gesehen und hatte ihr ein Kompliment machen wollen. – Du bist wie eine Italienerin.

– So, antwortete sie kühl. – Sind die anders als andere Frauen?

– Ja-ha, hatte er gestammelt und war dunkelrot geworden. – Sie sind schön wie du und haben auch so ein kleines schwarzes Mal auf der Wange.

– Aha, hatte sie noch kühler geantwortet.

Gudbrandur bemerkte ihn und grinste spöttisch zum Fenster herein.

Thórarinn beugte den Kopf über die Zeitschrift.

Die kleine Maria, zwei Jahre alt, hing eifersüchtig an ihrer Mutter. Sunneva bekam den Täufling auf den Schoß gesetzt, damit sich Ingirídur ihrer Tochter und deren neuem Kindermädchen zuwenden konnte.

– Vilborg, meine Liebe. Willst du nicht vielleicht einen kleinen Spaziergang mit Maria im Sportwagen machen? sagte Ingirídur. Sie wandte sich zu Sunneva. – Sie hat die krankhafte Neigung, das Kind meine ich, sich sofort aus dem Staub zu machen, wenn man nur einen Moment wegschaut, als ob sie ein Stelldichein am anderen Ende der Welt hätte. Vor ein paar Tagen hat sie es fast die gesamte Öldugata und hinunter bis zum Teich geschafft, und als ich sie gefragt habe, was sie dort allein in der Wildnis essen und trinken wollte, hat sie gesagt: Wasser aus den Pfützen, und die Enten geben mir ihr Brot. Herr im Himmel, habe ich eine Angst ausgestanden. Ingirídur legte die Hand auf das Herz.

Vilborg hatte begonnen, wenigstens so zu tun, als kümmerte sie sich um Maria, und Thórarinn beobachtete sie mit Wohlgefallen. Er war froh und dankbar, seine Schwester aus dem Haus zu haben.

Sein Vater und Gudbrandur traten herein. – Mit dem Haus hier solltest du keine größeren Probleme haben, Brandsi, sagte Sigurbjörn. Sie gingen ein wenig auf und ab, und Sigurbjörn sprach laut und lachte viel. Sie öffneten die Tür, man hörte ein schwaches Tröpfeln von der Toilettenspülung. – Bei der Dusche ist der Boden ein wenig feucht, sagte Gudbrandur. – Aber das ist fast nichts.

– Das ist schon in Ordnung, Brandsi, sagte Sigurbjörn. – Und für sechzigtausend, der reinste Spottpreis. Und das Wellblech ist gar nicht so hinüber. Sigurbjörn ließ seinen Blick über den Holzboden und dann zur Decke hinauf wandern und legte seine große Hand auf einen der Querbalken. Thórarinn sah Schweißperlen auf der Stirn seines Vaters. Er wartete auf eine Bemerkung von Gudbrandur.

– So sieht es aus, sagte Gudbrandur mit einem Blick auf Ingirídur; er wollte nicht länger über Häuser reden.

– Und wann kommen die Gäste? polterte Sigurbjörn.

– Die sind schon da. Gudbrandur machte ein Gesicht, als ob er einem Unwetter trotzte.

– Ach wirklich! Sigurbjörn und Sunneva schienen erstaunt. – Das sind ja nicht viele Gäste für eine Tauffeier.

– Wenige, aber erlesene Gäste, liebe Sunna, sagte Gudbrandur.

Ingirídur stand auf, nahm das Kind auf den Arm und ging eine Stufe hinunter in die Küche. Thórarinn bemerkte, daß Gudbrandur ihn beobachtete. Ob er jetzt gleich anfängt, dachte der Junge und fand seine Schenkel auf einmal unförmig und fett. – Ich mag keinen Mandelkuchen, sagte er laut.

Sunneva hob die Arme: – Tóti, so etwas sagt man nicht!

– Das habe ich doch gewußt, sagte Ingirídur. – Und deshalb habe ich auch einen Schokoladenkuchen gebacken.

– Dem Jungen reicht es vollkommen, das Mal auf der Wange der Hausfrau zu studieren, sagte Gudbrandur lachend.

Thórarinn warf die Zeitung von sich und rief: – Ich wollte überhaupt nicht hierherkommen, verdammte Scheiße! Er rannte hinaus; Vilborg war in der Diele gerade dabei, die kleine Maria im Sportwagen zurechtzusetzen.

– Tóti, komm sofort zurück, rief Sunneva.

– Gudbrandur, warum machst du so etwas? sagte Ingirídur böse.

Thórarinn ging hinaus zum Auto. Sie besaßen das schönste Auto in der Stadt, Papa und er. Er sah durch die Scheibe. Der Tacho zeigte an, daß das Auto hundertsechzig fahren konnte. Auf der Motorhaube war ein gelbweißer Fleck. Die Möwen von Eyrarbakki hatten auf das Auto geschissen. Man sollte sie abknallen. Die Wiese stand voller Löwenzahn. Er hörte die Brandung. Schmeißfliegen summten an der Hauswand in der Sonne und stießen unaufhörlich gegen das große Fenster. Er ging den Weg Richtung Meer entlang. Im Sand waren kleine Muscheln; in der warmen Brise stieg er die Düne hinauf, vor ihm erstreckte sich die See. Eine Mantelmöwe lief geschäftig über den Tang, die Farbe des Sandes veränderte sich im an- und abfließenden Wasser. Die Möwe ließ sich vom Wind wieder zurücktragen und drehte eine zweite Runde. Ein Schwarm Strandläufer flog in einer Wolke auf und setzte sich wieder, als der große Vogel über sie hinweggeschwebt war. Der Junge beobachtete dies eine Weile. Dann legte er sich auf den Rücken, um sich zu beruhigen. Eine Wolke verdeckte die

Sonne. Er hörte Schritte, und seine Schwester rief: – Dingeling! bevor er sich aufrichten konnte.

– Kannst du damit nicht mal aufhören, blöde Kuh! schrie der Junge.

– Ha! Hast du dich erschreckt? Du sollst sofort kommen, Tóti, alle warten auf dich. Papa ist auch nach dir suchen gegangen, er kocht vor Wut. Du sollst dich nicht so aufziehen lassen. Ätsch bätsch, du kriegst mich nicht!

Er sprang auf die Beine, sie rannten ins Haus, und er bekam sie zu fassen, als sie beide gegen die Dielenwand prallten. Der Pfarrer war gekommen. Hoch aufragend, mit blondem Haarschopf. Die Erwachsenen waren sehr ernst und feierlich. Maria versteckte sich hinter dem Rock ihrer Mutter. Sunneva sagte den Kindern, sie sollten artig sein. Sigurbjörn sah sie scharf an. Alle rückten um den Tisch zusammen. Der Pfarrer hatte Gesangbücher mitgebracht, die er nun austeilte. Der kleine Junge hob die Hände vor sein Gesicht und betrachtete mißmutig den Dachbalken über sich. Er war inzwischen in ein Taufgewand mit einem langen Überkleid aus Spitze gekleidet worden. Der Pfarrer leitete den Gesang. »O süßer Jesus, segne du dies Kind, das wir dir bringen.« Thórarinn fand, daß seine Mutter unnötig laut sang. Zu aller Glück hörte man kaum etwas von Sigurbjörn. – Wer soll das Kind unter die Taufe halten? fragte der Pfarrer.

– Ich möchte dich darum bitten, lieber Sigurbjörn, sagte Ingiríđur.

Thórarinn starrte Gudbrandur verwundert an. Er hatte ihn nie zuvor mit beinahe violettem Gesicht gesehen. Der Pfarrer begann mit dem Taufritus, das Kind lauschte mit der Andächtigkeit eines Greises, Sigurbjörn trat mit dem Jungen auf dem Arm von einem Fuß auf den anderen wie eine hölzerne Marionette.

– Und haben sich die Eltern auf einen Namen geeinigt? fragte der Pfarrer.

Gudbrandur sah seine Frau ängstlich an. – Sag du, Inga.

– Sigurbjörn, sagte Ingirídur leise.

Thórarinn blickte zu seinem Vater. Sigurbjörn Helgasons Gesicht sah aus wie ungekochtes Salzfleisch, die Narben auf der Haut waren kohlrabenschwarz. Das Kind begann zu jammern und wurde purpurrot. – Ist gut, ist gut, sagte seine Mutter und streichelte ihm die Wange.

– Stehen Sie nicht so steif da, mein Freund, dann beruhigt es sich, sagte der Pfarrer väterlich zu Sigurbjörn und legte ihm die Hand auf den Arm. – Und warten Sie noch ein wenig, bevor Sie das Kind über das Becken halten.

Die Geschwister sahen einander an und kicherten; Sunneva stieß ihre Tochter mit dem Ellbogen, und Sigurbjörn blickte seinen Sohn scharf von der Seite an. Neben der Schale brannte flackernd eine Kerze, auf dem Tisch lag die Bibel. Das Lichtspiel auf dem Deckenbalken ließ den Jungen schweigen und schauen. Der Pfarrer schöpfte ihm Wasser über den Kopf, die Haare des Kindes wurden schwarz vor Nässe. Der Pfarrer sagte: – Ich taufe dich Sigurbjörn, im Namen des Vaters, des Sohnes und des Heiligen Geistes.

Danach war Handauflegung und Fürbitte, dann wurde noch ein Lied gesungen: »Gottvater sei dir Schutz und Schirm, daß dir die Welt nicht schade.« Nach dem Gesang herrschte zwischen den Freunden eine große Verlegenheit, man hörte nur die Kleider der Frauen rascheln. Dann küßte Sunneva ihren Mann mit glühend roten Wangen und sagte: – Herzlichen Glückwunsch, Liebling. Laß mich doch einmal kurz dein Patenkind halten. Sie nahm ihm den Jungen aus den Armen.

Sigurbjörn stand wie unter Schock und betrachtete ungläubig seinen Namensvetter auf dem Schoß seiner Frau. Sigurbjörn Gudbrandsson sah Sunneva verwundert an.

Ingirídur holte den Schokoladenkuchen. Die Erwachsenen wirkten steif und befangen. Der Pfarrer lenkte das Gespräch, das sich hauptsächlich um die örtliche Fischerei und verheerende Stürme drehte. Sigurbjörn junior war auf dem Schoß seiner Mutter eingeschlafen. Der Mandelkranz war aufgeschnitten worden, und einige Konfektstücke waren auf das Tischtuch gefallen. Als Thórarinn sah, daß Gudbrandur anderes im Kopf hatte, bekam er Appetit. Er aß ein Viertel des Kuchens, bevor seine Mutter ihm auf die Schulter tippte und ärgerlich sagte: – Wenn du so weitermachst, platzt du noch, Kind. Da schmuggelte er einige Konfektstücke in seine Tasche und setzte sich hinaus in die Sonne, um sie in Ruhe zu essen. Er dachte wieder an die Krämpfe der Frau mit dem Schaum vor dem Mund, und er grübelte lange darüber nach, warum man Schweigen zu bewahren hatte über solche Angst.

Klein-Maria war eingeschlafen, und es war kurz vor neun, als der Pfarrer sich verabschiedete. – Brandsi, wie wär's wenn wir ein wenig nach draußen gehen und uns das ganze Konfekt aus den Rippen blasen lassen? fragte Sigurbjörn.

Gudbrandur lieh ihm einen Wollpullover und einen Anorak, er selbst nahm einen alten Mantel und bedeckte sich mit einer grünen Strickmütze. Sigurbjörn setzte seine Schiebermütze auf.

– Ihr seht ja aus wie Gvendur Dúllari und Símon Dalaskáld, die fahrenden Sänger, sagte Sunneva und klatschte lachend in die Hände.

– Wirklich? fragte Gudbrandur ernst. Er konnte urplötzlich ganz erstaunt sein und sprach dann mit stark ländlichem Dialekt. – Schaun wir so gräßlich aus, Sunna?

– Ich mache nur Spaß, lieber Gudbrandur.

– Die Frau weiß, daß Kleider zwar Leute machen, aber keine Landstreicher, sagte Sigurbjörn und lachte. – Nimm dir das nicht zu Herzen, Brandsi.

Während der Tauffeier war ein milder Frühlingsregen gefallen, und die Steine auf dem Weg waren dunkel vor Nässe. Einige Kinder spielten noch Ball auf der Straße, die beiden Männer gingen langsam an ihnen vorüber. Endlich brach Gudbrandur das Schweigen.

– Wie geht es deiner Mama?

– Sie strotzt vor Gesundheit und hält wie eh und je fest an Gottes Wort und den guten Sitten, sagte Sigurbjörn. – Trotzdem, nichts im Vergleich zu deiner Mutter, der alten Hexe. Sag mal, wie lange ist es her, daß sie gestorben ist?

– Drei Jahre bald. Wie die immer im Laden rumgekeift hat, nicht zu fassen. Die Leute bekamen Todesangst, wenn sie bei ihr einkaufen mußten.

– Ja, die Bürgerkriege zur Zeit der Sturlungen waren ein Kinderspiel dagegen, sagte Sigurbjörn.

Schweigend gingen sie ein Stück, dann sagte Sigurbjörn: – Brandsi, mein Lieber, du bist der beste Zimmermann, den ich kenne. Keiner arbeitet so gut mit Holz wie du. Und gutes Bauholz ist bekanntlich nicht leicht zu bekommen. Er sah Gudbrandur an und sagte verschwörerisch: – Ich habe sie schon die besten Lieferungen verhunzen sehen, diese Pfuscher, Mahagoni, Teak und sogar Douglastanne.

– Ich bin Zimmermann und will meinen Berufsstand nicht schlechtmachen, Sigurbjörn, aber es stimmt, auch ich habe so etwas schon mitansehen müssen, sagte Gudbrandur nach einigem Schweigen.

Sie gingen bis zum Ende der Eyrargata und dann den Búdarstígur hinunter bis zu den alten dänischen Kaufmannshäusern. Der Meerwind brachte Regen, als sie die offene Fläche erreichten. Sie suchten Schutz unter einem Vordach.

– Diese Lagerhallen werden jetzt im Sommer abgerissen, sagte Gudbrandur. Sigurbjörn sah die Wand entlang nach oben. – Das sind ganz ungewöhnliche Konstruktionen, erbaut von Lefolii.

– Aber wer soll die Instandhaltung bezahlen, Sigurbjörn?

– Du könntest dich nebenher etwas damit beschäftigen. Sigurbjörn befühlte das Holz mit seinen großen Fingern, das schützende Wellblech war erst vor kurzem weggerissen worden. – Es ist ein Verbrechen, diese Häuser zu zerstören. Sicher, das Holz ist etwas angegriffen, aber an keiner Stelle wirklich verrottet.

– Und hier klettern Kinder herum und bringen sich in Gefahr.

– Kann man die Häuser denn nicht vernageln? Du könntest zwei, drei Stunden am Tag daran werkeln. Du hast doch nichts besseres zu tun im Moment.

Es war ziemlich hoch bis zu dem leeren Fensterloch. Sigurbjörn stellte sich auf die Zehenspitzen, konnte nichts sehen und hüpfte unbeholfen. Gudbrandur stellte sich breitbeinig auf, verschränkte die Hände ineinander und wartete vornübergebeugt. – Komm schon.

– Tu nicht so, dazu hast du nicht die Kraft, Gudbrandur.

– Aber sicher, na los.

Sigurbjörn stieg mit dem Gummistiefel in Gudbrandurs Hände. Gudbrandur hob ihn hoch und richtete sich ächzend auf. Sigurbjörn schwankte, es gelang ihm gerade so, einen kurzen Blick hineinzuwerfen. Er suchte nach Halt und fühlte einen borstenhaarigen Kopf. Gudbrandur sah ihn spöttisch an. – Und, hast du etwas gesehen?

– Stapel von verbogenem Wellblech. Verdammt, bist du ein Schwächling geworden.

– Ich ein Schwächling? Du hast so gewackelt und gezittert.

– Ich wiege knapp achtzig Kilo.

Gudbrandur maß ihn mit einem Blick: – Nein, du wiegst über hundert.

– So, jetzt hebe ich dich.

Gudbrandur schien nicht zu bemerken, daß der andere gebeugt wartete.

– Wellblech ist das einzige Verkleidungsmaterial, das hierzulande etwas taugt, sagte Sigurbjörn und richtete sich wieder auf. – Nichts anderes hält stand gegen den ewigen Seewind.

Sie gingen hinunter zum Strand, wo sich die Wellen in grauweißem Schaum brachen. Der Wind drückte den Strandhafer auf den Dünen bis zum Boden.

– Du paßt doch auf, daß dem Mädchen nichts zustößt.

– Wir werden gut auf sie aufpassen.

– Wie alt ist Ingirídurs Tochter?

– Bald siebzehn.

– Na, dann ist sie ja bald mannbar, hoho.

Kleine Krebse und Muschelschalen zerbrachen unter ihren Gummistiefeln und Holzpantinen. Gudbrandur drehte einen Krebs mit der Fußspitze um, die Schale war leer, aber trotzdem zogen sich die Scheren zusammen. Von der Sonne graugebleichte Stücke Treibholz, halb im Sand vergraben, verrotteten. Tang hatte sich so über einem von ihnen verfangen, daß es aussah wie ein riesiger Krebs. Ein Schwarm Seeschwalben kreiste in einem schreienden Wirbel über ihnen, und eine Schwalbe nach der anderen löste sich aus der Gruppe, flog zu den Männern und spähte über ihren Köpfen, drehte dann zurück, Neuigkeiten kreischend. Die beiden griffen sich Stöcke zur Verteidigung.

– Jetzt ist Brutzeit, da sind die völlig außer Rand und Band, sagte Gudbrandur und rannte breitbeinig davon, der Mantel schlackerte ihm um die Beine. Sigurbjörn setzte ihm in seltsamen Sprüngen nach. Die Seeschwalben verfolgten sie ein Stück, verschwanden dann aber wieder zu ihren Schwestern, ohne weiteres Interesse an den galoppierenden Stadtkindern. Plötzlich war alles still.

– Jetzt wäre es schön, etwas Starkes zu trinken, sagte Gudbrandur, setzte sich in eine windgeschützte Grasmulde und blickte über den bräunlich-gelben Strand. Sigurbjörn ließ sich neben ihm nieder; er atmete schwer. – Wie lange ist es her, seit du etwas getrunken hast? fragte er dann.

– Viele Jahre, fast zehn ... länger. Sigurbjörn legte sich am Rand der Mulde zurück und zog die Schiebermütze in die Stirn. – Es hat mir nicht gutgetan, Brandsi, fügte er hinzu.

Sie lagen schweigend Seite an Seite und lauschten dem Wind. Sigurbjörn hatte vorgehabt, die Rede diskret auf einen Kredit zu bringen, damit er Stebbi in dessen Laden etwas Geld geben und sich bis zum Monatsende durchschlagen konnte, aber dazu hatte es während der Tauffeier keine Gelegenheit gegeben. Er hatte kaum genug, um das Benzin für die Rückfahrt zu bezahlen. Es ist alles vorbei, dachte er. Der steife Ostwind wehte den trockenen Sand von der vor Nässe dunklen Schicht darunter und blies ihn den Männern ins Gesicht.

Gudbrandur hatte erheblichen Immobilienbesitz geerbt. Seine Mutter hatte ein Geschäft für Haushaltswaren in der Innenstadt gehabt und in einer großen Wohnung im dritten Stock des Hauses gewohnt. Als sie gestorben war, hatte Gudbrandur das Geschäft aufgelöst und vermietete nun die Wohnung und den Laden. Sigurbjörn und er hatten sich kennengelernt, als die britischen Besatzungssoldaten im Herbst 1944 das Nationaltheater räumten und die Restaurierungsarbeiten daran begonnen wurden.

– Was macht das Entwerfen? fragte Gudbrandur.

– Verdammt schlecht, keuchte Sigurbjörn. – Die Leute haben keine Lust, für diese Arbeit zu bezahlen. Sie wollen ihre Entwürfe am liebsten selbst machen und stümpern sich dann gegen allen Rat und alle Regeln ihre beschissenen kleinen

Kuhställe zusammen. Mit Architektur macht man weniger Geld als mit Bratpfannen.

– Man kann sich aber nicht recht ausmalen, wie du den Weibern Kaffeegeschirr verkaufst.

Sigurbjörn räusperte sich, und Gudbrandur hörte seinen Anorak rascheln; er öffnete ein Auge und sah, wie Sigurbjörn die Hände hinter den Kopf legte. Er tat das gleiche und fühlte, wie sich ihm ein kleiner Stein in den Handrücken bohrte. Er wischte ihn weg und lag eine Weile in Gedanken. Das Nationaltheater kam ihm in den Sinn. Der Bau war beinahe vollendet, für die meisten war es der letzte Arbeitstag gewesen, und der Staatsarchitekt unterhielt sich leise mit Sigurbjörn. Gudbrandur hatte sich in der Nähe gehalten und war mit ihnen auf die Bühne gegangen. Sigurbjörn stand mit den Händen auf dem Rücken und sah die frischgestrichene Decke hinauf, als könnte er die Luftschlösser, die ihm der Staatsarchitekt beschrieb, wirklich vor sich sehen. Sigurbjörns Idee mit dem großen Kaufhaus in Reykjavík ist wirklich gar nicht schlecht, dachte Gudbrandur. Könnte sich mit der Zeit glatt zur Goldgrube entwickeln.

Gudbrandur setzte sich auf, riß einen Halm vom Strandhafer und steckte ihn in den Mund. Unten an der Mündung mischte sich das Wasser des Flusses mit der stürmischen See, der rauhe Wind peitschte das Gras nieder, das Licht war grauweiß und seltsam. Er schob den Halm mit der Zunge im Mund zurecht und sagte: – Ich will mitmachen bei der Sache.

– Bei welcher Sache?

– Bei deinem neuen Bauvorhaben.

– Ist das dein Ernst, Gudbrandur? murmelte Sigurbjörn überrascht.

– Natürlich.

– Aber du hast eine hervorragende Stelle!

– Die ist auf die Dauer ziemlich eintönig, kann ich dir sagen. Und ich bin über vierzig. Man kann nicht bis in alle Ewigkeit als Zimmermann arbeiten. Die meisten sind mit fünfzig am Ende.

– Weißt du nicht, daß alle sagen, ich kann nicht mit Geld umgehen?

– Aber bist du schlimmer als andere?

Sigurbjörn lag eine Weile mit geschlossenen Augen und dachte nach, während er an seinem Halm kaute. Gudbrandur betrachtete sein Gesicht, aber er konnte weder ja noch nein aus Sigurbjörns Zügen lesen. – Ich bin weit davon entfernt, in Schwierigkeiten zu sein, Brandsi, aber das Vorhaben ist momentan noch nicht startklar, ehrlich gesagt.

– Nein, aber das könnte es bald werden, sagte Gudbrandur. – Du entwirfst und schlägst dich mit den Zulieferern herum. Ich mache, was ich gut kann.

– Und das kannst du wirklich gut. Sigurbjörn stützte sich auf einen Arm und öffnete die Augen. – Du hast den Entwurf bei mir gesehen. Hier geht es nicht um kleine Beträge. Ich rede von Millionen, Kamerad.

– Aber so ein Kaufhaus wäre wirklich ein gewaltiger Schritt in die Zukunft, Sigurbjörn. Und am Eingang könnten wir einen deiner Palmengärten haben und einen Teich mit Goldfischen und vielleicht einen Affen im Käfig, den die Kinder sehen wollen, so was zieht Kundschaft.

– Das wäre ein Schauspiel, verdammt noch mal, ein Affe, der herumspringt und Bananen frißt, sagte Sigurbjörn begeistert. Er zog ein Bein an, grub die Ferse in den Sand und sah hinunter zur Mündung, wo der Fluß sich in glänzende Rinnsale ergoß wie eine Hand mit vielen Fingern. – Wir werden alles riskieren müssen.

– Unsere Häuser als Sicherheit einsetzen?

– Mehr als das. Auch die Klitsche deiner Mama.

– Aber das ist ein dreistöckiges Steinhaus in der Austurstræti, beste Lage in der Innenstadt. Muß man ein solches Wagnis eingehen?

– Ich fürchte, ja, Gudbrandur. Wenn alles klappen soll.

– Aber ich habe schon für einen großen Kredit für dich gebürgt.

– Ja, das stimmt. Willst du mich lieber bankrott gehen sehen? Dann ist dein ganzes Geld futsch. Sigurbjörn lachte.

– Dafür brauche ich die Zustimmung meiner Inga, sagte Gudbrandur nach einigem Zögern.

– Dann gut Nacht, sagte Sigurbjörn höhnisch. – Die Weiber sind so verdammt vorsichtig, wenn es um Geld geht. Da halten sie die Börsen fest, daß die Knöchel an den Händen weiß werden.

– Und wo ist das Grundstück?

– Unter dem Haus meines Schwiegervaters, nach wie vor. Sigurbjörn legte sich zurück.

– Du denkst immer noch an den Vitatorg?

– Ja.

– Und was willst du mit dem Alten machen?

– Der zieht in eine von seinen Wohnungen. Dem gehören Wohnungen in der ganzen Stadt, auch wenn er das abstreitet.

– Und was will er für den Platz?

– Ein ganzes Stockwerk, über tausend Quadratmeter, und den halben Keller.

– Das ist viel zuviel, Mann. Sag ihm, daß ich jetzt mit von der Partie bin. Diese Hütte, die er da stehen hat, ist vollkommen hinüber. Ich verstehe was von Häusern.

– Das tue ich auch, Brandsi, aber ich weiß nicht, ob das Risiko nicht zu groß ist, daß er wieder abspringt. Dieser Mensch ist widerborstiger als der Teufel. Der Vitatorg ist ein Schmuckstück von einem Platz, und fünf Stockwerke sind noch übrig. Daraus sollte etwas zu machen sein, immerhin behalten wir jeder ein Stockwerk für uns. Aber wie wäre es, wenn du mit deinem Register zu mir in den Keller kämst, um deinen Standpunkt näher zu erläutern, mein Lieber?

– Du mußt raus aus diesem Keller, sagte Gudbrandur. – Es ist gesünder, zur Arbeit in die Stadt zu gehen. Du terrorisierst deine Familie damit. Das hier wird unser beider Unternehmen. Und ich verfüge über einige Räumlichkeiten: Mit meiner Frau habe ich auch eine ganze Fabrik bekommen.

– Du brauchst nur eine Frau anzurühren, schon fallen dir die Immobilien zu, lachte Sigurbjörn.

Er kannte das Gebäude; es war ein eckiger Steinblock, *Skallagrímur Maschinenbau* stand in verblaßten schwarzen Buchstaben auf der dunkelroten Front, die Fenster so schwarz wie die Rückseite eines Spiegels. Die Fabrik war pleite gegangen, kein gutes Vorzeichen. Hauptberuflicher Bauunternehmer wollte er eigentlich nicht werden, nur ein Haus bauen und sich aus den uferlosen Schulden retten. Er ließ es auf diesem Mißverständnis beruhen und setzte sich steif auf.

– Nun, was sagst du dazu? fragte Gudbrandur.

– Hast du Geld flüssig, das du einbringen kannst? Das wäre natürlich entscheidend.

– Um die zweihundertfünfzigtausend.

– Ich muß mir die Sache gut überlegen und alles mit meiner Frau besprechen, genau wie du. Sigurbjörn drehte sich auf die Knie, sprang auf die Füße und zog Gudbrandur hoch. Sie gingen hinunter zur Mündung der Ölfusá, wo der Fluß mannstiefe Kanten in den Sand geschliffen hatte.

– Siehst du den Sand, Gudbrandur? Sigurbjörn hob beide Hände in die Luft. – Sieht aus wie vom Wind glattgewetzte Schneewehen. Wer an einem solchen Ort eine Kirche bauen will, sollte sich an diesen Formen orientieren. – Sieh mal, findest du, sie würde gut dort zwischen die Hügel bei den Seeschwalben passen? Sigurbjörn wies zu den Brutplätzen und breitete die Arme aus, dann zeichnete er die Umrisse einer Kirche in die Luft, während er im Sand hin- und herging. – Und das Dach müßte aussehen wie ein von der See rundgeschliffener Felsen.

Gudbrandur überlegte, die Kirche von Le Corbusier zu erwähnen, Notre-Dame-du-Haut, die gerade auf einem grasbewachsenen Hügel in Frankreich gebaut wurde und von der er ein Bild im *Falken* gesehen hatte. Stattdessen sagte er trocken: – Ja, das würde ein entzückendes Kunstwerk aus Beton werden. Aber wir sollten lieber auf der Erde bleiben.

– Etwas anderes war auch nie geplant. Sei zuversichtlich, mein Guter. Sigurbjörn klopfte Gudbrandur auf den Rücken. – Ich habe nicht gesagt, daß wir nicht handelseinig werden, ich habe noch keineswegs beschlossen, daß ich dich nicht dabeihaben will, Kamerad. Aber ich muß mir die Sache überlegen. Das mußt du verstehen. Mann, ist mir kalt geworden. Komm, laß uns nach Hause gehen.

Die Seeschwalben hatten nichts gelernt aus der Erfahrung mit der ersten Strandüberquerung der beiden Männer.

Drei Tage später machten Vater und Sohn abends einen Spaziergang, Sigurbjörn hatte sich mit Hallbjörn dem Kranführer verabredet. Die Straßen waren regennaß.

– Ich glaube, es ist dumm von dir, eine Aktiengesellschaft zu gründen, sagte Thórarinn.

– Und weshalb? Sigurbjörn musterte den Straßenbelag.

– Die wollen nur über dich bestimmen.

– Und wer sind die, die über mich bestimmen wollen, Tóti? Sigurbjörn spazierte mit den Händen auf dem Rücken, die Miene düster. Beide hatten ihre beste Kleidung an.

– Na, Gudbrandur und Ingirídur natürlich.

– Ich achte schon darauf, die Mehrheit in meinem Unternehmen zu behalten, sagte Sigurbjörn griesgrämig. – Was gibt es denn Neues von Frikassee und Frikadellen?

– Nichts, sagte der Junge gereizt.

– So einfach nimmt man mir die Kontrolle nicht ab, sagte Sigurbjörn. – Deine Mama und deine älteren Brüder werden auch Anteile haben. Und wenn du etwas größer bist, Tóti, leiten wir beide zusammen ein Architekturbüro. Das wird dann unser Unternehmen.

Sie warteten eine ganze Weile auf Hallbjörn. Er kam die Hverfisgata von der Innenstadt her zu Fuß herauf und sah schon aus der Ferne das Haus an, aber nicht Vater und Sohn, dabei fluchte und schimpfte er vor sich hin. Dann ging er langsam einmal um das Haus des Großvaters herum wie ein verletzter Braunbär, der auf einen Mann in einem Baum lauert. Thórarinn war ihm bereits früher einmal begegnet. Er sah immer aus, als käme er gerade aus dem Schwimmbad. Er fixierte das Haus, als habe er mit ihm eine alte Rechnung offen.

– Völlig behämmert, sich mit so etwas abzugeben, Sigurbjörn. So eine beschissene, verwanzte Bretterbude soll man abreißen. Ist das nicht das Haus vom alten Geir? Hallbjörn fischte nach einer Zigarette in seiner Brusttasche. Er trug ein weißes Hemd und einen abgetragenen schwarzen Anzug.

– Ja, genau, sagte Sigurbjörn.

– Ich habe ihn gesehen, den Alten, wie er auf einer morschen Leiter zum Giebel hochgekraxelt ist, mit einem Eimer Farbe und seiner Pfeife. Hallbjörn betrachtete das Haus und drehte die Zigarette zwischen den Fingern. – Er hat es nie über sich gebracht, Geld für die Instandhaltung auszugeben. Alles immer nur gepfuscht. Hallbjörn bot Sigurbjörn eine Zigarette an, der lehnte dankend ab. – Aber so sind diese Männer nun einmal. Die denken anders als wir heute. Hallbjörn nahm ein Feuerzeug hervor, dann sog er genüßlich den ersten Zug ein. – Er lebt noch, oder?

– Doch, er ist nur schnell in die Weststadt hinüber, der Alte. Er will in eine Wohnung ziehen, die er draußen auf den Melar hat.

– Komisch, daß er nicht schon längst abgestürzt und ums Leben gekommen ist. Hallbjörn sah zum Giebel hinauf.

– Es ist schon Wertvolleres zu Bruch gegangen, sagte Sigurbjörn mit Nachdruck.

Hallbjörn starrte ihn spöttisch an, schließlich sagte er: – Er klammert sich wahrscheinlich immer an seine Pfeife.

– Sind Sie Spezialist für müde Witze? fragte Thórarinn.

– Sieh sich mal einer den Jungen an, sagte Hallbjörn bewundernd und musterte ihn von oben bis unten. – In dir steckt eine bemerkenswerte Kraft, Sigurbjörn. Wenn du nicht gerade das Nationaltheater baust, zeugst du Kinder und versetzt Häuser in der ganzen Stadt. Ist das da deins?

Thórarinn begriff, daß mit »das da« er selbst gemeint war.

– Ja. Sigurbjörn war Hallbjörn gegenüber ziemlich kurz angebunden, zumal sie sich noch nicht über den Auftrag geeinigt hatten.

– Verdammt, ist der Junge fein herausgeputzt.

Sigurbjörn sah den Sohn, der die Mütze jetzt abgenommen hatte, mit Vaterstolz an und fuhr ihm mit der Hand durchs Haar.

– Völlig behämmert, sich mit so etwas abzugeben. Hallbjörn wendete sich wieder dem Haus zu.

– Ach Hallbjörn, du hast bestimmt schon Schlimmeres gesehen, brummte Sigurbjörn. – Was willst du dafür haben, daß du die Bruchbude abtransportierst?

Sie gingen auf die Seeseite hinüber und blieben vor dem Lattenzaun stehen. Einige unverkäufliche Klapperkisten standen hier und dort auf dem Platz geparkt.

– Und was soll mit der Bepflanzung passieren? fragte Hallbjörn. Er hatte die Frage nicht beantwortet.

– Das ist nicht meine Sache, Kumpel.

– Kann mein Bruder die übernehmen? Der hat ein Wochenendhaus auf dem Land. Der hat es mit Bäumen. Niemand würde sich wundern, wenn ihm mal einer aus dem Arschloch wächst. Hallbjörn schnippte die Zigarette in eine Pfütze. – Und wo sollen wir den Kran aufstellen? Auf der Seite von Bjarnaborg? Die Hverfisgata den ganzen Tag sperren? Das hier ist ein Job, den keiner gern macht. Abscheulich ist das. Und wer soll den aufgeregten Pöbel vom Haus fernhalten, während wir es auf den Transporter heben? Die Polizei? Die reißt sich nicht um solche Aktionen, kann ich dir sagen.

Der kleine Autoladen am Vitatorg steht leer, das Fenster schwarz wie eine tiefe Stelle in einem breiten, strömenden Bergbach. Wo das Haus stand, klafft nun ein Loch in der Erde, bedeckt von Holzabfall und zerbrochenen Balken, als hätte es an der Straßenecke Krieg gegeben. Eine alte Waschmaschine unter den hölzernen Trümmern, Zementbrocken auf dem weißen Email. Alte Heizkörper auf einem Haufen. Der alte Mann steht da und betrachtet all dies mit verzerrtem Gesicht: Wie konnte ich mich von dem Mädchen, der Sunneva, so hinters Licht führen lassen? Mitanzusehen, wie die mit den Heizkörpern umgingen! Und die Balken hätte man gut aufheben und anderweitig nutzen können. Vor dem Krieg hätte man die nicht weggeworfen. Die Frau hatte gesagt, die Waschmaschine sei kaputt. Reiner Unsinn. Sie wollte nur eine andere, neumodische haben. Am Morgen des Vortags hatte Geir zwei Jungen zu sich gerufen, die draußen spielten, und ihnen Äpfel geschenkt. Die verdammten Bengel hatten damit vor dem Laden Fußball gespielt. Früher hätten sie das Obst genüßlich verspeist. Er fluchte.

In dem kleinen Garten warteten ängstlich die Vogelbeerbäume, einer schon halbtot. Irgendein Idiot wollte den anderen geschenkt haben. Der erschien am Vitatorg mit einem schweren Seil und einem Lastwagen. Sah nach feinem Pinkel aus. Was sind das eigentlich für Leute, die Bäume züchten? Komplette Idioten?

– Was will der Mann mit den Bäumen machen, Opa? fragte Thórarinn.

– Hmp, machte der Alte und antwortete nicht.

– Wie gefällt es dir in der Weststadt?

– Oh, überhaupt nicht, Tóti.

– Der Baum stirbt dabei, sagte der Junge.

– Du bist noch vom alten Schlag, mein Goldjunge, sagte Geir zu seinem Enkel. – Hast du es gut beim Hjálmur?

– Ich fahre von morgens bis abends auf dem Fahrrad Waren aus, sagte Thórarinn bedeutungsvoll.

– Wirklich, verkauft er so gut? fragte Geir nachdenklich.

– Ja, mit meinen Lieferungen habe ich mehr als genug zu tun, sagte Thórarinn.

– Und wo ist dein Papa?

– Zuhause im Keller mit Gudbrandur. Sie sehen sich die Pläne an. Gudbrandur will das Kaufhaus anders haben.

– So, wie anders denn, Tóti? Der alte Mann nahm die Pfeife aus dem Mund.

– Er will es kleiner haben. Er sieht nicht ein, ein zweites Nationaltheater zu bauen, sagt er. Aber Papa will keine Änderungen. Der Junge machte eine energische Handbewegung. – Papa sagt, das kommt nicht in Frage. Alles ist unter Dach und Fach. Er baut keinen Hühnerstall, und er läßt sich von keinem sagen, was er machen soll.

– Hühnerstall! Der alte Mann schnaubte. Diese Vögel wissen jedenfalls ihre Schnäbel zu gebrauchen, dachte er. Und jetzt wollen sie pro forma meine Unterschrift für ihr Unternehmen. Ja, das wird ein Unternehmen werden.

Der verrückte Baumfreund sprang geschäftig zwischen dem Laster und dem Bagger hin und her. Er hatte seine Jacke ausgezogen und war jetzt in weißem Hemd und Wollweste. Er hatte seine beiden Söhne zur Unterstützung dabei. Beide bewegten sich langsam, aber der ältere schien besonders faul zu sein; die ganze Zeit über verzog er mürrisch den Mund. Ihr Vater stapfte in seinen glänzenden Schuhen mitten in die frische Erde und begann, in Windeseile einen Graben um den Baum herum zu schippen, aber er wurde schnell müde und reichte dem älteren die Schaufel. Der kommentierte alle Bemühungen seines Vaters mit der immer gleichen Bemerkung: – Ja was soll das jetzt, Mann!

Sie knüpften das Seil an den größeren Baum. Der Baggerführer war äußerst gereizt. Der Bagger streckte seinen Arm aus und räusperte sich. Das Seil wetzte gnadenlos an der Rinde hinauf und fetzte sie ab, daß das gelbe Holz zum Vorschein kam. Auf seinem Sitz führte der Baggerführer so laute Selbstgespräche, daß jeder seine Worte hören konnte: – Was für ein Irrsinn!

Der Lasterfahrer hatte seine Pfeife angezündet. Er holte einen Reifenschlauch unter dem Fahrersitz hervor. – Ich glaube, es wäre sinnvoll, das hier um den Stamm zu wickeln und das Seil dann darüberzuknoten.

Bei diesen Worten entglitten dem faulen Jungen die Züge. Er warf dem Lasterfahrer einen unwirschen Blick zu, dann ging er schweren Schrittes zu dem Baum. Der Knoten saß bombenfest. Der Baggerführer setzte eine Sonnenbrille auf und sah starr wie ein Toter auf das Meer hinaus. Das Meer lag glatt in der Windstille, auf dem Platz schwärmten Mücken in der warmen Luft. Er hatte das niedrigste Angebot für die Räumung des Grundstücks gemacht. Dieser verfluchte Sigurbjörn hatte nirgendwo die Verpflanzung der Bäume erwähnt.

Mit einem Pfriem gelang es ihnen, den Knoten zu öffnen, und sie wickelten den Schlauch um den Stamm. Geir sagte, es lohne sich immer, eine Schleife zu knoten. Thórarinn stimmte ihm eifrig zu. Der Bagger hob seinen mächtigen Arm und der Baum schüttelte angstvoll seine Laubkrone. Der Bagger begann zu heben, ein glänzender Stahlarm, von einer leichten Ölschicht überzogen, fuhr aus dem roten Schaft, der Baum ging auf die Zehen, krallte sich aber in Todesfurcht mit vielen starken Wurzeln in der Erde fest. Der Bagger stieß schwarzen Rauch aus und knurrte.

Der alte Geir schüttelte den Kopf. Der ältere Junge stand auf dem ausgehobenen Erdreich und sah leidend und gleichgültig zu.

– Spring in die Grube, Einar, rief der Baumfreund. Der jüngere Sohn blickte seinen Vater aufmerksam an, verstand aber nicht, was er tun sollte. – Nimm den Spaten und hack die Wurzeln ab, Junge.

– Hmp, konnte man Geir am Rande der Grube hören. Soviel wußte er über die Baumpflege von der Vogelbeer-, Johannisbeer- und Rhabarbergärtnerei seiner Frau, daß die Tage dieses Baums zweifellos gezählt waren. Seine Stimmung hob sich. Der jüngere Sohn sprang hinunter und klopfte kraftlos an den Wurzeln herum. – Wartest du, daß der Spaten die Arbeit alleine macht? rief der Vater, sprang ebenfalls in die Grube, griff die Schaufel und stach wie ein Rasender auf die haarigen schwarzen Schlangenwurzeln ein, die glitschig waren vor Nässe, so daß die scharfe Spatenkante immer wieder abglitt; nach einer Weile wurden unter dem Hämmern der Schaufel gelbe Schrammen sichtbar. Der Bagger zog und riß an dem Baum. Der Gummischlauch wurde am Stamm emporgezerrt, das Seil rutschte vom Schlauch und fetzte die Rinde ab, bis es endlich an der Gabelung eines großen Astes hängenblieb. Langsam fiel der Baum rückwärts, die Wurzeln brachen mit lautem Krachen. – Er löst sich! Der Baumfreund hackte weiter besessen auf die Stammwurzel ein, mit schweißnassem Haar und zitternden Wangen. Der Lasterfahrer reichte eine Säge in die Grube.

Jemand mußte auf Hände und Knie gehen. Der Baumfreund sah die Säge an, als wüßte er nicht recht, was er damit anfangen sollte. Dann blickte er zu seinem älteren Sohn hinauf und sagte scharf: – Bist du invalid, Junge?

– Hä, invalid?

– Behindert. Verstehst du deine Muttersprache nicht?

– Was soll jetzt das, Mann, sagte der Junge mit Nachdruck, wedelte die Mücken vor seinem Gesicht fort, stieg mit bösem Blick in die Grube hinunter, ließ sich auf alle viere nieder und sägte. Er war stark und entschlossen. Die Wurzeln brachen eine nach der anderen, er schnitt die gewaltige Stammwurzel entzwei, der Baum sank auf den grasigen Grund neben das Erdloch. Sie hoben den Baum auf die Ladefläche, die von Steinbrocken so verbeult und durchlöchert war, daß die Querstreben darunter zum Vorschein kamen. Der Laster schwankte. Der Fahrer sprang herbei und legte einen Reifen auf das Führerhaus. Wie er so auf die Ladefläche hinauf- und wieder hinunterkletterte, war er trotz seines dicken Bauchs erstaunlich flink und behende. Das riesige Wurzelwerk wurde hinten abgelegt, die Krone breitete sich über das Führerhaus.

Ein struppiger Hund wartete mit hängender Zunge am Wagenfenster. Einige Kinder aus Bjarnaborg wollten ihm einen Kotelettknochen geben. Der Fahrer ließ den Hund aus dem Führerhaus springen, erzählte den Kindern, daß dies der schwerste Hund des Landes sei, und bewies es ihnen, indem er ihn auf den Arm nahm und einmal um den Laster herumtrug. – Das ist ein riesiges Vieh, sagte er. – Und er haßt isländische Schäferhunde. Die Kinderschar lauschte mit großen Augen. – Ein Schäferhund hat ihm einmal zugesetzt, als er ein Welpe war, und wenn er einen isländischen Schäferhund sieht, beißt er ihm gleich den Hals durch. Er ist so schnell, daß man nichts sieht, bevor alles zu spät ist. Dieses Jahr hat er schon drei von ihnen getötet.

Der Hund nahm den Knochen ins Maul. Er legte ihn auf den Boden und sah sich erst einmal nach isländischen Schäferhunden um; die Kinder hielten sich von ihm fern.

– Was wollen Sie hier denn bauen? fragte der Lasterfahrer Geir.

– Ich baue hier überhaupt nichts, mein Guter, antwortete Geir.

– Über den ganzen Platz soll ein Kaufhaus gebaut werden, sagte Thórarinn.

– Teufel auch, ein Kaufhaus! Und wo sollen die Leute ihre Autos lassen?

– Es wird ein Parkdeck über dem Kellergeschoß auf der Rückseite geben, da fährt man von der Hverfisgata aus durch einen Tunnel hinein.

– Das wird bestimmt alles verdammt großartig, sagte der Lasterfahrer und stieg auf die Ladefläche, um den Baum festzubinden, dann fuhr er mit dem schwersten Hund des Landes auf dem Beifahrersitz davon.

Thórarinn deutete auf den halbtoten Baum. – Und was wird mit dem da?

– Der ist Schrott. Uns reicht es hier, sagte der faule Sohn mit lehmverkrusteten Knien.

– Wenn die ersten Siedler die Wälder für ihre Nachkommen besser bewahrt hätten, wäre es nie so weit gekommen, sagte Thórarinn. Der faule Junge sah ihn an und schnaubte gleichgültig.

Der Baumfreund wischte seine Schuhe im Gras ab und dankte Geir mit Handschlag.

Geir nahm die Pfeife aus dem Mund und sah ihn aus schmalen Augen an. – Nächstes Frühjahr ist der tot.

Der Bagger senkte seine starke Faust in die Erde und grub die Erde unter dem halbtoten Vogelbeerbaum aus. Hob ihn an mit seinen Nägeln, legte ihn dann steif um mit einem Schlag der Handkante. Rollte als nächstes zum Fundament hinüber und begann es gewaltsam anzugreifen. Große Steine lösten sich aus dem Zement und rollten zwischen die Balkentrümmer. Ein Stück des Lattenzauns stand noch, und zwei tiefe Löcher klafften im Rasen.

Zwei

Als Ragnar und Helgi klein waren, stand eine ernst blikkende Frau im Vorgarten. Sie hielt ein Fernrohr und ein Logbuch im Arm, und ihr dunkelblaues Kleid floß in schweren Falten hinunter bis auf den Rasen. Sie war die Galionsfigur eines alten Schoners. Um die Zeit, als Thórarinn zur Welt kam, war sie bis zum Hals verrottet, so daß Sigurbjörn ihr den Kopf absägte und ihren Körper fortwarf.

Sigurbjörn weckte den Sohn, tippte ihn mit seinem großen Finger an die Schulter; vom Flur aus sah Thórarinn die schlafende Sunneva, ihr Haar auf dem Kissen ausgebreitet, ein kräftiger Arm lag auf der Decke. Sigurbjörn kochte Hafergrütze, einen ungenießbaren klebrigen Brei, und deckte den Tisch für sie beide, dann aß er allein eine ganze Schüssel, aus reinem Trotz.

Thórarinn fuhr im Auto mit bis zum Vitatorg. In der Ferne hörte man einen Preßlufthammer knattern; sie gingen durch das Tor an der Ecke hinein, das Fundament war schon tief ausgegraben, der Wellblechzaun stand am Rand der uneben abfallenden Felswand, und die stählerne Sprengabdeckung bewegte sich, als ob sich jemand unter ihr umdrehte.

Bei Hjálmur herrschte schon rege Geschäftigkeit. Thórarinn plante gewissenhaft, auf welcher Route er an diesem Tag am besten durch die Innenstadt radeln sollte. Er schoß den Laufásvegur hinunter, vorbei an einer Reihe Häuser im funktionalistischen Stil, Hellusund hinauf, nahm das Paket aus dem Lastkorb und klopfte an.

Wie hieß dieser Baustil hier? Im Garten stand ein viereckiger Anbau mit großen Fenstern, war das der verfluchte kalifornische Stil, den Sigurbjörn schon so oft mit herabgezogenen Augenbrauen geschmäht hatte? Oder der streng rechteckige, geometrische Stil? Eine Gardine hob sich, und ein sorgenvolles Frauengesicht musterte ihn. Die Gardine fiel.

Er hörte Schritte, und die sorgenvolle Frau öffnete. Sie schien entsetzliche Angst vor etwas zu haben. Sogar vor ihm. Das verlangte vollendete Höflichkeit, und bevor sich Thórarinn dessen bewußt wurde, sprach er die Frau in galantester Form an: – Wünschen Sie, daß ich das Paket für Sie ins Haus trage, meine Dame? Und darf ich Sie bitten, uns sofort anzurufen, wenn Ihnen noch etwas fehlen sollte? Wir sind Ihnen stets gern zu Diensten.

Die Frau trat auf die Treppe hinaus und spähte in den Beutel. – Oh, ich habe das Rübenmus vergessen. Ängstlich sah sie die Straße auf und ab. – Jetzt ist es aus mit mir. Du mußt schnell noch einmal fahren.

Sie dankte ihm überschwenglich, als er wiederkam.

– Nichts zu danken. Vom Vorraum konnte man in die Küche sehen. Dort saß ein großer Mann mit kurzgeschnittenem blonden Haar und aß schweigend. Er hatte schwere Tränensäcke; sein Blick war kalt.

Thórarinn fand den Geruch im Haus unangenehm.

Er fragte Ragna nach diesen Leuten. – Sie ist die Frau eines Seemanns, das ist alles, was ich weiß, Tóti. Die Zustände in manchen dieser Familien sind entsetzlich. Ich würde es nie wagen, solche Leute anschreiben zu lassen.

– Alle müssen essen, meine Gute, sagte Hjálmur laut. – Bis jetzt hat sie immer ihre Rechnungen bezahlt.

Nach dem Abendessen legte sich Thórarinn auf den Boden und betrachtete die geschnitzte Standuhr, die Geir und Rósa ihrer Tochter und deren Bräutigam zur Hochzeit geschenkt hatten. Sigurbjörn öffnete die Glastür, um die Gewichte aufzuziehen. Auf dem Fuß war ein Paradiesvogel mit ausgebreitetem Schwanz zu sehen. Unter dem Zifferblatt standen die Buchstaben S & S und die Jahreszahl 1932. Helgi hatte einmal gesagt, daß die Buchstaben nicht Sigurbjörn und Sunneva bedeuteten, sondern Schlachtkooperative Südisland. Die Uhr schlug neun, und genau in diesem Augenblick trafen Geir und Rósa wie verabredet zum Abendkaffee ein. Später wollte Thórarinn mit ihnen nach Korpúlfsstadir fahren, um Kartoffeln zu legen.

Sunneva holte das gute Geschirr, die Tassen mit dem Bild eines Ritters und seines Knappen im Wald. Auf den Untertassen war ein Schloß auf einer grasbewachsenen Anhöhe mit einem Hornbläser auf einem Turm. Sigurbjörn hatte die ersten Papiere über die Gründung der Firma ausgearbeitet und seinen Schwiegereltern zur Unterschrift vorbereitet. Das Unternehmen hieß *Bauinitiative*.

– Und warum muß man dazu eine Aktiengesellschaft haben? fragte Geir.

– Für den Konkursfall, Schwiegerpapa.

– Für den Konkursfall! Geir hörte auf, an seinem Zuckerstück zu kauen.

– Sollte er eintreten, Sigurbjörn lächelte, – dann könnte man von uns keinen höheren Betrag fordern als die Anteile, die in den Papieren verzeichnet sind. Achtzigtausend Kronen.

– Ja, ihr denkt auch an alles! schnaubte Geir.

Sunneva und ihre beiden älteren Söhne hatten ihre Namen schon unter das Dokument gesetzt. Auch Ingirídur und Gudbrandur. Oma Rósa unterschrieb, aber Opa tat, als verstehe er nicht, wo er seinen Namen hinpinseln sollte. Ein warmer Königskuchen fiel unter dem Messer wie ein Spielkartenturm. Sigurbjörn Helgason, geschäftsführender Gesellschafter der

Bauinitiative, stopfte ein mächtiges Stück davon in sich hinein und kaute mit seinen großen Pferdezähnen. Er wußte nicht, daß sein Name nun erstmals auf Thórarinns Schwarzer Liste stand.

Widerwillig akzeptierte der Großvater alles, was Sigurbjörn sagte, und betrachtete böse den Gewehrschrank: – Daß ihr Waffen im Haus habt. Er verstand nicht das Geringste von den Plänen für das Kaufhaus Reykjavík, gleich, wie herum man sie ihm vorlegte, warf dann einen bewundernden Blick auf die Uhr, zwinkerte Thórarinn zu und sagte: – Ihr habt aber eine gute Uhr. Wieviel habt ihr dafür bezahlt?

– Opa, kannst du mich in Hlídar vorbeifahren? fragte Thórarinn.

– Laß deinen Opa und deine Oma in Ruhe ihren Kaffee trinken. Es kommt nicht alle Tage vor, daß sie bei uns vorbeischauen, sagte Sunneva.

– Na, wir wollten sowieso gehen und unsere Kartoffeln verbuddeln, sagte Geir. – Verdammt, es ist schon viel zu spät, um in diesem Jahr noch Kartoffeln zu legen.

– Der Frühling war so elend kalt, trug Oma Rósa zur Konversation bei.

– Und was hast du in Hlídar zu erledigen, mein Goldjunge? fragte Geir.

– Muß da mit dem Aquarium hin, sagte Thórarinn und runzelte die Stirn über den peinlichen Kosenamen.

– Dann geh mal ganz schnell und hol es.

Thórarinn holte das Aquarium und war als erster draußen bei dem alten Morris, den sie den Roy Rolls nannten, Geirs Freunde vom Laden. Geir hatte den Wagen selbst schwarz lackiert. – Wir sind beide alte Herren, ich und dieses Auto, wir passen zusammen wie die Faust aufs Auge, kann ich dir sagen. Geir fischte die Schlüssel aus seiner Jackentasche. Er setzte Roy Rolls in Gang. Der Motor war so laut, daß es schwierig war, sich weiter zu unterhalten. – Es sieht aus wie das Auto von einem Gangsterboß, sagte Thórarinn düster. Er setzte sich auf die Rückbank, in Gummistiefeln und mit dem Goldfischaquarium auf dem Schoß. Er hatte das Wasser ausgewechselt, dennoch entstieg dem Glas ein starker, fauliger Geruch.

– Was sagst du, Tóti? rief Geir.

– Nichts.

– Was hat er gesagt? fragte Geir Oma Rósa.

– Er hat gesagt, daß wir uns verdammt gut machen in dem Auto, so alle drei zusammen, sagte Rósa.

– Nein, er hat was von Schwindel und Schweinerei gesagt. Geir bog in die Hringbraut ein.

– Ich habe gesagt, daß dein Auto mich an das Auto von einem Gangsterboß erinnert, schrie Thórarinn.

– Oh, på den måde, sagte der alte Mann auf Dänisch. – Aber wo willst du mit dem armen, verfluchten Fisch hin? Dieser Gestank ist ja zum Gotterbarmen.

Helgi der Goldfisch schwamm mit dem Bauch nach oben knapp unterhalb der schaukelnden Oberfläche in dem schönen frischen Wasser. Der Panzerwels ging seiner Aufgabe nach und gründelte am Boden. Er war der letzte Bewohner, der einigermaßen gesund war.

– Wäre es nicht besser gewesen, man hätte nicht mich, sondern diesen Goldfisch zum Teilhaber bei deinem Papa gemacht und in den Ruin getrieben? Geir zwinkerte seinem Enkel im Rückspiegel zu.

Geir Sveinsson fuhr niemals schneller als fünfunddreißig Stundenkilometer. – Ja ja, immer mit der Ruhe, ihr Schweine, sagte er, als er wütend angehupt wurde. Mit geballter Faust drohte er einem erstaunten Mann, der sie auf der Miklabraut überholte.

– Die fahren aber auch alle schnell, sagte Oma Rósa.

Der Fischkäufer wollte fünfzehn Kronen für den Panzerwels bezahlen, aber keinen Öre für Helgi. – Der ist ja halbtot, Mann. Siehst du nicht, wie der auf der Seite schwimmt und kaum die Flossen rührt? Unter den gerunzelten Augenbrauen des Hausvaters trugen die Jungen das Aquarium hinein. Sie einigten sich darauf, daß der Käufer den Fisch in Pflege nähme und später für ihn bezahlte, sollte Helgi sich erholen.

– Wieviel hast du bar auf die Kralle bekommen? fragte Geir.

– Keine Krone für den großen Fisch.

– Sei froh, daß du den los bist, Thórarinn. Was unverkäuflich ist, verschenkt man.

In Korpúlfsstadir nahm Geir einen halben Sack Saatkartoffeln aus dem Kofferraum, schlüpfte in seine Gummistiefel und zog sich schimpfend einen Pullover über. – Ich schäme mich, in einem Wollpullover herumzulaufen, sagte er. – Hat sich Hannes Hafstein, der Minister, je in einem Wollpullover blicken lassen? Du hättest dabei sein sollen, Tóti, als die Bauern kamen, 1905, um gegen das Telefon zu demonstrieren. Zu sehen, was für einen Blick er ihnen von der Treppe des Regierungsgebäudes aus zuwarf!

Thórarinn stolperte mit der schweren Forke über die nasse, klumpige Erde. Sie war blau vom Kalkstickstoffdünger des Vorjahres. Oma Rósa wartete im Auto, zumal es schon spät in der Nacht war und eine graue Wolkendecke über die Bucht hereingezogen war und Nieselregen gebracht hatte. Opa stemmte die Hände in die Hüften und schob, rot im Gesicht vor Zorn, mit der Spitze seiner Gummistiefel die Erde zu kleinen Wällen zusammen. Er hatte eine Ledermütze mit Ohrenklappen aufgesetzt, so daß man nur die blaugeäderten Wangen und die rote Nase sehen konnte. – Das ist heute das allerletzte Mal, daß ich Kartoffeln lege, das sage ich dir, Tóti. Eher lasse ich mich totschlagen.

Sie tranken eine Tasse Kaffee im Auto, dann stieg Oma Rósa aus. Opa nahm einen Stock und bohrte in regelmäßigen Abständen Löcher, sie ging hinter ihm, eingemummt und mit einem Wolltuch über dem Kopf, ließ Kartoffeln in die Löcher fallen, wischte Erde darüber und blinzelte ihrem Enkel zu.

Thórarinn hörte seine Eltern schon am Gartentor. Er schlich den Gartenweg entlang. Lauschte auf der Treppe. Spähte durch das Fenster hinein. Sein Vater saß mit weit aufgerissenen Augen auf dem Sofa und tat, als läse er Zeitung. Sunneva lief mit fliegendem Haar, in weißer Bluse und dunkelrotem Rock, von einem Zimmer ins andere. Thórarinn ging hinein.
– Wir stehen in jedem Amtsblatt, und morgens stiehlst du dich mit der Post aus dem Haus, schrie Sunneva. – Niemand will Geld in deinen Bau stecken. Was meinst du, was es kostet, Tag für Tag Anzeigen ins *Morgenblatt* zu setzen? Wir sind ja zum Gespött der Stadt geworden. Heute morgen, als die Männer vom Elektrizitätswerk kamen, um uns den Strom abzudrehen, mußte ich ihnen vorlügen, daß mein gelähmter Vater oben im Schlafzimmer liegt.

Sigurbjörn murmelte etwas. Thórarinn trat in die Wohnzimmertür.

– Wohin sollen wir ziehen, wenn uns das Dach über dem Kopf verkauft wird? Zu deiner Mama? Und glaubst du, ich weiß nicht, daß du Nacht für Nacht wachliegst? Und dieser arme Gudbrandur. Was für ein bedauernswerter Trottel! Soll der alles verlieren? Der ist so treuherzig, daß er dir erlaubt, sein ganzes Eigentum zu verpfänden. Daß du es überhaupt fertigbringst, ihn so übers Ohr zu hauen.

Sigurbjörn wurde wütend. – Du nennst mich vor dem Jungen einen Betrüger? fragte er empört. Thórarinn ging zur Treppe.

– Wo ist der Staubmantel, den ich dir im Frühjahr gekauft habe?

– Den habe ich in Eyrarbakki vergessen, das habe ich dir schon ein paarmal gesagt. Der Brandsi bringt ihn bei Gelegenheit mit in die Stadt.

– Mach, daß du in dein Zimmer kommst, aber ein bißchen plötzlich, Thórarinn, ich will dich hier unten nicht sehen. Die Mutter richtete ihre Wut jetzt gegen den Jungen.

– Papa fand den Mantel häßlich, sagte Thórarinn.

– Gudbrandurs Frau kann ich kaum in die Augen sehen, schrie Sunneva. – Die ist nicht schwer von Begriff. Und haben die nicht auch Kinder, genau wie wir? Und dann füttern sie auch noch deine einzige Tochter durch.

Thórarinn ging in sein Zimmer, ohne die Tür ins Schloß zu ziehen. Wütend donnerte Sigurbjörn: – Vielleicht hat Brandsi mich ja einfach gern. Das ist mehr, als man von manch anderen sagen kann. Geh doch und leg dich hin, Frau.

– Und du zögerst nicht, das auszunutzen.

– Sei ruhig, du weckst den Jungen auf.

– Ruhig sein – den Teufel werd ich tun. Du glaubst doch nicht im Ernst, daß Thórarinn schläft.

– Führ dich nicht so auf, liebe Sunneva, ich mache das alles doch nur für meine Familie.

– Für deine Familie? Allmächtiger Gott!

Thórarinn hörte, wie die Haustür zugeschlagen wurde und sich die Schritte seines Vaters entfernten, das Gartentor fiel krachend ins Schloß. Er hörte seine Mutter schluchzen.

Diese Nacht lag Thórarinn wach. Im Museum des Bildhauers Einar Jónsson gab es ein Flachrelief, das ihm nicht aus dem Sinn ging. Es hieß »Gewissensbisse« und zeigte eine roh geformte Figur mit geweiteten Nasenflügeln und bis zum Zahnfleisch entblößten großen Zähnen. Auf ihrem Kopf lag ein

Mann und hielt ihr die Augen offen, ein anderer hatte ihr einen Fuß auf das Brustbein gesetzt und flüsterte: – Die Schwarze Liste! Die Schwarze Liste! Die Schwarze Liste!

Die Schwarze Liste lag in der obersten Schublade der Kommode verwahrt. Auf den Umschlag waren ein Totenkopf und zwei gekreuzte Knochen gezeichnet. Darunter stand: Es steht die Todesstrafe darauf, dieses Heft zu öffnen ohne die Erlaubnis seines Eigentümers Thórarinn Sigurbjarnarson. Leise stieg er aus dem Bett und holte die schwarze Liste.

Staatsfeinde

Nr. 1 Gudbrandur Jónsson
(kann mich nie in Ruhe lassen)
Nr. 2 Vilborg Sigurbjarnardóttir
(nicht auszuhalten, solange ich mich erinnern kann)
Nr. 3 Oma Sigurlaug
(wegen der Sache mit den Fleischküchlein)
Nr. 4 Sigurbjörn Helgason

Sigurbjörns Verbrechen war so entsetzlich, daß der Junge es kaum niederschreiben konnte, und er hatte es nicht über sich gebracht, seinen Vater höher als an Nr. 4 zu setzen. Nun fiel ihm ein, daß auch Ragna vom Fleischerladen auf die Liste sollte. Andauernd nannte sie ihn den Herrn Staatsbaumeister. Er setzte sie auf Platz 4 und verschob seinen Vater eine Zeile nach unten. Dazu schrieb er: Staatsfeind Nr. 5 (sein Verbrechen ist Hochverrat, und ich muß den ganzen Sommer arbeiten). Er gab sich einen Ruck, brachte den Mut auf, ehrlich zu sein zur Schwarzen Liste und zu sich selbst, riß die Seite heraus und schrieb alles noch einmal neu, mit seinem Vater an zweiter Stelle, wo er von Rechts wegen hingehörte. Thórarinn spürte sein Herz wild schlagen.

Er legte sich wieder hin, schlief ein und träumte. Die arme Sunneva war gestorben. Sie lag in ihrem Brautkleid in einem Sarg, mit zwei kleinen Skeletten auf dem Arm. Das eine war von einem Affen, das andere von ihm selbst. Er fuhr auf und hielt sich eine Weile wach, um die wirren Bilder loszuwerden. Draußen war es taghell, Mittsommernacht.

Er wurde von heftigem Gesang auf dem Dach und dem Baum geweckt, als die Sonne schon hoch am Himmel stand, und hatte von Kartoffeln geträumt. Er wußte, das Wetter würde gut werden. Vielleicht nehmen sie mir meinen Lohn vom Laden ab, dachte er unruhig. Plötzlich stand seine Mutter in der Tür. – Ich habe die ganze Nacht geschlafen wie ein Stein, sagte Thórarinn, während er sich aufsetzte und streckte, wie er es ein gutes Kind in einem Kinofilm hatte tun sehen. Seine Mutter sah ihn nachdenklich an. Ohne ein einziges Wort kochte sie den Haferbrei. Sigurbjörn schlief noch.

Thórarinn schlüpfte in seine Schuhe und öffnete die Haustür. Eine Spinne versuchte, sich vom Treppenabsatz in ihr Versteck zu retten, aber es gelang ihr nicht. Der Garten war erwacht, ein Rascheln, er sah einen Drosselschwanz hoch im Baum zwischen dem dichten Laub. Eine Bachstelze stand auf dem Gartenweg mit wippendem Schwanz und einem Strohhalm im Schnabel und sah ihn an. Das Sonnenlicht, das durch die Blätter fiel, ließ den Rasen unter dem Baum wie einen gefleckten Teppich aussehen. Eine Katze stand dort, eine Vorderpfote angehoben, und beobachtete die Vögel. Der Tag würde warm werden, die Türen des Taubenhauses standen offen, und Thórarinn machte sie zu. Das Auto stand naß von Tau auf der Straße; einmal hatten er und Papa auf der Straße nach Keflavík richtig Gas gegeben und hundertfünfundfünfzig Stundenkilometer erreicht. Das war ein Geheimnis; der Wagen lag auf der Straße wie ein Rennauto. Sollte das Auto verkauft werden? Sie hatten ihr Auto verloren, ihr Haus, alles. Wo sollen wir wohnen, dachte er entsetzt. Und was sollen wir essen?

Guten Tag, Herr Staatsbaumeister. Du bist zu spät, sagte Ragna, als er in den Laden kam. – Hjálmur wartet im Büro und ist schon ganz außer sich. Thórarinn sah auf seine Armbanduhr, zwei Minuten vor neun, was sollte die Aufregung? Was sie wohl unter dem weißen Kittel trug? Vor ein paar Tagen hatte er geträumt, daß sie splitternackt bei ihnen zu Hause im Garten auf einer Decke gesessen und ihn angelächelt hatte, als er vom Balkon herabsah. Und es war erst zwei Tage her, daß sie ihn gefragt hatte: – Sag mal, Staatsbaumeister, willst du dich mit mir verloben?

Hjálmur saß mit einem Stift in der Hand tief über ein Papier gebeugt im Büro. – Hast du schon mal so etwas gehört, Tóti? Die Brille saß ihm auf der Nasenspitze; er nahm die Tageszeitung, hielt sie in einiger Entfernung hoch, zog sie glatt, um besser sehen zu können, und las laut: – Liefern halbtägig nach Hause. Niemand bietet besseren Service. Fleischerei Tómas. Aber willst du hören, mein Lieber, was morgen in der Zeitung stehen wird? Liefern ganztägig nach Hause! Fleischerei Trog. Jegliche Konkurrenz ausgeschlossen! Hjálmur Jónsson, Fleischereifachhändler. Man muß immer noch eins draufsetzen. So betreibt man erfolgreich ein Geschäft. Aber nun frisch aufs Rad, mein Guter. Hjálmur sprang vom Tisch auf.

Ein verbeulter Wellblechzaun mit einem Tor trennte den Hinterhof von der Straße, der Schlüssel hing an einem Nagel im Büro. Thórarinn schloß das Tor auf, hob das Fahrrad über die Schwelle, schob es um die Ecke zum Barónsstígur und stellte es mit einem kräftigen Ruck auf den Ständer. Er ordnete die Päckchen in der Apfelsinenkiste auf dem vorderen Träger und fädelte sich geschickt durch den lebhaften Verkehr auf dem Laugavegur, stellte sich auf die Pedale und bog in den Frakkastígur ab, mußte aber das letzte Stück bis zur Ecke hinauf schieben. Er ließ sich die Njardargata hinunterrollen, warf dabei einen raschen Blick auf das hinter den Bäumen verborgene Haus seiner Familie.

Als er kurz vor zwölf in den Laden kam, warteten Neuigkeiten auf ihn. – Hjálmur will dich sprechen, Herr Staatsbaumeister. Du hast vergessen abzuschließen.

Der alte Mann saß mit düsterer Miene im Büro und kramte in den Papieren. – Du hast vergessen, hinten abzuschließen, Tóti. Du mußt immer noch einmal durch den Laden in den Hof gehen und das Tor absperren, wenn du das Rad herausgeholt hast. Habe ich dir das nicht schon oft gesagt?

Nína trat in die Tür und schob mit geschlossenem Mund ihr Gebiß hin und her.

– Doch.

– Nína war allein hier, und da wurde ihr ein halbes Rind unter der Nase weg gestohlen. Der alte Mann breitete die Arme aus.

– Aber konnte sie nichts machen?

Nína lehnte sich an den Türrahmen, kniff ein Auge zu, zuckte mit den Schultern und sagte grinsend: – Die waren so schnell, daß ich überhaupt nichts ausrichten konnte. Ich habe versucht, ihnen den Barónsstígur hinauf nachzurennen, aber mittlerweile habe ich solche Schmerzen beim Laufen.

– Ja ja, meine Gute, sagte Hjálmur ungeduldig.

– Ein Tempo hatten die drauf. Sie schlug die Hände zusammen. – Das Fleisch baumelte zwischen den beiden. Der größere war völlig kahl.

– Und konntest du niemanden finden, der dir beim Fangenspielen geholfen hätte, Liebe?

– Nein, die waren gleich auf und davon, keine Menschenseele auf der Straße, und ich konnte den Laden ja nicht alleine lassen. Denkt euch nur, wenn auch noch die Kasse geleert worden wäre. Sie sah die beiden andächtig an, damit ihnen der Ernst der Situation klar würde. – In null Komma nix waren die an der Ecke zur Grettisgata ... pfeilschnell. Sie hob die Hand und pfiff auf den Fingern. – Der Glatzkopf wollte die Tür hinter sich ins Schloß werfen. Dem haben drei Finger an der Hand gefehlt.

– Geh jetzt nach vorn zum Bedienen, meine Gute. Hjálmur saß und blätterte im Bestellbuch, leckte dazu den Daumen. Thórarinn hatte große Lust, einfach wegzulaufen. – Was kostet so ein halbes Rind?

– Fast siebenhundert, Tóti.

– Einen Monatsverdienst!

– Ich denke beinahe, ich werde dich dafür bezahlen lassen, Tóti, sagte Hjálmur mit traurigem Gesicht. – Damit du deine Lektion lernst. Da kannst du mal sehen. Er wendete sich zu dem Jungen. – Wir alten Männer müssen an jede Kleinigkeit denken. Wem der Laden nicht selbst gehört, dem ist alles egal.

– Mir tut das sehr leid. Muß ich denn wirklich dafür bezahlen? Und Nína? Ist das nicht auch deren Verantwortung?

– Eins kannst du tun, Tóti. Geh mal rauf zur Grettisgata und schau dich dort zwischen den Häusern und in den Hinterhöfen um. Und hinter den Mülltonnen. Wie die Polizei. Wenn das irgendwelche Penner waren, die das Fleisch zu Geld machen wollen, dann sind sie wahrscheinlich nicht weit gekommen. Solche Kerle haben keine Ausdauer. Du findest das Fleisch wahrscheinlich irgendwo hinter einer Mülltonne.

Die Straße war erfüllt von den verschiedenen Geräuschen des Morgens. Ein Maler stand auf einer Leiter am Schwimmbad. Da arbeitet man im Schweiße seines Angesichts, und der Lohn zerrinnt zwischen den Fingern, dachte Thórarinn. Am

Ende des Monats steht man wieder mit leeren Händen da. Er schwitzte vor Wut. Wenn ich diese Schweine zu Gesicht kriege, gibt es Prügel, murmelte er vor sich hin. Auf dem Barónsstígur waren einige Männer mit Pflasterarbeiten beschäftigt, ein Junge goß Zement aus einer Schubkarre in den Spalt zwischen dem Straßenbelag und dem Rinnstein, Wasser rieselte von der Sperrholzplatte, auf der er zwischen den Fahrten mit einer Schaufel die Mischung anrührte. Thórarinn brachte es nicht über sich, sie zu fragen, ob sie zwei Männer mit einem halben Schlachtrind hätten vorbeilaufen sehen. Er ging durch kühle Gänge, sah sich in den Hinterhöfen um, spähte hinter eine von Butterblumen umstandene Mülltonne, aber nirgendwo war das Rindfleisch zu sehen. Wäsche strahlte auf den Leinen, Kinder spielten Ball; eine Frau stand auf einer Eingangstreppe, ein niedriger Holzzaun grenzte ihren Gartenanteil ab, und im Gras war ein von Lavasteinen eingefaßtes rundes Beet. Rote Tulpen schwankten im Wind, die Frau rührte in einer Schüssel, daß das hängende Fleisch an ihrem Arm zitterte. – Guten Tag, ich komme von der Fleischerei Trog. Haben Sie ein halbes Rind gesehen, meine Dame?

– Nein, habe ich nicht, mein Freund. War es auffällig gekleidet?

– Was, nein, heute morgen wurde ein halbes Rind gestohlen, während ich kurz fort war. Thórarinn ärgerte sich über den Witz der Frau. – Der größere Dieb hatte eine Glatze und ihm fehlten drei Finger.

– Nein, leider nicht, mein Lieber. Kein Fleisch hier auf der Flucht.

Er ging von Hof zu Hof, gurrende Tauben auf rostigen Regenrinnen, niedrige Garagen, die Häuser sahen traurig aus von hinten. Er lehnte sich mit dem Rücken gegen einen glühend heißen Wellblechgiebel, schloß die Augen und nahm den scharfen Geruch von Engelwurz wahr. Ich habe diese

Arbeit angenommen, um mir ein Flugzeug zu kaufen, dachte er. – Verdammt. Er stampfte mit dem Fuß auf vor Verzweiflung.

Es war schon fast drei Uhr, als er endlich aufgab. Hjálmur war vorn im Laden; er hatte zu seiner guten Stimmung zurückgefunden, aber Thórarinn war noch bedrückt.

– Na na, mein Tóti. Nimm dir das nicht so zu Herzen. Was ist ein halbes Rind unter Freunden?

– So ein lieber Mann, Nína sah Hjálmur hingebungsvoll an.

– Viel, sagte der Junge traurig.

– Nein, ist es nicht. Denk das nächste Mal einfach daran, abzuschließen, mein Guter.

– Daran brauchen Sie mich nicht zu erinnern. Thórarinn fand wenige Dinge schlimmer, als von früh bis spät »mein Guter« genannt zu werden.

Die gelbe Holzverschalung reicht jetzt schon höher als der Zaun am Vitatorg, und die Hammerschläge donnern und hallen, Beton ergießt sich aus den Schubkarren für die Bodenplatte des ersten Stockwerks, der Keller ist fertig, und der Blick durch die große Toröffnung am Ende der abschüssigen Einfahrt und die tragenden Säulen ist gespenstisch. Gudbrandur ist schon da mit seinen Männern und hat bereits eine Baracke für die Arbeiter vom Laster auf die Ecke des Baugeländes am Eingang niedersetzen lassen. Das erste Kaufhaus des Landes auf dem Weg in den Himmel, Sigurbjörn schlaflos und ohne Appetit.

Der Junge steht auf dem Bürgersteig; er stützt sich auf sein Fahrrad und sieht über die Straße. Etwas mußte geschehen! Niemand kaufte, alles war viel besser, als Papa noch im Keller saß und zeichnete. Wenn man nur den Juli wieder in Mai zurückverwandeln und Opas Haus auf das Grundstück setzen könnte.

Die Kräne ziehen gleichzeitig die Kabel an und das Haus wird nach vorn von seinem Fundament geschoben. Die ganze Straße erzittert. Durch das Gewicht wird ein grauer, knochentrockener Staub auf den Gehsteig gemahlen, Tauben flattern vom Dach auf. Die Balken des Fundaments kommen zum Vorschein und der Unterboden, braun vor Alter, aber intakt. Alle warten und halten den Atem an, dann fällt das Haus nach vorne, dreht sich um sechzig Grad in der Umarmung der Kabel, schwingt zurück, hängt schräg an den Kränen, die Stahlhalterung krümmt sich. Dann wird es präzis auf der Ladefläche des Schwertransporters niedergesetzt, auf der Straße und in den Fenstern von Bjarnaborg wird applaudiert.
– Habt ihr die Halterung gesehen, sagt der gedrungene Mann aus Selfoss, der nun der neue Eigentümer des Hauses ist.
– Die hat sich verbogen wie Marzipan. Dann fährt Opas Haus zur Hverfisgata hinaus und fort in Richtung Osten mit einem Polizeiauto davor und einem dahinter. In einem Fenster sieht man eine Lampe baumeln, die einer der Ärzte nicht für wert befunden hatte, aus dem Wartezimmer zu entfernen.
– Ja, lebe wohl und adieu. Der alte Geir reißt sich die Mütze vom Kopf und verbeugt sich.

Thórarinn durfte eine halbe Stunde früher aufhören. Direkt gegenüber dem Spielwarenladen war im Souterrain ein Sportgeschäft. Manchmal war er davor stehengeblieben, um sich die Handbälle und Fußbälle anzusehen. Rennschuhe mit Spikes standen im Fenster, Fußballschuhe in den Regalen, Kugeln und Diskusscheiben, Speere lehnten an der Wand. Er nahm all seinen Mut zusammen und ging die Treppe hinunter. Ein fülliges junges Mädchen mit langem Haar stand hinter dem Ladentisch. Sie hatte manchmal zu ihm hinübergesehen, wenn er die Auslagen betrachtet hatte. Dann mußte er schnell das Flugzeug auf der anderen Straßenseite anschauen gehen. Das dicke Mädchen wußte, wer er war. Komisch, daß Mädchen, die in Läden bedienten, immer so mollig waren. Das kam von der Gemächlichkeit. Drinnen im Laden war es warm und roch angenehm nach Leder. – Guten Tag.

– Ja, guten Tag.

– Kann ich irgendwie helfen? Sie stützte beide Hände auf die Theke, so daß ihr Busen unter dem flauschigen Pullover nach vorn gedrückt wurde.

– Ich hatte eventuell an eine Sporttasche gedacht.

– Und was für eine Tasche soll es sein?

– Sie soll natürlich ganz schick sein. Sie ist für meinen Bruder.

– Die Taschen sind hier. Sie deutete auf ein Regal. Er wartete gespannt darauf, daß sie ihn fragen würde, wer sein Bruder sei.

– Möchtest du eine davon sehen?

– Die blaue dort. Sie nahm die Tasche herunter und legte sie auf die gläserne Fläche der Theke.

– Mein Bruder heißt Helgi Sigurbjarnarson. Du hast vielleicht schon von ihm gehört.

– Na und ob. Sie hatte ein hübsches Lächeln.

– Er ist zur Zeit im Ausland. Thórarinn errötete. – Mit der Nationalmannschaft. Ich will ihm diese Tasche schenken, wenn er wieder nach Hause kommt.

– Das ist aber nett von dir.

– Oder vielleicht sollte ich ihm Schuhe schenken. Er sah sich um.

– Weißt du, welche Größe er hat?

– Gehört der Laden dir? fragte Thórarinn.

– Nein, meinem Papa.

– Ist er da?

– Nein, er kommt erst morgen früh wieder.

– Ah ja. Dann komme ich morgen noch mal.

– Geht es um etwas Besonderes? Sie lächelte freundlich. An einem ihrer dicken Finger steckte ein goldener Ring.

Thórarinn dachte nach. – Ich kann dir auf alle Fälle sagen, was Sache ist. Mein Papa baut ein Haus, ein großes Warenhaus. Darin kann man Ladenfläche kaufen. Der Verkauf hat gerade angefangen. Der Vorteil ist offensichtlich, Läden auf allen Stockwerken. Sagen wir, ein Mann möchte eine Uhr als Geburtstagsgeschenk kaufen. Er sieht, daß das Quatsch ist, die Uhr ist zu teuer. Da kommt er zufällig bei dir vorbei und kauft stattdessen einen Handball. Das hätte er nicht gemacht, wenn dein Laden nicht direkt gegenüber vom Uhrmacher gewesen wäre. Könntest du das vielleicht deinem Vater erzählen?

– Wird gemacht. Ehrenwort.

Am nächsten Morgen ging er erneut dort vorbei. Die Gesichtszüge des Inhabers waren wie in Stein gemeißelt, er hatte kein Interesse an einem Anteil am Kaufhaus Reykjavík, er betrieb sein Geschäft schon so lange vom Keller im Skólavördustígur aus, und das Haus gehörte ihm. Das ist wahrscheinlich ein kluger Einfall, den dein Vater da hatte, aber so ist es nun mal. Wie heißt er übrigens? Sigurbjörn Helgason. Ja, ich habe von ihm gehört – ist nicht der alte Geir dein Großvater? Sag dem Alten, er soll umziehen, die Fassade seines Ladens stürzt bald komplett auf die Straße. Und wie heißt dieses windgetrocknete Männchen, das er bei sich im Laden stehen hat? Freysteinn?

Jetzt reichte es Thórarinn langsam. Er verabschiedete sich eilig. Als er sein Rad am Fenster vorbeischob, sah er, daß die beiden lachend zu ihm hinaufsahen. Er fuhr sich mit der Hand durchs Haar und fühlte, daß es naß vor Schweiß war.

Das waren Vollidioten, die keine Ahnung hatten, was Fortschritt war. Hjálmur konnte nicht schlimmer sein. Er beschloß, ihm die Sache gleich nach dem Mittagstrubel vorzutragen.

Hjálmur schaute aus großen Augen, und die Haare sträubten sich ihm. – Was, kreischte er. – Was sagst du da, Tóti? Ich soll aus diesem Laden raus? Mein ganzes Leben lang habe ich hier verkauft.

Thórarinn blieb hartnäckig. – Aber jetzt sind neue Zeiten, Hjálmur. Seien Sie von Anfang an dabei. Haben Sie das Haus nicht gesehen? Es soll Kaufhaus Reykjavík heißen. Die Pläne liegen alle beim Immobilienmakler. Ich kann sie auch mitbringen und Ihnen zeigen, wenn Sie wollen.

– Das ist ein schöner Name. Ein schöner Name, und du bist ein gescheites Kerlchen. Aber ich bin zu alt dafür. Was meinst du, was die Weiber im Laden dazu sagen würden? Die alte Nína, glaubst du, ich könnte die woandershin versetzen, hm?

– Sie bekämen Ladenfläche im Erdgeschoß, und alle, die zum Einkaufen kommen, würden zuerst bei Ihnen kaufen. Thórarinn hoffte, der Mann würde aufhören, so laut zu schreien.

– Ragna, brüllte Hjálmur nach vorn in den Laden.

Ragna trat in die Tür, lehnte sich an den Rahmen und verschränkte die Arme unter der Brust. – Unser Tóti hier sagt, daß wir den Laden verkaufen und Verkaufsfläche bei seinem Papa in dem neuen Warenhaus kaufen sollen.

– Das finde ich völlig richtig.

Thórarinn bekam heiße Wangen.

– Was, seid ihr alle gegen mich alten Mann?

– Das ist bestimmt die Zukunft, sagte sie und neigte den Kopf zur Seite, ernst und nachdenklich. – Solche großen Läden mit allen Waren an einem Ort. Die Leute haben heute so viel zu tun, daß sie keine Zeit mehr dafür haben, erst in den Fischladen und dann zum Fleischer zu gehen, dann in die Bäckerei, als nächstes in den Milchladen und schließlich zum Kaufmann, und überall bar zu bezahlen. Die wollen alles an einem Ort erledigen und dann am Ausgang bezahlen, wenn sie fertig sind mit dem Einkauf. Ich bin ja letztes Jahr mit der *Gullfoss* nach Edinburgh gefahren, und da habe ich solche Häuser gesehen.

– Also, ich weiß nicht, ich weiß nicht, sagte Hjálmur.

– Soll ich vielleicht mit meinem Vater sprechen? fragte Thórarinn und wurde ganz aufgeregt.

Vom Laden hörte man Schritte und Stimmen. Nína rief, sie brauche Hilfe.

– Soll ich ihn darauf ansprechen? Thórarinn hörte zu seinem großen Mißfallen, daß ihm die Stimme zitterte. – Ich weiß wirklich nicht, Tóti. Ich weiß einfach nicht.

Als Hjálmur sah, wie sich das Gesicht des Jungen verdüsterte, griff er in eine Schublade und sagte: – Heute ist Zahltag. Er knallte einen Fünfhundertkronenschein auf den Tisch.

– Aber das ist zu früh. Und was ist mit dem Rind?

– Über diese Lappalie einigen wir uns ein andermal.

– Aber Ladenfläche wollen Sie keine kaufen?

– Nein, Tóti, nein. Ich hänge sehr an meinem Laden. Laß uns nicht mehr über diese Sache reden, Junge. Er sah auf seine Armbanduhr. – Ich muß schnell zur Schlachtereigenossenschaft hinunter und ein Lamm abholen.

– Sind Sie nicht schon etwas zu alt dafür, jeden Tag eine solche Tour zu machen?

– Ja, da hast du wohl recht.

– Die Schlachtereigenossenschaft ist direkt am Kaufhaus Reykjavík. Da müßten Sie gar nicht weit laufen.

– Weißt du was, Tóti? Hjálmur drehte den Kopf über dem massigen Doppelkinn und sah ihn aus kleinen Augen an.

– Du solltest Kaufmann werden. Du könntest den Bauern Mist verkaufen.

– Wollen Sie es sich noch einmal überlegen? Wir stehen nämlich kurz vor der Zwangsversteigerung.

– Ich werde mir die Sache überlegen. Ich werde mir die Sache überlegen. Nein, rief der alte Mann plötzlich und hob abwehrend die Hände. – Ich überlege es mir nicht. Aber Tóti, lieber Junge, einen Sohn wie dich hätte ich haben sollen. Dann hätte ich das ganze Kaufhaus Reykjavík gekauft, und dann hätte ich dich die Geschäfte führen lassen und mich zur Ruhe gesetzt. Dein Papa muß stolz darauf sein, einen so aufgeweckten und guten Jungen zu haben.

– Davon kann man sich nichts kaufen, murmelte Thórarinn enttäuscht.

Eyrarbakki, den 19. August 1953

Frau
Sunneva Geirsdóttir
Sjafnargata 1a
Reykjavík

Liebe Mama,
endlich habe ich einmal Gelegenheit, Dir zu schreiben. Ich bin sehr beschäftigt hier in Eyrarbakki. Zuerst fand ich es ungewohnt, das Meeresrauschen zu hören, und der Lärm hielt mich manchmal wach. Vielen Dank für Deinen Brief und den Brief, den Du beilegtest. Ich hatte nie wirklich die Befürchtung, daß ich nicht in die Mädchenrealschule aufgenommen werden könnte.

Beide Kinder hier wachen um sieben Uhr ausgeschlafen auf. Auch am Sonntag. Ist das Wetter nicht zu schlecht, spiele ich mit Maria im Freien. Ich bin mittlerweile Weltmeister im Sandkuchenbacken, und nirgendwo in und um Eyrarbakki steht noch ein einziger Löwenzahn oder eine Butterblume. Bei jedem Wetter mache ich die »Eyrargata-Tour« mit Sigurbjörn junior. Sage Papa, daß er stolz sein kann auf seinen Namensvetter. Außerdem kannst du ihm sagen, daß ich zumindest in Stichworten sehr gut Bescheid weiß über die Bauweise der bemerkenswerten Häuser, die angeblich hier an diesem Ort stehen. (Obwohl es mir schwerfällt zu sehen, was so besonders sein soll an ihnen. Bitte nicht weitersagen.) Gudbrandur glaubt, daß sein Sohn Sigurbjörn eines Tages Staatsbaumeister wird, aber ich sehe in ihm eher einen künftigen Zimmermann. Gudbrandur und Ingirídur sind beide sehr gut zu mir. Ingirídur sagt, daß es schade ist, daß man mich nicht hat Ballett lernen lassen. Ihre ältere Tochter kam vor ein paar Tagen hierher zu Besuch. Sie hat im Wohnzimmer geschlafen und schnarchte die ganze Nacht, aber am Morgen hat sie es abgestritten. Ich konnte nicht schlafen und mußte an mein Bett zu Hause in der Sjafnargata denken. Ich vermisse Euch sehr. Man merkt am deutlichsten, was für gute Eltern man hat, wenn man von zu Hause weggeht. Meine liebe Mama. Ich habe Dich und Papa und auch meine Brüder sehr lieb. Aber achte bitte darauf, daß Tóti nicht in mein Zimmer geht. Er wühlt oft in den Schubladen und den Schränken herum und faßt alles an mit schmutzigen Händen und entschuldigt sich damit, daß er nach etwas sucht, das ihm gehört. Aber natürlich gehört ihm nichts in meinen Schränken. Ich würde sein blödes Zeug nie in meinem Zimmer haben wollen. Ja ja, ich muß jetzt Schluß machen. Die Eyrargata-Tour wartet auf mich. Ich habe hier einige Kinder kennengelernt und mich mit einem Mädchen angefreundet, das Rós heißt. Irgendwann die nächsten Tage werde ich mal in die Stadt kommen. Wenn ich groß bin, will ich nie heiraten.

Deine Dich liebende Tochter

Vilborg

Es genügte ihr nicht, den Umschlag abzulecken, sie verschloß ihn zusätzlich mit Klebeband. Damit war sichergestellt, daß er nicht von der Post oder durch Thórarinns Hände geöffnet würde. Würde er ihn aufreißen, hätte er keine Entschuldigung. Sie ging mit dem Brief zum Telegrafenamt. Manchmal waren die Straßen am hellichten Tag menschenleer.

Sie hatte Rós getroffen, als sie mit dem Kinderwagen unterwegs gewesen war. Rós war ein Jahr älter als sie, groß und schlank und mit langen Zöpfen, das älteste von fünf Geschwistern. Ihr Vater war drei Jahre zuvor ertrunken. Sie wohnten in einem der Häuser an der Eyrargata, und Vilborg hatte es für ein Sommerhaus gehalten. Als Rós ihr sagte, daß sie immer dort wohnten, wollte sie das kaum glauben. Sie erzählte Rós alles über die Sjafnargata 1a, von der kostbaren Uhr, die Opa und Oma zur Hochzeit geschenkt hatten und die mehr wert war als ein Haus in Eyrarbakki, von dem dikken Teppich mit dem Rittermuster und dem Schrank ihrer Mutter mit all den Schätzen, die niemand anrühren durfte, und sie erzählte von dem Goldregen, der giftige Blüten trug und gefällt wurde. Sie sehnte sich nach ihrem Zuhause, und das Heimweh ließ alles märchenhaft erscheinen. Rós durfte keine Zweifel äußern, schließlich hatte sie selbst den großen roten Plymouth gesehen, der frisch vom Band gekauft war. Ihre Freundschaft hielt all diese Herrlichkeit kaum aus. Rós hatte ihr nachgerufen, daß sie eine alte Angeberin und Lügnerin sei. Danach hatten sie eine Woche lang nicht miteinander gesprochen.

Vilborg fragte nach ihr auf dem Rückweg vom Telegrafenamt. Sie hörte Ingirídurs Stimme im Haus. Rós kam heraus. In den vergangenen Tagen war es ganz egal gewesen, was Vilborg sagte, Rós hatte immer noch eins draufzusetzen. Ob sie nicht bemerkt habe, was für ein Gebäude am Rand des Dorfes stand? Das ist das Litla-Hraun-Gefängnis, Mensch. Dort sitzt ein Bauer ein, der ein naher Verwandter von Mama ist. Und der hat seine eigenen Kinder aufgefressen.

– Du lügst.

– Nein, das ist wahr. Seine Frau starb, und er wurde wahnsinnig. Sie haben oben in Hreppar gewohnt. Und als keines der Kinder im Herbst in der Schule erschien, wurden Nachforschungen angestellt, und dieses schreckliche Verbrechen kam ans Licht. Besucher meinten sich da zu erinnern, daß es im Sommer furchtbar leer auf dem Hof gewesen war, aber der Bauer hatte damals erzählt, die Kinder wären bei Verwandten in Reykjavík. Hast du ihn nie nachts draußen im Gefängnis brüllen hören? Das ist, wenn er nicht schlafen kann vor Gewissensnot. Er hat sie eingesalzen, und manche hat er in der Pfanne gebraten. Du solltest mal spät in der Nacht dorthin gehen. Oder lauschen, wenn alle im Dorf schlafen.

– Ich habe aber schon oft wachgelegen und nie etwas gehört.

– Dann hörst du eben einfach schlecht.

– Komisch! Wir kaufen alle Zeitungen zu Hause.

– Glaubst du etwa, daß so ein entsetzliches Verbrechen in die Zeitung kommt? Bist du irgendwie komisch?

– Sollen wir heimlich zu mir nach Hause gehen und die Parfümcreme ausprobieren? sagte Vilborg.

– Und was ist das schon wieder?

– Weißt du nicht, was das ist, Mensch?

– Doch, das schmiert man sich auf die Wangen.

– Nein, man macht sich einen kleinen Klecks davon auf die Handgelenke und tupft sich ein bißchen hinter die Ohren.

Sie wagte sich kaum an die Fläschchen, Töpfchen und Tuben, die auf einem Glasregal im Badezimmer standen. Dort gab es Parfüm, Lippenstift, Gesichtscreme und Puder. Manchmal schraubte sie die Kappen und Deckel ab und roch daran. Nun lud sie ihre Freundin ein, hineinzukommen. Durch das Küchenfenster konnten sie sehen, ob jemand kam. All diese guten Düfte gehörten Ingirídur, die eine große, schwarze Locke in der Stirn hatte und eine tiefe, klangvolle Stimme und die *Wahr!* und *Eros* kaufte und von morgens bis abends rauchte und ihre Fingernägel knallrot lackierte und Kleider in der Kommode im Schlafzimmer liegen hatte und Ohrringe in einer kleinen schwarzen Schatulle, deren Deckel aufsprang, wenn man ihn anhob. Vilborg öffnete das Gefäß mit der Parfümcreme und trug etwas Creme auf ihr Handgelenk auf, als täte sie das jeden Tag. Rós stupfte mit der Spitze eines Fingers in die Creme, roch daran und tat das gleiche. Vilborg zog sich eines von Ingirídurs Kleidern an. Dabei war sie so ängstlich, daß sie Rós die ganze Zeit am Fenster stehen und aufpassen ließ, ob jemand käme. Das Kleid war zu lang, sie trat auf dem Saum herum. Rós probierte ein anderes an, und es paßte ihr.

– So eine Locke in der Stirn, wie Ingirídur sie hat, nennt man Schmachtlocke, sagte Vilborg. Sie hatte Ingirídur dabei beobachtet, wie sie ihr Haar auf einen Lockenwickler drehte, um sie herzustellen. Vilborg öffnete die schwarze Schatulle und zeigte ihrer Freundin die Ohrringe. Zwei Perlen mit goldenen Klipsen lagen auf dem hellen Futter. Rós hatte den Einfall, eine Strähne naßzumachen und um den Zeigefinger zu drehen. Sie klebte sich das feuchte, zusammengerollte Haar in die Stirn, lehnte sich an den Türrahmen und stand lange so da. Vilborg versuchte dasselbe, aber die Schmachtlocken beider Mädchen lösten sich immer wieder auf.

– Weißt du, wer Rasputin war? fragte Vilborg.

– Nein.

– Er war tausendmal schlimmer als der Bauer in Hreppar.

– Schlimmer kann man gar nicht sein, sagte Rós unwillig.

– Doch, er hat hinter den Kulissen geherrscht wie ein Marionettenspieler, das Volk verführt und einen schlimmen Einfluß auf den Fortgang des Krieges gehabt, und er hat mit all den vornehmen Frauen geschlafen, die zum Hof des Zaren gehörten.

– Und was ist so schrecklich daran?

– Woran?

– Na, mit ihnen zu schlafen. Meine Cousine ist auch schwanger.

– Er wollte in einem Zimmer allein sein mit Mädchen wie uns und auch mit ihnen schlafen.

– Wie mit uns? Sie sahen einander verlegen an in ihren Kleidern; Rós hatte den Mund halb geöffnet und leckte ihre Oberlippe.

– Willst du ein Bild von ihm sehen? sagte Vilborg. – Ich habe das in *Wahr!* gelesen. Sie fand die Illustrierte in Ingiríđurs Zeitschriftenstapel, und gemeinsam betrachteten sie Rasputin. – Siehst du, wie unglaublich häßlich er ist? sagte Vilborg.

– Er ist abstoßend, sagte Rós.

– Sie versuchten ihn umzubringen, aber nichts konnte ihn töten, weder vergifteter Wein noch vergifteter Kuchen, keine Gewehrkugel und keine Eisenstange, brüllend kroch er den Mördern nach, um sich an ihnen zu rächen, und überall war Blut. Sie warfen ihn in einen Fluß, und als sie ihn wieder herausfischten und seine Leiche untersuchten, da war Wasser in seinen Lungen, und das bewies, daß er ertrunken war, all dem Gift und den Messerstichen zum Trotz.

– Iiih, wie schrecklich, sagte Rós. – Er muß furchtbar gelitten haben, während sie versuchten, ihn zu ermorden.

– Na ja, das kommt manchmal vor, wenn Leute so sind, sagte Vilborg.

Der Kinderwagen wurde in den Hauseingang geschoben, Ingirídur war nach Hause gekommen mit einer Tüte von Laugabúd, sie bemühten sich hektisch, aus den Kleidern zu kommen und schafften es gerade noch rechtzeitig, sie wieder in die Schublade zu stopfen.

Ingirídur stillte Sigurbjörn, Rós ging nach Hause, Maria spielte auf dem Boden im Wohnzimmer. Sigurbjörn machte sein Bäuerchen und wurde wieder im Wagen nach draußen gestellt. Manchmal lag er lange wach und beobachtete die stahlgrauen Wolken, die über den Himmel zogen, und umklammerte mit seinen Fäustchen den Rand seiner Decke. Während die Kinder schliefen, unterhielten Ingirídur und Vilborg sich vertraulich wie erwachsene Frauen. Ingirídur briet Koteletts in der Pfanne an, löschte sie mit Wasser ab und fügte schließlich einen Viertelliter Sahne hinzu. – Meine Mama hat zu Hause so an der Sahne gespart, daß ich mir geschworen habe, immer großzügig damit zu sein, wenn ich einmal heirate, sagte sie.

– Ich glaube, Tóti hätte nichts dagegen, dich als Mutter zu haben.

– Mama, mehr Milch, äffte Ingirídur Thórarinns Stimme nach. – Oh, ich kann das nicht haben, wenn Jungen so aus dem Leim gehen und immer hinter ihrer Mama hergreinen.

– Ich auch nicht. Findest du es nicht seltsam, verheiratet zu sein mit …?

– Verheiratet mit was?

– Ach, nichts.

– Mit so einem alten Mann?

– Das habe ich nicht gesagt.

– Ich bin in ihn verliebt, Mensch, sagte Ingirídur.

– Findest du Gudbrandur attraktiv?

– Ja, sei doch nicht so erstaunt! Sehr attraktiv sogar. Sie quietschten beide.

– Er ist so männlich, sagte Ingirídur nach einigem Nachdenken. – Aber kannst du jetzt bitte den Tisch decken?

– Wie habt ihr euch kennengelernt?

– Er kam in das Ärztezentrum. Ich habe da einen Sommer gearbeitet, bevor wir in die Weststadt gezogen sind und ich im Landakot-Krankenhaus angefangen habe. Er hatte sich das Bein gebrochen. Auf einem Richtfest. So hat es angefangen.

– Und dann?

– Na ja, als er wieder etwas herumhumpeln konnte, erschien er auf einmal und lud mich zum Essen ein. Gott, er war so gehemmt mit seiner alten Mütze zwischen den Händen und ganz rot im Gesicht. Oder nein, er war lila, und ich sagte: Falls du gerade versuchst, mich zum Essen einzuladen, Gudbrandur, nehme ich gerne an. Vielen Dank, sagte er und verneigte sich, als wäre ich die Königin von England. Ingirídur lachte. – Dann sind wir zusammen ausgegangen, und ich habe so viel gegessen, daß es ihm die Sprache verschlug. Ich war mir sicher, daß er nie wieder mit mir reden würde. Und weißt du, was ich gesagt habe, als er mir einen Heiratsantrag gemacht hat?

– Nein. Vilborg wartete gespannt.

– Ja, wenn du keine Schweißfüße hast.

– Aber warum?

– Ich habe immer die Socken meines Vaters gewaschen, als ich ein Mädchen war, und damals habe ich mir geschworen, daß ich keinen Mann mit Schweißfüßen heiraten würde.

Vilborg sah sie mit hingebungsvoll geweiteten Augen an und sagte: – Wenn ich einmal groß bin, dann will ich einen Zimmermann heiraten und meinen Kühlschrank mit Sahne gefüllt halten und ein Kind vor der Hochzeit haben genau wie du.

– Das solltest du lieber nicht tun.

– Was?

– Das letzte.

– War er attraktiv? fragte Vilborg.

– Wer?

– Der, mit dem du dein erstes Kind hattest?

– Daran kann ich mich gar nicht mehr erinnern, meine Liebe, das ist ewig her. Ich habe ihn schon vor langer Zeit vergessen. Er war allerdings ein furchtbarer Langweiler, so viel weiß ich noch.

– Glaubst du nicht auch, daß der große Bau von Gudbrandur und Papa ganz toll wird?

– Ach, davon weiß ich noch weniger.

– Ich wäre nicht gern in Rasputins Gewalt gewesen.

– Was dir alles so im Kopf herumgeht, Kind. Hast du heimlich die Klatschzeitschriften gelesen?

– Ja, sagte Vilborg leise.

Das Gespräch erstarb. In die Stille hinein hörten sie Sigurbjörn junior draußen im Kinderwagen schreien. Er mußte schon eine ganze Weile geweint haben, denn er war kaum zu trösten.

– Ach, ich komme hier draußen noch um vor Langeweile, sagte Ingirídur gereizt und stellte die Pfanne auf den Tisch, setzte sich und schaukelte den Jungen auf den Knien. – Die Männer finden es immer so großartig, ein Sommerhaus zu kaufen, aber selbst haben sie nie Lust, Zeit dort zu verbringen.

Gudbrandur kam erst spät am Abend aus Reykjavík zurück. Sie hatten auf dem Bau Beton gegossen, bis es zu dunkel zum Arbeiten geworden war. Mit breiten, knochigen Schultern saß er allein am Küchentisch und aß schweigend seine Koteletts.

Schalkhaft sah er zu Vilborg hinüber. Sie wußte, was nun kam. Er stand vom Tisch auf; in ihrem Brief nach Hause hatte sie nicht erwähnt, wie sehr es sie anfangs verletzt hatte, wenn Gudbrandur Sigurbjörn nachäffte. Er tat es beinahe jeden Abend, und sehr gut. Einige Male hatte sie sich nicht beherrschen können und gelacht und hinterher ein schlechtes Gewissen gehabt. Gudbrandur stolzierte langsam im Wohnzimmer herum und sagte mit donnernder Stimme: – Wirklich verdammt gut, wie der Fels zum Meer hin abfällt, Brandsi. Um so weniger muß gesprengt werden. Da können wir uns glücklich schätzen, Kamerad.

Nun stellte er sich auf die Zehenspitzen und machte wellenförmige Bewegungen mit den Händen.

– Papa will, daß das Dach wie Möwenschwingen oder wie Wellen aussieht, rief Vilborg. Sie war gut im Raten geworden.

Gudbrandur hielt seine Hand schützend über die Augen und spähte zur Küche hinüber. Selbst auf Leben und Tod hätte Vilborg nicht erraten können, was ihr Vater jetzt gerade tun sollte. Dann sagte Gudbrandur mit dunkler Stimme: – Sieh zum Berg Esja hinüber, Kamerad. Weißt du, wovon ich schon immer geträumt habe? Eine ganze Reihe von Wolkenkratzern an den Bergrand zu stellen, alle mit Fassaden aus Glas. Eine Art isländisches New York. Was glaubst du, welch helles Licht über Reykjavík gleißen würde jedesmal, wenn die Sonne zwischen den Wolken durchbricht? Das wäre wie der glühende Zorn des Herrn, Brandsi. Da würde der Stadt nichts mehr fehlen außer dem Propheten Jeremias selbst. Gudbrandur lachte Sigurbjörns hohles Lachen: – Ho ho.

– Ich will in die Stadt zurückziehen, Gudbrandur, sagte Ingirídur.

– Na, dann gehen wir wieder in die Stadt, Liebes, sagte er, ging im Wohnzimmer herum und starrte angestrengt auf den Boden, beugte sich mehrmals nieder und hob etwas Unsichtbares auf. Endlich verstand Vilborg. Sigurbjörn sammelte auf der Baustelle Nägel auf.

Als alles still geworden war, öffnete sie das Fenster über ihrem Bett und lauschte auf Schreie aus Litla-Hraun. Keinen Laut konnte sie von dem Menschenfresser hören wegen der Brandung. Sie zog sich an, schlich vorsichtig zur Eyrargata hinunter und sah zum Litla-Hraun-Gefängnis hinüber. Es war gegen Mitternacht, und die Häuser wirkten leer und verlassen im mittsommerlichen Zwielicht. Ein Brachvogel pfiff, sie beeilte sich, nach Hause und zurück ins Bett zu kommen. Dann sprach sie das Vaterunser und einige Gebete, die Oma Sigurlaug ihr beigebracht hatte, und bat Gott, allen Übeltätern der Welt zu vergeben.

Gudbrandur drehte die Hauptsicherung heraus, und Vilborg holte die feuchte Wäsche von der Leine. Eyrarbakki wirkte wie ein Geisterdorf in dem morgendlichen Regen, der vom Meer hereinzog. Maria schob ihren Puppenwagen hinaus, er stand schief im Sand, ein Rad fehlte. – Puppewage putt, sagte sie.

– Im Ernst, meine kleine Maja? fragte ihr Vater und ging in die Hocke, um den Wagen zu betrachten. – Beherrscht der alte Brandsi sein Fach nicht mehr? Er packte den Puppenwagen auf den Haufen Werkzeuge im Gepäckraum des Autos. Vilborg reichte ihm einen Pappkarton mit einigen Dingen aus dem Eisschrank. Als sie im Regen zur Ölfusá abbogen, stand ein Tourist am Rand der Brücke und machte ein Foto von ihnen.

– Der ist aber früh unterwegs, sagte Ingirídur.

– Was müssen diese Idioten Bilder von Leuten machen, sagte Gudbrandur verärgert.

– Na, um ihren Verwandten zu Hause zu berichten natürlich, sagte Vilborg. – Vielleicht wird sich bald irgend jemand in Australien diese Fotos ansehen.

– Für die sehen wir Isländer wahrscheinlich aus wie Känguruhs, sagte Gudbrandur.

– Ein jeder spreche für sich selbst, sagte Ingirídur.

– Na, du trägst den Jungen doch immer vor dem Bauch, Inga, ich würde mich nicht wundern, wenn ich dich eines Tages in der Stadt herumhüpfen sähe mit ihm, sagte Gudbrandur und sah seine Frau schelmisch an.

– Hör auf mit dem Blödsinn, sagte Ingirídur scharf. In den Kambar hörte es auf zu regnen und das Ingólfsfjall erhob sich aus der niedrigen Wolkendecke in den blauen, morgenhellen Himmel. – Seht mal die Westmännerinseln, sagte Gudbrandur. – Die stehen im Meer wie Zähne auf einem Sägeblatt.

Er war unruhig wegen des Fensterglases für ein ganzes Stockwerk, das nicht die richtigen Maße hatte; er hatte falsch gemessen. – Aber es ist nicht so, daß ich der einzige dort bin, der Fehler macht, sagte er. – Sigurbjörn war ganz begeistert von einem Mann, den er dazu angeheuert hatte, die fertigen Stockwerke von Bauabfällen zu räumen. Er konnte es nicht fassen, wie schnell der Mann arbeitete. Dann stellte sich heraus, daß der verdammte Idiot den ganzen Schrott einfach in den Aufzugsschacht geworfen hatte. Wir waren uns sicher, daß wir das Zeug da nie wieder rauskriegen würden. Gudbrandur drehte sich zu Ingirídur und sagte mit Nachdruck: – Es war fest wie eine Mauer und reichte bis in den vierten Stock hinauf. Wir mußten eine Winde einsetzen, um den Schacht freizulegen.

– Überwacht denn keiner die Männer bei der Arbeit? fragte Ingirídur.

– Doch, natürlich, Inga, aber wer erwartet denn schon so etwas?

Er gab Gas, und bald hatten sie Reykjavík erreicht. – Bitte sag dem Papa nicht, daß ich wieder in der Stadt bin, sagte Vilborg, als sie ankamen. – Es soll eine Überraschung sein.

Gudbrandur trug die kleine Maja ins Haus; sie vertrug den Geruch im Auto schlecht, war aber eingeschlafen, als sie am Ingólfsfjall vorbeifuhren. Sigurbjörn wurde gleich draußen in den Kinderwagen gelegt, sein Vater ging zur Arbeit am Kaufhaus Reykjavík. Ingirídur holte einen silberfarbenen Pappkarton und ein altes Fotoalbum hervor, um es ihrem Kindermädchen zu zeigen. In das Album hatte sie Bilder von berühmten Ballettänzern geklebt. Der Karton enthielt einen großen Schatz, ihre alten Ballettschuhe. Vilborg probierte sie an und versuchte, sich auf die Zehenspitzen zu stellen.

– Du bist wie geschaffen für das Ballett, Kind.

– Hast du selbst Ballett getanzt?

– Nein, ich war zu unbeholfen und zu fett.

– Du bist nicht fett.

– Vilborg.

– Ja.

– Es gibt etwas, worüber ich mit dir reden muß.

– Was denn? Das Mädchen erschrak zutiefst. Ingirídur sah sie traurig an.

– Ich kann meine Ohrringe nirgendwo finden.

– Davon weiß ich nichts.

– Ich habe gesehen, daß ihr in meinen Sachen herumgewühlt habt. Und das Parfüm gerochen, als ich nach Hause kam. Wenn du sie genommen hast, dann leg sie einfach zurück, meine Liebe. Ich hab mir selbst manchmal Sachen genommen, als ich ein Mädchen war. Mir liegt ziemlich viel an ihnen. Sie waren ein Geschenk von meiner Mama.

Vilborgs Wangen glühten. – Ich habe nichts gestohlen, sagte sie. – Wirfst du mir Diebstahl vor? Eilig streifte sie die Ballettschuhe ab.

– Nein, ich werfe dir keinen Diebstahl vor, sagte Ingirídur nachdenklich. – Es muß das andere Mädchen gewesen sein. Das Album lag offen auf dem Tisch, Vaclav Nijinski schien über die Bühne zu schweben.

Auf dem Wohnzimmerschrank stand eine goldene Statue von einem Löwen auf einem metallenen Fuß, und Gudbrandur hatte die Angewohnheit, die Post unter den Bauch des Tiers zu klemmen. Neugierig zog Ingirídur die Briefe heraus und blätterte sie schnell durch. – Ich habe Gudbrandur so oft gebeten, die Briefe mitzubringen. Das sind ja alles Rechnungen, sagte sie erstaunt, während sie einen Brief aus dünnem, raschelndem Papier überflog, mit einem Briefkopf, den Vilborg spiegelverkehrt von der anderen Seite sehen konnte. Der Text war nicht besonders lang. Ingirídur errötete und strich sich das Haar aus dem Gesicht. – Ich weiß, daß stimmt, was du mir sagst, liebe Vilborg. Sie setzte sich nieder mit dem Brief und den Rechnungen, um sie genauer zu studieren. – Aber ich werde es nicht über mich bringen, die Mama von Rós darauf anzusprechen, sagte sie, tief in Gedanken. – Vergessen wir das Ganze einfach. Sie legte die Umschläge aus der Hand.

Als Vilborg den Fríkirkjuvegur in Richtung Süden entlangging, sah ein kurzsichtiger Schwan sie an wie ein Oberlehrer, der korrigierte Klassenarbeiten austeilte. Sie stand lange und sah zur Mädchenrealschule hinüber.

Ihr Herz schlug leicht, als sie klopfte, sie war sich sicher, daß Sunneva Geirsdóttir gleich in Ohnmacht fallen würde. Thórarinn öffnete. – Oh, sagte er und machte ein langes Gesicht, als er seine Schwester sah.

– Lieber Tóti, du brauchst nicht tot umzufallen, nur weil ich nach Hause komme.

– Halt's Maul. Papa ist unten an der Baustelle, und Mama ist nicht zu Hause.

– Und was machst du zu Hause? Hast du aufgehört zu arbeiten?

– Ich habe einen Tag frei. Er hielt die Tür halb auf. – Ich mußte zum Zahnarzt.

Thórarinn hatte abgenommen, und die Sjafnargata 1a schien merkwürdig fremd, wie ganz Reykjavík. Er verfolgte jede Regung im Gesicht seiner Schwester. – Bleibst du lange in der Stadt? fragte er, mit Hoffnung im Herzen.

– Tóti, ich bin doch gerade erst zur Tür hereingekommen.

Sie setzte sich ans Telefon und rief ihre Freundin Gudbjörg an. – Hallo, hier ist Vilborg. Ich bin zurück in der Stadt. Ich hab siebenhundert ausgezahlt bekommen. Wollen wir uns in Stebbis Laden treffen? Ach, du hast keine Zeit? Sie atmete schwer aus. – Was für eine Heimkehr, dingeling!

– Siebenhundert hast du bekommen? fragte Thórarinn neugierig.

Vilborg betrachtete ihn, während sie sich an den Küchentisch setzte. – Nein, vierzehnhundert, log sie. – Gudbjörg sollte das nur nicht wissen.

– Viel mehr als ich im Laden verdiene!

– Ja, Gudbrandur und Ingirídur sind so reich.

– Und wie war es bei ihnen?

– Großartig, Tóti, und immer wahnsinnig gutes Essen. Sie ging zum Fenster. – Gestern abend zum Beispiel waren wir so ungefähr das zwanzigste Mal im Hotel Tryggvaskáli zum Essen. Ich habe Kotelett mit Rahmsoße bestellt, das schmeckte ganz hervorragend. Ingirídur kocht nicht gern, deshalb geht Gudbrandur am liebsten aus zum Essen. Vilborg lehnte die Stirn an die Scheibe. Durch das dichte Laub konnte man den Baumstumpf im Rasen erkennen.

Reykjavík ist die Stadt der Vogelbeerbäume, sie wachsen kerzengerade und mit wohlproportionierten Gliedern; sie stehen gebeugt und gequält von der Gicht; sie leben im Schatten hinter den Häusern wie unzufriedene Riesen; sie wachsen scheu und klein mit einer Handvoll Blätter in den Beeten; sie lehnen sich über Garagen mit Grünspan und Moos auf der Rinde, kraftlos vor Alter; sie stemmen sich von den Fassaden der Häuser ab und halten das Licht von den Stuben fern; sie stützen die Ellbogen auf Gartenmauern und strecken ihre belaubten, verkrüppelten Hände auf die Gehwege hinaus. Die Stadt der Vogelbeerbäume war eigenartig nach so langer Abwesenheit. Vielleicht werde ich einmal eine Dichterin, dachte das Mädchen. Vogelbeer, mein lieber Vogelbeer, freutest du dich, als der Goldregen fiel?

Sie hörte eine Tür schlagen, Thórarinn war aus dem Haus gerannt. Von Skólavörduhæd aus sah er einige Sonnenstrahlen zwischen den Wolken auf die wildbewegte See unterhalb des Berges Esja hindurchbrechen. Er kaufte die Sporttasche. Er erinnerte sich nicht, wann Helgis Geburtstag war. Das dicke Mädchen im Laden lächelte froh. Er ging wieder hinauf zur Straßenecke, verschwitzt und bitter. Der Wind fuhr durch das hohe Gras in Vatnsmýri, und das Riesenrad im Tivoli drehte sich. Seine Mutter war nach Hause gekommen.

– Was willst du mit so einer Tasche anfangen? fragte Sunneva.

– Sie Helgi zum Geburtstag schenken.

– Aber der ist erst nächstes Jahr im März.

– Ja, aber braucht er nicht eine gute Tasche?

– Er hat zwei, Kind, und jetzt in Norwegen hat er sich wahrscheinlich eine dritte gekauft.

– Aber sie haben vier eins verloren, und er hat versprochen, mir etwas mitzubringen. Ich wollte ihm auch etwas schenken, zum Trost.

Gudbjörg, Vilborgs Freundin, untersuchte die Tasche. – Das scheint eine sehr gute Qualität zu sein, sagte sie und befühlte das Material.

– Wann hast du dein Geld bekommen, Tóti? fragte Vilborg.

– Vorhin.

– Und wieviel?

– Fünfhundert.

– Aber die Tasche ist viel zu teuer. Beinahe dein ganzer Lohn, sagte Sunneva, während sie auf das Preisschild sah.

Thórarinn begann zu schwitzen.

– Ist doch klar, Mama. Er hat sich ausgerechnet, daß er etwas Teureres von Helgi bekommt.

– Das ist doch alles Unsinn, sagte Sunneva. – Ich gehe da jetzt hin und rede mit den Leuten und gebe die Tasche zurück.

– Nein, auf keinen Fall, rief der Junge. – Auf keinen Fall. Tu das bloß nicht. Als sie das schlechte Benehmen ihres Bruders sah, beschloß Vilborg, ihre Mutter nicht auch noch damit zu belasten, daß sie des Diebstahls verdächtigt worden war. Sigurbjörn kam nach Hause und nahm sie in die Arme. Sie bemerkte seine Ähnlichkeit mit dem russischen Priester, und es schnürte ihr den Hals zu. Niemals durfte ihrem Vater etwas Schlimmes zustoßen, da würde sie nicht länger leben wollen.

Hin und wieder brauste ein Auto an Bjarnaborg vorbei in der Abendsonne; es war schon nach acht Uhr. Gudbrandur saß in der Bauarbeiterbaracke. Durch die offene Tür konnte er das Tor an der Ecke und einen Haufen Stahlbetonstreben sehen. Er war allein auf der Baustelle. Sie hatten nach ihrem Lohn gefragt. – Ihr müßt mit Sigurbjörn reden, hatte er gesagt. Und zu Hause tobte die Frau vor Wut.

Sie hatte die Papiere gefunden, daher zögerte er die Heimkehr nun so lange wie möglich hinaus. Sigurbjörn war noch keiner einzigen Zahlungsverpflichtung nachgekommen. Der große Kredit, noch aus der Zeit, bevor die Firma *Bauinitiative* ins Leben gerufen worden war, war zur Eintreibung bei einem Rechtsanwalt gelandet. Und der Kredit, den sie gemeinsam aufgenommen hatten, als die Firma den Betrieb begann, war schon mehrere Raten im Zahlungsrückstand. Außerdem hatte Sigurbjörn, ohne ihn zu fragen, auf seinen Namen Lebensmittel anschreiben lassen. Gudbrandur hatte alle Mahnungen unter den Löwen gesteckt, und natürlich hatte seine Frau sie gefunden und war außer sich geraten. Obwohl einige Interessenten zur Besichtigung gekommen waren, hatte noch niemand gekauft; einer war gerade fort, Gudbrandur war mit ihm durch den Rohbau gegangen. Und nun war es schon Ende August. Das Kaufhaus Reykjavík stand Beton geworden auf dem großen Platz. Ich bin meiner Verpflichtung als Bauleiter nachgekommen, dachte Gudbrandur.

– Er hat keinen Respekt vor dir, dieser Mann, hatte Ingirídur mittags gesagt. – Warum läßt er auf deinen Namen anschreiben? Warum nicht auf seinen eigenen? Und diese Rechnung hier. Sie hielt ihm das Blatt vors Gesicht. – Die ist für Lebensmittel.

– Ob sein Name noch zum Anschreiben taugt? Gudbrandur sah sich die Rechnung an. – Das war für Kaffee und Kuchen in der Baracke, log er.

– Bringen die Männer sich nichts zu essen mit? Müßt ihr euch um ihre Verpflegung kümmern? Und von dem alten Kredit hat er noch keinen einzigen Öre bezahlt. Ingirídur lehnte sich über den Tisch, eine dicke dunkle Locke fiel über den berühmten Schönheitsfleck. – Und was hat er gesagt, als du ihn auf diese Sache angesprochen hast?

– Ich habe ihn nicht darauf angesprochen, Inga.

– Du hast ihn bis jetzt nicht darauf angesprochen?

– Mir scheint, daß Sigurbjörn schon genug um die Ohren hat.

– Ist er eine heilige Kuh? Gott der Allmächtige in eigener Person?

– Führ dich nicht so auf.

– Hast du Angst vor dem schwarzen Mann?

– Nein, Inga, ich habe keine Angst vor ihm.

– Dann rede mit ihm über die Sache!

– Ich mach's ja, Frau.

– Sigurbjörn ist nicht der, für den er sich ausgibt, und er ist nicht dein Freund, sagte sie.

– Aber sicher sind wir Freunde. Gudbrandur stand vom Tisch auf und schlug die Haustür hinter sich zu.

Er sah auf die Uhr, es war fünf vor halb neun. Er bewegte seine Beine und spürte den Sand auf dem Boden und ein Werkzeug vor seinem Fuß; er stieß es fort und schraubte den Deckel von seiner Thermoskanne; der Kaffee war kalt geworden. Auf dem Tisch lagen ein Paar Arbeitshandschuhe und ein halbverzehrter Kringel auf einer zerrissenen Papiertüte. Er faltete die Hände und betrachtete seine Fingergelenke. Warum mußte ich mich so in dieses Unternehmen stürzen und dann auch noch die Fenster falsch messen? dachte er. Ich hatte ein gutes Auskommen. Und der Familienfrieden ist auch im Eimer. Er spürte ein Verlangen nach Branntwein und starke Feindseligkeit gegen seinen Freund. Der Barackeneingang verdunkelte sich. – Du siehst aber bedrückt aus, lieber Brandsi.

Gudbrandur sah auf. Sigurbjörn hielt eine Dokumentenmappe unter dem Arm; er war gekleidet wie ein englischer Lord.

– Wo kommst du denn her?

– Ich war bei der Bank, und ich habe mit unserem Makler gesprochen.

– Und was hatte der zu sagen?

– Na, nur Scheiße. Sigurbjörn setzte sich. – Er will die Anzeigenkosten ersetzt haben, bevor ich irgendwas verkauft habe. Die ganzen vierzigtausend. So ein unverschämtes Schwein, und ein Säufer dazu, sagte Sigurbjörn bitter. – Ich kann mich noch gut erinnern, wie er früher stinkbesoffen unten am Hafen herumgetorkelt ist, der verdammte Kerl. Einmal hab ich ihm fünfhundert Kronen geliehen, die hat er mir bis heute nicht zurückgezahlt. Und er hat mir nicht gesagt, daß illustrierte Anzeigen in den Zeitungen so viel kosten.

– Meinst du das im Ernst? Und du hast nicht danach gefragt?

– Nein, ich hab dem Mann vertraut, Gudbrandur.

– Auf die Art ist schon mancher auf die Nase gefallen.

– Bist du auch schon mal betrogen worden, Kamerad? fragte Sigurbjörn und sah Gudbrandur aufmerksam an; er hatte seine Schirmmütze nicht abgenommen, und echtes Mitgefühl lag in seinen Zügen. Gudbrandur lehnte sich auf der Bank zurück und betrachtete die Lumpen, die an einem Nagel an der Wand hingen. Die Baracke war innen mit gebeizten Sperrholzlatten verkleidet. Ein Mädchen mit üppigem Blondhaar kniete an einem gelben, sonnigen Strand und hielt ihre beiden Brüste hoch, hinter sich einen riesigen Reifen, und das ganze Bild war in die Achsel des Michelin-Männchens montiert, das den Arm emporzuwerfen schien vor Freude über die Frau und den Reifen. Es war der 20. August 1953.

– Was soll ich den Männern sagen, lieber Sigurbjörn?

– Welchen Männern?

– Na, den Bauarbeitern, die hier arbeiten. Wir müssen ihre Löhne auszahlen, das zögern wir schon seit über zwei Wochen hinaus, und wir betrügen sie um ihr Richtfest. Sie drohen damit, statt Wimpeln Zementsäcke über dem Bau flattern zu lassen, sagte Gudbrandur lachend.

– Ho ho, Sigurbjörn fiel in sein Lachen ein. – Mach dir mal keine Sorgen, Brandsi. Das hat sich alles geregelt.

– Wie, hat jemand gekauft?

– Hat jemand gekauft? Hat jemand gekauft? Das ist alles, wonach Frauen und Kinder jemals fragen. Sigurbjörn öffnete seine Dokumentenmappe. – Bis jetzt noch nicht. Er zog ein Papier hervor und legte es auf den Tisch.

– Was ist das?

– Ja, das ist die gute Nachricht. Wir haben einen Kredit bekommen.

– Kredit, wo? Nicht bei der Bank, oder?

– Nein, nicht bei der gleichen Bank. Bei einer neuen, der Helgi hat das für mich eingefädelt. Bei der Fischerei-Bank.

Gudbrandur zog den Kreditvertrag zu sich heran. Er belief sich auf achthunderttausend, als Sicherheit war der Grundbesitz Gudbrandur Jónssons an der Öldugata eingetragen.

– Das ist ja unser Haus, Mann.

– Ja.

– Das kann ich nicht unterschreiben.

– Sigurbjörn blickte sich zornig im Schuppen um, als lasse er den Blick über eine große Menschenmenge schweifen auf der Suche nach dem, der ihm einen Streich gespielt hatte, dann sah er Gudbrandur scharf an und schwieg. Schließlich fragte er: – Und warum nicht?

– Weil meine Frau das nicht erlaubt.

Das Lachen hallte in dem Schuppen. – Nun machst du aber Späße, Gudbrandur.

– Ich spaße nicht. Sie hat die Papiere gefunden.

– Was für Papiere?

– Du hast bis jetzt an niemanden irgend etwas zurückgezahlt, der alte Kredit liegt beim Rechtsanwalt, und der neue ist im Zahlungsrückstand bei der Bank.

– Ja, die Rechtsanwälte, diese Schufte, sagte Sigurbjörn düster. – Die sollte man alle zusammen in einen alten Trawler stecken und dann bei Hornbanki versenken. Aber deswegen mache ich das alles hier doch, lieber Brandsi. Um mit einemmal reinen Tisch zu machen.

– Wenn ich das unterschreibe, kann ich mir nicht mal mehr einen Flicken für das Loch in meinem Arsch leisten, Mann.

– Aber das ist doch genau das, was wir am Anfang vereinbart haben, Gudbrandur. Sigurbjörn starrte ihm über den Tisch in die Augen, und Gudbrandur starrte zurück. Ingiríđurs Vorwurf, er habe Angst vor Sigurbjörn, klang ihm im Ohr. Dann sah er um nachzudenken zur Seite, zur Einfahrt der Baustelle hinüber; der Schatten des offenen Tors war gewandert und fiel nun quer über die zahllosen Fuß- und Reifenspuren im Kies; am Zaun neben dem Pfosten lehnte eine Brechstange. – Ich kann keine weiteren Verträge unterschreiben, ohne mich mit meiner Frau zu besprechen, sagte er und sah Sigurbjörn an.

– Es gehört zu den größten Dummheiten, die ein Mann begehen kann, bei seinen Finanzen eine Frau zu Rate zu ziehen, sagte Sigurbjörn mühsam beherrscht. – Erinnerst du dich nicht, wie ich dir das gesagt habe, unten bei der Mündung der Ölfusá? Es war nicht leicht für mich, Helgi dazu zu kriegen, diese Sache für uns anzuleiern.

– Es tut mir leid.

– Ja, dann sind wir am Ende. Ich bekomme sonst nirgendwo mehr einen einzigen Öre her.

– Du mußt dir etwas anderes einfallen lassen.

– Bist du nicht Miteigentümer? Hast du nicht selbst die entsprechenden Verträge ausarbeiten lassen? Gehören uns nicht gleich große Anteile hier an der *Bauinitiative?* fragte Sigurbjörn zornig.

– Doch.

– Dann müssen wir zusammenstehen wie Brüder. Ich mache das hier doch für uns beide.

– Ja ja, sagte Gudbrandur und stand auf. – Ich werde heute abend noch bei dir vorbeischauen, aber ich muß erst mit Ingirídur sprechen. Ich kann nicht ohne ihre Zustimmung solche Entscheidungen treffen. Ich will für die Sache hier nicht meine Ehe aufs Spiel setzen, das mußt du verstehen.

Er machte Anstalten abzuschließen, und Sigurbjörn trat hinaus. Der Rohbau thronte über ihnen, das Gerüst ragte hoch auf. – Es macht einen Riesenunterschied, den Beton fertig gemischt zu bekommen, sagte Gudbrandur und sah hinauf in den blauen Himmel; eine Mantelmöwe flog über das Gebäude und entschwand dem Blick. – Denk mal, wie das war, als alles noch per Hand angerührt wurde. Als ich an der Austurbæjar-Schule gearbeitet habe, wurde der Beton noch in Eimern hochgezogen, was für eine Plackerei. Der hydraulische Aufzug hat viele Probleme gelöst.

– Du machst dann alles dicht und kommst heute abend noch in der Sjafnargata vorbei, sagte Sigurbjörn, ohne auf Gudbrandurs Geplauder einzugehen.

– Habe ich das nicht gesagt?

Gudbrandur ließ das Vorhängeschloß an der Baracke einrasten, dann ging er durch das Tor bei der Baustelleneinfahrt hinaus und betrachtete den Rohbau. Ich habe noch nie so hart gearbeitet, dachte er. Das war kein Sommer. Unbehagen befiel ihn, und er wendete den Blick vom Gebäude ab; er erinnerte sich an den Sommer, als er beim Walfang gearbeitet hatte. Sie hatten die Ungetüme auf eine Betonplattform gehievt, um sie dort zu zerlegen. Der Pottwal sah am schrecklichsten aus. Krill strömte aus der Wunde wie Grassamen aus einem Sack. Manchmal waren tiefe Furchen auf den Kiefern und Narben am Körper. Die Narben waren von Schwertwalen, die den großen Wal in Herden angriffen. Aber das Loch am Kiefer, das bis zum Knochen ging, das war von Riesenkraken. Sie legten sich über den Kopf, versuchten, das Atemloch zu verschließen, schlangen ihre schleimigen Arme um seinen Schädel und drückten zu. Aber der Pottwal wußte sich zu wehren. Er tauchte kilometertief hinab, bis die Krake platzte.

Ingirídur antwortete kaum, als Gudbrandur sie nach den Kindern fragte. Ihre Tochter war zu Besuch und sah ihren Stiefvater neugierig an. Sie war jetzt größer als Ingirídur und, ihrem Gesichtsausdruck nach zu urteilen, über den Stand der Dinge im Bilde. Ingirídur ging von Zimmer zu Zimmer und räumte auf. – Ich gehe raus in die Garage, Inga, hörte er sich selbst sagen; sie gab keine Antwort.

Gudbrandur hatte eine Werkstatt in der Garage. Er hatte eine Holzwand errichtet, wo vorher das Tor war, und ein langes Fenster und eine kleine Tür eingesetzt. Auf dem Fensterbrett standen alte Marmeladengläser mit Beizmittel, an denen Kleckse der braunen Flüssigkeit in dicken Tropfnasen erstarrt waren; Nägel und Schrauben bewahrte er in alten Mackintosh-Pralinendosen auf. Ein grüner Hobel mit einem Haufen Späne darunter lag auf dem Boden; erst vor kurzem hatte er sich eine Kreissäge und eine Bandsäge gekauft. Verschiedene Holzreste waren ordentlich an der Wand entlang aufgereiht. Manchmal war Gudbrandur bis spät in die Nacht hinein mit seinen Schreinerarbeiten beschäftigt.

Das gerahmte Zeugnis an der Wand bewies, daß der Raum feucht war: *Gesellenbrief. Der unterzeichnete Prüfungsausschuß in Reykjavík gibt bekannt: Daß Gudbrandur Jónsson, geboren am 3. März 1910 in Njardvík im Amtsbezirk Gullbringusýsla, im Jahre 1934 die Gesellenprüfung im Schreinerhandwerk abgelegt hat. Die Prüfung bestand darin, einen polierten Spiegelschrank zu verfertigen, und sowohl der Entwurf als auch die Ausführung wurden mit »ausgezeichnet« bewertet. Durch diese Prüfung hat der Kandidat unter Beweis gestellt, daß er ausreichende Kenntnisse und Fertigkeiten erworben hat, um als ausgelernt gelten zu können. Dieser Gesellenbrief wurde zur Bestätigung dieser Feststellung ausgefertigt und von uns und dem zuständigen Lehrmeister eigenhändig unterzeichnet.*

Gudbrandur nahm Marias Puppenwagen und legte ihn auf die Hobelbank. Die Achse war fast vollständig zersplittert; es lohnte sich nicht mehr, sie zu leimen. Er entfernte die Holzreste mit einem Stechbeitel, fand eine andere Stange als Ersatz, trug etwas Holzleim auf, schraubte sie fest und brachte die Räder wieder an, das war schnell erledigt; er wartete darauf, daß seine Stieftochter ginge, vorher konnte er Ingirídur kaum von dem neuen Kreditvertrag erzählen.

Er verspürte großen Widerwillen dagegen, eine Hypothek auf die Öldugata aufzunehmen. Er hatte drei Stockwerke vom Haus seiner Mutter in der Austurstræti verkauft, um diesen Ziegelbau kaufen zu können, zweistöckig und unterkellert und mit keiner einzigen Krone belastet, entworfen 1936 von Einar Erlendsson, Sigurbjörns Kollegen im Staatsbauamt. Gudbrandur stand nervös an der Werkbank und hielt die Arme verschränkt; es wurde langsam schwarz vor dem Fenster. Er hörte ein Auto, das war wahrscheinlich das Mädchen, das jetzt zu ihrem Papa zurückfuhr. Unglaublich, wie hübsch sie geworden war, und wie sehr ihrer Mutter ähnlich.

Er beugte sich vor, um hinauszuspähen, und sah, daß Sigurbjörn und seine Familie vor der Tür standen. Konnte der Mann nicht warten? Er hörte Ingirídur die Gäste an der Tür begrüßen und Sigurbjörn mit dröhnendem Baß fragen: – Ist der Brandsi nicht zu Hause? Er lehnte sich zurück, um nicht am Fenster gesehen zu werden, und hörte Schritte. Ingirídurs Tochter öffnete die Tür. – Mama bittet dich, kurz ins Haus zu kommen.

– Bin schon unterwegs, liebe Anna.

– Bis zum nächsten Mal dann. Sie küßte ihn auf die Wange.

Er schloß die Tür zur Werkstatt ab und nahm den starken Geruch von Erde und Fruchtbarkeit aus dem Garten wahr. Im Nachbarhaus stand eine Frau am Fenster beim Abwasch; sie war eine alte Bekannte von ihm, ohne es zu wissen. Er hatte erwartet, Stimmen zu hören, aber es war still im Haus. Ingirídur war in der Küche, Sunneva, Sigurbjörn und Thórarinn saßen schweigend auf dem Sofa, als wären sie beim Arzt im Wartezimmer.

– Guten Abend, Brandsi, sagte Sigurbjörn. Die Dokumentenmappe lag vor ihm auf dem Tisch.

– Kann man euch etwas anbieten? fragte Gudbrandur. Thórarinn blätterte in einer Zeitschrift und sah nicht auf.

– Ich glaube, Kaffee ist unterwegs, sagte Sunneva.

– Ich meinte, etwas Stärkeres?

– Du weißt genau, daß ich das Zeug nicht anrühre, sagte Sigurbjörn.

– Keinen Alkohol für mich, lieber Gudbrandur. Sunneva sah sich um, alles war alt und abgenutzt, wie in einem Museum, in dem man die Originaleinrichtung einer berühmten Persönlichkeit besichtigen kann; dicke Vorhänge an hölzernen Ringen, Troddeln an den Armlehnen der alten Sessel, zwei hohe Kerzenständer auf dem Buffetschrank. Ein großes Foto von Gudbrandurs Mutter bildete den Blickpunkt des Raums wie in einer Kirche das Altarbild. Der Tisch war klein, man saß dicht zusammen daran. Was für eine schäbige Einrichtung, dachte Sunneva.

Gudbrandur holte sich den Whisky aus dem Schrank und mischte ihn in der Küche mit einem Drittel Leitungswasser. Ingirídur starrte unwillig auf das Glas, während er sich einen tiefen Schluck genehmigte. Sie sah, daß seine Hand zitterte. Sie stellte die Tassen, das Sahnekännchen und die Zuckerdose auf ein Tablett. – Willst du denn nicht das gute Geschirr nehmen, liebe Inga? fragte er.

– Bring das hinein.

Gudbrandur stellte das Tablett auf den Tisch, setzte sich in einen Sessel, spielte nervös mit der Troddel. Er betrachtete einen Moment Thórarinns pausbäckige Züge, dann sagte er: – Wie steht's, Junge?

– Gut, murmelte Thórarinn mit dunkler Stimme, ohne von der Zeitschrift aufzusehen.

– Im Laden bekommst du bestimmt manchmal eine Wurst ab? Gudbrandur lachte.

– Männer von deiner und Papas Baustelle kommen zu uns einkaufen. Thórarinns Miene verdüsterte sich.

– Willst du nicht ablegen, liebe Sunna? sagte Gudbrandur und streifte seinen Freund mit einem Blick.

– Mama hat diesen Mantel erst heute gekauft, sagte Thórarinn. – Und ich habe Jeans bekommen.

– Jeans sind keine ordentliche Kleidung, Tóti, polterte Sigurbjörn. – Ich verstehe nicht, warum du in so einem Aufzug herumlaufen willst.

– Das sieht schick aus, sagte der Junge.

Gudbrandur stand auf und nahm den neuen weißen Mantel entgegen. Unter ihm trug Sunneva ein Kostüm. Sie ging zur Tür zum Nebenzimmer und sah sich um. Ingirídur kam mit der Kaffeekanne, stellte sie hart auf den Tisch und setzte sich Sigurbjörn gegenüber. Er sah sie zornig an. Sie blickte ihm direkt in die Augen, und Sigurbjörn wendete den Blick ab. Er schob die Papiere in der Dokumentenmappe mit dem Zeigefinger zurecht und legte den Kreditvertrag auf den Tisch. Gudbrandur leerte sein Glas mit einem Schluck und ging zu ihnen hinüber.

– Papa hat sich heute Schuhe und einen neuen Mantel gekauft, sagte Thórarinn hinter der Zeitschrift hervor.

– Ich lasse mir das nicht länger bieten, zum Teufel nochmal! Ingirídur stand auf. – Du benutzt unser Eigentum bei der Bank als Sicherheit und kaufst sündhaft teure Kleidung für dich und deine ganze Familie, aber die Lebensmittel läßt du auf Gudbrandurs Namen anschreiben und weißt dabei doch ganz genau, daß wir kurz vor der Pleite stehen.

– Ich kann wohl kaum mit nacktem Hintern gehen, sagte Sigurbjörn. – Überleg dir besser, was du sagst.

– Ich sage, was ich denke. Du gaunerst dem Gudbrandur alles ab, was wir besitzen. Dieses Kaufhaus ist der reinste Wahnsinn.

Gudbrandur blickte von einem zum anderen, dann sah er seine Frau an und sagte laut und klar, während er das Glas hob: – Der Bau ist ein grundsolides Unternehmen. Ich kann das beurteilen, schließlich bin ich Zimmermann. Willst du auch einen Schluck, Inga?

– Ihr glaubt immer, daß alle euch alles stehlen wollen, sagte Thórarinn. – Sie hat sogar behauptet, daß Vilborg ihr in Eyrarbakki ein Paar Ohrringe gestohlen hat. Thórarinn warf seiner Mutter einen Blick zu, aus dem Schadenfreude sprach.

Sunneva hob die Augenbrauen und sah Ingirídur mit beinahe wohlwollender Neugier an.

– Sie sind verschwunden, ja. Ingirídur stand, die Arme vor der Brust verschränkt, hinter dem Tisch.

– Und du glaubst, daß Vilborg sie genommen hat?

– Das habe ich nicht behauptet, ich habe sie nur danach gefragt.

– Sigurbjörn, willst du einfach dasitzen und dir das bieten lassen?

– Das ist das erste Mal, daß ich von dieser Sache höre. Sigurbjörn schob nervös den Kreditvertrag hin und her.

– Jetzt verstehe ich, warum Vilborg so bedrückt war, als sie nach Hause kam, sagte Sunneva und erhob sich. Mit leiser

Stimme sagte sie: – Sigurbjörn! Gib ihnen sofort die siebenhundert Kronen zurück, die Vilborg bekommen hat.

– Mir hat sie gesagt, daß es vierzehnhundert waren. Thórarinn schnaubte. – Das ist mal wieder typisch Vilborg.

– Im Moment habe ich kein Geld bei mir, sagte Sigurbjörn.

– Das war ja ganz toll von Helgi, ein Tor gegen die Franzosen zu schießen, sagte Gudbrandur. – Ich hab mir die Übertragung angehört.

Thórarinn wurde lebhaft: – Das stand heute in allen Zeitungen. Hast du die Bilder von ihm gesehen? Ich bin fast gestorben vor Spannung. Sie haben nur drei zu eins verloren. Das hätte keiner erwartet.

– Inga, sagte Gudbrandur. – Ich muß nur mal eben einen kleinen Kreditvertrag unterschreiben. Es ist unmöglich, an diesem Punkt die Arbeit einfach einzustellen.

– Du bist ein Idiot, zischte Inga. – In diesem Haus wird nichts unterschrieben.

Sigurbjörn hatte seinen Kaffee nicht angerührt. Nun nahm er den Vertrag, knüllte ihn mit beiden Händen zusammen und schleuderte ihn auf den Tisch. – Verdammte Esel seid ihr, alle beide. Laß uns gehen, Sunneva, sagte er. – Thórarinn, komm sofort mit.

Gudbrandur lief ihnen bis hinaus auf die Eingangsstufen nach.

– Ach laß doch gut sein, Sigurbjörn, nimm die Papiere, ich unterschreibe diesen verfluchten Vertrag gleich morgen früh.

Sigurbjörn warf einen scharfen Blick auf das Fenster vom Nachbarhaus, wo die Frau noch immer in der Küche beschäftigt war. Draußen war es dunkel geworden, und die Bäume schwankten im Wind. Gudbrandur nahm ihm die Tasche ab und versuchte den Vertrag so gut wie möglich zu glätten, dann steckte er ihn in die Mappe und schob sie Sigurbjörn in die Hände. – Achte gar nicht auf die Weiber, sagte er. – Diese

Ohrringe. Nur ein paar verdammte Glasperlen. Ich muß das am besten wissen. Hab sie ihr geschenkt. Komm, bring Frau und Kinder nach Hause, und dann fahren wir schnell hinaus nach Ánanaust und sehen uns die neuen Büroräume an.

– Ich lasse mir nicht alles von euch gefallen, Gudbrandur, auch wenn ihr euren Sohn nach mir getauft habt, sagte Sigurbjörn mit vor Wut zitternder Stimme.

– Was meinst du denn damit?

Sigurbjörn ging zum Auto, und Gudbrandur sah ihm nach.

Am Lækjartorg sprang Sigurbjörn aus dem Auto und stürzte davon, ohne die Tür zu schließen. Ein Bus begann zu hupen. Sunneva wechselte auf den Fahrersitz. Thórarinn rief durch das offene Seitenfenster. – Papa, kann ich mitkommen?

– Nein, Tóti, brüllte Sigurbjörn. – Du bist nicht gut genug angezogen, Junge.

Sunneva fuhr davon, und der Bus rollte vor bis zu seiner Haltestelle. Sigurbjörn marschierte mit langen Schritten die Hverfisgata hinauf. Er öffnete das Tor am Vitatorg und setzte sich in die Baracke, legte beide Hände auf den Tisch und ließ sein Gesicht eine Weile auf den Händen ruhen. Dann lehnte er sich zurück an die Wand und schlief im Sitzen ein. Als er erwachte, hatte die Dämmerung eingesetzt, und seine Umstände kamen ihm in aller Schärfe zu Bewußtsein. Von Panik erfaßt sah er sich in der Baracke um.

Er ging hinaus und betrachtete den Rohbau. Wieviele Millionen waren nötig, um das Projekt zu vollenden? Ein eisiger Morgenwind ging durch die Räume; eine hölzerne Leiter voller Betonkleckse führte vom sechsten Stock hinauf aufs Dach. Er stieg die Leiter hinauf. Die zwei Giebel und die Wand bis hinauf zu den Dachsparren waren schon fertig gegossen. Die

Sparren waren angebracht, und ein Teil des Dachs war bereits gedeckt. Er stand zwischen zwei Sparren und sah hinaus auf das Meer. Ein starker Wind blies über den Sund, die Wellen brachen sich in rascher Folge, dichte dunkle Wolken jagten ostwärts über den Horizont. Zwischen den Bergen Akrafjall und Esja strömte heller Nebel wie eine Lawine zum Meer hinunter und trieb die weißen Wellenkämme bis zur Skúlagata auf dieser Seite des Sundes. Westlich von ihm saß eine Mantelmöwe auf einer Hausecke und beobachtete das Meer.

Er machte sich auf zu einem Spaziergang hinunter zur See, um in Ruhe darüber nachzudenken, was nun zu tun war. Er ging vorsichtig um die vielen Pfützen auf dem Gehsteig herum den Weg nach Höfdi, zu dem Haus, das dort auf den Felsen stand; er war lange nicht dort gewesen und hatte Lust, sich die prächtige Holzvilla, die die Franzosen kurz nach der Jahrhundertwende dort erbaut hatten, einmal wieder genauer anzusehen. Viele Fenster waren zerbrochen, und die weiße Farbe war durch den ständigen Sturmwind in großen Fetzen abgeblättert; wie baufällig dieses schöne Haus doch geworden war. Die unversehrten Fenster erinnerten an schwarze Teiche. Er ging zur Treppe, das Haus war offensichtlich nicht bewohnt, die Tür zur Eingangshalle stand offen. Sigurbjörn war der Verfall so zuwider, daß er es nicht über sich brachte hineinzugehen.

Auf der anderen Seite ragte eine überhängende Klippe zur See hinaus, unter ihr lag die Schotterstraße nach Laugarnes, die im Barackenviertel aus dem Blick geriet. Er stellte sich unter die Klippe. Über Kjalarnes hingen dichte Wolken, der Regen fiel wie ein Schleier. Viele Steine lagen am Strand, und der Tang hatte sich so um sie gewunden, daß es aussah, als lägen überall im Sand verstreut regennasse Frauenköpfe.

Zittern überkam den Mann. Er sah seinen Vater vor sich, wie er mit seiner Zigarre am Schreibtisch saß. – Laß das bleiben mit der Architektur, Sibbi, sagte Helgi Vésteinsson näselnd. – Übernimm lieber das Geschäft von mir. Dann wirst du immer genug zu essen und zu heizen haben, lieber Sibbi. Hör auf das, was dein Papa dir sagt. Die Isländer wollen kein Geld dafür ausgeben, sich Häuser entwerfen zu lassen. Und es ist ja auch unnötig, Sibbi.

Was würde er sagen, unser Papa, wenn er wüßte, daß ich auf dem besten Wege bin, die Sjafnargata 1a zu verlieren? dachte Sigurbjörn. Ich weiß keinen Ausweg mehr! Eiderenten schwammen, mit den Köpfen Richtung Land, am Strand entlang; manchmal entschwand der Schwarm den Blicken, kam aber mit der nächsten sich hebenden Welle wieder zum Vorschein. Er steckte die Hände in die Taschen, lehnte sich an den Felsen und schloß die Augen. Der Teufel soll den Brandsi holen, daß er mich so behandelt. Das ganze verdammte verschnittene Fensterglas sollte ich zu ihm nach Hause bringen und in den Garten kippen lassen. Er dachte an Einar Benediktsson, den Dichter, dem Höfdi einmal gehört hatte. Der Dettifoss-Wasserfall war noch immer ohne Turbinen. Was war aus der Wasserkraftwerkgesellschaft Titan geworden, die so vielen Menschen Reichtum bringen sollte? Nun stand das Haus verlassen und verfallen, und eine herabhängende Regenrinne schlug im Wind leise im Takt gegen die Hauswand. Vielleicht hatte Einar auch oft versteckt unter der Klippe gestanden, um Zuflucht vor dem ganzen Schlamassel in seinem Leben zu finden.

Regen wehte Sigurbjörn ins Gesicht. Der Verkauf kam nicht von der Stelle, und gestern hatte er die Geduld verloren, einfach einige Leuten angesprochen und ihnen Ladenfläche zum Vorzugspreis angeboten. Sie hatten bezweifelt, daß ein so großes Kaufhaus irgendwelche Aussichten auf Erfolg hätte. Haben sie mich ausgelacht, die Idioten? Nein, ich habe mir als

Lebenswerk die Arbeit gewählt, die mir am meisten liegt, und ich habe es nie bereut, sagte er laut.

Er hörte einen Stein rollen und öffnete die Augen. Ein Stück entfernt stand ein Mann auf der Straße, von kurzem rundlichen Körperbau, mit einer Aktentasche in der Hand. Als er sah, daß Sigurbjörn sich rührte, kam er lächelnd näher. – Sie leben also doch, sagte er fröhlich. – Da bin ich aber erleichtert. Ich habe einen furchtbaren Schreck bekommen, als ich Sie so unbeweglich am Felsen lehnen sah mit diesem tragischen Gesichtsausdruck. Ich sagte mir: Rufe Gott um Hilfe an, Rúnar, denn du bist soeben dem Gespenst von Höfdi direkt in die Arme gelaufen.

Nach einigem Schweigen fragte Sigurbjörn: – Dachten Sie vielleicht, der verdammte Geist hätte einen kleinen Ausflug hierher in die Einsamkeit gemacht, um ein bißchen frische Luft zu schnappen?

– Ja, so in etwa habe ich mir das vorgestellt.

Der Mann sah Sigurbjörn mit blitzenden Augen an. Sigurbjörn erwiderte seinen Blick, ohne zu lächeln. – Und, hatten Sie Angst?

– Nicht so sehr, sagte der Mann. – Aber ich hätte mich furchtbar erschrocken, wenn Sie mit Ihrer Mütze auch den Kopf abgenommen hätten.

– Schauen Sie, sagte Sigurbjörn und lächelte. – Damit ist alles in Ordnung. Er nahm die Schirmmütze ab und setzte sie wieder auf seinem Kopf zurecht.

– Haben Sie etwas mit Höfdi zu tun? fragte der Mann und betrachtete das Haus. – Ich habe gehört, daß jemand hier eine Chemiefabrik errichten will.

– Nein, leider. Sigurbjörn blickte in die gleiche Richtung. – Es ist eine Schande zu sehen, wie heruntergekommen das Haus ist. Eine Chemiefabrik, sagten Sie, na, damit wird der arme Tropf sicher pleite gehen, wie das meistens so geht in dieser Stadt. Und wo wollen Sie hin, mein Guter?

– Ich bin Schuldeneintreiber, da ist es gut, früh unterwegs zu sein.

– Und wie geht es mit dem Geldeintreiben? fragte Sigurbjörn.

– Ach, schlecht, das können Sie mir glauben. Der Schuldeneintreiber wiegte den Oberkörper. – Die Leute sind nicht bereit, sich von ihrem Geld zu trennen.

– Immer wollen sie alles kaufen und verstehen dann nicht, daß die Rechnungen auch bezahlt werden müssen, sagte Sigurbjörn mit herabgezogenen Augenbrauen.

– Wir Isländer sind nicht in der Lage, mit Geld umzugehen, sagte der Schuldeneintreiber und nahm sich eine Prise Schnupftabak. – Mögen Sie auch?

– O nein, aber vielen Dank für das Angebot.

– Dann auf Wiedersehen.

– Ja, auf Wiedersehen.

Als der Schuldeneintreiber bereits ein gutes Stück entfernt war, sah er mit höhnischem Lächeln über die Schulter zurück.

– Der wußte die ganze Zeit, wer ich bin, der Widerling, murmelte Sigurbjörn. – O Herr, gibt es denn nirgends Frieden in diesem Land? Er setzte sich auf einen Stein und dachte an vergangene Zeiten. Einmal hatte er zum Herrn gebetet, heiß und inbrünstig, gefleht um das Leben seines Bruders. Das war lange her. Einmal, in seiner Jugend, war er an einem Frühlingsabend hierhergegangen, um mit einem Arzt namens Matthías Einarsson zu sprechen. Matthías arbeitete am Französischen Hospital und war ein Freund seines Vaters; er hatte Jóhannes behandelt. Sigurbjörn wußte, was für ein Mann der Arzt war, Helgi Vésteinssons Stimme wurde immer ganz dunkel vor Respekt, wenn er seinen Namen erwähnte. Der Arzt und seine Familie lebten mit ziemlichem Aufwand in Höfdi.

Sigurbjörn wurde von einem kleinen Mädchen in das Wohnzimmer gebeten. Der Raum war groß und hoch, eine Petroleumlampe aus poliertem Kupfer mit einem weißen Glasschirm hing von der Decke herab. Die Einrichtungsgegenstände waren allesamt erlesen, und ihr Anblick tröstete den jungen Mann; das Fenster war offen, so daß ein milder Windhauch in das Zimmer drang; die See lag ganz ruhig und glatt und glänzte in der Abendsonne. Er wartete eine Weile allein, nervös. Schließlich trat Matthías in das Zimmer, ein Hüne von Gestalt und bekannt dafür, sich nichts gefallen zu lassen. Gut so, hatte Sigurbjörn gedacht, dann wird er mir ohne Ausflüchte antworten. Sigurbjörn hatte sich erhoben, als er seine Schritte hörte, und begrüßte ihn mit einem Händedruck. – Ich komme wegen meines Bruders Jóhannes. Er ist im Ausland und sehr krank, wie Ihnen bekannt ist.

Matthías sagte, wie die Dinge standen. Es gab keine Hoffnung.

Sigurbjörn kam in den Abendstunden eines Septembertages des Jahres 1927 in Oslo an, bezog ein Dachzimmer im Bibelseminar und blickte über die elektrisch beleuchtete Stadt Oslo.

– Der Bruder von Jóhannes Helgason? Wir waren alle sehr betroffen, als wir von seinem Hinscheiden erfuhren. Studieren Sie auch Theologie? Haben Sie vor, Pfarrer zu werden?

Um halb sieben wurden die Studenten durch Glockenläuten geweckt. Sigurbjörn hatte größeren Appetit beim Frühstück als Jóhannes, einer der Lehrer hatte das lächelnd angemerkt. Nach dem Frühstück trafen sich alle zu einer gemeinsamen Gebetsstunde. Sigurbjörn fiel es schwer zu knien.

Mit einiger Spannung wartete er darauf, Professor Hart zu treffen, denn er wußte, wieviel Achtung Jóhannes diesem Mann entgegengebracht hatte. Auf einem Morgenspaziergang im Schloßpark hatte er Hart in der Ferne erblickt und nach einem Bild erkannt. Er stellte sich ihm vor.

– Der Bruder von Jóhannes Helgason? Die Nachricht war ein furchtbarer Schock für mich. Ihr Bruder war ein außergewöhnlicher junger Mann. Ganz außergewöhnlich.

Es war zu Beginn des Frühjahrs, das Semester war um, Professor Hart hatte Sigurbjörn zu sich nach Hause eingeladen, und sie saßen im warmen Wohnzimmer beisammen. Der weiße Kachelofen reichte bis zur Decke. Die Ofentür hatte ein Fenster aus Glimmer, das Feuer erhellte den Raum. Er bewunderte im stillen den hölzernen Fußboden aus breiten Bohlen. Im Winter hatte er sich mit ausgewählten Stellen des Alten und Neuen Testaments vertraut gemacht, Kirchen- und Missionsgeschichte belegt und Norwegisch als Zusatzfach studiert. Zeugnis gut. Nach der Mahlzeit wurde Kaffee serviert.

– Helgason, ich bin sehr von der Idee eingenommen, die Nordische Christliche Studentenversammlung einmal in Island abzuhalten, sagte Hart. – Ich brauche Ihre Hilfe für die Vorbereitung. Bleiben Sie bis zum Sommer hier. Anfang Juli findet die Versammlung in der Nähe von Stockholm statt. Der Professor hatte tiefe Geheimratsecken und vermied direkten Augenkontakt, während er sprach.

– Ich werde durch Europa reisen, antwortete Sigurbjörn.

– Zu welchem Zweck?

– Um mir Bauwerke anzusehen.

– Sie haben Interesse an der Baukunst?

– Ja, ich möchte Zimmermann werden. Ich habe im Sommer immer beim Hausbau gearbeitet, daheim in Island.

– Das ist gut, der Erlöser selbst hat nützliche Dinge aus Holz gefertigt, sagte Hart. – Dann kommen Sie doch nächsten Sommer, da findet die Versammlung in Norwegen statt.

Kommen Sie drei Tage früher, dann können Sie alle Vorbereitungen verfolgen.

– Dafür besteht geringe Hoffnung, weil ich so wenig Geld habe.

– Dann bitten Sie Gott um Mittel für die Reise, Helgason, gründen Sie einen Gebetskreis in Island. Sie haben nicht Wein, sagte Jesu Mutter in Kanaa. Wir müssen dem Herrn sagen, woran uns fehlt, so hat er uns gelehrt zu beten.

– Ich habe das mit dem Beten durchaus schon versucht, sagte Sigurbjörn und rieb seine großen Hände aneinander.

– Lasset die Toten ihre Toten begraben, sagt der Herr. Haben Sie die Umgebung der Stadt schon gesehen?

– Nein.

– Bleiben Sie hier heute nacht, und kommen Sie mit mir zum Holmenkollen, etwas müssen Sie von Norwegen gesehen haben. Morgen ist Kirchenrat, aber erst gehen wir gemeinsam zum Gottesdienst.

Sigurbjörn sah auf seine Schuhe hinunter, er hob die rechte Spitze und starrte auf den Rist. – Ich habe so verflucht schlechtes Schuhwerk.

– Was ist los mit Ihnen, junger Mann, sagte der Prediger leicht verärgert. – Ich habe schon schlechtere Wege mit Straßenschuhen bewältigt. Aber ich werde Ihnen Schuhe leihen. Er holte ein Paar riesengroße klobige Arbeitsstiefel hervor und stellte sie samt einem Paar Skisocken neben Sigurbjörns Stuhl. Sigurbjörn mußte am Morgen noch um ein weiteres Paar bitten, dann erst konnte er in den Schuhen gehen.

Der Gottesdienst fand um elf Uhr am Vormittag statt. Die Kirche hatte einen kreuzförmigen Grundriß, Sigurbjörn holte einen kleinen Notizblock hervor und kritzelte eine kurze Beschreibung hinein: Hohe, bunte Spitzbogenfenster, in unterschiedlichen Stilen gestaltet. Zwei Bankreihen, Bänke leicht halbkreisartig angeordnet, Lehnen gewölbt und angenehm im Rücken. Chor nach Norden gebaut, erhöht, mit Stufen. Altarschranke mit einer Öffnung in der Mitte. Auf dem Altarabsatz niedriges Pult vor dem Predigtstuhl. Altartisch mit roter Samtdecke, Goldfransen. Darüber Christusdarstellung mit ausgebreiteten Armen. Weiße Marmorstatue. Zwei große Stühle auf beiden Seiten des Altars, mit hohen Lehnen. Keine Kerzen auf dem Altar.

Es wurde ihm langsam zu warm. Im Fußboden war ein Gitter, aus dem heiße Luft strömte. Er streifte leise die schweren Arbeitsschuhe und die Skisocken ab und legte die Fußsohlen auf die Wärmequelle. Er tastete das Gitter ab, das war wirklich eine angenehme Art zu heizen. Die Frau zu seiner Rechten starrte ihn an, daher sah er auf und begann zuzuhören.

Hart donnerte: – Seine Jünger fragten ihn: Meister, wer hat gesündigt, dieser oder seine Eltern, daß er ist blind geboren? Jesus antwortete: Es hat weder dieser gesündigt noch seine Eltern, sondern daß die Werke Gottes offenbar würden an ihm. Da er solches gesagt, spützte er auf die Erde und machte einen Lehm aus dem Speichel und schmierte den Lehm auf des Blinden Augen, und sprach zu ihm: Gehe hin und wasche dich in dem Teich Siloah. Da ging er hin und wusch sich und kam sehend. Da sprachen sie zu ihm: Wie sind deine Augen aufgetan worden?

Professor Hart blickte streng über die Gemeinde: – Jesus sprach: Ich bin zum Gericht auf diese Welt gekommen, auf daß, die da nicht sehen, sehend werden, und die da sehen, blind werden. Solches hörten die Pharisäer, die bei ihm waren, und fragten: Sind wir denn auch blind? Und Jesus sprach zu ihnen: Wäret ihr blind, so hättet ihr keine Sünde. Nun ihr aber sprecht: Wir sind sehend, bleibt eure Sünde.

– Mir ist ein junger isländischer Freund anvertraut worden, sagte Hart und lehnte den Kaffee nach dem Gottesdienst dankend ab. – Wir wollen hier im Wald spazierengehen. Birken mit fleckiger weißer Rinde standen dicht beieinander, eine Krähe flatterte krächzend in ihren Zweigen herum. Sigurbjörn vergrub seine Hände tief in den Manteltaschen. – Ich glaube, ich kann weder mit einem Gebetskreis noch mit etwas anderem zu tun haben, sagte er.

– Und warum nicht?

– Ich kann das nicht erklären, irgendwie paßt das alles nicht zu mir. In den Straßen von Reykjavík braucht man große Glaubensstärke, und um der Wahrheit die Ehre zu geben, meine Mutter hat mich hierhergeschickt.

– Wollen Sie den Schwanz einziehen wie ein Hund? Sie sind wohl kaum hierhergekommen, weil Sie gezwungen wurden, und die Straßen sind dieselben überall auf der Welt.

Sie gingen in ein Restaurant, die Wälder zogen sich in sanften Hügeln bis zum Stadtrand hin, er sah kleine Seen im Sonnenschein daliegen. Sie aßen schweigend und in düsterer Stimmung. Während der Mahlzeit fragte Hart unvermittelt:
– Haben Sie Rousseau gelesen, junger Mann?

– Nein, wer ist das?

– Jean-Jacques Rousseau. Ein Franzose.

– War er Pfarrer?

– Nein, aber ich glaube, bei ihm fänden Sie passende geistige Nahrung.

Viele Jahre später fielen Sigurbjörn Rousseaus *Bekenntnisse* in die Hände, und er schlug das Buch auf und las die erste Seite: »Ich erlaube mir zu behaupten, daß niemand ist wie ich auf der ganzen Welt.«

Der Kirchenrat trat um drei Uhr zusammen. Hart hielt die erste Ansprache. Sigurbjörn hatte keine Lust zuzuhören und sah aus dem Fenster. Brache Felder. Schwarze Bäume. Der April vor der Tür. Ein Landarbeiter in einem Troyer und hohen Gummistiefeln führte einen Pflug über den frühjahrsmüden Acker. Eine Krähe flog krächzend vor dem Pflüger auf. Sigurbjörn freute sich darauf, nach Kopenhagen zu fahren und Schnaps zu trinken, Frauen zu treffen, und mehr als eine, Hackbraten und Spiegelei im Café Parnaß zu essen, eine Zugfahrkarte nach Italien zu kaufen und sich dort die Bauwerke anzusehen, und dann nach Hause nach Island zu fahren und wieder mit der Zimmerei anzufangen.

Der Propst Finn Martinsen, ein grobknochiger und ernster Mann, war gerade dabei, auf Harts Ansprache zu antworten. – Ich danke dem Herrn für den Propheten, den er uns in Hart gesandt hat, sagte Martinsen. – Aber wenn der Prophet politische Fragen diskutiert, bin ich sicher nicht allein in der Empfindung, daß er sich dabei mehr am Dasein in seiner Villa in Vestre Aker orientiert als an der nackten Wirklichkeit des Lebens. Der Propst machte eine kurze Pause, aber begann dann wieder mit vermehrter Kraft. – Hart meint, der Krieg in Europa sei Gottes Werk gewesen. Gottes Strafe für unsere Sünden. Sehr viele aber sind der Auffassung, der Böse selbst habe ihn verursacht.

Professor Hart stürzte zum Rednerpult. – Diese Bemerkungen sind äußerst ehrverletzend für mich. Ist irgend etwas in meinem Privatleben derart, daß es mir das Recht nähme, geradeheraus meine Ansichten und Überzeugungen zu äußern? Und was mein Haus angeht, da ermöglicht mir seine Lage, billiger zu wohnen als jeder meiner Freunde in Oslo. Darf ich die hochgeehrten Ratsmitglieder sowie Propst Martinsen fragen: Was wäre gewonnen, wenn ich in die Stadt zöge und dort eine höhere Miete bezahlte? Nein, diese Bemerkung ist und bleibt eine Beleidigung, ich möchte den Ratsvorsitzenden bitten, diese Ausführungen nicht in die Hände der Presse geraten zu lassen. Und nun zu der von mir vertretenen Auffassung, daß das Böse von Gott stamme …

– Ich schäme mich, heute hier zu sitzen, sagte Martinsen vom Katheder herab. – Hätte ich gewußt, wie satt und bequem die norwegische Priesterschaft geworden ist, wäre ich Schuster geworden. Ja, selig ist, der jeden Tag zu beißen hat und sich darauf verläßt, daß der Herr für ihn sorgen wird.

Hart: – Da der Herr Propst über Schuster spricht, fällt mir Leo Tolstoj ein, der sein Landgut verkaufen, das Geld den Armen geben und Schuster werden wollte, aber seine Frau war dagegen.

– Was wollen Sie damit sagen, Sie Dümmling? rief Martinsen aus dem Saal.

Sigurbjörn verbarg glucksend sein Gesicht in den Händen. Er versuchte, mit dem Lachen aufzuhören, aber jedesmal, wenn es ihm beinahe gelungen war, seine Beherrschung wiederzugewinnen, entdeckte er eine neue komische Seite an dieser Ratssitzung. Neben ihm saß ein junger Theologe. Wissenschaftliches Spezialgebiet: Gott, dachte Sigurbjörn und lachte wieder. Wie absurd. Warum zogen sie sich nicht alle Säcke über die Köpfe? Er versuchte, an traurige Dinge zu denken, um wieder ernst zu werden, und sah seinen Bruder Jóhannes auf dem Sterbebett vor sich. Deutsche Studenten hatten seinen Sarg mit dem Schiff geschickt und ein Bild von der Krankenstube beigelegt. Auf dem Nachttisch stand ein Blumenstrauß in einer Vase. Sein Gesicht war so blaßgrau, daß sein Haar viel brauner schien, als es je gewesen war. Sigurbjörn fühlte einen Finger auf seine Schulter tippen, es war der junge Theologe.

– Entschuldigen Sie bitte, aber fehlt Ihnen etwas?

– Ja, antwortete der Isländer und drehte sich zu ihm, die Wangen naßgeweint vor Lachen. – Ich habe eben begriffen, daß ich hier am falschen Ort bin. Ich glaube nicht an Jesus Christus.

Auf der Seeseite der Skúlagata glänzte eine große Pfütze in einem Becken aus abgesunkenen und zerbrochenen Pflastersteinen auf dem Gehweg; es war schon weit nach fünf Uhr. Allerhand Leckereien schienen aus den Kanalisationsröhren in das Meer gespült zu werden, über den Wellen kämpfte eine große Schar Möwen mit kräftigen Flügelschlägen um sie. Ein Auto fuhr langsam vorbei, der Fahrer musterte Sigurbjörn mit auffallender Neugierde. Das Holz für die Betonformen lag als Haufen auf dem Parkplatz. In der Einfahrt zum Warenlager im Keller befand sich ebenfalls eine große Menge Holz, das achtlos dort hingeworfen worden war. Die Rückseite des Rohbaus sah unheimlich aus in der frühen Morgenstunde. Die Spuren der Holzverschalungen waren sichtbar, Spalten dazwischen, Betonkleckse auf der Wand. Er ging den hölzernen Bürgersteig auf der Hverfisgata entlang. Vor dem Eingang befand sich ein Haufen Sand. Ein Betonmischer stand dort, und Sigurbjörn betrachtete die Maschine eine ganze Weile. Es war ein leichtes, sie zu stehlen. Einige trockene Sandkörner wehten ihm ins Gesicht. Schließlich sagte er laut zu sich selbst: – Sie waren zu faul, die Maschine nach Feierabend hineinzubringen. Warum lassen wir nicht alles hier zum Teufel gehen! Ich krieche jetzt nicht mehr vor diesen Drecksäcken. Alle Bankdirektoren und Rechtsanwälte Reykjavíks können von mir aus zur Hölle fahren. Irgendwo fange ich noch mal von vorne an, dachte er. Und ganz allein. Ich gehe ins Ausland und finde schnell eine gutbezahlte Tätigkeit in einem Architekturbüro.

Er ging nach Hause. Von der Skólavörduhæd aus sah er eine Passagiermaschine im Landeanflug auf den Flughafen von Reykjavík zusteuern, es war einer von den »Faxi«-Fliegern, der langsam niederging und hinter den Hausdächern verschwand.

Alle im Haus schliefen; er blätterte durch die Zeitungen. Der neue *Spiegel* war mit der Post gekommen. Auf dem Titelblatt war eine gelungene Karikatur von Tryggvi Thórhallsson: Einige Männer standen vor dem verzerrt gezeichneten Nationaltheater. Der eine sah dümmlich aus, mit einer scharf gebogenen Nase, von deren Spitze ein Tropfen hing, leicht erkennbar ein Mann vom Lande. Der andere mit vollen Backen war dem Aussehen nach ein Bürger von Reykjavík; beide trugen Staubmäntel und verbeulte Hüte, und beide waren im Profil zu sehen. Der Mann aus Reykjavík erklärte dem Mann vom Lande: – Nein, das ist nicht das Nationaltheater, das ist unser neues Kaufhaus, aber das ist auch bankrott. Ein Stück entfernt stand ein großer Mann mit schwarzen Strichen auf den Wangen und einer Binde über den Augen und drehte einen Leierkasten. Auf seiner Schulter saß ein fröhliches Äffchen und hielt eine Dose. Der Affe hatte Gudbrandurs Gesichtszüge.

Der Makler hatte sein Büro am oberen Ende der Bankastræti. Eine steile, schmale Treppe führte zu einer Rauchglastür. – Hast du den *Spiegel* gesehen? fragte Gunnar Rafn, kaum daß Sigurbjörn die Tür geöffnet hatte. – Schöne Werbung.

– Schöne Werbung?

– Ja, und kostet uns keine Krone. Gunnar Rafn sah mit seinem runden Gesicht von seinen Papieren auf, schweißglänzend wie immer. – Warum starrst du mich so an, Mann? Fandest du es nicht lustig?

– Ho ho, doch, doch.

Sigurbjörn griff sich das schmutzige Telefonbuch und begann gedankenlos darin herumzublättern. Er war gekommen, weil er vorschlagen wollte, den Bau abzustoßen.

Gunnar Rafn drückte seine Zigarette aus, erhob sich und öffnete das Fenster. Der Lärm von der Straße wurde lauter, und der Rauch verteilte sich im ganzen Zimmer.

– Das mit diesen verfluchten Anzeigenkosten ist nicht gut, mein lieber Gunnar, murmelte Sigurbjörn.

– Hör mal, er ist so gut wie bereit. Gunnar Rafn blickte auf mit einer Miene, die gute Nachrichten verhieß.

– Wer?

– Na, der Ingvar Hjálmarsson aus Akureyri, der war gestern wieder hier. Er hat sich für ein Einfamilienhaus in der Ránargata entschieden, das hat er jetzt gegen meinen ausdrücklichen Rat beim Haraldur in der Kirkjustræti gekauft. Gunnar Rafn zündete sich eine Zigarette an und stützte die Ellbogen auf den Tisch. – Aber er hat noch keinen Laden gefunden, in dem er sein Geschäft betreiben möchte, und da kommen wir in die Geschichte, lieber Sigurbjörn.

– Ich wußte, daß es nur eine Frage der Zeit war, bis wir anfangen würden zu verkaufen, murmelte Sigurbjörn schließlich.

– Er will um Punkt zehn hier vorbeikommen, und das macht er sicher auch, das ist ein ganz zuverlässiger Mann.

Es war zehn Minuten vor zehn. Zwei Minuten vor zehn wurde schwer auf die unterste Stufe gestiegen, unter Schuhsohlen knirschte Sand auf dem Linoleum. Ein gutaussehender, ja beinahe schön zu nennender Mann trat herein, mit vollen Augenbrauen und einer dick gefütterten Jacke, trotz der Wärme. – Ingvar Hjálmarsson. Der Mann streckte ihm die Hand entgegen, Sigurbjörn erhob sich und stellte sich ebenfalls vor.

– Setzen Sie sich, meine Herren, sagte Gunnar Rafn.

– Ich habe den Rohbau besichtigt, sagte Ingvar Hjálmarsson. – Und er gefällt mir sehr gut. Ich habe zunächst die Pläne gründlich studiert, und dann habe ich gestern abend mit Ihrem Kollegen gesprochen. Es wurde noch gearbeitet, und er zeigte mir das ganze Haus, vom Keller bis zum Dach. Ich habe selbst früher im Ausland in einem Kaufhaus gearbeitet, und dieser Bau erfüllt die allerstrengsten Auflagen. Ein solides Haus in jeder Hinsicht. Ich hätte es am liebsten gleich gekauft, aber leider... Er lachte.

– Das habe ich den Leuten immer erzählt, sagte Gunnar Rafn. – Aber was ein richtiger Isländer ist, der reitet nicht gern als erster in die Furt.

– Mein Freund Brandsi hat an dem Bau gearbeitet wie ein Besessener, sagte Sigurbjörn.

– Haben Sie nicht früher mit Gudjón Samúelsson zusammengearbeitet?

Sigurbjörn nickte.

– Ich kannte ihn persönlich. Ich hatte mit dem Bau der Kirche in Akureyri zu tun, war im Kirchengemeinderat. Er hat oft von Ihnen gesprochen.

– Und es bleibt also bei dem, was wir besprochen haben? fragte Gunnar Rafn.

– Natürlich, sagte der Mann aus Akureyri und lächelte.

– Das ganze zweite Stockwerk, lieber Ingvar, und das dritte? Gunnar Rafn wartete gespannt.

– Ja, sagte Ingvar Hjálmarsson. – Und das Büro im siebten Stock, das auf der östlichen Ecke, zur See hin, wie ich Ihnen gestern abend gesagt habe.

– Ja ja, das gehört dazu. Gunnar Rafn blätterte in den Plänen herum.

– Ich war gestern bei der Bank, alles ist fix und fertig, sagte Ingvar Hjálmarsson. – Ich bezahle siebzig Prozent bei Vertragsunterzeichnung heute nachmittag und den Rest in sechs Monaten. Sind Sie damit einverstanden? Er sah Sigurbjörn an.

– Das sind eins komma acht Millionen bei Vertragsabschluß, sagte Gunnar Rafn und blickte Sigurbjörn ebenfalls an.

Sigurbjörn beugte sich auf seinem Stuhl nach vorn und lachte. Es war ein Lachen, das er in keiner Weise beherrschen konnte, auch nicht den wahnsinnigen Blick in seinen Augen, und die beiden Männer starrten ihn erstaunt an.

– Ja ja, sagte er schließlich, immer noch lachend. – Ich bin einverstanden. Ho ho ho. Und ob ich das bin! Er legte seine große, geballte Faust auf den Tisch.

– Ich mache dann den Vertrag fertig, und am Nachmittag wird alles zur Unterschrift bereit sein, sagte Gunnar Rafn.

Beide Männer nickten zustimmend.

– Ihr habt den Bau wirklich in kürzester Zeit hochgezogen, sagte Ingvar Hjálmarsson und fügte hinzu: – Als wir damals bei uns im Norden die Formen für das Fundament in die gefrorene Erde gegraben haben und im tiefsten Winter den Beton gossen und mit Torf abdeckten, haben auch viele gemeint, das sei Wahnsinn. Niemand wollte glauben, daß es gelingt. Aber es gelang, und unsere Heringsfabrik war noch vor dem nächsten Herbst in Betrieb.

– Dazu waren allerdings ein paar Teufelskerle nötig, sagte Sigurbjörn mit rotem Gesicht. – Bei einem Wärmeeinbruch wäre alles zu Ende gewesen.

Als Ingvar Hjálmarsson sich verabschiedet hatte, saß Sigurbjörn noch eine Weile im Büro. – Meinst du nicht, das ist meine Rettung?

– Darauf kannst du Gift nehmen, mein Freund, sagte Gunnar Rafn. – Ich gebe das gleich telefonisch beim *Morgenblatt* auf. Er kritzelte ein paar Worte und las laut vor: – Verkauf in vollem Gange. Beteiligen auch Sie sich am künftigen Umsatz im Kaufhaus Reykjavík! Wie klingt das?

– Phantastisch! Erzähl mal, Gunnar, wer ist dieser Ingvar Hjálmarsson eigentlich? Er macht einen verdammt guten Eindruck.

– Schwerreicher Mann, Sigurbjörn. Schwerreich. Heringskönig! Ist vor einigen Jahren in Konkurs gegangen und will sich nicht noch einmal die Finger verbrennen. Möchte in Immobilien und absolut sichere Geschäfte investieren.

Er saß eine ganze Weile auf einem Stapel Holzbalken in der Sonne vor dem Kaufhaus. Überall wurde gearbeitet, sie legten letzte Hand an das Dach, ein Kranwagen stand mit der Kühlerhaube in der Einfahrt, eine Ladung Beton war gerade auf dem Weg nach oben in den Himmel. Zwei Männer sahen vom Rand des Daches herab, einer von ihnen warf ein kleines Holzstück auf einen Schuttberg hinunter und beobachtete, wie es fiel. Ein Mann war neben der Baracke damit beschäftigt, Nägel aus dem Bauholz zu ziehen. – Wo ist Gudbrandur?

– Drinnen in der Baracke.

Die Tür war offen, er sah seinen Freund von hinten, lockig und breitschultrig, wie er gerade eine neue Schneide in einen Hobel einsetzte. – Wir sind aus dem Gröbsten raus, Kamerad, sagte Sigurbjörn von der Tür her. – Zwei Stockwerke verkauft.

– Bist du erstaunt darüber? Gudbrandur sah verwundert auf.

– Ja, schon. Ich hatte angefangen zu glauben, daß ich pleite gehe. Und du mit.

Gudbrandur starrte ihn sprachlos an und sagte dann nach einer Weile: – Meinst du das ernst, Sigurbjörn?

– Und ob ich das ernst meine, Gudbrandur.

– Ich habe nicht einen Augenblick daran gezweifelt, daß wir alles verkaufen würden, sagte Gudbrandur. – Glaubst du, ich hätte sonst mein ganzes Eigentum in diese Sache investiert, mein Freund?

– Aber hör mal, was ist eigentlich mit unseren Frauen los? fragte Sigurbjörn.

Gudbrandur schlug leicht mit einem Hammer auf den Hobelgriff, um die Schneide zu befestigen. – Mein Lieber, kümmer dich da gar nicht drum. Er besah den Hobel. – Die sind verrückt, sagte er nachdrücklich und vollkommen ernst. Dann ging ein Lächeln über sein Gesicht, und er fügte hinzu: – Aber hast du gestern den *Spiegel* gesehen? Diese elenden Schmierfinken.

Drei

Fast täglich erprobte Thórarinn seine Kräfte am Bókhlödustígur. Das Fahrrad wiegte hin und her, die Schenkel und Waden wurden ihm bleischwer, er rang nach Luft, seine Beine schmerzten, sein Herz raste, die Steinmauer des Gymnasiums wurde gleißend weiß, die roten Häuser blutrot und das Grün am Ende der Straße grell, er stemmte sich mit seinem ganzen Gewicht in die Pedale, konnte sie aber nicht mehr bewegen. Er stieg ab und sah zur Ecke hinauf. Erstaunlich schnell jedoch waren bei diesen Übungen Muskeln zum Vorschein gekommen, von deren Existenz er zuvor keine Ahnung hatte.

Er schloß das Fahrrad vor der Fischerei-Bank an und ging hinein, um sich mit Helgi zu treffen. Er hatte ihn oft besucht im Lauf dieses Sommers, und manchmal spendierte ihm Helgi ein Würstchen.

Helgi saß auf dem Platz des Kassierers wie der reichste Mann der Welt, mindestens eine Million Bargeld in der Schublade. Er verabschiedete sich, um mit seinem jüngsten Bruder in die Mittagspause zu gehen, und lud ihn zu einem Hotdog ein, »einem mit allem« bei *Den Besten der Stadt*. Thórarinn wollte sich seinen Stolz nicht anmerken lassen, dennoch schielte er immer zu den Leuten hin. Alle mußten doch sehen, mit wem er unterwegs war: mit dem besten Mittelstürmer Skandinaviens, wenn nicht halb Europas.

Das Tor gegen die Franzosen war in der sechsten Minute des Spiels gefallen; dieser ungeahnt starke Spieler, Helgi Sigurbjarnarson, hatte den Treffer mit einem Fallrückzieher erzielt, vollkommen unhaltbar für den Torwart, der keine

Ahnung hatte, wo der Ball überhaupt hergekommen war, so hatte es im *Anzeiger* gestanden. Sie schlenderten zum Hafen hinunter mit ihren Würstchen und je einer Viertelliterflasche Milch. Die *Gullfoss* lag im milden Wind am Kai, mit schneeweißem Oberdeck und einem blauen Rand um den Schornstein. Zwei Jahre zuvor waren Helgi, Ragnar und Snjólaug damit auf einer Weihnachtskreuzfahrt nach Amsterdam, Kopenhagen und Leith gefahren.

– Komisch, sagte Thórarinn. – Die Würstchen am Stadion finde ich besser.

– Stimmt, sagte Helgi. – Die schmecken besonders gut.

– War das Buffet auf der *Gullfoss* gut? fragte Thórarinn und betrachtete das Schiff.

– Ja, das war einfach großartig, Ragnar und ich haben uns von morgens bis abends die Bäuche vollgeschlagen.

– Ist damals etwas zwischen dir und Raggi passiert?

– Nein, warum glaubst du das?

– Einfach so. Wegen der Snjóka.

– Nein, zwischen mir und Ragnar ist nichts vorgefallen, Tóti, sagte Helgi. – Es war nicht meine Schuld, daß deren Verlobung den Bach runterging. Sie hat sich einen neuen Freund gesucht, das ist die ganze Geschichte. Helgi setzte die leere Milchflasche auf die abgewetzten Bohlen des Kais und sagte: – Schau! Dann hob er sie mit den Zehen an und schoß sie in das Hafenwasser zwischen den Kai und das Schiff, ohne daß sie den kohlschwarzen Bug berührte.

– An meinen Beinen sind Muskeln zum Vorschein gekommen, von denen ich nicht einmal wußte, daß ich sie habe, sagte Thórarinn. – Ich habe mir überlegt, ich könnte anfangen, mit dir zusammen im Stadion zu trainieren, dann kommt auch gleich meine neue Tasche zum Einsatz. Er hatte beschlossen, Helgi die Tasche nicht zu schenken, nachdem dieser ihm an dem Abend, als er mit der Nationalmannschaft nach

Hause gekommen war, ein Paar Socken auf die Armlehne des Sofas gelegt hatte.

– Ja, komm mit ins Stadion und fang an zu spielen, sagte Helgi. – Die Schußkraft liegt in der Familie. Es gibt kein schöneres Gefühl, als ein Tor zu schießen. Oder doch, die Stille im Stadion nach meinem Treffer gegen Frankreich war noch besser! Komm zum Training. Du hast die Statur dazu, als Junge war ich viel fetter als du. Ich bringe dir alles bei, was ich kann.

– Vielleicht ist Kugelstoßen eher für mich geeignet, sagte Thórarinn zweifelnd.

– Quatsch, du kannst alles, was du willst, sagte Helgi, legte den Arm um die Schulter des Jungen und führte ihn vom Hafen weg. – Ich kenne keinen Jungen, der härter ist als du. Du bist viel zäher als ich, und das soll wirklich was heißen. Ja ja, wir sollten zurück zur Bank gehen.

Thórarinn öffnete das Schloß und fuhr entschlossen die Lækjargata entlang. Er löschte alle Gedanken aus seinem Bewußtsein außer diesem einen: in einem Anlauf den Bókhlödustígur hinaufzufahren. Bis zur Kreuzung des Laufásvegur war es kein Problem, aber dann begannen ihm die Beine schwer zu werden. Als er den halben Weg geschafft hatte und es auf die Midstræti zuging, schwankte das Fahrrad zwischen seinen Schenkeln hin und her, und es war noch so ein langes Stück bis hinauf zur Thingholtsstræti! Er würde in die Midstræti abbiegen müssen, die letzte Querstraße vor dem Ziel. Noch zwanzig Meter bis zur Ecke! Helgi hat gesagt, daß ich alles schaffen kann! Er ging aus dem Sattel, trat mit ganzer Kraft in die Pedale und drückte auf den Lenker. Ein Mann mit einem großen schwarzen Hut trat in die Spur des Rades. Er wollte ganz dringend etwas von dem Jungen. Sein Händedruck war flaumweich, seine Gesichtsfarbe rosarot. – Verdammt, wie du schnaufst, sagte der Mann. Er blickte mit seinen blutunterlaufenen Augen nervös um sich, als habe er es eilig. – Ich bin noch nicht richtig im Training. Ich versuche, die ganze Straße in einem Anlauf hinaufzuradeln.

– Ts ts ts, sagte der Mann. – Hast du da noch Töne. So groß wie du bist, sollte dir das nicht schwerfallen. Laufen, das ist die Grundlage. Tempoarbeit. Der Mann mit dem großen Hut lief auf der Stelle.

– Mein Bruder heißt Helgi Sigurbjarnarson, und er ist ein Mitglied der Fußballnationalmannschaft. Er hat das einzige Tor Islands gegen die Franzosen geschossen neulich, sagte Thórarinn. Der Mann hatte noch nie von Helgi gehört und auch nicht von Sigurbjörn. Er sagte, er habe in den letzten zwanzig Jahren wenig Nachrichten aus der Welt erhalten. – War am Trinken. Hast du vielleicht ein bißchen Geld für was zu essen?

Thórarinn griff in seine Hosentasche und fand ein Zweikronenstück, mehr hatte er nicht bei sich. Der Mann steckte es ohne ein Wort des Dankes ein. – Mein Großvater hieß Helgi Vésteinsson, sagte Thórarinn und bereute bitter, die zwei Kronen rausgerückt zu haben.

– Ich heiße Gústaf, und ich bin in Reykjavík geboren und aufgewachsen, sagte der mit dem Hut. – Und deinen Großvater, den habe ich gut gekannt. Einmal, ich stehe in der Ingólfsapotheke, kommt er zu mir mit einer Flasche Whisky in der Tasche. Der Betrunkene verengte die Augen und tat geheimnisvoll. – Er hing ziemlich an der Flasche, wie viele gute Männer. Er sagte zu mir: Gústaf, laß uns zusammen zur See hinuntergehen und den Berg Esja betrachten. Ich will dir einen Schluck abgeben, aber wenn du das Gedicht »Dettifoss« von Einar Benediktsson aufsagen kannst, dann gebe ich dir die ganze Flasche.

Thórarinn begann die Geschichte zu langweilen. Gústaf stand aufrecht und schaute mit zusammengekniffenen Augen in die Ferne, als sähe er die glatte Wasserfläche des Sundes vor sich an jenem Spätnachmittag, als er im warmen Sonnenschein auf einem von der stetigen Brandung rundgeschliffenen Felsblock saß und mit Helgi Vésteinsson trank. – Wir setzen uns auf einen Stein, und ich fange an, das Gedicht aufzusagen. Er stoppt mich gleich, dein Opa; Gústaf streckte gebieterisch die Hand aus: – Nein, Gústaf, nein. Du trägst es nicht richtig vor. Ich werde es selbst tun. Geht in Ordnung, mein Helgi, sage ich. Geht in Ordnung. Tut mir leid, daß ich es nicht richtig aufgesagt habe. Gústafs Gesichtsausdruck war zerknirscht, als stünde Thórarinns Opa dort bei ihnen auf der Straße. – Dann sagt dein Opa das Gedicht auf. Und als er fertig ist, sagt er: – Gústaf! Du sollst die Flasche trotzdem haben.

– Ich muß jetzt gehen, sagte Thórarinn.

Der andere überhörte das und nahm tänzelnd die Haltung eines Boxers in einem Zweikampf ein. – Er hat mich einmal zu einem Duell hinter verschlossenen Türen herausgefordert, der Boxer Hrafn Jónsson. Der war damals unser bester Schwergewichtler. Die erste Minute der ersten Runde war gerade um, da habe ich ihn mit einem Uppercut bewußtlos geschlagen. Ein Boxer erinnert sich nie, woher der K.o.-Schlag kam. Gústaf hielt die geballte Faust an Thórarinns Kinn. – Er ging zu Boden wie eine umkippende Schaufensterpuppe. Aber davor hatte er mir schon die Unterlippe böse zugerichtet. Gústaf deutete zum Beweis auf eine kleine Kerbe an seiner Lippe. – Wir haben uns darauf geeinigt, Stillschweigen zu bewahren über diese Sache. Ich sagte: Hrafn. Gústaf legte seine weiche Hand auf Thórarinns Hand am Lenker. Sie hatte nur zwei Finger. – Ich sagte: Hrafn, du brauchst dir keine Sorgen zu machen, daß sich das herumspricht. Das bleibt zwischen uns. Seitdem hat er oft zu mir gesagt, wenn ich mal bei ihm im Laden vorbeischaute: Erinnerst du dich, Gústi, wie du mich k.o. geschlagen hast? Wie kann ich das vergessen, mein lieber Hrafn? Noch einmal würdest du das nicht schaffen, Gústi, sagte er. Mein lieber Hrafn! Du kannst glauben, was du willst, mir ist das egal. Allerdings ist es eine Tatsache, daß ich nicht mehr boxe, obwohl das Boxen ein vortrefflicher Sport ist. Aber ich ziehe den Hut vor dir als Sportler, lieber Hrafn. Gústaf nahm den Hut ab und verneigte sich tief vor Thórarinn. Sein Kopf war vollkommen kahl.

– Ich muß jetzt wirklich gehen. Thórarinn schmerzte die Brust, so heftig schlug ihm das Herz.

– Hast du nicht zehn Kronen oder so für mich?

– Ich habe Ihnen schon Geld gegeben.

– Was für Geld? Du hast mir nichts gegeben, sagte der Säufer wütend. Thórarinn fuhr los zur Thingholtsstræti hinauf. Gústaf sah ihm nach, schwankend. – Willst du nichts für mich tun? rief er; seine Stimme klang zornig und erstaunt. – Gar nichts?

Er stand mitten auf dem Bókhlödustígur, seine Glatze glänzte in der Sonne.

– Ich habe längst genug für dich getan, du verdammter Rindfleischdieb! schrie Thórarinn.

Es ging ihm nicht schnell genug den Amtmannstígur hinunter, er trat in die Pedale wie um sein Leben, der Fahrtwind sauste ihm um die Ohren wie Orkanböen, er schoß in die Lækjargata, sprang in der Pósthússtræti vom Rad und stürzte hinein in die Polizeiwache.

Sigurbjörn und Thórarinn waren den Sommer über nur wenig zusammen spazierengegangen, aber an diesem Abend waren sie zu einer kleinen Tour durch die Stadt aufgebrochen. Sigurbjörn in einem knöchellangen Mantel und mit seiner Schirmmütze, der Junge in einem neuen Pullover und den Jeans. Der Vater war überhaupt nicht zufrieden mit der Kleidung seines Sohns, wollte, daß er wenigstens »eine Kopfbedeckung« trug.

Sie gingen eine ganze Weile, ohne ein Wort zu sagen; die Zweige der Johannisbeerbüsche hingen, schwer von überreifen Beeren, über die Gartenmauern. – Gestern hätte ich es um ein Haar geschafft, den ganzen Bókhlödustígur in einem Anlauf hinaufzuradeln, sagte Thórarinn. – Aber Gústi Drei-Langfinger-ab, der Fleischdieb, hat es mir vermasselt.

– So sind die Straßen in San Francisco überall, sagte Sigurbjörn.

– Ich habe ihm Geld gegeben, weil er gesagt hat, daß er Opa Helgi kannte und daß er ihn einmal mit einer Flasche Branntwein getroffen hat.

– Mein Papa ist nie mit Branntwein auf der Straße herumgelaufen, sagte Sigurbjörn.

– Die Bullen wollten mir nicht helfen, die haben mich nur ausgelacht und gesagt, das sei eine Lappalie. Ich bin zur Bank zu Helgi gerannt und habe ihn gebeten, mitzukommen und mit den Bullen zu reden, aber er hat sich nicht getraut, sagte, sie hätten ganz recht, das Fleisch wäre schon lange in irgendwelchen Kochtöpfen gelandet und es wäre unmöglich, irgend etwas zu beweisen. Findest du das nicht ungerecht, Papa? Und Ragna im Laden hat gesagt, jetzt hört sie auf, mich Herr Staatsarchitekt zu nennen. Jetzt heiße ich Kommissar Tóti.

– Ich werde gehen und mit ihnen reden, murmelte Sigurbjörn schlechtgelaunt und versuchte, etwas Abstand von seinem Sohn zu halten. Schließlich begriff Thórarinn, daß sich sein Vater wegen seines neuen Pullovers und der Jeans schämte. Sie gingen schweigend nach Hause, beide tief gekränkt.

Das Licht veränderte sich in den letzten Septembertagen, wurde schummerig, und das Gras in den Gärten verwelkte und glänzte gelblichweiß, wenn der Wind darüber hinwegfuhr. Der Herbst war nahe, und mit ihm kamen Nachtfrost und am Morgen überfrorene Pfützen. Thórarinn hatte seine Freude bei den Versuchen, die Eisscheiben von den Pfützen zu heben, aber sie waren noch zu dünn und zerbrachen. – Tóti, Telefon, rief Sunneva von der Eingangstreppe.

– Willst du mit uns aufs Land fahren und Kartoffeln klauben, Tóti? Es war Opa Geir.

– Nein, ich wollte mit Helgi ins Stadion gehen.

– Ach, mein Junge, laß das bloß bleiben, sagte der alte Mann. – Ich bin 1912 das letzte Mal ins Stadion gegangen, habe mich aber schnell wieder in Sicherheit gebracht. Die haben sich da gegenseitig die Knochen gebrochen, daß man das Krachen der Schienbeine noch meilenweit gehört hat. Der Helgi bringt sich eines Tages noch um damit. Fußball ist abscheulich.

– Ich komme zu dir rüber, wenn das Spiel vorbei ist, sagte Thórarinn.

An diesem Samstag jedoch war das Wetter weder zum Fußballspielen noch für die Kartoffelernte besonders günstig. Der Platz war grau wie die Bilder einer alten Tageszeitung. Die Spieler rutschten aus auf dem lehmigen Sand, der weiß vor Nässe wurde unter ihren Tritten. Helgi lief konzentriert hin und her, die Haare regennaß, die tüchtigsten Schenkel der Stadt in ständiger Bewegung. In den Rängen saß ein Mann mit einer Zeitung über dem Kopf und rief pausenlos: À la batterie, français! Biscuit!

Helgi trickste einen Abwehrspieler und den Torwart aus und schoß mit aller Kraft auf das ungedeckte Tor, traf aber nur den Pfosten.

– Hast du Probleme zu Hause, du Niete? rief der Mann. Neben ihm saß sein Freund, ein fetter Typ mit einem ausdruckslosen Kaninchengesicht; die beiden teilten sich eine Schnapsflasche.

– Im nächsten Sommer gibt's einige Länderspiele, Helgi, rief das Kaninchen mit schwacher Stimme. – Geh nicht hin!

Helgi sah zornig zur Zuschauertribüne hinüber. Er war schlechtgelaunt, als er aus den Umkleideräumen kam. Ein Mädchen, das nervös von einem Fuß auf den anderen trat, wartete auf ihn. – Welcher Idiot hat die ganze Zeit »à la batterie« gerufen?

Sie schüttelte den Kopf.

– Ein Mann, antwortete Thórarinn.

– Solche Typen sollten Prügel kriegen. Wer hat denn neulich das einzige Tor gegen die Franzosen geschossen?

– Du, sagte sein kleiner Bruder.

– Kommst du mit uns nach Hause, Tóti? fragte Helgi.

– Nein, ich gehe mit Opa und Oma Kartoffeln klauben.

– Dieser Wahnsinn hat immer noch kein Ende? sagte der große Bruder und machte sich mit dem Mädchen auf den Weg in östlicher Richtung die Hringbraut entlang.

– Hat der Helgi den anderen Kerlen die Beine kaputtgetreten, wie ich vorhergesagt habe? fragte Geir Sveinsson, als er dem Enkel die Tür öffnete. Oma Rósa war schon in ihren Gummistiefeln.

– Nein, seine Mannschaft hat eins zu drei verloren.

– Natürlich haben sie verloren. Geir schnaubte.

Es war jedesmal wieder merkwürdig, Oma und Opa in einer so großen, modernen Wohnung zu sehen. Am Kopfende von Opas Bett war ein Fleck auf der Tapete, wo er immer seinen Kopf hatte, und auf dem Nachttisch lag eine Biographie von Abraham Lincoln. Jeden Abend las er vielleicht eine halbe Seite darin, bevor er einschlief. Ragnar und Helgi bezeugten, daß dieses Buch schon dort gelegen hatte, als sie Kinder waren.

Auf dem Wohnzimmertisch stand ein Magnetdrahtgerät. Geir Sveinsson liebte solche technischen Neuerungen. Nun setzte er das Gerät in Gang und ließ Thórarinn eine Aufnahme vom Frühjahr anhören. – Lieber Tóti, sagte der Apparat.

– Ja, Opa.

– Willst du morgen mit Oma und mir in dieses verfluchte Loch in Vídimelur ziehen?

– Ich würde gerne, wenn ich könnte.

– Ach, und warum kannst du nicht?

– Ich muß Waren ausfahren für den Hjálmur im Trog.

– Was frage ich überhaupt. Du gehst direkt von den Plunderteilchen bei deiner Mama zu den Hacksteaks bei Hjálmur. Komm lieber mit und hilf deinem Opa, damit ihn nicht der Schlag trifft mit einer ganzen Musiktruhe auf dem Schoß...

– Geir, ich warte, sagte Rósa, schon das Kopftuch auf dem Kopf.

Der alte Mann fuhr die Hverfisgata entlang, um nach seinem Laden zu sehen und um einen Blick auf das Kaufhaus Reykjavík zu werfen. Die Fenster waren jetzt verglast. – Ach, Geir, ich bekomme immer ein schlechtes Gefühl, wenn ich hier vorbeifahre, sagte Oma.

– Ja, ist das denn so erstaunlich, meine liebe Rósa, sagte Opa Geir. – Wir hätten nie so dämlich sein sollen und das Haus aufgeben.

– Ich habe den Fleischdieb gekriegt, Opa.

– Ja, die Mama hat mir am Telefon davon erzählt. Du warst verdammt tapfer! Und die Polizei wollte dir nicht helfen? Verfluchte Idioten sind das.

Die Kartoffelpflanzen waren schon ganz ohne Blätter, nur die Stengel standen noch traurig in den Furchen; sie sahen aus wie Bäume nach einem Waldbrand. Die Kartoffeln wurden mit der Forke an die Erdoberfläche gedreht, Rósa und Tóti sammelten sie in einen Waschbottich. Geir raunte dem Jungen zu: – Zum Glück hält sich wenigstens das Wetter, während wir hier dieses verdammte Kleinzeug einsammeln. Sie hat sich nicht dazu aufraffen können, bevor es das erste Mal Frost gegeben hat. Ich sage dir, Tóti: Die Kartoffeln sind ihr ganz egal. Am liebsten ist es ihr, wenn wenigstens ein Teil der Ernte kaputtgeht. Kartoffeln pflanzt sie nur aus reinem Trotz. Das einzige, das ihr etwas bedeutet, ist mir das Leben zur Hölle zu machen. Du glaubst, daß ich alt und plemplem bin, Tóti, aber ich bin nicht halb so verrückt wie du denkst. Warte nur, bis du selbst eine Frau hast und in meinem Alter bist. Da wirst du auch ein anderes Lied pfeifen, mein lieber Mann.

Er dachte, er spreche leise, aber Oma Rósa hörte jedes Wort, und sie blinzelte Tóti auf ihre unverwechselbare Art zu. Im angrenzenden Nachbargarten hatte man sich von vergammeltem Hering getrennt. Mantelmöwen schwärmten in einer gierigen Wolke darüber. Eine stand regungslos wie ein ausgestopfter Vogel im Museum. Der Junge hatte das Gefühl, daß sie ihn beobachtete. Die anderen schnappten sich, so viel sie nur konnten.

Sie schickten ihn mit einem halben Sack Kartoffeln nach Hause, sein Anteil, aber einige waren bereits verdorben, und nach drei Tagen begannen sie, einen süßlichen Geruch zu verströmen. Das war auch der Tag, an dem Thórarinn endlich den Bókhlödustígur besiegte. Unwillkürlich mußte er an San Francisco denken, wo alle Straßen den Bókhlödustígur im Vergleich zum Kinderspiel werden ließen. Er stellte sein Fahrrad auf den Ständer, sah die steile Straße hinunter und sagte laut: – Es ist ganz bestimmt ein Privileg, Botenjunge in Reykjavík zu sein.

Sie saßen zu viert an einem Tisch im Goldenen Saal des Hotel Borg, in ihrer besten Kleidung. Thórarinn im Anzug und mit Schleife, das Haar, mit Wasser geglättet und linksgescheitelt. Sunneva in einem ausgeschnittenen weißen Kleid; Vilborgs dichtes schwarzes Haar ließ ihr ebenfalls weißes Kleid beinahe leuchten, sie las eben die Speisekarte und fragte laut: – Was ist Consommé Poulard, Mama?

– Das ist Hühnersuppe.

– Und was ist …?

– Laß mich bitte mal sehen. Sunneva streckte die Hand nach der Karte aus.

– Du hast doch selber eine, Mama.

– Nein, du bist die einzige, die daran gedacht hat, ihre Karte mitzubringen. Sie bekam die Einladung gereicht, schlug sie auf und las:

Die Aktiengesellschaft Bauinitiative
lädt ein zur
Herbstfeier
im Hotel Borg
am 27. September 1953
Björn R. Einarsson und sein Orchester spielen zum Tanz auf
von 22 Uhr bis 2 Uhr morgens. Einlaß ab 18 Uhr.

Menü
Consommé Poulard – Hühnersuppe
Lamm en Brochette – Muskelfleisch vom Lamm
Birne belle Hélene – Eis mit Birnen
Kaffee Liquores, winum et spirituosa ad libitum

An die sechzig Gäste waren geladen. Sunneva sah sich um, konnte Ingirídur aber nirgendwo entdecken. Sigurbjörn saß im Frack am Tisch. – *Agneau en Brochette,* sagte er nachdenklich. – Ist das nicht eine Art Eintopf?

– Wer hat das Hotel Borg entworfen, Papa, fragte Thórarinn.

– Na, der Staatsarchitekt, mußt du da fragen? sagte Vilborg.

– Ich weiß das. Ich finde es nur einfach unglaublich, daß man sich nirgendwo hinsetzen kann, ob in der Kirche oder in der Schule, im Schwimmbad oder zum Essen in einem Restaurant, ohne daß Gudjón Samúelsson das Haus entworfen hat.

– Am heutigen Tage, Thórarinn, feiern wir aber gerade ein Fest für ein Bauwerk, das Papa entworfen und gebaut hat, sagte Vilborg. – Also ist es unpassend, über anderer Leute Gebäude zu sprechen.

Leises Klaviergeklimper erklang im Raum, die Kellner eilten geschäftig hin und her. Aperitifs wurden gereicht, Limonade für die Kinder, und Thórarinn amüsierte sich damit, die Frauen der Zimmerleute und Bauarbeiter zu beobachten. Er hatte sich vorher vorzustellen versucht, was für eine Frau jeder einzelne von ihnen hätte, aber in den meisten Fällen hatte er sich verschätzt. Ein großer, fetter Mann allerdings, der in der letzten Bauphase als Handlanger gearbeitet hatte, hatte oft in den Kaffeepausen in der Baracke davon geredet, wie nützlich es sei, eine häßliche Frau zu haben. Schöne Frauen konnten nicht kochen, die häßlichen dagegen waren so gute Köchinnen. Nun saß der Fette an einem Tisch ganz in der Nähe mit der häßlichsten Frau, die Thórarinn je gesehen hatte.

Ein Kellner öffnete gerade eine Flasche Rotwein am Tisch. Er hatte das Stanniol über dem Korken abgeschnitten und auf das Tischtuch gelegt. Sunneva hatte es genommen und arbeitete nun sehr konzentriert daran, eine Blume daraus zu formen. Sie hielt den Kopf leicht geneigt, wie sie es immer tat, wenn sie etwas bekümmerte. Der Junge studierte ihre länglichen Wangen, die hohe Stirn und den kleinen Höcker auf ihrer Nase. Macht sie sich immer noch Sorgen? dachte er. Jetzt, wo beinahe alles verkauft ist und wir reich geworden sind.

Sunneva war am Tag eingenickt und aus einem Albtraum erwacht. Sie stand neben ihrem Haus in der Sjafnargata 1a und betrachtete das Haus, das ganz in schwarzen Stoff eingeschlagen war; nirgends war auch nur eine Ecke des Mauerwerks zu sehen. Sie sah, wie der große Vogelbeerbaum verkümmerte und abstarb. Dann meinte sie den Neubau zu sehen. Eine dunkle Windhose schoß über das Wasser von Kjalarnes auf das Gebäude zu und traf es; die Außenwände fielen lautlos ab, nur das Gerippe der Decken und der inneren Wände blieb stehen. Als einziger Einrichtungsgegenstand stand ein Schreibtisch in einem kleinen Büro. Ein Windstoß blies die Papiere vom Tisch. Was bedeutet dieser Traum? dachte sie ängstlich. Er war ungewöhnlich klar gewesen. Sie musterte ihre Eltern. Geir Sveinsson sah stattlich aus in seinem feinen Anzug. Ihre Mutter trug Tracht, die Seidenschleife, goldbraun mit großen schwarzen Tupfen. Bedeutete der Traum, daß jemand sterben würde? Der alte Mann blickte streng um sich, und Rósa schien die Lebensfreude in Person. Nein, das konnte nicht die richtige Deutung sein. Sunneva war fertig mit ihrer Rose, sie ließ sie in das hohe Weinglas neben dem Teller ihrer Tochter fallen und sagte: – Guck mal.

Vilborg nahm die Blume und betrachtete sie.

– Fang ja nicht an, sie gleich wieder auseinanderzupflükken, sagte Sigurbjörn.

– Ein Kunstwerk von unschätzbarem Wert, was?

– Selbstverständlich, Mädchen, wie alles, was deine Mama macht. Und meine Vilborg, fügte Sigurbjörn schnell hinzu, als er sah, daß ihr diese Bemerkung mißfiel. – Morgen wird der Papa dich ins Kino einladen. Wie heißt dieser Ballettfilm, den du so gern sehen möchtest?

– Die roten Schuhe.

Sigurbjörn zog seine Brieftasche hervor und zählte einige Geldscheine auf den Tisch. – Geh gleich morgen früh los, wenn die Kasse aufmacht, und kauf Karten für uns.

Ein Kellner in rotem Frack kam mit ihrer Suppe. Vilborg nahm den Löffel in die Hand. Er kam ihr viel zu groß vor, und sie bemerkte erstaunt, wie zerkratzt er war. Sie machte ihre Mutter darauf aufmerksam. – Schon gut, mein Schatz, denk nur daran, ordentlich zu essen.

– Lecker, sagte Thórarinn. – Hühnersuppe. Schlürf schlürf. Er machte ein Geräusch, das genießerisches Einsaugen darstellte.

– Tóti, benimm dich, sagte Vilborg. – Das ist ja unerträglich.

– Ja, hör auf damit, Kind, sagte seine Mutter.

Gudbrandur ging im Smoking vorbei, mit roten Wangen und leuchtenden Augen. Er wechselte einige Worte mit Sigurbjörn, das wirre Haar auf dem Kopf bewegte sich nicht, obwohl er sich nach vorn beugte; er sah Vilborg an und sagte: – Guten Abend, meine Schöne. Sigurbjörn hörte ihm zu und nickte, während er mit seinen langen Fingern das Brot entzweibrach.

– Köstlich, das war eine gute Suppe, sagte Thórarinn. – Schlürf schlürf. Kann man davon Nachschlag bekommen?

– Willst du nicht lieber Platz für das Hauptgericht lassen, Tóti?

Der Kellner kam und nahm die Teller. Sunneva sah zu ihren älteren Söhnen hinüber. Helgi saß mit aufgestützten Ellbogen und schaute sich um. Ragnar war nirgendwo zu sehen. Sie blickte suchend um sich; es blitzte hinter einer mannshohen Palme, und Ragnar kam mit einem Fotoapparat aus seinem Versteck hervor. Lächelnd sagte er etwas zu den dort Sitzenden und ging dann zum nächsten Tisch hinüber, um ein Bild zu machen. Kürzlich war ihr ein Foto aus den Jahren in Kopenhagen in die Hände gefallen; es war am Springbrunnen auf dem Grabrödretorvet aufgenommen worden; sie hielt Ragnar an der Hand, Christian hatte ihr den Arm um die Schulter gelegt. Ragnar sah unglücklich aus auf dem Bild. Ein Lichtblitz flammte auf und Sunneva hob die Hand vor das Gesicht.

– Was ist los, Mama?

– Ich bin doch so gar nicht fotogen, Lieber.

– So ein Unsinn. Ragnar machte ein Bild von Vilborg und Sigurbjörn, dann kamen Geir und Rósa an die Reihe. Er hielt abwehrend die Hand vor die Augen, während sie froh aufsah und die Troddel an ihrer Trachtenhaube zurechtzupfte.

Der Kellner trug das Hauptgericht auf.

– Ober, sagte Sigurbjörn. – Wie kommt es, daß hier keine Blumen auf den Tischen sind?

– Tut mir leid, sagte der Kellner. – Wir haben das immer wieder versucht, aber die Gäste essen sie auf.

Sigurbjörn sah ihn mit großen Augen an. – Wie kann das sein? Diese Gruppe hier?

– Nein, nicht diese Gruppe, jedenfalls nicht bis jetzt. Wir hätten auch gern Blumen, aber das geht nicht. Leider.

Thórarinn sah unter den herabgezogenen Augenbrauen glücklich auf seinen Teller hinunter. Sunneva betrachtete den ihren. Vier dicke, halbmondförmige Scheiben Lammfleisch lagen übereinander. Kartoffeln, Rotkohl, Bohnen, glänzende braune Soße und eine Orangenspalte. – Großer Gott, das kann ich unmöglich alles essen. Da platze ich ja.

– Dann esse ich auf, was du übrigläßt, Mama, sagte Thórarinn und nahm gleich eine dicke Scheibe Fleisch von seiner Schwester entgegen.

– Kleckert die Soße nicht auf den Tisch, sagte Sunneva. Eine weitere offene Rotweinflasche wurde vor sie hingestellt, sie nahm einen Schluck von ihrem Glas, und das Zwielicht um den weißen Tisch herum wurde dunkel und warm. Sie fühlte sich jetzt wohler. Sogar Thórarinn war satt nach dem Eis. Das Festgeräusch im Saal war laut und gleichmäßig. Ein junger Mann trat an den Tisch und sprach mit Sigurbjörn. Seine weiten Hosen konnten nicht verbergen, wie stark gekrümmte O-Beine er hatte. Er stützte seine große Hand auf dem Tisch ab, seine Halsschlagader war angeschwollen. – Das ist wirklich ganz toll, heute abend hier zu sein, Sigurbjörn. Wirklich ganz großartig war das, hier zu essen. Eine ganz prächtige Idee, uns alle einzuladen.

– Na ja, ich wollte halt nicht, daß ihr Zementsäcke statt Wimpeln über dem Neubau flattern laßt, lieber Strauß, ho ho.

– Und ist das die Frau Gemahlin? Sunneva sah auf. – Und da ist die Tochter und der gute Tóti. Den lieben Tóti kenne ich ja schon, sagte er wichtigtuerisch. – Der ist ja oft genug auf dem Bau gewesen. Wir sind ganz dicke Freunde.

– Wie heißen Sie, mein Lieber? fragte Sunneva.

– Er heißt Strauß, sagte Sigurbjörn so breit lachend, daß man seine Backenzähne sehen konnte. Der junge Mann richtete sich eilig auf, trat zu Sunneva und sagte, ohne sichtbar beleidigt zu sein. – Ich heiße Reynir. Er ließ den Blick über den Saal schweifen. – Aber alle nennen mich Strauß.

– Wieso das? Sie haben doch keinen besonders langen Hals oder so.

– Ich weiß. So was ist immer schwer zu erklären.

– Ist Ihre Frau auch hier? fragte Sunneva.

– Ich habe mich noch nicht gebunden. Man sieht sich um. Vielleicht kann man einer genug vormachen, daß sie mal übers Wochenende mit ins Sommerhaus fährt. Sein Blick fiel auf Helgi. – Ist das Ihr Sohn Helgi?

– Ja.

– Ich war wirklich ganz stolz für unser Volk, daß wir im Sommer ein Tor gegen die Franzosen geschossen haben. Mir wurden die Knie ganz weich zu Hause vor dem Radio.

– Dabei kannst du dir es eigentlich nicht leisten, noch o-beiniger zu werden, mein lieber Strauß, sagte Sigurbjörn.

Die Band begann, *All the things you are* zu spielen, und einige Paare begaben sich auf die Tanzfläche. Über eine Stunde lang folgte ohne Pause eine Instrumentalnummer der nächsten, dann erhob sich plötzlich Björn R., sein Haar und seine Posaune glänzten im Licht der Scheinwerfer auf der Bühne, und er begann langsam und bezaubernd zu singen, daß der ganze Saal zu neuem Leben erwachte, »Some enchanted evening, you will see a stranger«.

Ragnar setzte sich zu seinem Großvater. Rósa saß mit einem Glas Sherry und einer Tasse Kaffee, Geir hatte sich Branntwein in das Wasser mischen lassen. Er vertrug Alkohol gut, aber Ragnar konnte an seinen glasigen Augen erkennen, daß er ordentlich getrunken hatte. Er legte seinem Großvater den Arm um die Schulter. – Opa, sagte Ragnar laut und imitierte dann das Magnetdrahtgerät: – Tóti, willst du mit Oma und mir in dieses verdammte Loch in Vídimelur ziehen? Oder soll ich hier mit der Musiktruhe auf dem Schoß verrecken?

– Was gibts Neues bei dir, Ragnar? fragte Geir.

Sigurbjörn verneigte sich vor Sunneva, er legte seine Wange an ihre Stirn und hob ihre Hand in der seinen hoch in die Luft. Sie flogen wie ein Wirbelwind über den Tanzboden, und Sunneva mußte wieder an den Traum denken.

Thórarinn war als erster aufgewacht. Er beobachtete die Bewegungen des Schattens, den die Äste des Vogelbeerbaums auf die Zimmerwand warfen. Das Fenster war offen, er hörte den Jungen im Nachbarhaus üben, *Le Cygne* von Saint-Saëns.

Das Fest am Vorabend hatte ein häßliches Ende gefunden. Strauß hatte sich zu Oma Rósa gesetzt und ihr die Haube vom

Kopf zu reißen versucht. Er wurde hinausgeworfen. Thórarinn ging durch die Drehtür am Eingang. Ein Orkan riß an den Bäumchen auf dem Austurvöllur, und Strauß lief im Kreis auf dem Platz herum und heulte den fahlen Mond, Jón Sigurdsson und das Parlamentsgebäude an. Thórarinn ging wieder zurück in den Goldenen Saal. Erwachsene Leute sahen ihn lächelnd an. Eine Frau mit gerötetem Gesicht und blonden Haaren ließ ihn bei sich am Tisch Platz nehmen. – Bist du Sigurbjörns Sohn? Du siehst aber ganz anders aus als er, oder? Laß dich mal anschauen... Doch, dieselben kräftigen Brauen wie der Herr Papa. Willst du eine Limonade?

Ein junger Rohrleger wollte Sigurbjörn zu sich nach Hause einladen. Sigurbjörn war betrunken und griff den Mann über den Tisch hinweg mit beiden Händen beim Revers, sah ihm scharf in die Augen und schüttelte ihn. Den Rohrleger erschreckte diese Reaktion etwas. Er wußte nicht, daß Sigurbjörn auf diese Weise seiner Auffassung Ausdruck verlieh, daß Architekten und Handwerker Brüder waren. Thórarinn tanzte zur melancholischen Posaune den letzten Tanz mit seiner Mutter: Das Lied hieß *Im getting sentimental over you,* sagte Sunneva und küßte ihn auf die Wange, als die Lichter im Saal angingen. Sigurbjörn bekam wegen irgendeiner Kleinigkeit an der Garderobe einen Wutanfall und beschloß, allein nach Hause zu laufen. Thórarinn ging ihm nach, obwohl Sunneva es ihm verbot. Kohlschwarze Nacht. Sein Vater torkelte in großen Bögen die Straße entlang. Beißende Kälte. Der Sturm peitschte die Bäume im Hallargardur, und auf den Wellen im Stadtteich bildeten sich weiße Schaumkronen. Bis zur Haustür ließ er seinen Vater nicht aus den Augen.

Thórarinn sah zu seinem Nachttisch hinüber. Dort lag ein Schlüssel. Er war schon am Einschlafen gewesen, als er bemerkt hatte, daß jemand auf dem Hocker neben dem Bett im Dunkeln saß. Er schaltete das Licht an. Es war Sigurbjörn. Thórarinn setzte sich auf. – Was ist, Papa?

Lange hatte sein Vater mit hängendem Kopf dagesessen und nichts gesagt. Dann richtete er sich auf dem Stuhl auf, nahm Thórarinn bei den Schultern und starrte ihm ins Gesicht.

– Was ist denn los, Papa, sagte der Junge ungeduldig.

– Ich und du, Tóti, wir sind die besten Freunde! Tóti?

– Ja, Papa.

– Aber fang nicht an, in schlechter Kleidung herumzulaufen. Tóti! Sein Vater verzog sein Gesicht zu einer Grimasse. Er roch unangenehm. – Diese neuen Hosen, die die Mama dir gekauft hat. Ich will mich mit dir nicht in so einem Aufzug auf der Straße sehen lassen.

– Ich werde sie nicht mehr anziehen, Papa.

– Bei unserer Freundschaft?

– Ja.

– Das Haus ist verkauft, Tóti. So wie es steht.

– Das weiß ich.

– Alle haben gesagt, daß ich es nie zu etwas bringen würde, Tóti. Tóti? Sigurbjörn schüttelte ihn. – Tóti?

– Ja, Mann.

Sein Vater brachte kein Wort mehr heraus, und dann traten ihm plötzlich Tränen in die Augen. Er griff in seine Hosentasche und holte einen Schlüsselbund hervor. – Siehst du diesen Schlüssel, Tóti? Das ist der Schlüssel zum Vorhängeschloß. Du sollst darauf aufpassen, Tóti. Dieses Haus gehört uns zusammen. Mir und dir. Sigurbjörn brauchte eine Weile, um den Schlüssel vom Ring zu lösen.

– Tóti? Er schwankte auf dem Stuhl.

– Ja.

– Du hättest meinen Bruder Jóhannes kennen sollen.

– Du hast mir von ihm erzählt, Papa.

Der Cellospieler im Nachbarhaus spielte immer lauter. Thórarinn wollte an diesem letzten Samstag der Sommerferien eigentlich ausschlafen. Am Montag würde er wieder die Schulbank drücken müssen. Er hörte das Telefon klingeln. Es war halb zehn.

Hjálmur hatte hundert Bestellungen, die ausgeliefert werden mußten, und die Kunden standen bis zur Tür hinaus. Sunneva stand im Nachthemd im Türrahmen und machte ihm diese Mitteilung.

Thórarinn hob den zerzausten Kopf vom Kissen und sah seine Mutter ungläubig an. – Aber ich bin doch fertig mit der Arbeit.

– Willst du dich nicht beeilen, Tóti? Der arme Mann sitzt wirklich in der Patsche.

Er wälzte sich aus dem Bett. – Das ist mein letzter freier Tag. Ich habe den ganzen Sommer dort geschuftet. Seid ihr jetzt alle verrückt geworden?

– Ich finde, du kannst ihm deine Hilfe schlecht ausschlagen, so wie die Dinge stehen. Er hat so lobend von dir gesprochen. Ich weiß, es ist nicht fair, lieber Tóti.

Leise schimpfend zog sich Thórarinn an. Ein Wurstbrot auf einem Teller wartete auf ihn. Es war schon fast zehn, und der Laden schloß am Samstag um zwölf; das hieß, er mußte entweder gleich gehen oder er konnte es ganz bleiben lassen. Er nahm seine Sporttasche und steckte einen von Helgis Fußbällen ein. Er wollte nach der Arbeit auf den Sportplatz gehen und ein bißchen kicken und danach rasch bei Oma und Opa in Vídimelur vorbeischauen.

Der Winter stand vor der Tür, was war mit den Bäumen geschehen? Hier und da hielt sich noch ein einzelnes braungelbes Blatt an einem Zweig, verschrumpelnde Johannisbeeren hingen schlaff von den Büschen, ganze Trauben waren herabgefallen und lagen in den Beeten. Nasse Blätter klebten am Auto. Das Taubenhaus war braun vor Nässe. Beißende Herbstkälte in der Luft. Er aß das Wurstbrot unterwegs. Keine Menschenseele weit und breit, bis er den Barónsstígur erreichte. Gudbrandur war an der Bar im Hotel Borg von hinten an ihn herangetreten und hatte geflüstert: – Du siehst dich wohl nach einer neuen Flamme mit einem Schönheitsfleck auf der Wange um? Er fand den Geruch einiger Frauen dort sehr schön, und das Rascheln ihrer Kleider sorgte für ein merkwürdig enges Gefühl in seiner Brust.

Hjálmur war allein, keine der beiden Frauen war zur Arbeit erschienen. Das brachte den alten Mann verständlicherweise in die Bredouille. Thórarinn nahm das Fahrrad, brachte den Korb am Lenker an und legte die Päckchen hinein. Er ließ den Fußball bei Hjálmur zurück und machte sich auf den Weg. – Ich werde mich bei Gelegenheit revanchieren, lieber Tóti, sagte Hjálmur. – Gestern abend ist doch alles großartig gelaufen, oder? Hat der Ball Spaß gemacht? Er lief hektisch hinter der Theke hin und her, obwohl nur wenige Kunden im Laden waren.

– Doch, sagte der Junge. – War schon in Ordnung. Seine schlechte Laune war beinahe verflogen. Bald hatte er alle Päckchen ausgeliefert. In der Ingólfsstræti war sein Korb leer. Er schob das Rad. Es war viertel nach elf. Wahrscheinlich würden im Laden noch einmal zwei, drei Lieferungen auf ihn warten. Er fuhr den Skólavördustígur hinauf und hatte keine Mühe damit, obwohl es die ganze Straße steil bergauf ging. Am Montag würde Hjálmur ihn ausbezahlen. Aber sollte er wirklich das ganze Geld für das Modellflugzeug ausgeben? Oder sollte er sich auf seinen Vater verlassen? Wenn er das Flugzeug nicht zum Geburtstag bekäme, würden sie es ihm vielleicht zu Weihnachten schenken? Er beschloß, seinen Geburtstag abzuwarten, bis dahin war es nicht mehr lang. Er war bei dem Spielwarengeschäft angekommen. Dort hing es.

Es würde ein Kinderspiel sein, das Flugzeug zusammenzubauen. Er hatte vor, es bei der Austurbæjar-Schule auf der Wiese fliegen zu lassen, die war eben und gut als Landebahn geeignet. Er lehnte sich auf den Lenker und betrachtete den Schatz. Das Mädchen im Laden lächelte ihn an.

Er bemerkte, daß er nicht der einzige war, der in das Schaufenster sah. Neben ihm stand auf einmal ein großer Mann in einem braunen, abgenutzten Anorak. Der Mann war blond und hatte einen Bürstenschnitt. Er kaute auf einem Streichholz. Seine Augen waren wäßrig-blau, sein Gesicht unrasiert. Blonde Bartstoppeln. Er erinnerte Thórarinn an ein gemächlich wiederkäuendes Schaf.

– Bist du ein Botenjunge? fragte der Mann. Seine Stimme war hell und etwas schneidend. Thórarinn hatte eine angenehmere Stimme erwartet. Er bejahte die Frage.

– Und dann trödelst du hier herum?

– Nein nein, sagte Thórarinn in verlegenem Ton, als schulde er diesem Unbekannten Rechenschaft. Er haderte mit sich selbst, weil er überhaupt geantwortet hatte.

– Deine Freundin? fragte der Mann und deutete mit einem Kopfnicken an, daß er die Verkäuferin im Laden meinte.

– Nein nein. Thórarinn war erstaunt über diese Frage.

– Deine Schlampe vielleicht? fragte der Mann. Aber Thórarinn verstand nicht, was er meinte. – Wieso? Es sieht doch ganz ordentlich aus im Laden!

Der Mann lachte. Er sagte: – Dieses Flugzeug hättest du wohl gern? Er sah das Flugzeug im Schaufenster an und kaute amüsiert auf seinem Streichholz.

– Ja, sagte Thórarinn. Ich habe den ganzen Sommer dafür gespart.

– Und jetzt gehst du es kaufen?

– Nein. Ich kann mich nicht entscheiden, ob ich es am Montag kaufen soll, wenn ich ausbezahlt bekomme, oder ob ich bis zu meinem Geburtstag warte. Ich habe die große Hoffnung, daß ich es zum Geburtstag bekomme. Mein Papa hat es mir mehr oder weniger versprochen. Kennen Sie meinen Vater? Er ist Architekt. Er heißt Sigurbjörn Helgason und hat einmal beim Staatsbauamt gearbeitet.

Der Mann schüttelte den Kopf. Er betrachtete das Flugzeug. Sein Anorak war offen, und sein dicker Bauch hing über den Hosenbund. Er schien über das, was Thórarinn gesagt hatte, nachzudenken. Er wiederholte: – Du wartest auf deinen Geburtstag. Ihm war anzuhören, daß er diese Sache sehr ernst nahm. Dann sagte er: – Ich habe eine bessere Idee.

– Ach ja, welche? fragte Thórarinn, während er überlegte, wie er dieses Gespräch beenden könnte.

– Du gefällst mir, sagte der Mann. – Und ich denke darüber nach, ob ich dir ein Geheimnis verraten soll. Hast du neulich die Schlagzeilen in den Zeitungen gesehen? Unten im Hafen haben sie ein Päckchen Goldmünzen in einer Ladung Bauholz gefunden.

Thórarinn nickte. Er hatte die Meldung in der Zeitung gelesen und auch seinen Großvater davon sprechen hören. Ein Hafenarbeiter hatte den Schatz beim Entladen gefunden.

– Ja ja, sagte der Mann. – Ich habe diesen Schatz gefunden. Und weil du mir wie ein netter Junge aussiehst, will ich dir ein oder zwei Münzen davon schenken. Das ist gar nichts für mich. Ich habe Hunderte davon. Dann kannst du dir zwei oder drei solche Flugzeuge kaufen. Vier sogar! Thórarinn war unentschlossen.

Der Mann sagte: – Ich wohne hier ganz in der Nähe. Ich finde, du solltest einfach schnell mit zu mir nach Hause kommen.

– Aber ich bin noch nicht mit der Arbeit fertig, sagte Thórarinn.

– Komm schon, sagte der Mann. – Das geht schnell. Ich wohne im Grundarstígur. Das ist gleich hier an der nächsten Ecke.

– Ja, ich weiß, wo das ist, sagte Thórarinn. Er war noch immer unentschlossen. Aber er konnte nichts Falsches daran entdecken, dieses Geschenk anzunehmen. Er hatte von dem Münzfund in der Zeitung gelesen. Und dieser Mann war ein Hafenarbeiter, daran ließ sein Aussehen keinen Zweifel. – Warum wollen Sie mir so ein Geschenk machen?

– Weil ich auch einmal ein Junge war. Etwas schien den Mann zu amüsieren. – Und ich erinnere mich gut daran, wie schlimm das ist, wenn man gern ein Spielzeug haben will und es sich nicht kaufen kann.

– Nein danke, sagte Thórarinn. – Ich kann kein Geschenk von Ihnen annehmen. Er machte sich daran, auf das Fahrrad zu steigen.

– Wo fährst du hin?

– Das Fahrrad zurückgeben.

– Ich begleite dich.

– Das ist nicht nötig. Der Mann ging dennoch neben ihm her. – Wo wohnst du?

– In der Sjafnargata 1a. Mein Papa ist Architekt. Er hat gerade ein Haus gebaut.

– Ja, das hast du schon erzählt. Der Mann wirkte mürrisch. – Und wo ist dieses Haus?

– Das neue große Haus am Vitatorg! Haben Sie das noch nicht gesehen?

Der Mann antwortete nicht, kaute nur auf seinem Streichholz.

– Das Haus gehört Papa und mir zusammen.

– Erzähl nicht so einen Unsinn, sagte der Mann verächtlich.

Thórarinn begann, in seiner Hosentasche zu suchen, während er das Rad mit der Hüfte weiterschob.

Er hatte den Schlüssel an seinem Schlüsselring befestigt, bevor er von zu Hause weggegangen war, und zog ihn nun hervor. – Sehen Sie, hier, das ist der Schlüssel.

Der Mann warf einen Blick auf den Schlüssel und schnaubte. – Du lügst.

– Nein, sagte der Junge. – Gestern hatten wir die Jahresfeier im Hotel Borg. Und da hat mein Papa mir diesen Schlüssel anvertraut.

Der Mann lächelte. – Der große Neubau am Vitatorg?

– Ja, sage ich doch.

– Dieser Schlüssel könnte für alles mögliche sein. Der Mann schien an ganz andere Dinge zu denken.

– Nein, er ist für das Haus. Das ist der einzige Schlüssel.

– Ach, das glaube ich nicht.

– Das ist Ihr Problem, sagte Thórarinn.

– Laß uns hingehen und das Haus ansehen, sagte der Mann.

Sie überquerten den Frakkastígur und bogen dann von der Grettisgata hinunter zum Vitastígur ab. Von der Ecke zum Laugavegur konnte man das Gebäude zum ersten Mal sehen.

– Das ist aber ein verdammt großes Haus, sagte der Mann.

– Es soll Kaufhaus Reykjavík heißen.

– Und das soll dir gehören?

– Der Schlüssel paßt.

– Zeig mir, daß der Schlüssel paßt, sagte der Mann. Er sah Thórarinn an, und der bemerkte, daß die Augen des Mannes gar nicht so unstet waren, wie er sie in Erinnerung hatte. Die Pupillen waren harte Punkte. Er erinnerte sich jetzt, daß er den Mann schon einmal gesehen hatte. Er hatte eines Tages im Spätsommer an der Ecke gestanden und das Haus lange betrachtet. Er war der Mann der rothaarigen Seemannsfrau, die immer so große Angst hatte. – Sind Sie nicht Seemann?

– Was? Der Mann schien in Gedanken. – Was sagst du da für einen Unsinn? Du sollst Erwachsenen keinen Unsinn erzählen.

Thórarinn wäre am liebsten gegangen, statt dessen liefen sie gemeinsam den Vitastígur hinunter. Er stellte das Fahrrad an eine Hauswand und schloß es ab; sie gingen über die Straße.

– Will dein Papa den Sand hier so knietief liegen lassen, damit die Leute nicht ins Kaufhaus kommen?

– Wollen Sie ihn das nicht selber fragen?

– Hast du schon angefangen, dich in Mädchen zu verguk-ken?

– Nein.

– Tu doch nicht so. Natürlich bist du schon alt genug dafür. Der Mann stieg breitbeinig über die Sandhügel und betrachtete die mit Betonklecksen übersäte Holztür. – Ist dein Papa bankrott oder was? Warum läßt er denn keine ordentliche Eingangstür einbauen hier? Gehört euch überhaupt irgendwas an diesem Haus?

– Ja, Papa hat es diesen Sommer selbst gebaut, zusammen mit seinem Bekannten. Der heißt Gudbrandur Jónsson und ist Zimmermann. Gudbrandurs Name zeigte keinerlei Wirkung.

– Wenn du die Wahrheit sagst, wenn der Schlüssel wirklich paßt, dann schenke ich dir eine von den Goldmünzen.

Thórarinn fühlte den Schlüssel an seinem Schenkel. Sein Vater hatte ihn ihm anvertraut. Allerdings konnte es kaum schaden, wenn er kurz zeigte, daß der Schlüssel ins Schloß paßte. Er holte ihn aus der Tasche, ging zu der provisorischen Holztür und steckte ihn ins Schloß. Das Schloß sprang auf. Der Mann nahm es von der Kette und öffnete die Tür. Das leere Erdgeschoß lag vor ihnen, nur eine unverputzte Betontreppe befand sich dort, die ins nächste Stockwerk führte.

– Warum hat das Haus in der Mitte ein Loch?

– Da soll die Rolltreppe hin.

– Eine Rolltreppe, na so was. Diese Auskunft schien den Mann aus unerfindlichen Gründen zu ärgern. In der Öffnung, die für die Rolltreppe gelassen worden war, lag ein Haufen aus Bauholz und Schutt; die Arbeiter hatten beim Aufräumen der oberen Stockwerke alles den Schacht hinuntergeworfen.

Der Mann ging die Treppe nach oben. Thórarinn war nervös; er hätte den Mann nicht hineinlassen sollen. Er lief ihm nach. Das erste Stockwerk war schon saubergemacht worden. In der Mitte stand ein Staubsauger.

– Wir sollten wieder nach unten gehen und abschließen. Wir dürfen uns hier nicht aufhalten. Mein Papa wird sonst furchtbar wütend.

– Wir haben es doch nicht eilig. Hier ist es warm und gemütlich.

– Ja, letzte Woche ist die Heizung installiert worden, sagte Thórarinn.

Er ging zu den warmen Heizkörpern am Fenster hinüber. Er sah hinaus. Die Sonne schien fahl über den Dächern. Auf der Fensterscheibe war ein Zementklecks.

Das Fahrrad stand an seiner Stelle an der Wand. Etwas erschreckte ihn, und er drehte sich um. Der Mann stand breitbeinig und mit ausgebreiteten Armen hinter ihm.

Vier

Der Junge hat den Sommer über als Bote gearbeitet. Sunneva setzte sich auf die Stuhlkante, unablässig sprechend. – Nachdem er bis um drei nicht zum Laden zurückgekehrt war, rief sein Chef bei uns an, mein Mann ging ans Telefon. Wir hatten am Vorabend gefeiert, einjähriges Jubiläum unserer Firma. Ich bin nur schnell zum Kaufhaus hin, um den Staubsauger zu holen.

– Zu dem Neubau am Vitatorg? Wo er dann aufgefunden wurde …? Der die Vernehmung leitende Polizeibeamte hämmerte in seine Schreibmaschine.

– Ja, sein Papa hat dann drüben in der Weststadt bei Oma und Opa angerufen, und auch beim Fußballstadion, unseren Kindern ist nämlich noch nie etwas zugestoßen.

Der Polizeibeamte sah zu Sigurbjörn hinüber, sie kannten einander entfernt. Sunneva zog eine Zigarette hervor. – Du zündest ja eine Kippe mit der nächsten an, Frau, blaffte Sigurbjörn, dann berichtete er, wie er zum Grundarstígur hinuntergegangen war und sich nach dem Rad umgesehen hatte. Sie waren da ein paar Wochen zuvor gemeinsam vorbeigegangen, er und der Junge. – Der Tóti hat mir von einer ganz erbarmungswürdigen Frau erzählt, die da mit ihrem Ehemann lebte, einem Seemann, und die immer in Todesangst war, und das erste, was mir einfiel, war, dorthin zu gehen. Ich weiß ehrlich nicht, warum, mein lieber Arnbjörn. Er besann sich einen Augenblick. – Ich wußte nicht, wo ich sonst suchen sollte. Die Tür stand offen, kein Mensch war da, der Eingangsbereich ganz dreckig. Ich rief von einem nahegelegenen Kiosk aus an, und meine Tochter sagte mir, daß die Mutter mit dem Jungen im Krankenhaus war.

– Dort am Grundarstígur wurde der Mann am Abend aufgegriffen, sagte der Polizist, während er auf der Schreibmaschine schrieb. Der Betreffende ist der Schwager der Frau, die dort wohnte. Sie ist vor einiger Zeit verzogen.

Arnbjörn suchte in den Papieren, Sunneva schlug ein Bein über das andere. Arnbjörn las aus dem Polizeibericht vor: – Die Beamten Nummer 46 und 40 wurden dorthin beordert. Sie trafen um 18 Uhr 20 am Haus Nummer 29b am Grundarstígur ein. Wieviel Uhr war es, als Sie am Neubau eintrafen? Er sah Sunneva an.

– Kurz vor vier.

– Können Sie die Ereignisse bei Ihrer Ankunft näher beschreiben?

Sunneva sah zum Fenster hinaus. Arnbjörn wartete an der Schreibmaschine.

– Ich fand ihn dort auf dem Boden, sagte sie rauh.

– Und war der Junge bei Bewußtsein?

– Ja, er stöhnte ein bißchen.

– Hat der diensthabende Arzt keinen Bericht vorgelegt? fragte Sigurbjörn. Mit rotem Gesicht starrte er den Polizisten an.

– Doch, das gerichtsmedizinische Gutachten liegt vor, aber da Ihre Frau als erste am Tatort eintraf, ist ihre Aussage von großer Bedeutung. Arnbjörn sah Sunneva an und wartete.

– Das eine Auge war sehr geschwollen. Die Wange war auch ganz dick, und ein großer Bluterguß am Mundwinkel.

– Und seine Kleidung? War an ihr etwas auffällig?

– Er hatte keine Hose an. Sunneva wagte nicht, Sigurbjörn anzusehen, aber sie fühlte seinen starren Blick von der Seite.

Der Polizist schrieb pausenlos. – Bitte entschuldigen Sie mich. Er sah auf seine Armbanduhr. – Ich muß leider kurz etwas erledigen.

Als sie allein im Zimmer waren, legte Sunneva die Hand auf Sigurbjörns Handrücken. Er stand auf, nahm den Kaffeebecher und ging zum Fenster. Im Garten stand ein kleines rotes Gartenhaus mit grünem Dach. Das Haus, in dem sie sich befanden, Fríkirkjuvegur 11, war ein prächtiges Gebäude, die erste richtige Villa in Reykjavík. Der Großkaufmann Thor Jensen hatte es im Jahr 1908 erbauen lassen. Sigurbjörn hatte es immer einmal von innen sehen wollen. Zwei Zoll starke gehobelte Dielen als Fußboden. Eines der schönsten Erkerfenster der Stadt. Bornholmer Granit im Treppenhaus. Nun war dort die Kriminalpolizei im oberen Stockwerk untergebracht.

Hinter den Wolken waren Sonnenstrahlen hervorgebrochen und ließen die Wellen auf dem Stadtteich glitzern. Vor dem Musikpavillon waren einige Männer damit beschäftigt, Holz aufzusammeln und auf einen Laster zu werfen; am Morgen war dort ein Baugerüst umgeweht worden. Unten bei der Brücke trieb der stürmische Nordwind die Gischt über das Ufer. Trotz des Sturms lag eine merkwürdige Starre über dem Himmel, ganz als wäre er eine gemalte Kulisse. Er blickte auf das Fensterbrett hinunter und bemerkte einen gelben Harztropfen, der sich durch den weißen Lack an die Oberfläche gezwängt hatte. Auch nach einem halben Jahrhundert war das Holz noch lebendig. Sigurbjörn blickte zum Friedhof an der Sudurgata hinüber und spürte die Nähe seines Vaters. Helgi Vésteinsson hatte dort eine reservierte Grabstelle an der Seite seiner Eltern besessen, und manchmal waren sie zusammen dorthin gegangen, um die Bepflanzung zu pflegen. Sein Vater stand dann immer lange dort und betrachtete mit finsterer Miene sein eigenes Grab. Sigurbjörn lächelte freudlos bei der Erinnerung daran. Ein Schwan flog vom Teich auf, er schlug heftig mit den Flügeln.

– Immer machen sie alles so, wie sie es wollen, die Frauen, sagte er, während er den Vogel beobachtete.

– Was? Arnbjörn, der sich gerade wieder setzte, sah ihn an.

– Sie werden sie jetzt hoffentlich nicht bitten, alles bis ins kleinste Detail auszumalen, oder? Sigurbjörn wandte sich um.

– Doch, soweit sie sich dazu in der Lage sieht.

Viel war dem Bericht allerdings nicht hinzuzufügen. Sie hatte den Sohn so gut wie möglich angezogen, dann war sie hinausgelaufen und hatte einen unbekannten Mann zu Hilfe gerufen, der ihr half, Thórarinn, der gerade wieder zu sich kam, die Treppe hinunterzubringen. – Dann habe ich gleich versucht, dich anzurufen, Liebster. Sobald ich wieder klar denken konnte, flüsterte sie und sah zu ihrem Mann auf, der noch immer am Fenster stand.

Sigurbjörn machte einen Satz nach vorn und schlug mit der Faust auf die Ecke des Schreibtisches. – Ich habe dich im Frühjahr inständig gebeten, Frau, inständig, daß der Junge zu Hause bleiben darf. Hast du jetzt völlig den Verstand verloren? Bis jetzt hast du mir nicht erzählt, was passiert ist.

– Du wolltest es nicht hören, Sigurbjörn, sagte sie leise und sah vor sich nieder. – Bitte tu mir den Gefallen und setz dich hin, Lieber.

Er setzte sich und starrte auf die große eingerahmte Luftaufnahme von der Polizeiwache in der Pósthússtræti, die an der Wand hinter dem Schreibtisch hing. Der Polizist beobachtete ihn. – Darf ich? Arnbjörn nahm sich eine Zigarette aus Sunnevas Packung, die auf dem Schreibtisch lag.

– Habt ihr den Neubau schon in Augenschein genommen? fragte Sigurbjörn schließlich.

– Ja, aber es war nichts zu finden dort.

– Keine Spuren von der Tat?

– Nur ein paar Tropfen Blut auf dem Fußboden.

– Er hat ziemlich stark aus dem einen Ohr geblutet, fügte Sunneva eilig an. – Ich wollte gestern hingehen und den Boden saubermachen.

– Wieso hatte der Junge überhaupt Zutritt zu dem Gebäude? War das Haus nicht abgeschlossen?

– Nein, ich erinnere mich genau, daß ich ihm den Schlüssel am Abend zuvor gegeben hatte, in einem Anfall von gottverdammter Blödheit, sagte Sigurbjörn und sah auf seine Handflächen. – Ich war betrunken. Als Arnbjörn ihm nicht zu Hilfe kam, sah er auf und sagte: – Es kommt nur noch sehr selten vor, daß ich mich betrinke.

– Mein Mann hat seit zehn Jahren keinen Alkohol mehr getrunken ..., sagte Sunneva.

Arnbjörn unterbrach sie: – Die Sache geht jetzt an den Staatsanwalt, der dann im weiteren Verlauf Anklage erheben wird. Wenn Sie später Schadenersatzansprüche geltend machen wollen, haben Sie selbstverständlich das Recht zu einer Zivilklage. Er tippte lange Zeit auf seiner Schreibmaschine.

– Und wie heißt der Mann? fragte Sunneva, als er das Blatt aus der Maschine zog.

– Ketill Einarsson. Aber von mir wissen Sie das nicht.

– Wie konnte die Polizei wissen, daß der Mann im Grundarstígur zu finden sein würde? fragte Sigurbjörn.

– Das ist schon sein zweites Vergehen dieser Art, sagte Arnbjörn. – Den anderen Jungen hatte er damals vorher lange beobachtet. Ich fürchte, so war es auch in diesem Fall.

– Und solche Geistesgestörten laßt ihr frei herumlaufen?

– Er hat seine Strafe abgesessen. Arnbjörn sah Sigurbjörn ins Gesicht. – Man konnte nichts anderes tun als ihn freilassen.

– Achtzehn Monate sind gar nichts für so ein Verbrechen, sagte Sunneva.

– Das empfinden sicher viele so, sagte Arnbjörn, während er den Bericht noch einmal überflog. – Der andere Vorfall war allerdings nicht ganz so schwerwiegend.

– Sie sind viel zu klein, um in diesem Alter schon zum Arbeiten geschickt zu werden, diese Jungen, sagte Sigurbjörn. – Viel zu jung.

– Ja ja, darf ich Ihnen dann den Bericht noch einmal vorlesen?

Nachdem er damit fertig war, legte Arnbjörn ihn samt einem Füllfederhalter vor Sunneva hin. – Ganz unten bitte unterschreiben.

Sunneva schrieb ihren Namen, an der Ecke des Schreibtisches stehend.

– Diesmal muß er aber viel länger sitzen, sagte Sigurbjörn. – Und wenn er wieder rauskommt, bringe ich ihn um.

Der Polizist sah ihn nicht an und reagierte nicht auf seine Bemerkung.

– Bitte tu mir in Gottes Namen den Gefallen und hör mit diesem Blödsinn auf, Sigurbjörn, jetzt habe ich auch noch Kopfschmerzen. Wir haben es sowieso schon schwer genug. Sunneva drückte mit den Fingerkuppen auf ihre Augen.

– Das Urteil wird diesmal wohl härter ausfallen, sagte Arnbjörn. – Damit rechne ich jedenfalls.

– Wo wird der Mann denn eingesperrt? Wir sind doch sicher, oder?

– Sicher? Was redest du denn da, Frau? murmelte Sigurbjörn.

– Das übliche Verfahren ist, daß Tatverdächtige im Skólavördustígur in Untersuchungshaft gehalten werden bis zur Verurteilung. Die wird in diesem Fall wohl rasch erfolgen, und dann wird er zur Verbüßung seiner Haftstrafe wahrscheinlich nach Litla-Hraun gebracht, das liegt östlich der

Stadt. Arnbjörn erhob sich und reichte beiden die Hand. – Ich danke Ihnen für Ihr Kommen, und ich bedaure das Geschehene.

Vor der Polizeiwache gab Sigurbjörn Sunneva die Autoschlüssel und ging in entgegengesetzter Richtung fort.

– Fahren wir denn nicht zusammen? rief Sunneva.

Er schüttelte den Kopf und sah sich nicht um.

Als Sigurbjörn nach Hause kam, wartete ein unbekannter Mann auf der Eingangstreppe. Er wollte ein Einfamilienhaus entwerfen lassen – der erste Kunde, der seit Monaten an die Tür geklopft hatte. Sigurbjörn bat ihn hinunter in sein Kellerbüro, hörte sich seine Vorstellungen an und versprach, sich die Sache durch den Kopf gehen zu lassen.

Als das Gespräch zu Ende war, folgte er dem Mann zur Tür. Er hatte ihn wie aus weiter Ferne sprechen hören, während sich in seinem Geiste allmählich das Bild von Thórarinn bildete, wie er ausgesehen haben mußte, als die Frau ihn fand.

Vollständig angezogen legte er sich ins Bett und zog Sunnevas Bettdecke über seine. Langsam wurde es Nacht draußen, das Blau des Himmels wurde dunkler und dunkler, aber ihm wurde nicht wärmer. Auf dem Heimweg hatte er bemerkt, wie Verwesungsgeruch aus den Gärten aufstieg.

– Papa, ein Mann ist gekommen, der möchte mit dir sprechen. Vilborg klopfte an die Tür.

– Herrgott, wer ist es denn?

– Ich glaube, es ist ein Pfarrer.

Erstaunt stand Sigurbjörn auf. Ein beleibter junger Mann mit schneeweißem Haar und schwarzem Vollbart stand vor dem Kjarval-Gemälde und betrachtete es. Sie begrüßten sich, der Pfarrer stellte sich vor, und Sigurbjörn bat ihn, am Wohnzimmertisch Platz zu nehmen. – Ich bin gebeten worden, mich um Sie zu kümmern, sagte der Pfarrer.

– Ach ja? Und wer hat Sie darum gebeten, guter Mann? Meine Mutter? Ich brauche keinen Seelsorger, sagte Sigurbjörn abweisend.

– Nein, es war Arnbjörn von der Kriminalpolizei.

Vilborg wartete am Fuß der Wendeltreppe, sie lauschte neugierig. – Vilborg, Liebe, geh rauf und mach deine Hausaufgaben, laß bitte meinen Gast und mich allein.

Er lauschte auf Vilborgs Schritte und wartete schweigend, bis sie oben angekommen war. Auf dem Tisch lagen die Tageszeitungen, er hatte nicht den Mut, sie zu lesen. – Wir brauchen keine Hilfe von außen, sagte er. – Es ist schon viele Jahre her, daß ich meinen Glauben verloren habe, falls ich ihn jemals besessen habe, aber meine Mutter ist unermüdlich im Dienste des Herrn tätig. Deshalb nahm ich auch an, sie hätte Sie zu mir geschickt.

– Wer ist Ihre Mutter? fragte der Pfarrer.

Sigurbjörn erzählte dem Pfarrer von seiner Mutter und von Jóhannes. – Er galt als äußerst begabt, mein Bruder Jóhannes, und er hatte schon das Staatsexamen in Theologie abgeschlossen, er starb in dem Sommer, als er zum Pfarrer geweiht werden sollte. Da hat sich der himmlische Vater aber um einen sehr guten Diener gebracht, dachte ich damals. Der Papa ist dann einfach verkümmert, Matthías Einarsson, unser Arzt, hatte schon alles für die Operation vorbereitet; ich habe ihn damals zur Untersuchung ins St. Josephs-Hospital gebracht... Sigurbjörn atmete tief ein. – Er konnte nicht mehr laufen, der arme alte Mann, also habe ich ihn zum Auto getragen. Da bleiben zwei alte Weiber stehen, um ihn anzuglotzen. Sigurbjörn sah den Pfarrer scharf an und sagte dann mit Nachdruck: – Das war das letzte Mal, daß er durch die Tür dieses Hauses gegangen ist. Im Sommer 1929 bin ich von meinem Studium nach Hause gekommen und zu seinem Grab gegangen. Gerade heute im Büro der Kriminalpolizei habe ich mich wieder daran erinnert, daß seine Grabstelle auf dem Friedhof ja leer ist, denn die alte Frau hat ihn auf dem Friedhof am Fossvogur begraben lassen, an der Seite meines Bruders Jóhannes. Er schnaubte bitter. – Immer machen sie alles so, wie sie es wollen, die Weiber.

– Und was haben Sie im Ausland studiert? Der Pfarrer zündete sich eine Zigarette an, zog die fleischigen Wangen ein, während er das Feuer an die Spitze hielt.

– Es hat sich so ergeben, daß ich Architekt wurde. Sie hat mich durchs Gymnasium gepeitscht, meine Mutter. Vom ersten Tag an hat sie auch zum Gemeinderat der Hallgrímskirche gehört. Ho ho, lachte er. – Dann, in meinem ersten Jahr als Architekturstudent an der Kunsthochschule, bekomme ich einen Brief von ihr. Ich war damals bei Professor Nyrop, der dort in Kopenhagen das Rathaus entworfen hat. Der Nyrop, der dem armen Gudjón Samúelsson das Leben zur Hölle gemacht hat, sagte er düster. – Jedenfalls, die Gemeinde wollte einen Wettbewerb ausschreiben für den besten Entwurf für ihre neue Kirche, und meine Mutter meinte, ich sollte mich daran beteiligen. Sigurbjörn schüttelte den Kopf über den Ehrgeiz seiner Mutter. – Und ich packte die Gelegenheit beim Schopf, sagte er. – Zeichnete eine Kirche. Ja, was für ein Unsinn, mein lieber Mann, ich war damals im zweiten Semester. Und was für eine Kirche! Das war zu der gleichen Zeit, als ich meine Sunna kennenlernte. Er schwieg und betrachtete traurig seine großen Hände. – Und was sollt ihr Pfarrer den Leuten erzählen?

– Na ja, nicht viel, die Menschen finden es oft besser, wenn sie jemanden haben, der ihnen einfach zuhört. Sie schwiegen eine Weile, eine Windböe traf das Haus, daß die Zweige des

Baums gegen das Fenster geschlagen wurden. – Und was hat er nun vor? fragte Sigurbjörn.

– Der Herr? Der Priester betrachtete den Mann und glaubte an seinem Gesichtsausdruck zu erkennen, daß er die Frage ernst meinte. – Wenn solche Leute nicht bereuen, was sie getan haben, dann bekommen sie wahrscheinlich ihre gerechte Strafe, sagte er und blies Rauch aus. – Viel hängt auch davon ab, ob das Opfer den Herrn bittet, ihnen zu vergeben. Das ist doch wohl damit gemeint, wenn er uns bittet, unsere Feinde zu lieben.

– Aha, so ist das also, sagte Sigurbjörn und wirkte für einen Moment ganz aufgeräumt, – dann liegt das also in meinen Händen.

– Das ist schwer zu sagen, sagte der Pfarrer gedehnt.

– Na, damit haben Sie sicher recht, mein Guter. Sigurbjörn musterte ihn. Der Pfarrer hatte ungewöhnlich buschige, kohlschwarze Augenbrauen, obwohl seine Haare schlohweiß waren. Er blickte ihm ruhig entgegen, während er an der Spitze seines Vollbartes drehte; das gab ihm eine verblüffende Ähnlichkeit mit einem alten Gemälde von Mephisto, das Sigurbjörn in einem Museum gesehen hatte. Sigurbjörn lachte auf. – Ja ja, mein Guter, sagte er. – Sie sollten vielleicht eher bei meiner Frau vorbeischauen. Sie ist bei dem Jungen im Krankenhaus. Ich bin mir sicher, daß die Sie mit offenen Armen empfangen wird. Sie ist gläubig. Ich nicht. Ho ho. Und richten Sie ihr doch bitte aus, sie möchte zu Hause anrufen. Amüsiert begleitete er den Pfarrer hinaus.

Die kurzzeitige Befriedigung, die ihm das Gespräch mit dem Pfarrer bereitet hatte, schwand wieder. Sunneva rief wenig später an, der Pfarrer war gekommen und schon wieder gegangen. Der Junge schlief. Sie hatte vor, im Krankenhaus zu übernachten. Ein zusätzliches Bett war zu Thórarinn ins Zimmer gestellt worden. Sie fragte nach Vilborg.

– Das Mädchen schläft tief und fest.

– Du hast mich an der Polizeiwache allein stehengelassen.

– Sunneva, wir sind beide müde und halb krank.

– Versuch, etwas zu essen.

– Ich habe für heute genug gegessen, sagte der Mann mißlaunig. – Wie geht es dem Jungen?

– Den Umständen entsprechend. Sie haben ihm ein Mittel gegeben, damit er schläft. Er ging nach oben und öffnete die Tür zum Zimmer seiner Tochter. Sie saß auf dem Bett und las in einem Buch. Sie sah ihn ernst an und strich mit einer Hand über die Bettdecke. – Tóti ist schwerer verletzt als du gesagt hast. Oder nicht, Papa?

– Doch.

– Ist es lebensgefährlich?

– Nein, gar nicht. Er kommt schon in den nächsten Tagen nach Hause.

– Was ist passiert? fragte sie zögernd.

– Ich kann jetzt nicht darüber sprechen, Vilborg. Papa ist müde. Geh bald schlafen, meine Süße.

– Soll ich unten die Lichter ausmachen?

– Nein, das macht Helgi schon, wenn er nach Hause kommt. Hast du was zwischen die Zähne bekommen heute?

– Ja.

Sigurbjörn legte sich wieder in voller Montur ins Bett. Der Regen trommelte gegen das Fenster, er hörte den Sturm in den Bäumen, das Telefon klingelte. Vilborg lief nach unten und nahm ab. Sie sprach eine lange Zeit, es mußte Gudbjörg sein, die so häufig zu Besuch kam. Wenig später hörte er ein Auto und laute Stimmen. Irgendein Sportsheld brachte Helgi nach Hause. Er kam herauf, öffnete die Schlafzimmertür und sagte: – Papa! Sigurbjörn stellte sich schlafend.

Er hörte ihn den Kühlschrank öffnen und schließen und durch alle Zimmer gehen. Dann ging er in sein Zimmer, und langsam wurde es ruhig im Haus. – Es war ein Fehler, daß ich ihm den Kellerraum abgeknöpft habe. Der Helgi ist zu groß, um hier oben bei den anderen Kindern zu schlafen. Er sah auf den Wecker; es war halb elf. Lange lag er im Halbschlaf. Als er wieder auf den Wecker sah, war es halb drei. Er wälzte sich aus dem Bett, ging ins Bad und nahm sich ein Glas Wasser, um den Mund auszuspülen. Sein Gesicht im Spiegel war häßlich und das elektrische Licht auf der Toilette unangenehm. Helgi hatte die Heizung heruntergestellt, es war kalt.

Unten beim Neubau sind sie jetzt in vollem Gang mit der Rohrverlegung, dachte Sigurbjörn. Die Arbeit darf nicht zum Stillstand kommen. Das ist bei diesem verdammten Bau wie bei jedem anderen auch. Am Morgen war er mit Gudbrandur im Hof des Kaufhauses spazierengegangen. Gudbrandur stellte keine Fragen, aber Sigurbjörn hatte das Gefühl, daß er ihn bemitleidete. Die Männer wurden still, als er in der Tür der Baracke erschien. Warteten sie vielleicht gespannt darauf, ob er es über sich bringen würde, in den ersten Stock hinaufzugehen?

Er ging in den Keller, um sich zur Beruhigung ein paar Bauzeichnungen anzusehen. Eine legte er auf den Tisch und breitete sie aus, hier der Keller, da die Warenannahme, ein Aufzug für acht Personen, Belüftungsschächte und elektrische Leitungen, alles vom Bauausschuß genehmigt am 29. August 1953. – Das wäre ein leichtes für mich, die Kabel selbst zu verlegen. Müßte natürlich arbeiten wie ein Pferd, murmelte er, stand auf, ließ seine Finger über das Bücherregal gleiten und nahm *Audels Handbuch der Praktischen Elektrotechnik* heraus. Darin stand alles, was ein Mann über Elektrik wissen mußte, wenn er nur die Energie hatte, so viel Plackerei auf sich zu nehmen. Er stieß auf das Kapitel über Neonlicht. – Das wäre doch glanzvoll, wenn wir ein Neonschild mit *Kaufhaus Reykjavík* über dem Eingang hätten. Er hörte, wie ein schweres Buch in die Lücke kippte. Er sah den Buchrücken. Es war die Bibel.

Er nahm das Buch, wog es in der Hand und öffnete es. Oslo 1924. *Verlag der Norwegischen Bibelgesellschaft,* in Schönschrift hatte er darunter seinen Namen gesetzt. Er blätterte mit dem Daumen durch die Seiten, manche Stellen waren mit roter Farbe angestrichen. Er setzte sich an den Schreibtisch. Markiert hatte er alle Passagen, mit denen übereinzustimmen ihm schwergefallen war. Er sah sich einige dieser Verse an und las eine ganze Weile. *Denn so ihr den Menschen ihre Fehler vergebet, so wird euch euer himmlischer Vater auch vergeben. Wo ihr aber den Menschen ihre Fehler nicht vergebet, so wird euch euer Vater eure Fehler auch nicht vergeben.*

Besitzt Gott also nicht mehr Größe als ich? fragte Sigurbjörn voller Wut in das Zimmer hinein. – Besitzt Gott also nicht mehr Größe als ich? sagte er laut. – Soll ich die Hände küssen, die mein Kind getötet haben?

Schnell lief er nach oben und holte sein Jagdgewehr, dann ging er zum Waffenschrank im Wohnzimmer und holte die Gewehrhülle und einige Schuß Munition heraus, die er sich in die Tasche steckte. Er zog seinen dicken Mantel über und setzte die Schiebermütze auf, dann ging er hinaus. Feucht und kalt glitzerte der Nebel in den Straßen, an der Ecke zur Freyjugata kreuzte eine Katze die Straße, ohne ihn eines Blickes zu würdigen.

Im oberen Stockwerk des Untersuchungsgefängnisses war Licht an. Sigurbjörn stand auf der Straßenseite gegenüber und blickte auf das Gebäude. Ein Betrunkener kam auf ihn zu. – Was, willst du mitten in der Nacht angeln gehen? fragte er. Sigurbjörn sah ihn verwirrt an, dann verstand er, daß der Mann glaubte, er habe eine Angel in seiner Tasche. – Verpiß dich, verdammtes Schwein, sagte er scharf.

– Na na, ganz ruhig. Man will keinem was, sagte der Betrunkene. Sigurbjörn sah ihm nach. Am Ende der Straße lag ein dunkler Platz. Wie oft hatte er nicht an die Hallgrímskirche gedacht, die sich dort einmal erheben sollte? Den Turm würde man wahrscheinlich elektrisch beleuchten. Da wußte er auf einmal, wer den Jungen angegriffen hatte. Es war derselbe Mann, der im Frühjahr unter der Statue von Leif Eriksson gesessen hatte, als er und Thórarinn auf einem Spaziergang über den Platz gegangen waren. – Er hat Thórarinn angesehen, sagte Sigurbjörn laut. – Er hat meinen Jungen angesehen.

Er schob die Gewehrhülle bis über das Magazin zurück, holte zwei Schuß aus seiner Tasche und lud. Dann zog er die Hülle wieder über den Lauf, ohne sie aber vorne zu verschließen. Entschlossenen Schritts ging er über die Straße und klopfte mit schweren Schlägen an die Tür. Nach einiger Zeit hörte er Schlüssel rasseln, dann erschien ein dünner, hochgewachsener Mann. Der Gefängnisaufseher blickte den Mann an, dann die Gewehrtasche. Sie sahen sich in die Augen. Es schien dem Aufseher, als ob der Mann betrunken war. Er fragte trocken: – Haben Sie sich nicht in der Tür geirrt, guter Mann?

Sigurbjörn drehte sich wortlos um und ging nach Hause.

Von den Hausdächern rutschte der Schnee auf die Njardargata; der Junge erwachte und sah aus dem Fenster. Ein Auto steckte in einer Schneewehe fest, ein anderes hupte; auf dem Dach des Taubenhauses lag gefrorener Schnee. Der Sturm wirbelte den Schnee in anmutigen Kreisen durch die Straße. Er hatte am Fenster gestanden und sein Fahrrad gesehen und den Mann atmen gehört. Das Schneegestöber wehte über eine

Schneewehe auf dem Bürgersteig und formte sich zu einer Hand im Garten, der Mann hatte hinter ihm gestanden mit ausgebreiteten Armen, als wolle er Schafe zusammentreiben.

Thórarinn legte sich ins Bett und versuchte, noch einmal einzuschlafen, aber er war jetzt wach. Er hörte seine Schwester im Flur. Sie hatte mit der Mädchenrealschule begonnen, als wäre nichts geschehen. Ihre Freundin Gudbjörg öffnete die Tür einen Spaltbreit und spähte zu ihm hinein. – Hau ab, du blöde Kuh, und mach die Tür zu, schrie er. – Hau ab!

Sunneva kam die Treppe hinaufgerannt.

War das ein böser Mann, dem er in die Arme gelaufen war? Nein, der Mann war sein Freund und sehr nett. Sie waren sich bereits vor dem Vorfall begegnet, auf der Straße, alte Bekannte, und der Mann wollte Thórarinn ein paar Goldmünzen schenken, damit er sich im Spielzeugladen kaufen konnte, was er haben wollte, aber Thórarinn war undankbar gewesen und hatte mehr Geld gefordert. War es da erstaunlich, daß der Mann wütend wurde? Gestern war der Mann gekommen und hatte Sigurbjörn und Sunneva um Entschuldigung gebeten dafür, daß er die Kontrolle über sich verloren und Thórarinn geschlagen hatte. Sie hatten sich mit dem Mann ausgesöhnt, dann hatten sie Thórarinn aus seinem Zimmer gerufen, und er hatte ihm ebenfalls vergeben. Sigurbjörn hatte die ganze Angelegenheit als großen Witz dargestellt. Es stellte sich heraus, daß der Mann ein Gourmetkoch war. Wie es der Zufall wollte, lag die Lammkeule für den Sonntagsbraten schon aufgetaut im Kühlschrank, der Mann ging sofort ans Werk und briet sie, und er kochte eine besonders gute Soße dazu. Sie hatten sich alle bis in den späten Abend hinein amüsiert und herzlich zusammen gelacht. Einmal sagte Thórarinn etwas Dummes, und der Mann sah ihn freundlich an und sagte: – Du sollst doch Erwachsenen keinen Unsinn erzählen. Er sagte, sein Name sei Ketill. Und Thórarinn verabschiedete sich in der Tür von ihm mit den Worten: – Auf Wiedersehen, lieber Ketill, und komm uns bitte recht bald wieder besuchen. Ketill küßte ihn auf die Wange und strich ihm mit der Hand über die Brust.

Er erinnerte sich wieder an den Zementklecks auf dem Fenster. Ich muß nach unten gehen! Sonst stiehlt noch jemand mein Fahrrad! hatte er gerufen. Ein saurer Geruch war von dem Körper des Mannes ausgegangen. Thórarinn hatte nach seinem Vater geschrien. Ich hätte nicht herumtrödeln und das Flugzeug anglotzen sollen, dachte er. Dafür bin ich bestraft worden. Er richtete sich halb auf im Bett. Der Vogelbeerbaum sah mitgenommen aus; der Schnee, der wie ein Schleier von seinen Ästen geweht wurde, wollte auf die Straße hinaus und flog über die Verwehungen im Garten und rieselte von der Wand, der Wind hatte es nicht eilig und tanzte in großen Kreisen die Straße hinunter. Ich gehe nicht zur Schule, dachte Thórarinn. Die Schwarze Liste lag an ihrem Platz in der Kommode, Staatsfeind Nummer eins: Gudbrandur.

Allen mußte klar sein, daß etwas Widerwärtiges geschehen war. Aber hatte man denn nicht die Goldmünzen in einem Paket unten am Hafen gefunden? Das stand in allen Zeitungen. Überhaupt, was war so entsetzlich daran? Nichts war passiert. Es war schön, in einem schönen Zimmer zu wohnen. Es war warm und gemütlich.

– Ich kann nicht in die Schule zurück. Ich will die Schule wechseln. Du hast ja gesehen, wie Gudbjörg mich angeglotzt hat.

– Aber Reykjavík ist eine so kleine Stadt. Sunneva setzte sich zu ihm aufs Bett. – Reykjavík ist eine so kleine Stadt, lieber Tóti.

Mitten in der Nacht wachte er auf, Hagel trommelte an das Fenster, aber es war nicht der Sturm, der ihn geweckt hatte. – Beruhige dich, Papa! Ich sage, du sollst dich beruhigen, hörst du mich? rief Helgi. – Laß die Finger von ihr! Schnelle Schritte auf der Treppe. Ein Schrei. Wer schrie da? War Helgi verrückt geworden? Thórarinn schoß aus seinem Zimmer, um Sigurbjörn zu helfen. Vilborg stand im Korridor wie eine Geistererscheinung. Sigurbjörn saß allein im dunklen Wohnzimmer und starrte vor sich hin, betrunkener als in der Nacht, als er um den Stadtteich getorkelt war, völlig unansprechbar. Sunneva stand in einem zerrissenen Nachthemd in der Küche bei der Spüle und weinte. – Du mußt dich von dem verfluchten Kerl scheiden lassen, Mama. Du mußt dich scheiden lassen, sagte Helgi immer wieder. – Das ist das einzige, was du machen kannst. Sigurbjörn war fort, als Thórarinn wieder ins Wohnzimmer kam, die Haustür stand offen. Der Harsch glänzte im Schein des halben Mondes, Schnee lag auf den Bäumen, ein Eiszapfen glitzerte durchsichtig über der Tür.

Sigurbjörn verschwand für zwei Tage, Sunneva überlegte bereits, ob sie ihn vermißt melden sollte, sie rief Gudbrandur an, dann die Polizei, er hatte eine Nacht im Gefängnis verbracht. Am nächsten Tag sah Helgi ihn bei den Pennern in der Hafnarstræti. Der Schnee, der unaufhörlich fiel, legte sich wie eine schützende Decke über Thórarinns Fenster.

Sigurbjörn tauchte völlig abgerissen in der Arbeiterbaracke auf. Mit blutigen Fingerknöcheln trank er Branntwein aus der Flasche und schwadronierte vor sich hin, während die Männer schweigend auf ihr Brot starrten und nervös ihren Kaffee schlürften. Gudbrandur war der einzige, der versuchte, ein Gespräch mit ihm zu führen. Sigurbjörn sah zur Tür hinaus, die Sonne schien auf den glitzernden Harsch, der Schnee hatte sich über einen rostigen Stapel Armierungseisen gelegt und war dort gefroren. Lange stand er in diesen Anblick vertieft da und öffnete und ballte seine Faust, er erinnerte sich dunkel, daß er in der Nacht in einem entsetzlichen Schneesturm damit gegen eine Muschelkalkwand geschlagen hatte.

Mittags ging Gudbrandur schnell zum Staatlichen Alkoholgeschäft hinunter. Sigurbjörn wartete in der Baracke auf ihn und überredete ihn dann zum Mitsaufen: Sie nahmen ein Taxi zur Öldugata. – Wir sind beide Zimmerleute, Gudbrandur, hart arbeitende Männer, wir haben unsere Pflicht erfüllt, sagte Sigurbjörn und schlug auf den Eßzimmertisch. – Noch nie ist in so kurzer Zeit ein solches Haus auf Island gebaut worden, und das ist dir zu verdanken, Kamerad! Du hast zu mir gehalten. Du hast alles riskiert dafür. Das Fenster wurde langsam schwarz, mit einsetzender Dunkelheit wurde es bitterkalt, und es begann zu schneien, federleichte Flocken tanzten vor dem Fenster, und Sigurbjörn zog düster die Augenbrauen herab. Ingiríđur kam nach Hause mit den Kindern, sie briet Koteletts, kochte Kartoffeln, machte grüne Bohnen dazu. Sigurbjörn brachte kaum etwas hinunter, lief zur Toilette und erbrach sich, dann zwang er wieder Branntwein die Kehle hinunter. Am späten Abend zog er über Sunneva her, daß sie den Jungen gegen seinen erklärten Willen zur Sommerarbeit gezwungen hatte. – Von mir aus kann sie zur Hölle fahren. Er vertraute Gudbrandur an, daß er verflucht nochmal auch gar kein Architekt war. – Was will der Schöpfer von mir? fragte er. – Was will er von mir? Ich muß eine schwere Sünde begangen haben, Gudbrandur, für die ich jetzt büße, sagte er traurig.

Beide betranken sich haltlos, und Ingiríđur richtete für Sigurbjörn das Gästezimmer her, aber er wollte auf keinen Fall schlafen und torkelte hinaus in den Sturm.

Sie hatte ein Foto von ihnen gemacht, und sie erschrak, als sie die Bilder vom Entwickeln abholte. Gudbrandur goß sich gerade mit seliger Miene Whisky ein. Sigurbjörn aber war offenbar von der Kamera überrascht worden, das Foto zeigte ihn vollkommen unverstellt. Er sah leer vor sich hin, und der Ausdruck seiner Augen machte ihr angst. – Ich muß dem

Mann helfen, sagte Gudbrandur, als er das Bild sah. – Der Sigurbjörn ist schließlich mein Freund, Inga.

Helgi wachte jede Nacht auf und lauschte, wie seine Eltern sich lauthals stritten, verstanden sie denn nicht, daß Thórarinn es sehr schwer hatte? Vilborg öffnete die Tür einen Spaltbreit, sie war im Nachthemd. – Helgi, ich habe Angst. Dieses Geschrei ist entsetzlich. – Na ja, man ist es ja fast gewöhnt, murmelte er, während er sich aufsetzte; er erinnerte sich an die vielen schlaflosen Nächte seiner Kindheit. Er hatte bereits ernsthaft erwogen, den Mann einfach umzubringen. Er fühlte, daß die Leute in der Bank davon wußten. Die ganze Stadt wußte es.

Er war auf dem Weg zur Bank, als ein Unbekannter ihn aus einem heruntergekurbelten Autofenster anstarrte. Er weiß, daß ich Tótis Bruder bin, deswegen hat er so gegrinst. Das Auto hielt an der Ecke, und Helgi war kurz davor, die Verfolgung aufzunehmen. – Jetzt bin ich schon langsam so verrückt wie Papa, murmelte er. – Der Typ hat mich wahrscheinlich auf dem Spielfeld gesehen oder in der Zeitung von mir gelesen. Es passiert schließlich nicht jeden Tag, daß ein Isländer ein Tor gegen die Franzosen schießt.

In Gedanken spielte er sein Tor nach. Es hatte ihn bitter enttäuscht, daß das Tor im Ausland keine größere Aufmerksamkeit erregt hatte. Er hoffte noch immer, daß einer der Vorsitzenden des Isländischen Fußballverbands bei ihm anrufen würde: – Wir haben einen Brief bekommen, der Racing Club de Paris will dich haben, Albert will dir beim Einstieg in Frankreich helfen.

Ein vergleichbares Talent hat man nicht gesehen, seit Albert Gudmundsson bei uns in Frankreich Fußball zu spielen begann, hatte eine der großen Zeitungen in Paris nach dem Spiel geschrieben, aber das war auch schon alles. Helgi hatte sich fest vorgenommen, in Alberts Fußspuren zu treten, besser zu werden. Ich habe alles, was ich dazu brauche, dachte er, die Spieltechnik, den Schuß, die Ausdauer, den eisernen Willen, ich kann der Beste werden, und ich werde der Beste sein. Ich kann besser köpfen und härter kämpfen als sie alle. Helgi Solo, die weiße Perle.

Er versuchte, sich so wenig wie möglich von den Zuständen zu Hause beeinflussen zu lassen. Er träumte davon, für Arsenal, Leeds oder Liverpool zu spielen, in der letzten Minute im Pokalfinale von der Mitte des Spielfelds in die linke obere Ecke des Tors zu schießen, einer der besten in England zu sein. Ich kann alles machen mit dem Ball. Fußball ist meine Architektur, dachte er immer. Alex James, pack ein.

Was war schöner, als ein Tor zu schießen und dann locker zur Umkleidekabine zu traben, wo sich all die kleinen Jungen um ihn scharten und hingerissen auf eine Chance warteten, ihn zu berühren? Er dachte wieder an Thórarinn, und ein Schauder überlief ihn.

Ragnar kam zu Thórarinns Geburtstag und ließ seine kleine Tochter auf seinen Knien reiten, sie hieß Rúna und war blond wie ihre Mutter, sie war neugierig und wollte alles anfassen, und sie kroch halb in den Schrank mit dem guten Porzellan. – Laß das sofort bleiben, verdammte Blage, entfuhr es Sunneva. – Lieber Ragnar, verzeih, ich weiß nicht mehr, was mit uns allen los ist. Er versuchte sie zu trösten und nahm sie in den Arm. – Wie geht es ihm?

Sie schüttelte den Kopf.

– Ich habe mir einen Lieferwagen gekauft und gerade angefangen, für die Funkzentrale zu fahren. Er führte sie ans Fenster.

Sie sah auf ein blaugraues Autodach hinunter, der November war fast vorbei.

Thórarinn blies zwölf Kerzen aus und packte die überreichen Gaben aus. Sie würde wohl nachgeben und ihm erlauben, die Schule zu wechseln. War sie es nicht gewesen, die ihm nicht erlauben wollte, den Sommer über zu Hause zu bleiben, gegen Sigurbjörns erklärten Willen?

Freysteinn, der Verkäufer aus Opas Laden, klopfte an. Er hatte Schnee auf den Schultern und schleppte eine Lieferung an. Eine große Schachtel, prallvoll mit allerhand Süßigkeiten, ein ganzer Karton Schokoriegel, ein Kasten Cola. – Hast du das Naschwerk und die verdammte Brause bekommen, mein kleiner König, fragte Geir am Telefon. – Paß nur auf, daß es dir nicht kotzübel wird von all dem Zeug.

– Versuch es dir ein bißchen einzuteilen, Thórarinn, sagte seine Mutter.

– Halts Maul, zischte der Junge.

Ragnar betrachtete verlegen seine Hände, und Sigurbjörn wurde rot im Gesicht, alle saßen sie um den Geburtstagstisch. Vilborg blickte überlegen drein, sagte aber nichts.

Thórarinn trug den Karton von Opa Geir hinauf in sein Zimmer, in seinen Ohren pfiff und klingelte es, der Mann hatte auf seinen Kopf eingeschlagen. – Was glaubst du, wo du hingehst? hatte der Mann höhnisch gefragt. – Wir haben es nicht eilig. Hier ist es warm und gemütlich.

– Das hier wird mit einem Mord enden, murmelte Sigurbjörn. – Anders kann ich es mir nicht vorstellen, Sunneva. Das endet mit einem Mord. Ich kann damit nicht leben. Ich kann nicht mehr atmen. Ich bringe den Mann um, sobald er aus dem Gefängnis kommt. Niemand, der meinem Kind so etwas antut, hat das Recht zu leben.

– Ja ja, dann bring ihn doch um, sagte sie. – Aber hör auf, endlos davon zu reden.

Die Fenster waren schwarz, ein Sichelmond stand am Himmel, eine Katze stapfte über den vereisten Schnee, ihre Augen blitzten im Dunkeln auf. Sigurbjörn zog die Vorhänge zu.

– Du hast ihn selbst verraten, Sigurbjörn, wenn irgend jemand ihn verraten hat; du weißt genau, daß das wahr ist. Du hättest dich eben durchsetzen müssen, aber du hast es nicht getan, weil du mich ja noch gebraucht hast, um das Grundstück zu bekommen.

– Wovon redest du denn da? Habe ich dieses verdammte Kaufhaus nicht für meine Familie gebaut?

– Aber du sprichst nie davon, wer ihm den Schlüssel gegeben hat!

– Vergiß du nur ja nicht, Sunna, wer ihn aus dem Bett geworfen hat am letzten Tag seiner Ferien. Vergiß das ja nicht.

– Das werde ich wohl nie vergessen dürfen. Immer wieder ging sie in Gedanken ihren Traum durch: Ihr Haus in der Sjafnargata war in schwarzes Tuch eingeschlagen gewesen. Das bedeutete Trauer. Der große Vogelbeerbaum war vor ihren Augen abgestorben, war das der Junge? Und wie war der zweite Teil auszulegen? Sie hatte gesehen, wie eine Windhose das Kaufhaus Reykjavík getroffen hatte. Dann waren die Außenwände abgefallen, und der Wind war durch die offenen Räume gewirbelt und hatte alles mitgenommen.

– Der Wind ist durch alle Räume gefahren, hast du gesagt, Frau? Am Morgen, bevor das Haus verkauft wurde, gab es einen verflucht heftigen Sturm über dem Sund, und ich bin allein oben auf dem Dach herumspaziert. Übrigens glaube ich nicht an Träume, sie sind genau so ein Unsinn wie alle anderen Prophezeiungen, sagte Sigurbjörn. Trotzdem bereitete es ihm eine gewisse Erleichterung, über diesen Traum nachzudenken. Schwarzes Tuch! Die Trauer hatte wahrlich nicht lange auf sich warten lassen. Er selbst hatte in den vergangenen Wochen so einiges geträumt, und viele dieser Träume waren so schlimm, daß man sie niemandem anvertrauen konnte. Erstaunlich! Was bedeutete es, daß die Außenwände abgefallen waren? Würde keiner der beteiligten Investoren geschäftlichen Erfolg haben?

Sigurbjörn wanderte mit eingefallenen Wangen, die Hände tief in den Taschen, durch die Straßen. Nachdem ihm aufgefallen war, daß sich hier und dort Gardinen hoben, verließ er das Haus nur noch nach Einbruch der Dunkelheit. Er saß im Keller, blätterte in alten Büchern und stieß dabei auf ein Zitat von Alexander dem Großen. »Die Welt zu besiegen ist keine Errungenschaft. Aber sich selbst zu besiegen! Wem das gelingt, der ist göttlich.« – Das müßte doch zu schaffen sein, murmelte er und versuchte, sich zu konzentrieren und etwas an dem Einfamilienhaus zu arbeiten, um dessen Entwurf ihn jemand gebeten hatte.

Gudbrandur kam, um die anstehenden Arbeiten zu besprechen, sie setzten sich im Keller zusammen. – Es gibt einige Dinge, die vom Zoll abgeholt werden müssen. Du mußt dich darum kümmern, Sigurbjörn. Ich habe doch keine Ahnung von solchen Sachen.

– Wir sollten noch etwas warten. Es gibt keinen Grund zur Hetze. Weihnachten steht vor der Tür. Sigurbjörn las laut die Worte Alexanders des Großen vor. Gudbrandur sah ihn erstaunt an. – Meinst du das ernst, Sigurbjörn? Richtest du dich nach so was?

– Du solltest einmal Rousseaus Bekenntnisse lesen, Brandsi, die Lektüre würde dich einiges lehren. Sigurbjörn hatte den gleichen Gesichtsausdruck wie damals, als die Fensterscheiben falsch zugeschnitten waren. – Ich kann mich nicht länger in der Öffentlichkeit sehen lassen, Sunna, sagte er. Sie standen zusammen im Garten. Sie war dabei, Brotkrümel auf den Schnee zu streuen, Scharen von Schneeammern kamen aus den Bäumen geflattert.

– Ich will das nicht hören, sagte sie zornig. – Der Junge ist nicht gestorben!

Immerhin hatte sie Thórarinn gefunden... Der Neubau war nicht verschlossen, die provisorische Tür stand halb offen... Erstaunliche Nachlässigkeit, dachte sie bitter. Das Vorhängeschloß lag im Sand, sie hob es auf und hängte es in die Kette. Sie sah sich im Erdgeschoß um, in den grauen, kalten Sälen, überall Schmutz, hier mußte das sündhaft teure Haushaltsgerät ja kaputtgehen, kein Staubsauger vertrug eine solche Behandlung, daß dem Mann so etwas einfiel, sie ging in den ersten Stock hinauf. Einen kurzen Augenblick blieb sie vor Thórarinn stehen, bevor sie ihren Mantel auszog und ihn über ihm ausbreitete.

Helgi schlief bei offenem Fenster ein. Gegen drei wurde er wach durch das Pfeifen des Windes, er setzte sich im Bett auf und hob den Vorhang, draußen wütete ein Schneesturm. Er ging nach unten und stellte das Telefon auf einen Stuhl bei der Treppe. Er erwartete, daß Ragnar in aller Frühe anrufen würde, um ihren Ausflug zu verschieben, aber als er um sechs aufwachte, hatte das Wetter sich beruhigt. Es war Sonntag morgen. Sie wollten Schneehühner jagen. Helgi hatte seinem Vater angeboten mitzukommen und war unendlich erleichtert gewesen, als Sigurbjörn gesagt hatte, er könne sich dazu nicht aufraffen. Er kochte Kaffee, schmierte sich ein paar Butterbrote und holte die Schrotflinte aus dem Glasschrank. Er bewegte sich leise, um niemanden aufzuwecken; er genoß das Alleinsein. Punkt acht hörte er Ragnar vor der Tür hupen.

Ragnar saß mit dem Rücken zum Haus im Auto und las Zeitung. Helgi öffnete die Beifahrertür, er hörte das Brummen der Standheizung, und warf die Tasche in den Fußraum. Dann klemmte er das Ende des Gewehrlaufs zwischen Sitz und Gangschaltung. Sein Bruder faltete die Zeitung zusammen, stopfte sie in die Türablage und sah zum Haus hinauf. Helgi hatte den Verdacht, daß er abschätzte, wieviel man für die Sjafnargata 1a bekommen könnte.

– Was gibts Neues von S & S? fragte Ragnar.

– Der Schlachtkooperative? Willst du das wirklich wissen? Sie streiten und kämpfen wie bissige Hunde. Wenn ich nicht im Haus wäre, hätte er sie längst umgebracht.

– Die Mama? Und warum?

– Er gibt ihr an allem die Schuld.

– Was?

– Und Tóti, der arme Kleine, spielt überhaupt keine Rolle, sagte Helgi.

– Und wie geht es Tóti?

– Der Junge benimmt sich unmöglich. Ich verstehe nicht, warum sie keinerlei Anstalten machen, seine ständigen Wutausbrüche unter Kontrolle zu kriegen.

– Was?

– Er macht Mama das Leben zur Hölle, und sie scharwenzelt von morgens bis abends um ihn herum. Ach komm, laß uns nicht drüber reden. Hast du was dagegen, wenn ich ein bißchen in die Zeitung gucke?

Ragnar betätigte den Blinker und fuhr auf die Straße hinaus. Die Ringstraße war vollkommen leer und von schmutzigem, schwarzem Schnee bedeckt. Die Straßenverhältnisse wurden schlechter, als sie zum Selás kamen; sie fuhren über die Anhöhe zum Raudavatn hinüber. Der vereiste See glitzerte im hellen Mondlicht. Sie fuhren in östlicher Richtung um den See herum, Schneewehen am Ufer erschwerten die Fahrt auf der kurvigen Straße; Ragnar schaltete einen Gang herunter und gab Gas, der Mercedes durchbrach sie einfach. Helgi saß in die Zeitung versunken. Ragnar holte seine Sonnenbrille aus dem Handschuhfach, die vereiste Schneefläche zu ihrer Rechten blendete ihn mit ihrem Glanz; der Schein der aufgehenden Sonne bildete einen gelben Rand um das Vífilsfell-Massiv im Osten.

– Heutzutage kommt wirklich jeder mit einem Foto in die Zeitung, sagte Helgi. – Dieser Kerl war mit mir zusammen in der Schule. Er hielt seinem Bruder die Zeitung unter die Nase. – Der Mann ist ein Volltrottel. Ich kann mich noch gut an den Jungen erinnern.

– Wollen denn nicht alle mal in die Zeitung? Du bist schließlich jeden zweiten Tag drin. »Der einzige Mann, der den gleichen Rhythmus hat wie Albert Gudmundsson.« »Unser nächster großer Star im Ausland.«

– Man braucht die richtigen Gelegenheiten, um zu zeigen, was man kann! Red nicht so blöd daher, Ragnar. Du siehst mich wohl nicht mit Nottingham Forest auf den Platz laufen, was?

– Warum denn nicht? Das ist doch dein Traum, oder? Ragnar sah seinen Bruder an. – Ich will dich doch nur aufziehen. Verstehst du keinen Spaß? Zu diesen Leuten kann man überhaupt nichts sagen, murmelte er, während er mit zusammengekniffenen Augen in den Rückspiegel sah.

Der gelbe Rand über dem Bergmassiv glühte nun golden, der Himmel war veilchenblau, von Osten her rot überglänzt, im Westen noch tiefschwarz, das Land phosphorweiß.

– Die Soße macht das Schneehuhn erst perfekt, fügte Ragnar hinzu. – Nicht weit von hier bin ich einmal in den losen Schotter am Straßenrand gekommen. Der Wagen fängt total an zu schleudern. Da kommt mir ein Landrover entgegen, und wir knallen frontal zusammen. Beim Aufprall öffnet sich die Tür, und ich fliege in den Straßengraben und lande voll auf meinem Arsch. Der Graben war erstaunlich tief! Und wie ich da völlig bedeppert auf meinem Hinterteil sitze, sehe ich auf, und wer kommt da auf einem Bein auf mich zugehüpft – der Bauer aus dem Jeep. Er hatte sich ein Bein gebrochen, und das baumelte ihm ums Knie. Er hielt eine offene Zigarrenschachtel in der Hand und rief nach jedem Hüpfer: Möchten Sie eine Zigarre? Möchten Sie eine Zigarre?

– Du solltest dankbar sein, Ragnar, daß du damals mit dem Leben davongekommen bist, sagte Helgi, immer noch grollend.

Ragnar hopste vor Freude in seinem Sitz. Über der Hellisheidi-Hochebene blies der Wind einen feinen Schneeschleier über die glänzende Eisfläche. Es war jetzt beinahe ganz hell.

Ragnar fuhr die Kambar hinunter; die Sonne ging langsam auf, der Árnes-Bezirk glitzerte im Licht. – Ich habe ja gesagt, daß das Wetter schön wird, Ragnar zeigte auf den Dampf, der von den heißen Quellen aufstieg.

– Jetzt wird es in Grímsnes ein Schneehuhnmassaker geben, sagte Helgi.

– Was bist du doch für ein Unhold, Junge.

– Aber ein Waisenknabe im Vergleich zu unserem alten Papa.

– Dem Architekten mit dem furchterregenden Blick. »Ein Kollege des großen Kjarval«, sagte Ragnar kichernd.

– Der arme Papa, wie er immer versucht hat, aus dieser Bekanntschaft Größe zu beziehen, sagte Helgi.

– Erinnerst du dich, wie dieser besoffene Penner damals in den Vorgarten getorkelt kam und der Galionsfigur die Nase abbrach? Unser begnadeter Baumeister versuchte, eine neue zu schnitzen, aber es wollte ihm nicht gelingen. Also fragte er Kjarval um Hilfe, der in solchen Dingen sehr geschickt war, und der schnitzte in null Komma nichts einen wunderschönen Zinken. Aber der Papa muß natürlich einen Witz daraus machen. – Meister! Wenn wir beide tot sind und das Kjarval-Museum erbaut ist, dann soll in meinem Testament verfügt sein, daß meine Söhne der Galionsfigur die Nase abnehmen, sie auf ein kleines rotes Samtkissen legen und in einen Glaskasten schließen. Dieser Kasten soll dann dem Kjarval-Museum vermacht werden unter der Bedingung, daß er auf einer Säule im Eingangsbereich aufgestellt wird. Daran soll ein Schild sein mit der Aufschrift: Nase, von Jóhannes Kjarval. Erheitert schob Ragnar seine Sonnenbrille über die Stirn nach oben.

– Und was hat Kjarval dazu gesagt?

– Ach, mein Lieber, der hat nur gelacht.

– Papa wollte sich nie damit abfinden, ein Durchschnittsmensch zu sein, sagte Helgi.

Ein Lastwagen fuhr in an ihnen vorbei in Richtung Reykjavík, die Schneekette an einem Hinterrad war lose und schlug singend auf die Straße. Beim Ingólfsfjall bog Ragnar landeinwärts ab. Die großen Felsblöcke am Berghang trugen weiße Schneehauben. Das Tauwetter, das ein paar Tage zuvor plötzlich eingesetzt hatte, hatte einiges an Schnee schmelzen lassen, und hier und dort sah man braune Grasflecken unter der Schneedecke hervorlugen. Sie fuhren über die Brücke bei Thrastarlundur, das Wasser darunter floß als schwarzer, reißender Strom. Helgi erblickte in einem niedrigen Gehölz am Straßenrand ein Schneehuhn. – Stopp! Schneehuhn.

Ragnar bremste. Das Schneehuhn saß reglos am Fuß einer kleinen Birke. Es sah aus wie ein Keramikvogel in einer Schaufensterdekoration. Helgi langte nach dem Autoschlüssel und stellte den Motor ab. Ragnar kurbelte sehr langsam und vorsichtig das Fenster hinunter. Eiskalt strömte die Stille ins Auto. Das Schneehuhn saß unbeweglich.

Helgi streckte sich nach der Gewehrtasche, löste die Schleife und zog seine Flinte hervor. Er lud sie, stieg aus und entsicherte sie. Er wollte die Waffe gerade heben und zielen, als Ragnar leicht mit den Fingern an die Windschutzscheibe klopfte und flüsterte: – Laß mich schießen, ich bin mir sicher, daß ich es kriege. Helgi ließ die Flinte sinken, Ragnar ging vorsichtig um das Auto herum, das Schneehuhn rührte sich nicht. Er griff seine Gewehrtasche, zog die Büchse hervor, lud sie, lehnte sich gegen das Auto und schoß, verfehlte aber sein Ziel. Das Schneehuhn flatterte auf und schwebte in einem großen Halbkreis über sie hinweg. Schließlich schlug es die Flügel schnell und kräftig und flog über den Fluß und auf den Berg zu. Es wurde kleiner und kleiner, bis es vor der gleißend weißen Fläche nicht mehr zu erkennen war.

Helgi setzte sich mit der Schrotflinte auf den Knien ins Auto. – Du bist nicht gerade ein Meisterschütze, Ragnar.

– Vor kurzem habe ich am Straßenrand eine Wildgans erwischt. Sie kreischte und hob die Flügel, um aufzufliegen. Ich fuhr direkt auf sie zu und schoß ihr genau ins Herz. So ein Pech wie heute hatte ich wirklich schon lange nicht mehr.

– Laß uns weiterfahren. Helgi, der den Blick die ganze Zeit über beide Seiten der Straße schweifen ließ, entdeckte einen weiteren Vogel, der in vollkommener Ruhe im rotbraunen Heidekraut unter einem Gebüsch saß. Die Brüder sahen, daß das Schneehuhn sie mit dunkelbraunen Augen anschaute. Vor diesem Hintergrund nützt ihm die Wintertarnung natürlich gar nichts, sagte Helgi.

Ragnar öffnete vorsichtig die Autotür, nahm die Schrotflinte, die schräg hinter seinem Sitz lag, lächelte und stellte sich mit einem Bein auf die Straße. – Ich finde, diesmal bin ich an der Reihe, murmelte Helgi und sprang aus dem Auto. Ragnar zielte noch immer, als Helgi ihm über die Schulter schoß. Der Vogel fiel tot zur Erde, Ragnar griff sich ans rechte Ohr, dann packte er seinen Bruder am Kragen und stieß ihn gegen das Auto, die Faust drohend erhoben. – Bist du jetzt völlig verrückt geworden, Mann, willst du mich umbringen?

Helgi hielt das Gewehr zur Seite weg und lachte. Ragnar öffnete den Mund, wußte aber nichts zu sagen. Er ließ den Bruder los. Helgi ging ein paar Schritte den Hang hinauf und bückte sich nach dem warmen Vogel. Die Brust des Schneehuhns war blutig. Er zog die Flügel nach außen; sie waren unverletzt.

Er mußte an Ragnars Verlobte denken. Sie hatte etwas Wildes und Unzähmbares an sich gehabt. Sie ging ins Bett mit wem sie wollte, und Ragnar wußte das. Alle wußten das. Er konnte beim besten Willen nicht verstehen, warum es so ein Verbrechen sein sollte, daß er auch mit ihr geschlafen hatte. Es war auch nur einmal vorgekommen. Sie hatte damals ohnehin bereits beschlossen, daß sie Ragnar verlassen würde, und Ragnar wußte das auch.

– Du kannst froh sein, daß du die Frau los bist, Ragnar. Helgi untersuchte die Flügel. – Die war völlig außer Kontrolle.

– Froh sein, daß ich sie los bin! rief Ragnar wütend. – Wir wollten heiraten! Du konntest doch jede Frau haben, die du wolltest. Du hättest die Finger von ihr lassen können!

– Das ist jetzt drei Jahre her, sagte Helgi scharf. – Hast du die Silvesterfeier bei uns zu Hause in der Sjafnargata vergessen, als sie den Verlobungsring vom Finger gezogen und raus in den Garten geschmissen hat, und hinterher sind wir alle im Schnee rumgekrochen, um danach zu suchen?

– Nein.

– Glaub mir, ich hab dir einen Gefallen getan damals. Entspann dich. Was macht eigentlich ihr Mann?

– Der Hilmar? Der ist Rechtsanwalt. Ich will nicht darüber reden. Laß uns weiterfahren bis zum Ker-Krater und das Auto da abstellen, sagte Ragnar, der sich noch immer sein rechtes Ohr hielt.

Helgi musterte während der gesamten Fahrt das Unterholz, sah aber nichts Lebendiges.

Ragnar parkte rückwärts auf dem Schotterplatz und zog seine Proviantdose hervor; er reichte Helgi ein Brot mit

Fleischpastete, und Helgi hob fragend die Augenbrauen. – Willst du eins?

– Ich hab selbst Proviant dabei, Mann. Hab mir Brote geschmiert und Kaffee aufgebrüht heute morgen. – Ach, halt die Klappe. Ich bin dran gewöhnt, auf dich aufzupassen. Er reichte Helgi den tassenförmigen Deckel der Thermoskanne, bis zum Rand gefüllt mit zuckersüßem Kaffee, und Fladenbrot mit Räucherfleisch.

– Du wohnst mit keiner Frau zusammen im Augenblick, das kann man sofort sehen. Helgi besah sich seinen Fladen. – Keine Frau würde so viel Butter aufs Brot schmieren. Ich hab zwar mein eigenes Essen dabei, aber ich werd dir den Gefallen tun und mir das hier reinwürgen.

Ragnar schlürfte grinsend seinen Kaffee. – Erinnerst du dich an den Burschen im Hotel Borg, den du mal verprügelt hast und den du dann den ganzen Sommer über gepiesackt hast, als wir hier beim Straßenbau gearbeitet haben? Ein richtiges Ungeheuer konntest du sein, ganz abscheulich. Manchmal fehlen mir die Worte, wenn ich sehe, was du machst, Helgi. Ich erinnere mich an den Tag, als der Chef mit dir im Auto hier ankam. Dem armen Jungen fiel die Klappe runter, als er dich sah. Du hast immer nur auf eine Gelegenheit gewartet, ihn wieder zu verdreschen, sagte Ragnar. – Das war gemein von dir.

– Das ist lange her, sagte Helgi.

– Was hatte er dir eigentlich getan, der Junge?

– Ich weiß es nicht mehr. Helgi trank den letzten Schluck aus dem Becher und stieg aus. Gefrorene Regentropfen im verwelkten Gras, die Sonne hoch am Himmel, der Harschschnee glitzerte.

Er zog einen zweiten Wollpullover, dann einen Anorak an, setzte sich eine Wollmütze auf, band sich den Munitionsgürtel um, steckte die Hände in die Fingerhandschuhe, dann nahm er die Schrotflinte vom Vordersitz. Er sah sein eigenes Spiegelbild mit der Waffe im Arm im Autofenster und hob die Büchse an die Wange; er konnte das Schießpulver im Magazin riechen.

– Fertig zur Eroberung der Wildnis? Ragnar nahm sich ein Brot mit Rollwurst.

– Ich bin hierhergekommen, um das Weihnachtsessen zu schießen, nicht um zu fressen. Wir sollten uns lieber beeilen, bevor die ganze Gegend voll ist von Idioten, die hier im Moor rumballern und die Vögel verscheuchen. Helgi sah Richtung Osten. – Ich bin mir sicher, daß wir es schaffen können.

– Was?

– Wir könnten in Litla-Hraun einbrechen und den verdammten Kinderschänder abknallen.

– Und wie willst du an den Aufsehern vorbeikommen?

– Mit ein paar K.o.-Schlägen, kein Problem. Hast du mich noch nie zuschlagen sehen? Und dann kannst du ihn für mich festhalten, während ich ihm mit einem Schuß den Schwanz wegblase. Er hielt seinem Bruder die Büchse vor die Nase. – Und danach würde er im wahrsten Sinn des Wortes das Gesicht verlieren.

– Und dafür willst du dann zwölf Jahre sitzen?

– So lange sitzt in Island keiner. Nach drei oder vier Jahren würde ich begnadigt werden, und du kämst mit dem Schrekken davon.

– Solche Hirngespinste kannst du mit dem Papa diskutieren, aber nicht mit mir. Ragnar drückte den Deckel auf die halbmondförmige Aluminiumdose.

– Laß uns in verschiedener Richtung gehen, sagte Helgi. – Ich gehe hier lang. Er zeigte in Richtung Ker.

– Am Nachmittag sollen wieder neue Stürme heraufziehen.

– Es ist ja noch früh. Helgi sah auf seine Armbanduhr. – In drei Stunden treffen wir uns wieder hier. Wir müssen für Weihnachten jagen. Für Tóti gibt es nichts besseres als Schneehühner.

Als Helgi den Kraterrand erreichte, fühlte er, wie ihn ein kalter Wind aus Osten traf. Er ging um Ker herum; der See am Boden des Kraters veränderte ständig seine Farbe, als bräche sich dort Licht. Er sah Schneehühner im Heidekraut und schoß zwei hintereinander. Eine Stunde verging. Nirgendwo ein Vogel. Einige Male hörte er, wie in der Ferne geschossen wurde. Es hörte sich an, als ob Holzbretter aneinandergeschlagen wurden. Er sah noch einen Vogel. Das Wetter war kalt und grau geworden. Als er die Flinte hob, fielen Schneeflocken auf den Lauf. Er schoß, traf aber nicht. Das Schneehuhn flog ein Stück den Kraterrand hinauf und starrte ihn an. Aus wenigen Metern Entfernung schoß er noch einmal.

Das Schneehuhn fiel um, die Flügel gespreizt, sie flatterten noch, als er den Vogel vom Boden aufhob. Ein dunkles Auge sah ihn an. Das Auge war so ruhig, als hätte es nichts mit dem verletzten Körper zu tun. Er wollte dem Schneehuhn den Hals umdrehen, stellte sich aber sehr ungeschickt dabei an. Daraufhin legte er es auf die Erde, nahm ein Stück Lavagestein und schlug auf den Vogel ein. Die Oberfläche des Steins war unregelmäßig und porös, und es war schwer, damit zu treffen, der Kopf kam jedesmal unbeschadet davon, nur die Halsfedern waren zerzaust, aber das Auge sah ihn noch immer unverändert an. Es brauchte lange Zeit, dem Vogel das Leben zu nehmen. Er setzte sich auf einen Erdbuckel und befestigte das tote Tier am Gürtel. Er saß dort windgeschützt, aber am Kraterrand hörte er den Wind pfeifen. Ihm war heiß, er zitterte und war außer Atem vor Anstrengung. Es war schon eine ganze Weile her, daß er Ragnar das letzte Mal hatte schießen hören. Ihm wurde unheimlich, und er schaute sich suchend um.

Der Sturmwind rauschte und pfiff über den Kraterrand.

Ein Rabe kam dem Mann auf dem Weg hinauf entgegen, er ließ sich vom Wind über den Rand in den Krater hineintragen; Helgi konnte seine geschwungenen Schwanzfedern und die angezogenen Krallen sehen. Der Rabe krächzte. Der Kratersee war jetzt ganz schwarz, der Wind peitschte das Wasser.

Sie trafen sich am Auto. Ragnar hatte sieben Schneehühner geschossen, aber seither schon über zwei Stunden nichts Lebendiges mehr gesehen. Im Osten baute sich eine schwarze Wolkenwand auf, und die Brüder fuhren zurück in die Stadt.

Er holte die Schwarze Liste aus der Kommodenschublade und setzte sich an den neuen Schreibtisch, den Sigurbjörn ihm Mitte September gekauft hatte. Er riß die erste Seite mit den Staatsfeinden heraus und warf sie in den Papierkorb. Allerdings ließ er stehen, was auf dem Umschlag stand: Es steht die Todesstrafe darauf, dieses Heft zu öffnen. Er sah aus dem Fenster, ein Papierdrachen steckte in der Regenrinne fest, sein Schwanz flatterte im Wind.

> *23. November 1953*
> Heute ist sehr gutes Wetter. Helgi und Ragnar haben gestern zehn Schneehühner geschossen. Ich habe einen großen Sieg im Kampf gegen meine Mutter errungen. Sie hat mir einen Platz in der Laugarnes-Schule besorgt. Mein Papa und ich hätten im Frühjahr stärker an unseren Beschlüssen festhalten sollen. Ich habe heute Opa besucht und sehr starke Bauchschmerzen bekommen, was mich selbst überraschte, deshalb schreibe ich es hier auf. Er hatte neue Mackintosh-Dosen im Fenster und hat mir eine ganze Dose geschenkt. Vilborg ist sehr nett zu mir.

1. Dezember 1953
Heute habe ich mir ein Hörspiel im Radio angehört, etwas tragisch, aber sehr realistisch und überzeugend. Eine Frau hat sich umgebracht. Gott, ich habe mich entschieden, dir das Geschenk zurückzugeben, das du mir gemacht hast. Ich will es nicht mehr haben. Hier! Du bekommst es zurück. Und schnitt sich die Pulsadern auf. Vilborg hat mir zwei Indianerromane geschenkt, die sie im Antiquariat gekauft hat.

3. Dezember 1953
Mein Freund Bragi ist heute zu Besuch gekommen. Er ist auf dem Land gewesen, und ich habe ihn seit dem Frühjahr nicht mehr gesehen. Ich hatte das Gefühl, daß er mich ausspionieren wollte. Er blieb nur kurz. Ich habe das erste Buch angefangen, daß V. mir geschenkt hat. Ein Indianer hat den Hund eines weißen Mannes in Pflege und behandelt den armen Köter so schlecht, daß dieser sich nicht mehr traut, seinen alten Besitzer zu begrüßen. Mehr konnte ich nicht lesen. Gudbrandur kam vorhin zu Besuch, und er und Papa gingen in den Keller hinunter. Ich glaube, wir werden wieder arm. Ich öffnete die Tür zum Flur. Ja ja, Brandsi, zur Bank und zum Zoll. Also bis morgen, hörte ich Papa sagen. Mama lachte und redete laut. Helgi will, daß wir anfangen, zusammen zu trainieren. Ich sagte, daß ich auf keinen Fall zum Sportplatz gehe. Dann hat er vorgeschlagen, daß wir ein bißchen draußen im Garten kicken. Er will, daß ich die Mama besser behandle. Mama sagt, daß ich versuchen muß, ein normales Leben zu führen.

4. Dezember 1953
Papa ist heute morgen nicht zur Arbeit gegangen. Ich verstehe nicht, wie er so herumhängen kann. Ich habe wie-

der Opa besucht. Er ist mit mir zum Kaufhaus gegangen. Niemand hat dort gearbeitet. In der Arbeiterbaracke war Licht. Gudbrandur war dort ganz allein. Ich habe mich verabschiedet und bin nach Hause gelaufen, obwohl Opa mich unbedingt im Auto nach Hause bringen wollte. Ein Mann hier in unserer Straße hat mir nachgesehen. Vilborg und Gudbjörg sind jetzt Feinde. V. sagt, daß sie G. haßt.

5. Dezember 1953
Heute sagte die Mama zu mir, ich soll einen Wunschzettel schreiben. Ich habe sie nur verachtungsvoll angesehen. Warum guckst du mich so an, hat sie gefragt. Weil du mir nichts mehr bedeutest, sagte ich. Sie glaubt, daß sie sich meine Liebe erkaufen kann. Sie weiß nicht, daß sie für mich gestorben ist, für immer und alle Zeiten.

Wunschzettel

1. Elektrische Eisenbahn
2. Götter, Gräber und Gelehrte. Abhandlung von C.W. Ceram

6. Dezember 1953
Ich bin heute das erste Mal wieder in Bjössis Laden gewesen und habe gestottert. Bjössi hat mir eine Cola und Schokolade geschenkt. Mir wäre es lieber gewesen, er hätte das gelassen. Es gibt keinen Gott. Gott ist nichts als eine verdammte Lüge.

10. Dezember 1953
Ich hatte neulich einen ekligen Traum, und habe lange nicht geschrieben. Es stimmt, was Papa immer sagt: Über manches sollte man so klug sein und seinen Schna-

bel halten. Papa kam und saß lange auf meinem Bett. Seine Haare sind jetzt fast völlig grau. Mama versucht ihn immer zu überreden, zur Arbeit zu gehen. Ich habe einen Spaziergang gemacht. In Opas Laden hatte ich das Gefühl, daß die Männer gerade über mich geredet haben, als ich hereinkam. Ich nahm mir eine Orangenlimonade. Opa war sehr froh darüber. Hast du endlich der verdammten Cola abgeschworen, Tóti? Ich liebe Opa. Der Makler kam heute abend. Es gibt wohl wieder neue Schwierigkeiten.

11. Dezember 1953

Heute habe ich einen Spaziergang zu Hjálmurs Fleischerei gemacht. Ragna lief gleich los und kaufte Cola und Schokolade für mich. Hjálmur gab mir fünfhundert Kronen. Sie sagten alle, daß sie mit mir sehr zufrieden waren im Sommer. Alle waren schrecklich nett zu mir. In der Hitze im Büro habe ich wieder Kopfschmerzen bekommen.

12. Dezember 1953

Papa ist die ganze Zeit im Keller. Gestern sagte Mama, daß der Mann, der einen Entwurf für sein Haus haben wollte, endgültig aufgegeben hat zu warten. Ich habe sie um Verzeihung gebeten für die häßlichen Sachen, die ich in letzter Zeit zu ihr gesagt habe, und ihr die fünfhundert Kronen geschenkt, und sie hat mir einen Kuß gegeben. Wie kam es, daß Sigurbjörn sie im Frühjahr so über sich bestimmen ließ? Er sagte zu mir: Es ist nicht so einfach, über mich zu bestimmen.

Ich habe mich entschieden, Architekt zu werden, wenn ich groß bin. Mir wurde gesagt, daß die Laugarnes-Schule noch besser sei als die Austurbæjar-Schule. Ich habe beschlossen, meine Schularbeiten stets gewissenhaft zu erledigen. Nach der Abschlußprüfung werde ich auf diese Weise viel besser für das schwierige Studium vorbereitet sein. V. ist böse auf mich.

20. Dezember 1953

Ich bin heute mit Mama in die Stadt gegangen, um mir Weihnachtsgeschenke anzuschauen. Ich habe ihr die elektrische Eisenbahn bei »Liverpool« gezeigt. Auf dem Laugavegur war ein kleiner Mann am Schattenboxen. Er sah zum Kiosk hinüber und rief laut: »Was habe ich getan?« Er machte eine kurze Pause, dann fing er wieder an zu boxen. Er weinte und war betrunken. Eine große Menge Leute guckte zu. Der Kioskverkäufer bediente in aller Ruhe weiter seine Kunden. Ich mußte an Gústi Drei-Langfinger-ab, den Fleischdieb denken, der sicher vorgetreten wäre und ihn mit einem Uppercut niedergestreckt hätte.

23. Dezember 1953

Mama und Vilborg haben heute morgen einen Weihnachtsbaum gekauft und fuhren dann mit dem Auto in die Stadt. Oma Sigurlaug hat heute Geburtstag. Soll sie wieder ein Seidentuch bekommen? fragte Helgi. Sie könnte sicher schon einen Stand am Lækjartorg-Markt aufmachen. Als Papa lachte, bekam ich einen Schreck.

Draußen war gutes Wetter. Wir haben ein Taxi genommen. Trockener Sandkuchen, Kaffee und Cola warteten auf uns. Papa rieb sich die Hände und starrte auf den Boden. Bei Oma zu Hause war es warm und gemütlich. Sie hat ein gerahmtes Bild von Jóhannes auf der Anrichte, und auf beiden Seiten des Bildes stand eine Vase mit Blumen. Jóhannes war ein schöner Mann. In der

Geschenkschachtel war ein kleiner Pappkarton mit einer Mackintosh-Dose darin. Ich freue mich schon darauf, Helgi davon zu erzählen. Er ist mit seinen Freunden in der Stadt.

Ich schlug vor, nach Hause zu laufen. In der Stadt blickte Papa ständig in alle Richtungen. Ich fragte ihn, warum er sich die ganze Zeit umsah. Ich möchte nicht, daß deine Mama uns sieht, sagte er. Ich will ihr nämlich ein Weihnachtsgeschenk kaufen. Er fand nichts, und wir gingen den Laugavegur hinauf. An der Ecke zum Vitastígur sah Papa lange zum Kaufhaus hinüber. Im neuen Jahr will er wieder anfangen zu arbeiten.

24. Dezember 1953
Sigurbjörn hat den Weihnachtsbaum geschmückt. Um fünf Uhr fuhr Helgi los, um Oma abzuholen. Um sechs kamen die Schneehühner auf den Tisch. Mama hatte noch vier extra gekauft. Helgi hat fünf gegessen. Ragnar kam. Wir hörten uns im Radio den Weihnachtsgottesdienst an. Ich hatte die Glücksmandel in meinem Milchreis, und ich bekam die elektrische Eisenbahn. Papas Bruder, dieser blöde Jóhannes, war ein Schwachkopf. Alle, die das Bild von Papas Bruder gesehen haben, wissen, daß ich recht habe.

1. Januar 1954
Papa ist gestern nicht in die Stadt gegangen. R. hat große Seenotraketen gekauft. Eine ist umgefallen, alle rannten in alle Richtungen, die Rakete schoß gegen die Gartenmauer und explodierte. Danach roch es nach Schießpulver. Wir sind nicht zu Oma und Opa gefahren. Wir haben Schweinerippchen gegessen, wie jedes Jahr. Am Morgen habe ich im Garten Raketenschnipsel aus dem Schnee geklaubt. Jetzt fängt bald wieder die Schule an.

4. Januar 1954
Wolkenbrüche. Viele Keller stehen unter Wasser. Wenn das so weiterregnet, fangen die Bäume noch an auszuschlagen, hat Mama gesagt. Sie will die ersten Tage im Bus mitfahren. V. geht jetzt immer einkaufen. Mama und V. haben sich gestritten.

12. Januar 1954
Ich bin die ganze Woche nicht zum Schreiben gekommen. Ich glaube, ich habe Glück mit meiner neuen Schule. Im Festsaal stehen Glasschränke mit ausgestopften Tieren. In meiner Klasse ist ein Junge, den sie Schwalbe nennen. Er kann das sch nicht richtig aussprechen. Heute hat er geschrien und mit Steinen geworfen. Sönes Svälbchen, sei doch ssstill, haben alle gerufen. Helgi fährt seit einigen Tagen mit mir im Bus. Er fährt bis zum Marktplatz mit, dann ist er früh an der Arbeit. Ich merke, daß die Leute ihn angucken. Er ist jetzt berühmt. Mama sagt, sie haßt es mittlerweile, unter die Leute zu gehen. Ob das wegen mir ist?

16. Januar 1954
Jetzt fahre ich alleine. Von der Haltestelle kann man in ein Kellerzimmer hinuntersehen. Unter dem Gitter am Fenster steckt ziemlich viel Müll. Dort liegt morgens ein Mann auf einer Matratze und raucht. In dem Zimmer sind keine Möbel. Opas Laden ist geschlossen. Wieder Schnee. Zwei große Scheiben im ersten Stock vom Kaufhaus Reykjavík sind zerbrochen. V. ist zu Oma und Opa gezogen und hat vor, einige Wochen bei ihnen zu bleiben. Ich muß stark sein.

18. Januar 1954
Ich habe den Kampf mit meiner Mutter verloren. Sie will,

daß ich am Sport und am Schwimmen teilnehme, und weigert sich, mir eine Entschuldigung zu schreiben. Ich habe gar keine Lust, dorthin zu gehen. Papa liegt im Bett.

19. Januar 1954
Ich habe nicht geduscht. Jemand hat mich verpetzt. Mama hat nicht draußen auf mich gewartet, wie sie es versprochen hat. Das Wetter war sehr gut, in den Plusgraden. Ich gab das Warten auf und ging zur Bushaltestelle. Dort wartete ein Mann. Geht es dir nicht gut, mein Junge? fragte er mich. Ich beschloß, die Busfahrkarte zu sparen und nach Hause zu laufen. Es fing an in großen, weichen Flocken zu schneien. Das erinnerte mich daran, wie Sigurbjörn einmal nachts geschrien hat: Ich bringe dich um, Sunneva. Ich sah Mama vor mir, wie sie in ihrem Blut schwimmend auf dem Boden lag. Ich versuchte, mich selbst zu beruhigen, aber das war schwer. Schließlich kam ich bei Opa an. Er beruhigte mich. Mama hatte schon zweimal angerufen und nach mir gefragt. Sie war zu spät, weil sie einen Reifen wechseln mußte, das Auto hatte einen Platten. Jetzt sitzen wir am Wohnzimmertisch, ich auf Papas Stuhl, wo ich das hier schreibe.

21. Januar 1954
Heute ist Sonntag. Ragnar kam mit seinem blöden Baby und einer Tüte Konfekt für mich. Mama machte Waffeln. Papa nahm das Baby auf den Schoß. Ich schlich mich mit dem Brotmesser hinaus zum Taubenhaus, um mir die Pulsadern aufzuschneiden. Ich saß sehr lange dort. Der Schnee ist weg. Als ob der Herbst zurückgekommen ist. Ich legte die Schneide auf meine Schlagader und sagte: Ich will dir dein Geschenk zurückgeben. Ich finde es ab-

scheulich. Ich hasse meinen Vater. Ich hasse Papa. Ich habe nicht vor, jemals mit ihm nach San Francisco zu fahren. Ich habe vor, dieses verfluchte, furchtbar häßliche, lächerliche Taubenhaus anzuzünden, das er gebaut hat, und Selbstmord zu begehen. Dieser religiöse Bruder von ihm war ein Schwachkopf.

23. Januar 1954
Sie haben in der Schule herausgefunden, wer ich bin. Ich bekam einen Wutanfall und schleuderte einen Jungen gegen den Schrank mit dem ausgestopften Seehund. Das Glas zerbrach und er hatte Schnitte an den Händen. Dann hörte man tipp-tapp, wie der Direktor die Treppe heruntergerannt kam. Ich habe mich im Taubenhaus nicht umgebracht, damit ich mich an allen rächen kann.

2. Februar 1954
Alle wissen alles von mir. Ich bin nicht länger ich.

Gudbrandur nagelte Sperrholz vor die zerbrochenen Fenster. Im Erdgeschoß fand er Zigaretten und leere Flaschen. Seit dem Jahreswechsel hatte niemand mehr hier gearbeitet. Er ging durch das ganze Haus, Stockwerk für Stockwerk, er fand es schön, allein dort zu sein und auf den fernen Verkehrslärm zu lauschen. Das war auf jeden Fall angenehmer als zu Hause zu sitzen. Jedesmal, wenn das Telefon klingelte, erschrak er. Es gab keinen Frieden vor den Arbeitern mit den ausstehenden Löhnen, den Zulieferern mit den offenen Rechnungen, den Rechtsanwälten und den Drohungen. Gudbrandur öffnete die Luke zum Dach. Er sah hinaus und ließ sich den Regen ins Gesicht fallen.

Tauwetter, das Sperrholz bog sich und wurde schwarz im Frühjahrsregen, die Blätter an den Bäumen knospten, und das Gras wurde grün. Gudbrandur fuhr zu Sigurbjörn, fest entschlossen, ihm den Stuhl vor die Tür zu setzen, und im Geiste ging er durch, was er ihm sagen wollte: Ich bin nicht bereit, das Letzte aufzugeben, was noch übrig ist, Sigurbjörn, außer du bringst Ordnung in die Buchführung.

Sigurbjörn saß gedankenversunken in seinem Büro, verwahrlost und blaß, und kramte in den Papieren; der Bart, der ihm gewachsen war, hatte graue Flecken.

Das Gericht hatte sein Urteil gefällt: Ketill Einarsson war zu zweieinhalb Jahren Gefängnis ohne Bewährung verurteilt worden. – Hör dir das mal an, Gudbrandur, hör dir mal seine Aussage an: »Der Junge kam freiwillig mit. Zur Belohnung wollte er Süßigkeiten haben. Er ist die Treppe hinuntergestürzt und hat sich auf diese Weise seine Verletzungen zugezogen. Ich habe mich so gut ich konnte um ihn gekümmert und bin dann losgegangen, um Hilfe zu holen.« Ich werde das Haus in Schutt und Asche legen, Brandsi. Er hat Berufung beim Obersten Gerichtshof eingelegt. Verstehst du denn nicht?

– Ist gar kein Geld mehr da, Sunna? fragte Gudbrandur auf der Treppe. – Ich muß nämlich für all das hier geradestehen.

– Soweit ich weiß, nicht, lieber Gudbrandur. Er hat mir nie Einblick in die Finanzen gegeben.

– Aber du schickst alle weiter zu mir. Es fiel Gudbrandur schwer, seine Wut unter Kontrolle zu halten.

– Ich kann das einfach nicht mehr, sagte sie.

– Wir müssen uns treffen und miteinander reden, sagte er.

Sie trafen sich bei ihren Eltern. Sunneva trat mit ihren beiden ältesten Söhnen ins Wohnzimmer. Warum fühle ich mich wie ein Dieb? dachte Gudbrandur. Sigurbjörn läßt mich mit diesem ganzen Chaos einfach allein. Die ganze Familie tut so, als hätte außer ihnen niemand Probleme.

Helgi trat an den Wohnzimmertisch und grüßte. Gudbrandur war bereits bei früheren Treffen aufgefallen, wie sich Helgis Benehmen im Beisein seiner Frau veränderte. Er sah zu Ingirídur hinüber; sie begrüßte Helgi mit frostiger Miene, genau so hatte sie ihn auch behandelt, als sie sich das erste Mal trafen. Helgi setzte sich an die gleiche Seite des Tisches wie Gudbrandur, ließ aber einen Stuhl zwischen ihnen frei. Er wendete die Augen nicht von Ingirídur.

– Wie geht es deinem Papa? fragte Gudbrandur.

– Bist du immer noch so sportbegeistert, Helgi? fiel ihm Geir ins Wort.

– Natürlich, Opa. Und du bist geschwommen als junger Mann, oder?

– Ja, ich bin hin und wieder ins Schwimmbad gegangen, aber ich habe das Schwimmen nie zur Besessenheit ausarten lassen. Geir sinnierte einen Moment, während er spöttisch lächelte. – Wenn ich nur an die Überheblichkeit denke, die dieser Benedikt Waage an den Tag legte. Es war der »Tag des Seemanns«, und er baute sich im Tor von Kveldúlfurs Lagerhaus auf und hielt uns eine Rede, daß wir uns alle schämen sollten, wir krummrückigen, zigarettenrauchenden Nichtsnutze mit den Händen in den Hosentaschen. Dann sprangen sie alle ins Meer, unten bei der Skúlagata, der Sigurbjörn aus Álafoss und die anderen, und hinterher standen sie im beißenden Frost auf der Straße und kotzten das Dreckwasser wieder aus. Jetzt sind sie zum Glück alle tot, aber ich bin noch am Leben und bei bester Gesundheit. Rósa stellte eine Schüssel mit Krapfen auf den Tisch und Geir fischte sich eine heraus.

– Ja ja, sagte Helgi, alle hatten jetzt am Tisch Platz genommen. – Was ist der erste Punkt auf der Tagesordnung?

– Der erste Punkt auf der Tagesordnung ist, daß wir deinen Papa zur Räson bringen müssen, sagte Geir. – Ich habe mich sowieso nicht darum gerissen, mein Haus abbrechen und dieses Geisterschloß dort errichten zu lassen. Er sah Sunneva an. – Ich wurde mehr oder weniger reingelegt.

– Das ist nicht wahr, Papa, sagte Sunneva wütend. – Du bist von niemandem reingelegt worden. Du hast genau das bekommen, was du haben wolltest, und viel mehr, als wir dir eigentlich geben wollten.

– Ja, ich glaube, ich erinnere mich daran so gut wie du. Wir haben Krapfen gegessen, genau wie jetzt. Was habe ich damals zu dir gesagt, als du ungebeten mit der Schüssel Krapfen zur Tür hereinkamst? Daß das alles in einer Riesenpleite enden würde, und genau so ist es auch gekommen.

– Und was willst du machen, Opa? fragte Helgi. – Den Mann ins Irrenhaus einliefern lassen?

– So weit würde ich vielleicht nicht gehen, mein Lieber, sagte Geir mit einem Gesichtsausdruck, aus dem sprach, daß er den Vorschlag keinesfalls für abwegig hielt. – Aber er könnte versuchen zu begreifen, daß er seine Firma nicht einfach schließen kann, als ob niemand anders davon betroffen wäre. Ich habe meinen Laden nie geschlossen, obwohl sich deine Oma andauernd die Beine bricht.

– Was willst du also machen, Papa? fragte Sunneva in scharfem Ton.

– Ich will, daß der Sigurbjörn aufsteht und wieder zu Verstand kommt. Denn daß er den verloren hat, sieht ja wohl jeder.

– Meiner Ansicht nach sollte er sich um Hilfe bemühen, sagte Gudbrandur vorsichtig.

– Und du meinst, daß mir das noch nicht eingefallen ist, Gudbrandur? fragte Sunneva. – Glaubst du, ich habe nicht versucht, ihn dazu zu bewegen, daß er Hilfe suchen soll?

– Am Ende könnte es so gehen, daß man ihn nicht fragt, ob er das will, sagte Geir mit Nachdruck.

– Wäre es möglich, mit dieser Entscheidung bis zum Frühjahr zu warten? fragte Helgi.

– Seht euch zum Vergleich mal den Tóti an, sagte Oma Rósa. – Der ist so ein tapferer Junge.

– Soll ich den Männern also sagen, daß Sigurbjörn uns verbietet, das Haus anzurühren? fragte Gudbrandur ungeduldig und sah von einem zum anderen.

– Was willst du machen? fragte Sunneva und sah Gudbrandur von der Seite an. – Ihn für unmündig erklären lassen? Sie lächelte sarkastisch.

– Nein, sagte ihr Vater. – Wir entfernen ihn einfach aus der Geschäftsleitung.

Alle schwiegen; jeder war auf einmal mit seiner Kaffeetasse beschäftigt. Jetzt hat sich mein Traum bewahrheitet, dachte Sunneva. Das ist der Sturm, der das Kaufhaus traf. Sie betrachtete das Klavier, das zwischen Ragnar und Ingirídur glänzte. Ihr Vater hatte es ihr zu ihrem achtzehnten Geburtstag geschenkt. Wenig später hatte sie ihren Eltern mitgeteilt, daß sie schwanger war.

– Ich kann Leuten einfach nicht nach dem Mund reden, sagte Geir. – Ich habe es nie getan, und mir fehlt die Geduld, wenn andere es tun. Der Sigurbjörn hat mir gegenüber auch nie ein Blatt vor den Mund genommen. Ich habe immer und immer wieder davor gewarnt. Aber niemand von euch hat dem Gehör geschenkt. Und hier steht viel Geld auf dem Spiel. Wenn man alles zusammenrechnet, hat dieses verdammte Haus an die sieben Millionen gekostet.

– Ein Blatt vor den Mund nehmen, weißt du überhaupt, wie das geht, Papa? sagte Sunneva.

– Wir Brüder sollen also den Papa aus dem Unternehmen werfen? Weil wir im Vertrag pro forma als Mitglieder der

Geschäftsleitung aufgeführt sind? fragte Helgi. Er hatte dem angebotenen Gebäck noch keine keine Beachtung geschenkt, aber nun legte er zwei Krapfen zusammen und biß in sie hinein wie in ein Butterbrot.

– Du brauchst dich gar nicht so aufzuplustern, sagte Geir und sah ihn scharf an. – Sobald es ihm bessergeht, kann er den ganzen Kladderadatsch wieder übernehmen, mein lieber Helgi. Jetzt brauchen wir vor allem mehr Kapital, und ich kann das vielleicht besorgen, aber nicht so, wie die Dinge jetzt stehen.

– Du hast den Papa nie gemocht.

– Er ist mir keineswegs zuwider, Helgi, ich habe nur immer gefunden, daß er so schrecklich eingebildet ist, und bei dieser Meinung bleibe ich.

– Ich finde, wir sollten noch etwas abwarten, sagte Helgi. – Irgendwann muß es ihm ja wieder bessergehen.

Gudbrandur nahm einen Umschlag aus der Dokumentenmappe und legte ihn auf den Tisch. Im vorigen Winter war er einmal dabei gewesen, als ein Kunde in Sigurbjörns Kellerbüro zu Besuch kam. Jedesmal, wenn der Kunde etwas fragte oder überlegte, heftete Sigurbjörn seine weit aufgerissenen Augen direkt auf sein Gegenüber. Es war dieser Blick, der Fremde einschüchterte, selbst wenn er gerade liebenswürdig über einen Raumplan oder ähnliches mit ihnen plauderte. Etwas war an Sigurbjörns Gesichtsausdruck und Haltung, das die Leute annehmen ließ, er könnte ohne Vorwarnung ausrasten, er könnte jeden Augenblick auf die Beine springen und sie hinaustreiben und schreiend Stühle und Tische umstürzen. War es da erstaunlich, daß er es schwer hatte mit einem eigenen Architekturbüro? Im Staatsbauamt zu arbeiten war ideal für ihn gewesen. Dort konnte er seine eigenen Entwürfe entwickeln und in allen Details ausarbeiten, aber unter der Leitung anderer. Der Bauamtsleiter war ein geduldiger

Mann gewesen, der es verstanden hatte, das beste aus ihm herauszuholen.

Herrgott, wie sehr ich diesen Mann mag, dachte er und war selbst erstaunt darüber, solche Worte auch nur zu denken. Es war gut, daß ich darauf bestanden habe, meinen Sohn nach ihm zu taufen. Das hätte ihm doch etwas sagen sollen. Aber was jetzt? Daß alle alles verlieren sollten, widersprach dem gesunden Menschenverstand. Das mußte er doch verstehen, später, wenn es ihm besser ginge, und dann würde er mir dafür danken, daß ich diese Katastrophe abgewendet habe. Gudbrandur holte den Brief aus dem Umschlag und schob ihn zu Geir hinüber.

Geir las laut vor: – Die Geschäftsleitung der Baugesellschaft *Bauinitiative* besteht aus den folgenden Personen: Sigurbjörn Helgason, Geschäftsführer. Das braucht man hier wohl keinem zu sagen, schob der alte Mann ein. Dann las er die Namen aller Anwesenden vor. – Die Geschäftsleitung ist vollzählig zusammengetreten und hat aus gegebenem Anlaß beschlossen, Sigurbjörn Helgason auf unbestimmte Zeit von allen Aufgaben als Geschäftsführer zu entbinden und an seiner Stelle Gudbrandur Jónsson einzusetzen.

Nur Sunneva und ihre Söhne mußten noch unterschreiben. Helgi schob den Brief zu Ragnar, der reichte ihn an seine Mutter weiter. Sie zählte die Unterschriften und rechnete die Mehrheitsverhältnisse aus. – Es ist ja gar nicht nötig, daß ich meine Stimme abgebe, sagte sie. – Ihr habt ja schon die Mehrheit zusammen.

– Und was ist mit Papas Stimme, Mama? fragte Ragnar. – Wofür er stimmen würde, ist wohl klar. Es hängt alles von dir ab. Ich bin der gleichen Meinung wie Helgi. Warten wir noch etwas ab. Wir alle haben Sigurbjörn zu gern, als daß wir ihm das antun wollten. Sunneva bemerkte, wie Ingirídur von der Seite Ragnar kurz anblickte, während ein mattes Lächeln über ihr Gesicht huschte. – Ich habe auch unterschrieben, sagte Ingirídur, als sie merkte, daß Sunneva zu ihr sah. – Obwohl ich dagegen war. Ich wollte, daß erst alles andere versucht wird.

– Aber wir haben doch alles versucht, Inga. Gudbrandur sah seine Frau erstaunt an.

– Wirklich? Hast du ihm auf den Kopf zugesagt, was passiert, wenn er so weitermacht?

– Das würde doch nichts bringen, Inga, der Mann ist krank. Du machst es dir wirklich zu einfach, jetzt deine Meinung zu ändern.

– Es ist ja nicht für immer. Niemand hier sagt, daß Sigurbjörn nicht wieder übernimmt, wenn er wieder gesund ist. Rósa sah ihre Tochter mit flehenden Augen an.

– Wir müssen vernünftig sein, liebe Sunna, sagte Gudbrandur. – Was ist mit Vilborg? Und was ist mit dem Jungen?

– Ja, hat der Tóti nicht genug durchgemacht? sagte Geir. – Euch gehört keine Krone an der Sjafnargata mehr, und dieser Typ aus Akureyri hat mittlerweile die Nase gestrichen voll und will den Gudbrandur verklagen. Er hätte sein Geschäft schon vor langem eröffnen können, der gute Mann, wenn Sigurbjörn noch alle fünf Sinne beisammen hätte.

– Es liegt also alles in meinen Händen? Sunneva faltete die Hände auf dem Tisch zusammen. Ihre Wangen glühten.

– So sieht es aus, sagte Gudbrandur.

– Ich würde am liebsten erst mal mit ihm reden.

– Und was willst du ihm sagen? Daß er aus der Geschäftsleitung geworfen wird, wenn er sich nicht bald zusammenreißt? Helgi sah sich spöttisch um. – Ich verstehe Gudbrandur vollkommen. Natürlich ist es sinnlos, mit Sigurbjörn hierüber zu diskutieren. Tu es nicht, Mama.

– Mama, tu es nicht, sagte auch Ragnar.

Sunneva blickte zur Seite und sah sich im Wohnzimmer um. An der Wand über dem alten Sofa hing in einem goldenen Rahmen eine Fotografie. Auf ihrer Hochzeitsreise waren Sigurbjörn und sie nach Italien gefahren und hatten neben vielen anderen Bauwerken auch die Peterskirche in Rom besichtigt. Während er um die Säulen herumging und das Gewicht ausrechnete, daß jede von ihnen trug, hatte sie sich in der Kirche umgesehen. Mit Verwunderung erinnerte sie sich an die Frauen, die auf Knien am Grab des Apostels Petrus beteten, während sie Rosenkränze zwischen ihren Fingern bewegten. Lange hatte sie vor der Pietà gestanden, Michelangelos Skulptur der Gottesmutter mit ihrem toten Sohn im Arm. Wieviel Wärme und Weichheit der Marmor ausgestrahlt hatte. Während sie dort stand, traten mehr Gläubige an ihre Seite, und einige brachen bei dem Anblick in Tränen aus. An einem kleinen Souvenirstand hatte sie dann diese große Fotografie von der Skulptur gekauft und ihrer Mutter geschickt.

Gudbrandur räusperte sich.

– Tu es nicht, sagte Ragnar noch einmal.

Sie nahm den Füllfederhalter und schrieb ihren Namen.

Fünf

Sie saß vor einer Tasse Kaffee und einer Scheibe Brot in der Küche, mit dem Rücken zur Tür, als er hereinkam und ihr wortlos einen heftigen Schlag auf den Hinterkopf verabreichte.

Er schleuderte ihr den Brief entgegen und sagte: – Jetzt liegst du auf dem Boden, Sunneva, genau wie das erste Mal, als ich dich gesehen habe. Je eher du das Haus verläßt, desto besser. Du kannst froh sein, wenn ich dich nicht umbringe, du Hure.

Sigurbjörn saß am Kopfende des Tisches, als Helgi nach Hause kam. – Wo sind Mama und die Kinder?

– Weg.

– Weg wohin? Helgi wurde unruhig.

– Fort. Helgi, ich danke dir und Ragnar, daß ihr mir nicht genauso in den Rücken gefallen seid. Sigurbjörn sah auf seine knochigen Hände.

– Du hast den Brief also bekommen?

– Ja.

– Und wann kommen sie wieder nach Hause? Sind sie irgendwo zum Essen eingeladen?

– Du fragst, als wärst du schwer von Begriff, sagte sein Vater laut. – Sie kommt hoffentlich niemals zurück, außer um ihren Dreck abzuholen. Und ich möchte dich bitten, gleich nach Vídimelur zu gehen und das Auto zu holen. Ich will nicht, daß sie mir auch noch den Wagen stiehlt.

– Das ist nicht dein Ernst, oder?

Sein Vater starrte auf den Tisch. – Wie ist das Ganze überhaupt passiert? fragte er schließlich.

– Opa und Gudbrandur. Sie meinten, sie hätten keine andere Wahl. Helgi wurde verlegen.

Sigurbjörn ereiferte sich: – Sie wollen mir nur das Haus stehlen, die verfluchten Schwindler. Dann schwieg er wieder eine Weile. – Daß der Brandsi mir das antut, sagte er verwundert. – Der Mann ist mein Freund.

– Jetzt ruf sie schon an, Mann. Helgi setzte sich. – Sie konnte nichts dagegen tun.

– Bin ich ein Hund, Helgi? fragte Sigurbjörn laut. – Oder bin ich ein Mann? Im Frühjahr habe ich sie so herzlich ich konnte gebeten, daß Thórarinn den Sommer über zu Hause bleiben und spielen darf, aber sie hat anders entschieden. Er sah seinen Sohn scharf an. – Was glaubst du, wie das ist, wenn man vor den Augen eines zwölfjährigen Jungen behandelt wird wie ein unmündiges Kind? Na? Antworte! Er wartete einen Moment, als erwarte er wirklich eine Antwort, aber als nichts kam, sagte er: – Zwei Menschen trampeln manchmal aufeinander herum, bis nichts mehr übrig ist, mein lieber Helgi. Wenn er diese Sommerarbeit nicht angenommen hätte, sähe das Leben heute anders aus...

– Aber es war doch alles dabei, den Bach runterzugehen, Papa, sagte Helgi bittend. – Das weißt du doch selbst. Das Kaufhaus wäre unter den Hammer gekommen. Unten in der Bank warten sie nur mit den Vollstreckungsbefehlen, weil ich darum gebeten habe.

– Ach, glaub doch nicht, daß irgendwas den Bach runtergegangen wäre, sagte Sigurbjörn spöttisch. – Diese Leute besitzen alle genug. Dein Opa hier, dem gehören fünf, sechs Wohnungen, wenn nicht mehr. Und der Gudbrandur hat noch das Anwesen in der Austurstræti. Sigurbjörn schwieg einen Augenblick, dann fügte er zornig hinzu: – Nach dem Wochenende wollte ich wieder arbeiten gehen. Und dann hätte ich den ganzen Schlamassel in kürzester Zeit in Ordnung gebracht.

– Sie muß bald anrufen, sagte Helgi.

– Dann gehst du ans Telefon, sagte Sigurbjörn. – Ich gehe nicht dran. Ich rede nicht mit ihr.

Helgi schaute in den Kühlschrank, seine Mutter hatte Fisch zum Abendessen braten wollen, sie hatte den Schellfisch schon paniert. – Wer soll das alles essen? rief er ins Wohnzimmer.

Sein Vater lachte. – Das kannst du garantiert alles allein verputzen, mein Freund.

Sigurbjörn lag angezogen im Bett und schnarchte, als Helgi zur Essenszeit kam, um ihn zu holen, und er schien unruhig zu schlafen. Er hatte das Deckbett abgeworfen, Helgi sah sein Herz stark und schnell unter dem Hemd schlagen. Er hatte diesen Anblick schon einmal gesehen. Einmal war Sigurbjörn nach Hause gekommen, außer sich vor Wut, weil er sich im Büro schwer beleidigt gefühlt hatte, und er hatte versucht, diese Wut an seinem Sohn auszulassen. Helgi war damals bereits größer und stärker als er, und er schubste seinen Vater auf einen Stuhl und drohte ihm damit, zurückzuschlagen. Sigurbjörn hatte nie wieder versucht, ihn anzurühren, aber ihr Verhältnis war nie zu seiner früheren Vertrautheit zurückgekehrt. Helgi beobachtete die schlagende Brust. – Was habe ich mir damals eingebildet? dachte er. – Der Kampf mit diesem Mann wird nie ein Ende nehmen.

Er ging in sein Zimmer. Das erste warme Tief des Jahres zog über das Land, und der Regen peitschte die Bäume in den Gärten und trommelte auf die Dächer. Der Wind drehte vor seinen Augen, und der Regen bewegte sich weg von den Häusern und verschwand in einem Wirbel über dem Flughafen und dem Tivoli. Plötzlich lag alles still.

Nun war es nicht mehr lang bis zum Frühling, bald würde der Vergnügungspark wieder seine Tore öffnen. In den Jahren, als die Familie im Ausland lebte, waren er und Sigurbjörn oft zusammen in den Zirkus gegangen. Sunneva hatte an solchen Vorstellungen kein Vergnügen. Er sah seinen Vater noch vor sich, wie er in die Kuppel hinaufsah, wo eine Frau mit nackten Beinen in einem glitzernden Kostüm mit den Zähnen an einem Seil hing und sich um sich selbst drehte. – Dafür muß man sicher lange üben, Helgi, hatte Sigurbjörn andächtig gesagt. – Der Papa will in Island ein Kuppeldach über das Tivoli bauen, hatte er daheim seiner Mutter erzählt.

Der Regenwirbel drehte sich im Uhrzeigersinn über dem Flughafen und traf dann die Häuser an der Skólavörduhæd. Helgi ging hinunter, um zu telefonieren. – Hallo Oma, ist die Mama da?

– Grüß dich, lieber Helgi, sagte die alte Frau bekümmert. – Das ist ja ein ganz schreckliches Unwetter. Wäre es nicht das beste, wenn wir die Polizei rufen? Er hat sie geschlagen.

– Laß mich doch bitte mit der Mama reden, sagte er ungeduldig. Er konnte die lärmende Stimme seines Großvaters hören. Sunneva kam ans Telefon. – Na Mama, was habe ich dir gesagt?

– Rufst du mich an, um mit mir zu schimpfen, Helgi? Er hat mich auf den Kopf geschlagen. Von hinten.

– Das hat er mir nicht erzählt, sagte Helgi verlegen. – Nein, ich rufe an, weil ich wissen wollte, wie es dir geht.

– Ich kann gar nicht sagen, wie es mir geht.

Helgi konnte hören, wie die donnernde Stimme seines Großvaters im Hintergrund noch lauter wurde, aber kein Wort war zu verstehen. – Jetzt ist der Opa froh, sagte er. – Das kann ich bis hierher hören. Er hat natürlich seit einem Vierteljahrhundert gewußt, daß es so enden würde.

– Wie enden? Ich bleibe einige Tage hier mit den Kindern. Dann sehen wir weiter.

– Er will, daß ich das Auto abhole.

– Ja, ist das nicht die beste Lösung? Ich will auch nicht, daß er hier zu uns in die Weststadt kommt.

– Dann nehme ich dich gleich wieder mit nach Hause, sagte Helgi. – Das kommt alles wieder in Ordnung, du wirst schon sehen.

Er briet den Fisch aus der Schüssel, kochte Kartoffeln und setzte sich allein an den Tisch. Der Fisch war ziemlich trocken und schmeckte nach nichts, er konnte sich nicht erinnern, je ein so trauriges Mahl eingenommen zu haben.

Sunneva kam am nächsten Sonntag und holte Kleidung für sich und die Kinder. Sigurbjörn wartete im Keller. Helgi saß im Wohnzimmer wie auf Nadeln. – Ihr wollt doch nicht etwa bei Opa wohnen? fragte er.

– Nein, er überläßt uns eine Wohnung in Laugarnes, die wird in den nächsten Tagen frei. Von da hat Thórarinn auch einen ganz kurzen Schulweg.

– Ihr kommt also nicht nach Hause?

– Nein, so wie die Dinge im Moment stehen. Das tut niemandem gut, in so einer Atmosphäre zusammenzuwohnen, am wenigsten dem Jungen.

– Und was ist mit Vilborg?

– Die ist ja schon fast erwachsen. Da macht es nichts, wenn sie mit dem Bus in die Stadt fährt.

– Die arme Vilborg. Und wovon wollt ihr leben?

– Ich komme schon durch, sagte seine Mutter. – Mach dir darüber nur keine Sorgen. Etwas Geld muß ich ja wohl aus diesem verdammten Kaufhaus kriegen. Und wenn das nicht klappt, gehe ich wieder arbeiten.

– Arbeiten? fragte er ungläubig.

– Helgi, ich bin allein nach Kopenhagen gezogen, als ich achtzehn Jahre alt und schwanger war.

– Das ist jetzt ein Vierteljahrhundert her.

– Ich bin zäher als du denkst, sagte Sunneva mit Nachdruck.

– Was habe ich dir gesagt, sagte Sigurbjörn lachend, als ihm der Sohn diese Nachrichten übermittelte. – Der hat Wohnungen in der ganzen Stadt, der alte Gauner. Wie konnte ihr einfallen, mir meine Firma abzuluchsen? Wir sind ein Vierteljahrhundert zusammen durch dick und dünn gegangen, Sunneva und ich. – Was für eine Firma, Papa? Du wolltest deine Schulden bezahlen und nie wieder ein Haus bauen müssen. Du wolltest in Ruhe entwerfen.

– Mein Tóti will also lieber bei seiner Mama wohnen, sagte Sigurbjörn bitter und sah mit herabgezogenen Augenbrauen auf den Tisch nieder. – Und der Gudbrandur! sagte er laut und sah sich erstaunt im Wohnzimmer um, als glaubte er, der Freund habe sich dort irgendwo versteckt. – Ich habe eine Natter an meinem Busen genährt, Helgi! Und die Rechtsprechung in diesem gotterbärmlichen Land. Zweieinhalb Jahre für ein Vergehen, das schlimmer ist als Mord. Mein Helgi, sagte er dann traurig und betrachtete seine Hände. – Du bist der einzige, der zu mir gehalten hat. Und mein Ragnar.

– Bitte sie darum, daß sie und die Kinder zurückkommen, sagte Helgi ungeduldig. – Es ist noch nicht zu spät. Ihr habt euch doch gern.

Sigurbjörn sah ihn verwundert an. – Eher schieße ich mir in den Kopf, Junge.

Helgi wartete darauf, daß die Reihe wieder an Jóhannes Helgason käme, der seinen Bruder dadurch verraten hatte, daß er in Deutschland gestorben war. – Alles war für mich zu Ende, als mein Bruder Jóhannes starb, sagte Sigurbjörn und starrte auf seine Hände. – Was meinst du, wie das war, zu wissen, daß er im Ausland allein im Sterben lag? »Es war Gottes Wille«, heulte er heiser, die Stimme seiner Mutter nachahmend. »Jesus nahm ihn zu sich, er allein weiß, wann es die rechte Zeit für uns ist, heimzugehen.« Sigurbjörn sah sich haßerfüllt im Zimmer um, als habe ihn seine Vergangenheit umstellt.

An einem Herbsttag im Jahr 1928 kam er früh morgens noch vor der Öffnungszeit beim Café Skindbuksen an. Er stand allein dort und wartete und sah zu, wie der Regen auf die Straße fiel, bis es ihm schien, als flögen die Tropfen von der Straße nach oben. Am Abend zuvor hatte er getrunken, und in der Tasche hatte er einen Brief von seiner Mutter Sigurlaug mit den wichtigsten Nachrichten: Sein Vater war sehr krank. Der Gemeinderat hatte beschlossen, einen Preis für den besten Entwurf einer Kirche auszuloben, die oben auf der Skólavörduhæd zu Ehren des isländischen Psalmisten Hallgrímur Pétursson errichtet werden sollte.

Um halb zehn wurde geöffnet, er setzte sich an einen Tisch am hinteren Ende des Cafés und bat den Kellner um einen Frühschoppen. Sigurbjörn war nie der Augenstern seiner Mutter gewesen, hingebungsvoll hatte sie nur Jóhannes geliebt, ihr ganzes Leben hatte sich um den älteren Sohn gedreht, den Pfarrer. Ihren Paß in den Himmel. Nun war er tot, und dem jüngeren Sohn wollte es nicht gelingen, sich im norwegischen Seminar auf den Katechismus zu konzentrieren.

Ein alter Boxer, ein Stammgast der Kneipe, war inzwischen hereingekommen, ohne daß Sigurbjörn es bemerkt hatte, und saß nun am Tisch beim Fenster. Der Boxer hatte viele Jahre zuvor einen Titelkampf im Schwergewicht verloren und war daher ein Mann ohne Ehre, sein Haar war dick und filzig, sein

Bart sah aus wie aus Holz geschnitten. Er erinnerte an ein Heiligenbild.

Sigurbjörn bat um Papier und einen Stift und begann zu zeichnen. Er war im Frühjahr durch ganz Europa bis nach Barcelona gereist, und im Kölner Dom hatte er beschlossen, Architekt zu werden. Er hatte sich in einem Zustand der Entrückung befunden. Was für Männer hatten hier in früheren Jahrhunderten gezeichnet und gebaut. Was für Baumeister, was für großartige Bauwerke! In Gegenwart solcher Männer zu lernen und zu arbeiten mußte ein Wunder sein. Wie sich wohl ein Architekt fühlte, der unter einem solchen Dach stand und wußte, daß das Gebäude sein eigenes Werk war?

Die ganze Zugfahrt nach Rom hatte er sich wie betrunken gefühlt, und die Herrlichkeit dort war nicht weniger groß gewesen. Er war mit dem Schiff nach Barcelona gefahren und vom Hafen in die Stadt hinaufgelaufen, um sich ein Hotelzimmer zu suchen. Bei wunderbarem Sonnenschein war er unten am Hafen an den langen Lagerhäusern aus rotem Ziegelstein entlanggewandert, dann durch die Gartenanlagen der Ciutadella spaziert, wo steinerne Fabelwesen den Brunnen bewachten und Wasser in ein grünes Becken spien, schließlich unter dem Siegestor hindurch und den Sant-Joan-Boulevard hinaufgelaufen, wo alte Männer in einer Ecke Boule spielten. Mit all seinem Gepäck in einer kleinen Reisetasche lief er die ganze Zeit auf einen Kirchturm zu. Nun bog er auf einen offenen Platz ein und sah die Sagrada Familia. Die Kirche der Heiligen Familie.

Er suchte sich einen Tisch in einem Straßencafé, es war schon später Nachmittag, und betrachtete die Türme, sie sahen wie Tropfsteine aus, die sich vom Himmel als Höhlendach gebildet hatten. Er ließ seine Tasche im Café verwahren und ging auf die Kirche zu. In einer Aushöhlung über dem Eingang befand sich ein Standbild von der Krönung Marias.

Er sah die Öffnung einer Grotte hoch in den Felswänden des Eyjafjöll-Gebirges vor sich. Die Vorderseite sah aus, als perlte Kerzenwachs an der Kirchenfront entlang auf den Boden. Es kostete nur ein paar Peseten, die Wendeltreppe in dem einen Turm hinaufzugehen. Durch die schmalen Fensteröffnungen sah er auf den blauen Dunst über dem Meer und weit in alle Richtungen über Barcelona und die bewaldeten Anhöhen um die Stadt herum. Er konnte auch auf die alte Kapelle und das Straßencafé, wo er seine Tasche gelassen hatte, hinuntersehen.

Die Treppe war steil und vor allem beim Abstieg gefährlich; wieder unten beim Café angekommen, bestellte er sich erst einmal ein Bier. Ein Bettler wollte wissen, ob er Künstler sei. – No no, hatte er geantwortet und zu verstehen gegeben, daß er Zimmermann war. Da hatte der andere in gebrochenem Englisch ausgerufen, – You knew my master Gaudí? All the time yes! I work at the Sagrada Familia with my hands, und ihm seine großen Hände gezeigt.

Sigurbjörn hatte den Namen dieses Architekten noch nie gehört, aber er freute sich, einen Handwerkskollegen zu treffen, und da der andere am Bau der Kirche gearbeitet hatte, bemühte er sich, ihm seine Ansicht darzulegen, daß so etwas ganz und gar unmöglich war. Sich einfallen zu lassen, eine solche Kirche zu errichten, schön und gut, aber die Idee in die Tat umzusetzen, geisteskrank. Niemandem würde man so etwas daheim in Island gestatten, und woanders sollte es auch niemandem gestattet sein. – Weiß mein spanischer Freund, was ein Eiszapfen ist? Genau so nehmen sich nämlich die Türme aus. Der Spanier wußte nicht, was Eiszapfen waren, und es dauerte geraume Zeit, sie ihm zu beschreiben. In der Stille des Abends betranken sie sich heillos, und Sigurbjörn wollte gehen und den Architekten aufsuchen, um ihm seine Meinung zu sagen, aber sein Genosse legte die Hand aufs

Herz und machte ein trauriges Gesicht: – Se ha muerto. My master is dead.

– Gut, Kamerad, sagte Sigurbjörn Helgason. – Dann macht er keine Dummheiten mehr. Wer einmal eine solche Kirche gesehen hat, wird sich zwangsläufig einen neuen Beruf suchen.

Am Nachbartisch saß ein Mann mit einem Schnurrbart, dessen Enden wie Stierhörner geformt waren; er schüttelte den Kopf mit gutmütiger Toleranz: – Hör nicht auf den, sagte er zu dem fremden Besucher und winkte mit seiner braunen Hand. – Dem braucht man keine Beachtung zu schenken. Hat sein Leben lang nicht eine Stunde gearbeitet.

Und jetzt saß Sigurbjörn im Café Skindbuksen und skizzierte für seine Mutter eine Kirche, die heilige Hallgrímskirche, die isländische Sagrada Familia.

Ein dänischer Kommilitone half ihm dabei, die Zeichnungen im Detail auszuführen, sie saßen an einem offenen Fenster, eine Frau in einem blauen Kleid mit einem weißen Sonnenschirm spazierte den gelben Sandstrand entlang, das Meer spielte in kleinen Wellen um die schwarzen Stützen des Piers, sie nippten am Kirschwein, draußen brach langsam die warme Dämmerung herein.

Als das Werk beendet war, sah es beinahe aus, als hätte man die hochaufragenden, scharfzackigen Lavafelsen des Hvítserkur an der Húnaflói-Bucht mitten auf der Skólavörduhæd niedergesetzt; der Turm der Kirche sollte 283 Meter hoch werden. Er schrieb einen Begleitbrief zu seinem Entwurf und gab sich große Mühe, ihn so ernst wie möglich zu formulieren, damit niemand auf den Verdacht käme, daß er sich damit in Wahrheit über seine Mutter und sie lustig machen wollte:

> Keiner der großen Sakralbauten Europas läßt sich in wenigen Worten beschreiben. Oft sind sie das Werk mehre-

rer Baumeister, und es dauerte Jahrhunderte, sie zu vollenden. Wohin führt ihr Weg die Menschen, wenn sie nach Rom kommen? Zur Peterskirche. Was wollen die Menschen in Paris vor allem sehen? Notre-Dame. Laßt uns im Herzen von Reykjavík auf der Anhöhe von Skólavörduhæd eine Kirche errichten, die zu sehen die Menschen künftiger Jahrhunderte nach Island kommen werden. Die beherrschende Idee ist, daß die Kirche in die Höhe ragt wie ein Berg, der sich emporhebt, wenn zwei Erdplatten gewaltsam aufeinanderstoßen. Ringsherum sollen auf Absätzen Heiligenfiguren stehen, und über dem Eingang wird natürlich die Heilige Familie thronen: Joseph und Maria mit ihrem Kind.

Nie durften die Kinder die Briefe anrühren, die Jóhannes vom Theologischen Seminar in Norwegen geschickt hatte. Sie lagen in einer hellbraunen Holzkiste verwahrt, und Sigurbjörn grübelte oft tagelang über ihrer Lektüre. Eines Abends, als er spazierenging, lag die Kiste auf dem Sofa, und Helgi setzte sich, hielt sie auf dem Schoß, sah sich um, lauschte.

Ein Bild von Sigurlaug in mittleren Jahren lag obenauf, sie saß in einem schweren Stuhl vor ihrem Bücherschrank, Jóhannes stand hinter ihr, ihr jüngerer Sohn stand knabenhaft neben der Armlehne. Ein Bild vom Bau der Sjafnargata 1a, einige Männer auf dem Baugerüst, Sigurbjörn lachend in einem Isländerpullover mit Rollkragen, einen Hammer schwingend. Broschüren vom Theologischen Seminar. Ein Brief an Sigurbjörn von seiner Mutter, sie erinnerte ihn daran, inbrünstig zu beten und hart zu arbeiten. Nie erwähnst du etwas von Professor Hart und seiner Familie, Junge. Das Hochzeitsbild von Sigurbjörn und Sunneva. Der Bräutigam steif und aufrecht, sie groß herausgeputzt, Ragnar an der Hand seiner Mutter. Ein kleines Bild von Sunneva, ihr Gesicht war mit einem Nagel oder einem Messer weggekratzt. Ein Brief von Ragnar, er war als kleiner Junge nach Island aufs Land geschickt worden. Rechtschreibung war offensichtlich noch nie seine Stärke.

> Liebe Mama und Sigurbjurn. Ich bin jezt hier auf dem Lande. Ich habe drei mal auf der Überfart gekozt. Opa hat gestern einen Falken gekrickt, der die Hühner töten wollte. Ich helfe beim Küe melken und beim stall ausmisten. Wenn du mier ein Peckchen schickst Mama, will ich dich bitten, mier Mahlfarben zu schicken. Es giebt hier einen Welpen, mit dem spiele ich fiel. Bis bald, euer Ragnar.

Wenn ich irgendwie begreifen könnte, wer dieser Jóhannes war, dachte Helgi. Vielleicht kann ich meinem Vater dann helfen. Er nahm einen Brief heraus und bewunderte die ungewöhnlich schöne Handschrift.

> *Leith, 1. November 1926*
> Meine liebe Mama!
> Ich hoffe, daß diese Zeilen, wann immer sie Euch erreichen mögen, Euch gesund und voller Tatkraft finden. Ich bin von Zeit zu Zeit sehr unruhig um Deiner willen, aber ich hoffe, daß Gott Dir Kraft geben möge, wenn Du sie am meisten brauchst. Ich fürchte, die Zeit wird mir sehr lang werden, bis ich den ersten Brief bekomme.
>
> Wir sind nun in Leith angekommen, und es kam sehr überraschend für mich, daß das Schiff auf unserer Reise einen solchen Abstecher nach Süden macht. Das bedeutet mindestens zwei oder drei weitere Tage auf See und

mindestens acht Kronen pro Tag an zusätzlichen Ausgaben für mich. Ansonsten ist die Fahrt bisher glücklich verlaufen.

Ich blieb an Deck, solange ich Euch sehen konnte, und das muß länger gewesen sein als Ihr mich sahet, denn ich sah Dich und Sibbi den Kai entlanggehen. Mein Herz war sehr unruhig bei diesem Anblick, denn wie zu erwarten war, bliebst Du mehr oder weniger allein zurück. Aber in diesem Augenblick gab es nichts anderes zu tun als Dich in die Obhut Gottes zu empfehlen, und das tat ich auch.

Ich schlief sehr gut in der Nacht, war nur wenig seekrank, zumal das Wetter ruhig war. Morgens um sieben erreichten wir die Westmännerinseln, und ich beeilte mich aufzustehen. Ich ging nicht an Land auf den Westmännerinseln, dazu war unser Aufenthalt zu kurz. Und bei den Färöer-Inseln wurde nicht am Kai angelegt, so daß ich auch dort nicht an Land gehen konnte.

Von den Färöern bis hierher ging es mir ziemlich schlecht, aber ich war doch den ganzen Tag auf den Beinen und aß auch eine Kleinigkeit. Die anderen Fahrgäste waren eher uninteressant. Ich kenne niemanden und habe daher auch fast kein Wort gesprochen seit meiner Abreise. Zum Beispiel ist hier ein Reeder an Bord, der die ganze Zeit entweder beschwipst oder volltrunken ist.

Oslo, 13. November 1926
Ich bin jetzt in Oslo angekommen. Wie geplant besuchte ich am Freitag Professor Hart, aber leider kam ich eine halbe Stunde zu spät, und man hat mir gesagt, daß man ihm nichts Schlimmeres antun könne. Ich entschuldigte mich für meinen Fehler, an dem doch vor allem der Umstand Schuld war, daß ich niemanden hatte, der mir den

Weg weisen konnte, so daß ich lange Zeit brauchte, um sein Haus zu finden. Das hat ihn offensichtlich mehr oder weniger verärgert, und ich selbst war in schrecklicher Verfassung, so daß unsere Konversation sowohl kurz als auch gezwungen war.

Oslo, 19. November 1926

Als ich in Kopenhagen war, befand sich in demselben Hotel ein Isländer, der mit mir auf dem Schiff gekommen war. Und ich saß am ersten Abend, den wir dort verbrachten, bei ihm im Zimmer, als ein dänisches Mädchen zu ihm zu Besuch kam. Sie war nach der neuesten Mode geschminkt (nicht so wie in Reykjavík, wo sich die Mädchen von oben bis unten bemalen. Wenn man diese sinnlose Eitelkeit überhaupt erwähnen wollte, könnte man sagen, daß sie bildhübsch geschminkt war). Ich nahm an, daß sie eine Prostituierte war, und dieser Verdacht wurde noch dadurch bestärkt, daß der Isländer volltrunken war, so daß ich sofort das Zimmer verließ. Am nächsten Tag sagte er mir, es habe sie sehr verletzt, daß ich so eilig aufbrach, sobald sie das Zimmer betrat, aber ich glaubte das kaum und beließ es dabei. Aber jetzt bin ich anderer Ansicht, zumal ich herausgefunden habe, daß sie Telefonistin ist. Und am letzten Abend, den ich in Kopenhagen verbrachte, war ich wieder bei demselben Mann zu Besuch, zusammen mit einigen anderen Isländern, als dasselbe Mädchen hereinkommt, wieder genauso geschminkt wie beim ersten Mal. Diesmal beschloß ich, nicht gleich wieder zu gehen, und so waren am Ende nur wir drei übrig, der besagte Isländer, das dänische Mädchen und ich. Sie rauchte natürlich, das gehört hier dazu, und ich wendete all meine Höflichkeit auf, um das Gespräch in Gang zu halten. Ich sprach vor allem über das Telefon, aber sie schien kein Interesse daran zu haben, so daß ich zu einem anderen Thema überging, das aber genauso zäh verlief, und so immer weiter. Aber obwohl ich das CVJM-Abzeichen auf der Brust trage, ein vergoldetes Kreuz an der Krawatte, obwohl ich das erste Staatsexamen in Theologie abgelegt habe, sechzig oder siebzig Sonntage gepredigt, Erweckungswochen und Gebetsversammlungen geleitet habe, Mitglied in christlichen Vereinen, sogar in den Vorständen christlicher Vereine bin, wandte ich die größte Mühe darauf, das Gespräch nicht auf religiöse Themen zu bringen. Natürlich bin auch ich infiziert von der Anschauung, daß das »zu missionarisch« wäre, und das bin ich wahrscheinlich auch, aber ich hatte nicht vor, mich so gegen dieses junge Mädchen zu erweisen. Aber ich lernte viel an diesem Abend: Ich lernte, mich zu schämen. Irgendwie entfleuchte mir ein Wort über das Christentum, und da war endlich ein Gesprächsthema gefunden! Sie griff so begeistert zu, als ob es ein Goldapfel wäre. Natürlich versuchte sie, mir Fehler sowohl an der Kirche als auch an der Priesterschaft aufzuzeigen, doch ich fühlte, daß ihr Herz brannte vor Sehnsucht nach Gott, ja, ich glaube, ich habe niemals einen Menschen gefunden, der inbrünstiger nach Gerechtigkeit hungerte und dürstete. Natürlich sprach sie das nicht aus, doch es ließ sich nicht verbergen. Und niemals habe ich schmerzlicher empfunden, wie kurz ich erst auf dem Pfad der Heiligkeit vorangekommen bin. Am Ende standen ihr Tränen in den Augen, sie schwieg und lauschte meinen unvollkommenen und leider sehr kraftlosen Worten in gebrochenem Dänisch, und sah mich an mit fragenden Augen, als wollte sie sagen: Ist das wahr?

Und als wir uns verabschiedeten, dankte sie mir für den schönen Abend, im Ernst, wie ich glaube. Und der Isländer sagte: An dieses Gespräch heute abend werden wir uns noch lange erinnern.

Wahrscheinlich werde ich dieses Mädchen nie wieder sehen, und Gott allein weiß, ob meine Worte irgendwelchen Einfluß auf sie hatten, ich überlasse das Ihm, Er kann auch das geringste Werk in Seinem Dienst gebrauchen. Aber sie ist mir ein Zeichen, ein Zeichen, daß die Kinder der Welt sich sehnen nach dem Leben, dem Frieden und dem Licht, sich sehnen danach, Seinen Aposteln zu begegnen. Viele ihrer Vorwürfe trafen mich direkt ins Herz, denn sie waren wahr. Als ich zurück in mein Zimmer kam, bat ich Gott um einen Fingerzeig, und ich schlug das N.T. auf und meine Augen fielen auf diese Stelle: »So ermahne ich nun, daß man vor allen Dingen zuerst tue Bitte, Gebet, Fürbitte und Danksagung für alle Menschen.«

Am Freitag den siebzehnten dieses Monats war ich in Oslo eingeladen und sprach dort ein paar Worte über die Sonntagsschularbeit in Island, und bat die Versammelten am Ende, die Existenz Islands nicht zu vergessen und es stets in ihre Gebete einzuschließen.

26. November 1926

Diese Woche habe ich nichts besonderes gemacht, bin die meiste Zeit zu Hause gewesen. Ich bekomme trotzdem genug frische Luft, denn da ich mich nicht auskenne und ziemlich menschenscheu bin, mache ich für jeden nötigen Schritt einhundert unnötige. Vor ein paar Tagen zum Beispiel ging ich aus, um mir eine Kleiderbürste zu kaufen. Ich sah in jedes Schaufenster, war mir aber nie sicher, ob man in diesem Laden Bürsten bekäme, und obwohl ich es an manchen Stellen vermutete, konnte ich mich doch nie dazu bringen hineinzugehen, weil ich noch immer solche Angst habe, Fehler in der norwegischen Grammatik zu begehen. Und so ging ich zweieinhalb Stunden Straße für Straße ab und kehrte am Ende ohne Bürste nach Hause zurück. Und hier, direkt an der Ecke, gab es natürlich ein Seifengeschäft!

Sobald ich mein Buch oder meinen Stift loslasse, höre ich auf zu existieren, dann ergreift die Depression von mir Besitz. Ich bin fast immer allein.

Ich schicke Dir einige Kronen mit, die möchtest Du bitte für Weihnachten verwenden, um Sibbi eine Kleinigkeit zu kaufen. Ich bitte Dich, vor allem ihm meine Grüße zu übermitteln. Ich weiß, daß ich mich auf ihn verlassen kann.

16. Januar 1927

Und nun ist Weihnachten vorüber, mein erstes Weihnachten weit fort von zu Hause. Heute morgen hat der Lehrbetrieb am Seminar wieder begonnen. Ich habe mir vorgenommen, auch Vorlesungen in Religionsgeschichte zu besuchen, über Buddhismus, Brahmanismus usw., denn in diesem Bereich habe ich gar keine Kenntnisse, wofür ich mich schon oft geschämt habe.

Den Morgenmantel, den Du mir zu Weihnachten geschenkt hast, mag ich immer lieber! Was für ein wunderbares Stück! Ich bin wie ein neuer Mann, seitdem ich ihn bekommen habe, ja, ich sehe wirklich viel größer und besser darin aus.

Ich weiß nicht, woher es kommt, aber mein Heimweh ist in vielfacher Stärke wieder aufgeflammt.

3. Februar 1927

Im Dezember war ich oft müde und niedergeschlagen und wollte nur einfach still im Bett liegen, aber jetzt im neuen Jahr, da die Tage langsam wieder länger werden und ich angefangen habe, mehr und mehr über meine Heimkehr nachzudenken, da ist es, als ob ich wieder neue Stärke gewänne. Ich fühle mehr Kraft in mir als vorher und habe wieder Interesse an meinem Studium. Vielleicht wird sich meine Gesundheit doch noch einmal dauerhaft bessern. Außerdem gibt es mir so viel Mut und Zuversicht, wie tapfer Du bist.

Mit Gottes Hilfe will ich nun meine Zeit gut nutzen. Ich habe mich zwar damit abgefunden, daß ich nicht geweiht werden und somit die Aufgabe nicht wahrnehmen kann, nach der ich mich am meisten sehne. Aber ist diese Sehnsucht nicht ohnehin größtenteils Eitelkeit? Die Hauptsache ist, daß ich da bin, wo Gott mich haben will.

Ich sehe keinen Weg vor mir. Gott muß mir einen Pfad weisen, wenn Er mich zu Seinem Dienst berufen will. Immerhin hat Er tausend Mittel, um zu verhindern, was gegen Seinen Willen ist!

Oslo, 9. Februar 1927

Zu Beginn dieser Woche sah es beinahe so aus, als ob Du mich vom nächsten Boot abholen könntest, denn ich war einige Tage äußerst schwer erkrankt. Wahrscheinlich habe ich mich verkühlt, trotz aller Vorsicht, und außerordentlich hohes Fieber bekommen. Am Freitag fühlte ich zuerst, daß ich krank werden würde, war aber doch den ganzen Tag auf den Beinen, am Samstag ging es mir ein wenig schlechter und ich blieb daher den größten Teil des Tages im Bett, bis zum Abend, denn da hatte ich versprochen, mit dem Christlichen Studentenbund einen Ausflug zu machen. Es ging mir erstaunlich gut, wenn ich mich natürlich auch recht schwach fühlte.

Einige Abende und Nächte, während ich in meinem Schweiß lag, befielen mich verschiedene verzweifelte Gedanken, wie Du Dir vorstellen kannst. Ich wußte eigentlich gar nicht, was es war, das mich da befiel. Und am Ende kam ich soweit, daß ich mich vollkommen ergab. Natürlich hatte ich von Anfang an Gott angerufen, so gut ich konnte; allmählich jedoch wurde ich so schwach, daß ich es nicht mehr konnte. Aber dann stellte ich Gott nicht nur meine Gesundheit, sondern auch mein Leben anheim. Warum sollte ich nicht jung sterben, wie so viele andere? Und selbstverständlich kann Er seine Arbeit ohne mich und meine Schwäche tun, es wäre lächerlich, seine Hoffnung auf so etwas zu setzen. Und vielleicht will Er mich ja fortrufen, weil Er sieht, daß Er mich nicht brauchen kann und verhindern will, daß ich Schaden anrichte. Deswegen sagte ich, und bat um die Kraft, es aufrichtig zu meinen: Dein Wille geschehe. Und doch muß ich zugeben, daß ich noch immer nicht gelernt habe, dieses Gebet zu beten und bedingungslos anzunehmen, was es bedeutet. Zweifellos steht mir noch bevor, das zu lernen. Ich hatte beschlossen, daß ich, wenn ich bis zur Abfahrt der Gullfoss so krank bliebe, mit ihr nach Hause führe, so wie wir beide es besprochen hatten für den Fall, daß ich einen Rückfall erlitte. Und ich bat Gott, mir Antwort zu geben. Es war mir klar, was die Heimreise kosten würde, und daß sie das Ende aller Hoffnung wäre. Damit mußte man sich abfinden.

Aber, meine liebe Mama!, nun ist mein Herz dankbar für Gottes wunderbare Gnade.

12. Februar 1927
Letzten Mittwoch bekam ich eine Einladung von Professor Hart, sein Sohn überbrachte sie mir, ob ich nicht am selben Abend um sieben Uhr zu ihm kommen könne. Und obwohl ich mich noch nicht von meiner Krankheit erholt hatte, fand ich, daß ich die Einladung nicht ablehnen konnte. So aß ich dort erst zu Abend, und danach unterhielten wir uns, vor allem über die Verhältnisse und die Arbeit zu Hause. Ich erzählte ihm von meinem Bruder Sigurbjörn und erklärte ihm die Sorgen, die wir uns über ihn machten. Lukas 12.35–48.

Ja, man lernt das in diesem Kampf mit der Zeit, sich eine »dicke Haut« zuzulegen, sagte Hart. Predigt nicht mit Wärme, Helgason, sondern mit Feuer! Er war sehr freundlich.

Helgi machte eine Pause vom Lesen und öffnete die Haustür, der Garten lag verlassen, feucht und dunkel, die Zweige des Baums schüttelten sich im Wind.

Er ging in den Keller hinunter und suchte im Bücherschrank. Die Bibel lag auf dem Schreibtisch. Er schlug das Neue Testament auf, Lukas 12.35–48, und las:

Lasset eure Lenden umgürtet sein und eure Lichter brennen; und seid gleich den Menschen, die auf ihren Herrn warten, wann er aufbrechen wird von der Hochzeit, auf daß, wenn er kommt und anklopft, sie ihm alsbald auftun. Selig sind die Knechte, die der Herr, so er kommt, wachend findet. Wahrlich ich sage euch: Er wird sich aufschürzen und wird sie zu Tische setzen und vor ihnen gehen und ihnen dienen. Und so er kommt in der andern

Wache und in der dritten Wache und wirds also finden: selig sind diese Knechte. Das sollt ihr aber wissen, wenn ein Hausherr wüßte, zu welcher Stunde der Dieb käme, so wachte er und ließe nicht in sein Haus brechen. Darum seid ihr auch bereit; denn des Menschen Sohn wird kommen zu der Stunde, da ihrs nicht meinet.

Petrus aber sprach zu ihm: Herr, sagest du dies Gleichnis zu uns oder auch zu allen?

Der Herr aber sprach: Wie ein großes Ding ists um einen treuen und klugen Haushalter, welchen der Herr setzt über sein Gesinde, daß er ihnen zu rechter Zeit ihre Gebühr gebe! Selig ist der Knecht, welchen sein Herr findet also tun, wenn er kommt. Wahrlich ich sage euch: Er wird ihn über alle seine Güter setzen. So aber der Knecht in seinem Herzen sagen wird: Mein Herr verzieht zu kommen; und fängt an zu schlagen Knechte und Mägde, auch zu essen und zu trinken und sich vollzusaufen: So wird des Knechtes Herr kommen an dem Tage, da er sichs nicht versieht, und zu der Stunde, die er nicht weiß, und wird ihn zerscheitern und wird ihm seinen Lohn geben mit den Ungläubigen. Der Knecht aber, der seines Herren Willen weiß und hat sich nicht vorbereitet, auch nicht nach seinem Willen getan, der wird viel Streiche erleiden müssen. Der es aber nicht weiß, hat aber getan, was der Streiche wert ist, wird wenig Streiche leiden. Denn welchem viel gegeben ist, bei dem wird man viel suchen; und welchem viel befohlen ist, von dem wird man viel fordern.

10. April 1927

Am Freitag abend wurde in der Bibelschule ein Abschiedsfest für mich veranstaltet. Ein äußerst feierlicher Abend, den ich nie vergessen werde, solange ich lebe.

Hart hielt eine kurze Rede. Er sagte so ungefähr, daß es schade sei, daß ich jetzt fahren muß, und wenn Helgason auch sehr zurückhaltend ist, so habe er ihn doch gut kennengelernt, und nun möchte ich ihm für die Freundschaft danken, aber vor allem für seine Ernsthaftigkeit, er hat mit Leidenschaft den Ernst des Evangeliums verkündet und ihm nachlebend unter uns geweilt.

Du kannst Dir natürlich gut vorstellen, wie es mir während alledem ging. Das unergründliche Meer der Sünde, das Gott allein sieht, ist verborgen vor den Augen der Menschen.

Am Samstag war ich zusammen mit vielen anderen zu einem Semesterschluß-Essen im Gasthaus auf dem Holmenkollen eingeladen. Ein Advokat vom Obersten Gerichtshof hier in der Stadt hielt eine Rede über die Notwendigkeit zur täglichen Erneuerung eines christlichen Menschen. Glaubst du, viele täten das zu Hause? Danach wurde Zeugnis abgelegt; viele Studenten, Männer wie Frauen, nahmen daran teil. Am Ende wurde gemeinsam gebetet. Ich glaube, es ist ein seltener Anblick in diesem Gasthaus wie in den meisten anderen, daß eine große Gruppe junger Männer und Frauen dort im Gebet kniete. Und unbestreitbar war es ein bißchen merkwürdig, in diesem Saal brennend heißen Gebeten und Fürbitten zu lauschen, während aus dem Nachbarsaal Musik und Tanz zu hören war.

Ich gab Hart ein dänisches Buch zur Erinnerung, und seiner Frau gab ich das Schaffell, das Papa mir zu Weihnachten schickte, ich hoffe, er wird mir dafür vergeben! Und einem kleinen Mädchen, das gerade zu Besuch war, gab ich die kleinen Weihnachtsmänner, die Sibbi mir geschenkt hat. Sie sagte Hart, daß sie mich gerne heiraten wolle, weil ich so ernst sei! Ihr Papa fragte sie, ob er mir das sagen dürfe. »Ja-a, aber dann lächelt er bestimmt!« sagte sie.

Einige meiner besten Freunde begleiteten mich zum Bahnhof, und um sieben Uhr abends am 8. April fuhr der Zug aus Oslo ab: Mein gut fünf Monate langer Aufenthalt in Oslo war zu Ende.

Erlangen, 17. April 1927

Nun bin ich endlich an meinem Bestimmungsort angekommen, gestern abend um halb sieben traf ich hier ein. Mehr kann ich im Grunde nicht darüber erzählen, denn ich wohne immer noch im Hotel. Ich hatte ursprünglich vorgehabt, Dir erst zu schreiben, wenn ich meine neue Adresse wüßte, aber ich möchte sichergehen, daß diese Zeilen die Gullfoss noch erreichen, daher wage ich nicht zu warten. Ich ging heute zum Studentischen Wohnungsamt, aber das ist erst morgen wieder geöffnet. Ich habe auch noch keinen der Professoren getroffen, ich will mich erst häuslich einrichten. Erlangen ist eine nette kleine Stadt, es ist hier sehr heiß gewesen heute, aber es soll kalt sein im Vergleich zu dem, was noch kommt. Es wurde mir beinahe unheimlich, als ich sah, daß alle Fenster hölzerne Läden haben, die man schließen kann, wenn die Sonne am heißesten brennt!

Ich habe einiges von Berlin gesehen, aber die Stadt ist wie ein grundloses, endloses Meer, so daß man in Wirklichkeit in zwei Tagen nur einen Bruchteil sehen kann.

Die Reise ist gutgegangen. Mein Deutsch ist natürlich etwas eingerostet, aber bis jetzt hat alles leidlich geklappt. Wir werden sehen, wie es geht, wenn ich erst einmal mit den Professoren sprechen und mir ein Zimmer suchen muß.

Viele Stunden verbringe ich damit, Fahrpläne zu studieren und davon zu träumen, nach Hause zu fahren. Ich träume auch jede Nacht davon, daß ich nach Hause komme. Gleichzeitig ist auch eine gewisse ängstliche Unruhe in mir. Ich weiß nicht, wie lange ich es hier aushalten werde. Wir werden sehen.

Grüß mir bitte meinen Sigurbjörn. Es ist so seltsam, ich habe das Gefühl, daß ich ihn nie so geliebt habe wie jetzt, und ich weiß, daß Gott meine Gebete hören wird, daß er Ihm sein Herz vollkommen anheimgeben möge.

Was hättest du an meiner Stelle getan, Jóhannes, mein Bruder? fragte Sigurbjörn laut, allein im Wohnzimmer. – Für deinen Feind gebetet? Diese Vorstellung finde ich widerlich. Der Gott des Alten Testaments ist da mehr nach meinem Herzen.

Er stolperte erschöpft, doch ruhelos durch das Haus. – Es ist etwas Knechtisches an der Botschaft Christi, murmelte er, Fetzen verschiedener Bibelverse im Kopf: »Die Rache ist mein, Auge um Auge, wer mich verachtet, der verachtet den, der mich gesandt hat.« Was, wenn Christus wirklich Gottes Sohn wäre? Und was, wenn es das Ewige Leben gäbe? Das wäre entsetzlich! Und was, wenn Er am Ende der Welt sagte: »Ich habe euch nie gekannt.« Weil ich gehen muß und diesen verdammten Menschen umbringen, mit dem Jagdgewehr zu ihm gehen und ihm direkt ins Gesicht schießen. Ich kann warten, bis er freikommt. Ich kann warten. Aber wenn ich ihn töte, muß ich dann bis in alle Ewigkeit heulend und zähneklappernd im Dunkeln hocken? Ist die Rache das wert? Aber so kann ich nicht leben. Und ich kann die Hände nicht küssen, die meinen Tóti geschändet haben. Nun sitzt dieses

Scheusal und trinkt Kaffee, als wäre es das Selbstverständlichste der Welt!

Sigurbjörn hatte sich noch nie vorgestellt, daß Ketill sich so harmlosen Tätigkeiten widmen könnte wie dem Kaffeetrinken, und er stand einen Moment wie versteinert im Wohnzimmer. Nun sitzt er und blättert in der Tageszeitung. Und braucht nicht an mich zu denken. Und denkt vielleicht nie an mich! Aber ich bin sein Sklave, der nie, auf keine Weise, aufhören kann, an ihn zu denken. Herr im Himmel, welche Schmach! Soll er nie dafür bezahlen müssen? Er sah Thórarinn vor sich auf dem Boden, und bevor er sich beherrschen konnte, brach ein unmenschliches Wutgeheul aus ihm hervor, das er selbst mit Erstaunen hörte.

Danach saß er lange völlig ermattet, und eine fast angenehme Müdigkeit überkam ihn. Die vornehme Lampe auf dem Tisch mit ihrem affektierten gelben Schirm warf Licht auf die vergilbten Briefe seines Bruders.

Im Keller waren drei alte Telefonbücher, die er immer behalten hatte für den Fall, daß er sie eines Tages für das Geschäft gebrauchen könnte. Er fand den Namen Ketill Einarsson. Er schlug ihn in allen drei Telefonbüchern nach, und überall war Ketill Einarsson unter der gleichen Adresse aufgeführt. Lebten seine Eltern vielleicht noch? Sigurbjörn schlug unter dem Namen »Einar« auf und fuhr die Spalten mit dem Finger hinunter, bis er einen Einar Kristjánsson unter der gleichen Adresse fand. Framnesvegur 22c. Er starrte auf den Namen und spürte in sich ein angenehmes Haßgefühl. – Er hat bei seinem Vater gewohnt, murmelte Sigurbjörn. – Und bei seinem Bruder gegessen. Und Hand an seine Schwägerin gelegt, sogar während sein Bruder zusah, stand in den Polizeiakten. Elendes Pack, die ganze Familie! Auge um Auge, das sagst du doch, Herr. Ich gehe jetzt und verprügle diesen alten Mann. Was sein Sohn wohl denken wird, wenn er in Litla-Hraun erfährt, daß der alte Mann brutal zusammengeschlagen worden ist? Wird er dann nachts wachliegen und ihn immer vor sich sehen mit Blut im schneeweißen Haar? Mir sind doch nicht alle Wege versperrt, dachte Sigurbjörn frohlockend. Auch wenn ich dafür bis in alle Ewigkeit in der Unterwelt bleiben muß, bis die Welt vielleicht vergeht. Ich kann das ertragen. Ja, ich kann das ertragen.

Er ging hinauf ins Schlafzimmer, legte sich in das Doppelbett und schlief ein. Im Traum meinte er in einem großen Haus einen langen Flur entlangzugehen. Alle Räume waren leer, bis er eine Tür öffnete, hinter der sein Vater mit einer Zigarre im Mund an seinem Schreibtisch saß. Er zog die Brieftasche aus dem Jackett und sagte langsam, aber vor allem so liebevoll: – Nein, bist du es, mein kleiner Sibbi? Komm her und laß dir von deinem Papa was für Schokolade und Brause geben.

Er erwachte. Die Zweige der Bäume lagen wie ein Netz von Adern über dem langsam erblauenden Firmament. Er tastete mit der Hand zur anderen Bettseite hinüber, erinnerte sich aber dann, daß die Frau gegangen war, und kam mühsam auf die Ellbogen hoch. Sonntag morgen. Helgi war abends zum Tanzen gegangen, aber wahrscheinlich nach Hause gekommen, während er schlief. Ich muß aus dem Haus, bevor der Junge sich aufrappelt, dachte er, auf der Bettkante sitzend. Der Helgi geht mir langsam schrecklich auf die Nerven. Er ging die Treppe hinunter und hörte jemanden in der Küche rumoren. Ein Mädchen mit langen blonden Haaren stand mit dem Rücken zu ihm an der Spüle. Sie war nur mit einer Unterhose bekleidet. Lange Beine, schlanke Taille. – Sind Sie bei Helgi zu Besuch?

– Oh, sagte sie und drehte sich um. Sie hielt ein Glas Wasser in der Hand. – Ja. Ich bin nur schnell runtergekommen, um ihm einen Schluck Wasser zu holen. Er hat Durst. Ich wußte nicht, daß noch jemand zu Hause ist. Er hat mir erzählt, daß seine Familie im Ausland wäre.

– Ich bin früher nach Hause gekommen als geplant, murmelte Sigurbjörn und setzte sich an den Küchentisch. Das Mädchen verströmte einen angenehmen Geruch, er bemerkte es, als sie an ihm vorüberging. Aus den Augenwinkeln sah er, daß ihr Busen groß und schön war, ähnlich wie Sunnevas, mit Brustwarzen, die aussahen, als hielte ein zum Kuß gespitzter Mund eine Beere. Gesegnet seien die Frauen, dachte er. Was für eine schrecklich lange Zeit ist doch vergangen, seit ich eine andere Frau nackt gesehen habe als meine Sunneva. Er hörte, wie das Mädchen leichtfüßig die Treppe hinauflief. Und warum habe ich sie neulich auf den Kopf geschlagen? So eine Dummheit!

Er hatte plötzlich Lust, aufzuspringen und Helgi und seine unbekannte Beischläferin hinauszuwerfen, und ging mit schnellen Schritten die Treppe hoch. Aber dann blieb er auf der obersten Stufe stehen und lauschte verblüfft. Helgi weinte mit unterdrücktem Schluchzen, und das Mädchen versuchte, ihn zu trösten. Warum weint der Junge? dachte er erstaunt, während er die Treppe leise wieder hinunterging.

Vielleicht wird Gott mit mir Frieden schließen, wenn ich alles akzeptiere, womit ich mich nicht abfinden kann, dachte er auf einmal. Der Herr schätzt die Barmherzigkeit doch so hoch. Gab Gott dem Hiob nicht alles zurück, was er besessen hatte? Sigurbjörn kniete neben dem Küchentisch nieder. Guter Gott, bitte nimm diesen Ketill in deine besondere Obhut. Mach, daß ihm von nun an nie wieder etwas Böses zustößt. Gib mir nur meine Familie und mein Leben wieder. Dreh die Zeit zurück, dann werde ich sicherstellen, daß der Junge an diesem Samstag morgen das Haus nicht verläßt. Er wartete eine Weile auf den Knien. Den Namen Ketill hatte er noch nie zuvor in den Mund genommen. – Nein, sagte er heiser, und stand wieder auf. – Dann mach, daß ihm das Fleisch in der Hölle von den Knochen fault.

Er ging ins Wohnzimmer. In den letzten Tagen war das Wetter launenhaft gewesen. Ein unablässiger warmer Südwind hatte auf dem Haus gestanden, und Wasser war in kleinen Tropfen durch den Fensterrahmen gesickert. Ein dünnes Rinnsal schlängelte sich über das Fensterbrett, auf dem Boden stand eine Pfütze. Es gab eine Zeit, da wäre er froh gewesen, daß eine kleine Reparatur anfiel, und er hätte den Kitt und die Leiter hervorgeholt und die Fensterscheibe herausgenommen. Statt dessen betrachtete er fasziniert das klare Rinnsal, als würde dort eine Schlange über den Lack ins Zimmer kriechen.

Er setzte sich ans Telefon und schlug Einar Kristjánsson, Framnesvegur 22c auf. Es dauerte geraume Zeit, bis der alte Mann den Hörer abnahm und sagte: – Hallo.

– Hallo, ist der Ketill zu Hause?

– Nein, der ist nicht da. Wer ist denn das?

– Ich heiße Bödvar. Wir sind eine Fangsaison zusammen auf der alten *Gissur* gefahren.

– Ach so, sagte der alte Mann etwas freundlicher. – Kann ich ihm etwas ausrichten?

– Ja, ich habe ihm einen Platz auf einem Trawler verschafft.

– Dafür ist es wohl zu spät, kam es nach einigem Schweigen zurück. – Er hat schon einen guten Platz.

– Ach ja, ist das so? sagte Sigurbjörn höhnisch. – Einen guten Platz. Schön für ihn.

– Wer sind Sie denn, wenn ich fragen darf?

Sigurbjörn legte auf. Der Alte ist zu Hause, dachte er erregt. Und außerdem ist er ein verdammter Lügner. Der Penner. Einen guten Trawlerplatz! Sein Sohn wird schön geschockt sein, wenn er im Hraun-Gefängnis hört, daß der alte Schuft brutal zusammengeschlagen worden ist.

Er verließ das Haus mit dem Entschluß, Ketills Vater aufzusuchen, um ihn zu schlagen und zu quälen, vielleicht sogar zu töten. Es war schon ganz hell draußen, doch ein merkwürdiges Gefühl überkam ihn, als würde er sich nicht richtig auskennen in der Gegend. – Ich sollte mich vielleicht hinlegen, murmelte er und ging den Stadtring entlang. Nirgendwo im Vatnsmýri lag noch Schnee. Die ganze Natur war erstaunlich lebendig. Dort stand eine kleine, vereiste Pfütze, totes Gras, Erde drumherum, und im Straßengraben gluckerte ein kleiner Wasserlauf. All das erinnerte ihn in abstoßender Weise an Körpersäfte, die ganze Erde war wie ein alter, kranker Körper. Zum Anbeginn der Zeit war die Erde noch gesund gewesen. Dieser Gedanke beruhigte ihn für einen Augenblick, doch dann wurde es ihm plötzlich wieder bewußt: Sie riß sich ja selbst entzwei mit ihren Erdbeben, und Blitze setzten die Steppen und Wälder in Brand! Sie ist dem Menschen nicht freundlich gesonnen. Das einfachste Ding auf der Welt ist zu erfrieren! Nirgendwo gibt es Sicherheit. Und dann diese Ungeheuerlichkeit, daß der Mensch sterben soll. Du bist Erde und sollst zu Erde werden. Und trotzdem soll ich Gott für alles danken. Vielen Dank, daß ich unter einem trockenen Dach schlafe. Vielen Dank, daß ich was zu fressen kriege. Und danke, daß der Leib, den du geschaffen hast, nicht siech ist. Aber jetzt erkläre ich dir den Krieg, Schöpfer. Wegen meines Bruders Jóhannes, und wegen Tóti. Wird dir langsam bewußt, Gott, mit wem du dich eingelassen hast? Sigurbjörn schüttelte die Fäuste gen Himmel, während er in großen Schritten die Ringstraße entlangmarschierte.

Ihm fiel ein, daß er nun beinahe bei Sunneva und den Kindern angekommen war. Einen Moment lang dachte er darüber nach, Plunderkuchen und Brötchen zu kaufen und sie einfach bei ihnen auf den Tisch zu legen, von einem zum anderen zu sehen und sich Morgenkaffee einschenken zu lassen.

Er ging in den Garten am Musikpavillon, um einen Augenblick Ruhe zu finden. So eine schicksalhafte Entscheidung sollte nicht ohne reifliche Überlegung getroffen werden. Nicht weit vom Ufer beobachtete er eine kreisförmige Bewegung auf dem Wasser, als hätte dort eine Hand von oben gerührt. – Willst du mir etwas sagen, Herr? Er blickte zum Himmel auf. Als er wieder zum Stadtteich hinübersah, bemerkte er unweit vom Ufer einen Schwan. Zu dieser frühen Tageszeit war noch niemand mit Brot gekommen, der Schwan hatte den Mann gesehen und schwamm nun neugierig heran. Seine weiche Brust teilte sanft das Wasser, sein gelber Schnabel und das schneeweiße Gefieder waren das Prächtigste, das Sigurbjörn seit Ewigkeiten gesehen hatte.

Er stand lange Zeit und betrachtete den Schwan, der schließlich des Wartens müde wurde und wieder fortschwamm. Ich muß einen Weg zu Gott finden, trotz allem, dachte der Mann. Einen anderen Weg gibt es nicht. Jetzt gehe ich in die Weststadt hinüber und klopfe einfach an und versöhne mich mit meiner Frau. Hatte ja gar keine andere Wahl als zu unterschreiben, die Gute. Natürlich konnte ich mich nicht so gehen lassen. Die Leute mußten Zutritt zum Neubau erhalten, und die Handwerker mußten entlohnt werden. Er zückte seine Brieftasche und beschloß, in die nächste Bäckerei zu gehen. – Meine Sunneva, ich komme, sagte er. – O Herr, warum habe ich sie auf den Kopf geschlagen? Sie sah so erbärmlich aus auf dem Boden. Mein Modell. Jetzt ist alles zerstört. Ja, jetzt ist alles kaputt, sagte er laut.

Während er mit dunkler Stimme diese Worte sprach, ging er an einer Grube am Straßenrand vorüber, über die zum Schutz gegen die Elemente ein Zeltdach gespannt war. Unter ihm arbeiteten zwei Männer von der Telefongesellschaft an den Kabeln. Sie unterhielten sich miteinander und lachten. Sigurbjörn hatte den Kopf gehoben und sich hoch aufgerichtet, als er die beiden bemerkte, dennoch hatte er das Gefühl, daß die Männer über ihn lachten. Sie hatten die Zeitungen gelesen. Sie wußten, was Thórarinn zugestoßen war. Sie wußten, daß er sein Vater war. Und sie fanden die ganze Sache lustig. Eine müde Stimme in seinem Kopf sagte: – Das ist Wahnsinn, Mann, trotzdem drehte er sich um und ging zu der Grube zurück. Einer der Männer sah ihm ängstlich aus dem Zelt heraus entgegen, er war nicht älter als zwanzig, ungewöhnlich blaß, mit einer dicken schwarzen Brille im Gesicht. – Lachst du über mich, Bursche? fragte Sigurbjörn. Der junge Mann sah ihn erstaunt an und schüttelte den Kopf.

– Ich möchte dir nur mitteilen, mein Guter, daß ich ein hochgebildeter Mann bin und einer der angesehensten Bürger dieser Stadt. Ich bin Architekt und ein unehelicher Sohn Jóhannes Kjarvals. Ich habe sogar an den Entwürfen zum Nationaltheater mitgearbeitet.

– Ich habe ihm nur einen Witz erzählt, das hatte nichts mit Ihnen zu tun, sagte der andere junge Mann, der weiter hinten im Zelt rittlings auf einem dicken Kabel saß.

– Ihr Papa ist wirklich ein toller Maler, fügte der mit der Brille hinzu, um Sigurbjörn zu besänftigen.

Sigurbjörn drehte sich um, ging weiter und dankte Gott, daß er nicht auch noch Thórarinn erwähnt hatte. Warum habe ich denen erzählt, daß ich ein gebildeter Mann bin und am Nationaltheater gearbeitet habe? Ein unehelicher Sohn Jóhannes Kjarvals! Ja, da hat meine gute christliche Mutter einen ordentlichen Seitensprung hingelegt. Und ich bin auf dem Weg in die Weststadt, um einen Greis zu verprügeln. Was bin ich doch für ein Versager! Kann man verlangen, daß jemand aufhört, sein Kind zu lieben, wenn es so etwas tut? O Herr, ich bin so am Ende. Kann man aufhören, seinen Sohn zu lieben? Warum setze ich dem allem nicht einfach ein Ende und schieße mir in den Kopf? dachte er. Bestimmt Gott nicht über jede unserer Handlungen, wenn er nur will? Er hätte den Tag so für mich einrichten können, wenn er gewollt hätte, daß Tóti den Mann nicht am Spielzeugladen trifft. Aber er tat es nicht. Und warum nicht? Weil es ihn nicht gibt. Und die Sunna! Was war in sie gefahren, so darauf zu bestehen, daß der Junge arbeiten geht? Ganz gegen meinen erklärten Wunsch. Und wie konnte sie nur den Brief unterschreiben?

Plötzlich fiel ihm wieder ein, daß Sunneva mit den Kindern nach Laugarnes gezogen war. Ich habe den Verstand verloren, dachte er und legte sich die Hand auf die Stirn. Er fühlte, daß er hohes Fieber hatte. Am Ende der Lækjargata sah er den Berg Esja, aber es war nicht der Berg, den er kannte, sondern ein anderer Berg, der nur aussah wie die Esja. Mit großen Schritten ging er die Lækjargata entlang nach Norden, um sich diesen Berg genauer anzusehen. Im Hafen lagen rostbraune Schleppnetztrawler. Viel später hörte er die Glocken des Doms mit wehmutsvollem Klang läuten.

Er wußte kaum, wo er sich befand an diesem Tag, noch wie die Zeit verging. Irgendwo hatte er lange Zeit an einem Baum gestanden und einen schmarotzenden, pilzförmigen Bewuchs am Stamm betrachtet. Er hatte ein Hotdog bei *Beste Würstchen der Stadt* gegessen, und die Farbe des Senfs hatte ihm Ekel verursacht. Lange hatte er auf einer Parkbank gesessen und auf seinen Schuh gestarrt.

Bald war es dunkel geworden, und er war ins Hotel Borg gewandert. Dort stand er lange Zeit an einem Tisch, ohne etwas zu bestellen, und fühlte, daß die jungen Leute ihn anlächelten. – Ist dein Sohn gestorben? Weswegen fanden die Leute es lächerlich, daß Thórarinn gestorben war? Er hatte irgendwo in der Weststadt in der schwarzen Dunkelheit hinter einem Haus versteckt gelegen, um Gudbrandur zu finden und zu töten. – Gudbrandur töten, hatte er immer wieder heiser hervorgestoßen. – Gudbrandur töten. Gegen Morgen begegnete er einem alten Mann mit schwarzem Hut und weißem Stoppelbart, und er bedrohte ihn mit erhobener Faust. Ketills Vater? Aber das konnte gar nicht sein, denn dieser gute alte Mann ging seit Jahren mit seiner Milchkanne die Njardargata entlang. – Gott segne dich, alter Mann, hatte er gesagt und ihn bei den Schultern gepackt. – Der Herr sei dir gnädig.

Er hatte den Postboten am Gartentor getroffen und ein paar Worte mit ihm gewechselt. Der Postbote hatte ihn erstaunt angesehen und gesagt: – Es ist Montag morgen. Zu seiner großen Erleichterung war Helgi schon zur Arbeit gegangen. Er öffnete die Briefe. Androhung der Zwangsvollstreckung. Aber in dem anderen Umschlag ein Scheck über zwanzigtausend Kronen, in altes Kohlepapier eingewickelt, und dazu ein kurzer Brief in ungelenker Handschrift: *27.3.1954. Das ganze Haus ist jetzt verkauft. Ich habe alles planmäßig abgeschlossen. Ingvar Hjálmarsson hat es sich noch einmal überlegt. Alles in Ordnung, Kamerad. Neue Aufgaben warten. Als nächstes baut die Bauinitiative an der Stigahlíd. Gute Bezahlung und Anteilsdividende. Ich freue mich darauf, Dich bald bei der Arbeit zu sehen. Dein Freund Gudbrandur.*

Die Gärten in der Straße erwachten zu neuem Leben. Die Jahreszeit nahm keine Rücksicht darauf, daß die Sjafnargata 1a in Trauer war. Sigurbjörn erstaunte das fast. Es war ihm zur Gewohnheit geworden, sich das Haus in schwarzes Tuch gehüllt vorzustellen, so wie Sunneva es im Traum gesehen hatte.

Die ersten zehn Junitage gingen vorüber, und das schöne Wetter hielt immer noch an. Der Vogelbeerbaum war so dicht belaubt, daß das Wohnzimmer in ständigem Halbdunkel lag. Die Spiele um die isländische Fußballmeisterschaft fanden statt, und Helgi war selten zu Hause. Eines Samstagnachmittags ertrug Sigurbjörn die Untätigkeit nicht länger, er zog sich Arbeitshosen und einen alten Pullover an, holte den Rechen aus dem Keller und ging in den Garten. Es war heiß, doch dicke Wolken zogen sich am Himmel zusammen. Er rechte die Beete. Die Blumen, die seine Frau gepflanzt hatte, fingen gerade an zu blühen. Er kannte ihre Namen nicht. Er ermüdete unerwartet schnell und mußte sich erschöpft setzen. Die Sonne kam hinter den Wolken hervor, und die Blumen dufteten noch intensiver. Lange saß er totenstill und genoß die Wärme. Er legte sich ins Gras und beobachtete, wie das Grün der Baumkrone sich veränderte, wenn die Sonne hinter den Wolken hervortrat und wieder verschwand. Die Insekten summten, er setzte sich auf, eine Schmeißfliege flog in einem Bogen über den Rasen. Er stand auf und setzte sich auf die warmen Stufen vor dem Hauseingang.

Er war es gewöhnt, Sunneva und sich selbst als eine Person zu betrachten. Alles, was er tat, war für ihn etwas, das sie beide taten. Aber jetzt wurde ihm bewußt, daß er nicht mehr im Garten gearbeitet hatte, seit er ein junger Mann gewesen war; stets hatte sie sich darum gekümmert. Der Rechen lag auf dem Rasen, wo er ihn fallen gelassen hatte. Er betrachtete ihn lange. Er war erleichtert, als er wenig später die rote Motorhaube des Autos auf den Stellplatz vor dem Haus einbiegen sah. Helgi kam mit seiner guten alten Sporttasche über der Schulter den Gartenweg hinauf. Als er beinahe an der Tür war, fragte sein Vater ihn lächelnd: – Und natürlich habt ihr denen von Valur ordentlich den Arsch versohlt?

– Diesmal nicht, Papa. Helgi setzte sich auf die Stufen. – Zumal wir gegen den FC Reykjavík gespielt haben.

– Und wie ist es gelaufen?

– Wir haben zwei zu drei verloren.

– Ach, was für ein Pech.

– Mal geht es so, mal so.

– Und wer hat die Treffer gemacht?

– Treffer gemacht? Was meinst du?

– Na, in das gegnerische Tor.

– Ach so, ja. Eins davon hab ich geschossen.

– Super! Du bist einfach klasse.

– Man tut sein Bestes. Helgi sah verstohlen zu seinem Vater, der nie zuvor Interesse am Fußball gezeigt hatte.

– Was hältst du davon, heute abend mit deinem alten Herrn ins Kino zu gehen? Ich lade dich ein. Sigurbjörn legte seine große Hand auf das Knie seines Sohns.

– Du bist leider zu spät dran, sagte Helgi.

– Ist es die Blonde?

– Nein, ihre Schwester.

– Was sagst du da, Junge? Sigurbjörn war fassungslos.

Helgi lachte. – Nein, im Ernst, ich muß noch bei Mama vorbei.

– Kannst du das nicht verschieben?

– Nein, das geht nicht.

– Na ja, dann vielleicht unter der Woche, oder am nächsten Wochenende?

– Am nächsten Wochenende fahren wir ins Lager nach Laugarvatn, um uns auf das Länderspiel gegen Finnland vorzubereiten.

– Warum zum Teufel laden die nicht mal eine Mannschaft ein, gegen die ihr eine Chance habt? fragte Sigurbjörn böse und ließ Helgis Knie los.

– Ja, das ist eine gute Frage, die du da stellst. Helgi sah auf seine Schuhe. Sigurbjörn wunderte sich über die Antwort; er hätte erwartet, daß der Junge wütend aufbraust. Er betrachtete Helgi genauer; er war Sunneva so ähnlich, als sei ihr Gesicht in seinem Profil versteckt. Er hatte das Gefühl, daß der Sohn irgendwelche Neuigkeiten hatte. – Gibt es etwas von deiner Mama und den Kindern zu berichten?

– Nein, kann man nicht sagen.

– Was meinst du?

– Ach, nichts.

– Ich habe das Gefühl, daß du mir etwas verheimlichst.

– Warum fährst du nie dorthin oder rufst mal an, Papa?

– Sie ruft mich nie an.

– Warum lädst du die Kinder nicht mal ins Kino ein? Vilborg hat mir gestern erzählt, daß du ihr schon letztes Jahr versprochen hast, mit ihr ins Kino zu gehen.

In der Tat erinnerte sich Sigurbjörn, daß er im Herbst mit seiner Tochter ausgemacht hatte, einen Film zu sehen. Ihm fiel nicht mehr ein, welcher es war, der sie interessiert hatte. – Ich fahre einfach mit dir mit nach Laugarnes, wenn wir mit dem Abendessen fertig sind, sagte er. – Kannst du die beiden dann nicht zu mir hinunterschicken, und ich gehe mit ihnen ins Kino?

– Willst du nicht hochkommen und der Mama guten Tag sagen?

– Nein, das will ich nicht, sagte Sigurbjörn entschieden. – Ruf bitte die Kinder für mich an und sag ihnen, daß ich sie zur Neun-Uhr-Vorstellung abhole.

– Und soll ich vielleicht auch schon die Karten besorgen? fragte Helgi. – Das ist wie mit Oma, Ausgehtracht, Trompetenfanfaren und ein roter Teppich, bevor ihr im Kino erscheint.

– Ho ho, lachte Sigurbjörn. – Du hast Humor, lieber Helgi, und das ist gut so. Aber diese Geheimniskrämerei, die gefällt mir nicht. Was ist los? Ich kann dich lesen wie ein offenes Buch, mein Freund.

– Ich muß dir ein Geheimnis anvertrauen. Was glaubst du, was ich gefunden habe, als ich dieser Tage dabei war, meine Sachen in Vilborgs Zimmer zu räumen? Ich schob ihre Kommode von der Wand, und da war etwas am hinteren Bein festgebunden. Also legte ich die Kommode um, und es war eine Streichholzschachtel, die dick mit Klebeband umwickelt war. Ich habe das Klebeband abgemacht, und rate, was in der Schachtel war?

– Da bin ich überfragt.

– Die Ohrringe, wegen der es im letzten Sommer so einen Streit gegeben hat.

– Verflixt und zugenäht, sagte Sigurbjörn erstaunt.

– Warum tun Kinder so etwas?

– Wahrscheinlich hat es ihr nicht gefallen, daß wir ständig pleite waren, sagte Sigurbjörn ernst. Sie hat natürlich gewußt, die Arme, wie abhängig wir von Gudbrandur waren, und damit konnte sie sich schlecht abfinden. Ich möchte dich allerdings bitten, deiner Mutter nichts davon zu erzählen.

– Wo denkst du hin, sagte der Sohn.

– Und das war alles? fragte Sigurbjörn. – Kinder machen so was oft. Hast du die Zeitung mitgebracht?

– Nein, das habe ich ausnahmsweise vergessen. Gibt es einen besonderen Grund, daß du fragst?

– Nein, ich wollte nur wissen, was im Kino läuft.

Sie blickten beide den Gartenweg hinunter, als sich das Gartentor quietschend öffnete. Ein Mann kam heran; sein Gang wirkte zögerlich. Unter dem Arm trug er eine Ledertasche. – Guten Tag, sagte der Mann. – Ich bin von den Elektrizitätswerken. Ich soll hier den Strom abstellen.

– Das muß ein Mißverständnis sein. Sigurbjörn sah sich zornig um. – Meine Frau hat mir versprochen, die Rechnung zu bezahlen. Sind Sie hier beim richtigen Haus, guter Mann?

– Ihr Name steht auf der Rechnung, sagte der Mann. – Sigurbjörn Helgason, Sjafnargata 1a. Ich bin hier auch schon öfter gewesen.

– Ich bezahle meine Rechnungen immer pünktlich, polterte Sigurbjörn und tat, als sähe er die Rechnung nicht, die der Mann ihm hinhielt. – Ist nicht eine Nummer auf der Rechnung, die Sie mit der Zählernummer im Keller vergleichen müssen? Erst dann wissen Sie, ob Sie im richtigen Haus sind.

– Ein solches Mißverständnis ist ausgeschlossen, sagte der Mann. – Ihr Name und ihre Zählernummer gehören zusammen. Der Verbrauchsmesser in jedem Haus, in dem Sie wohnen, wird mit Ihrer Kundennummer gekennzeichnet.

Sigurbjörn war über diese Mitteilung wütend und erstaunt. Er stieß Helgi mit dem Ellbogen an. – Helgi, mein Lieber, steh doch bitte auf, geh mit dem Herrn in den Keller hinunter und vergleicht die Nummern.

– Ich glaube, das ist vollkommen überflüssig, Papa.

– Na, nun geh schon, sagte Sigurbjörn. – Ich bin kein säumiger Zahler. Er wandte sich wieder an den Mann von den Elektrizitätswerken. – Kamerad, vergleichen Sie die Nummer im Keller, wie ich Ihnen sagte, dann wissen Sie, woran Sie sind. Komm schon, Helgi, steh auf und geh mit dem Herrn hinunter.

– Ist das nicht ein Prachtkerl? sagte Sigurbjörn, als Helgi aufgestanden war, und präsentierte seinen Sohn mit ausgestrecktem Arm.

Der Stromabsteller bejahte und fragte: – Ist er nicht unser berühmter Fußballer?

– Er gehört zu den größten Männern im Land. Er heißt Helgi, und er ist mein Sohn. Letztes Jahr hat er das Tor gegen die Franzosen geschossen.

– Ich habe von ihm gehört.

– Haben Sie schon mal einen größeren und schmuckeren Mann gesehen?

– Das wage ich zu bezweifeln, sagte der Stromabsteller.

– Hilf mir bitte hoch, Helgi, sagte Sigurbjörn. – Du hast aber verdammt kalte Hände, sagte er, als er auf die Beine gekommen war. – Hast du gestern nacht getrunken?

– Der ist noch von der alten Sorte, sagte der Mann von den Elektrizitätswerken, als sie vor dem Zähler standen. – Es gibt keinen Grund für uns, hier zu stehen, fügte er hinzu. – Das mit den Nummern ist reiner Unsinn. Es ist ganz klar, wer diese Rechnung bezahlen muß.

– Können Sie ihm vielleicht noch über das Wochenende Aufschub gewähren? Ich arbeite bei der Fischerei-Bank und bekomme am Montag wieder Geld.

– Hör mal, sagte der Stromabsteller. – Glaubst du, wir stekken die Finnen in die Tasche?

– Das will ich doch hoffen, sagte Helgi. – Ich renne sie einfach über den Haufen. Wenn ich einen von denen mit dem Ball sehe, werde ich zum Tier.

– Na ja, das hier kann noch warten, sagte der Stromabsteller. – Was tut man nicht alles für so einen berühmten Mann.

Helgi setzte die Kartoffeln auf und wartete in der Küche; er hörte, wie sein Vater sich im Wohnzimmer räusperte. Nach zwanzig Minuten nahm er den Topf vom Herd, goß das heiße Wasser ab und begann, die Kartoffeln zu pellen. – Die würden was sagen, meine Kameraden, murmelte er. – Wenn die mich hier in der Schürze sähen ... Willst du jetzt was essen oder nicht? Ich habe extra für dich gekocht, rief er.

– Ich bin todmüde, sagte Sigurbjörn. – War gerade ein bißchen eingenickt. Er setzte sich an den Tisch und beugte sich über den Teller. Helgi hatte Kohlrouladen gekocht, eines der Lieblingsgerichte seines Vaters, wie er wußte. Sigurbjörn schien geistesabwesend und aß kaum etwas. Auf dem Revers seiner Jacke prangten ein weißer Schweißrand und ein eingetrockneter Klecks Senf.

– Papa, du mußt deinen Anzug mal zur Reinigung bringen.

Sigurbjörn richtete sich kerzengerade auf, seine Augen blitzten zornig. – Hör mal, mein Lieber. Willst du mich vielleicht auch noch in die Badewanne stecken, oder darf ich solche Dinge selbst entscheiden?

– Von mir aus kannst du baden, wann du willst, antwortete der Sohn. Er stand auf, um Milch zu holen, und sah auf seinen Vater hinab.

Nach einer Weile legte Sigurbjörn Messer und Gabel hin und schob den Teller zur Seite. – Entschuldige bitte, sagte er. – Das Essen ist sehr gut, aber ich habe einfach keinen Appetit. Er starrte schwermütig aus dem Küchenfenster auf die alte Steinwand zwischen den Häusern. Der Baum im Nachbargarten stand in voller Blüte.

– Findest du nicht auch, daß man ihn sich bei Gelegenheit vorknöpfen sollte? sagte Helgi.

– Wen?

– Na, den verdammten Kinderschänder.

– Und wer soll das machen? fragte Sigurbjörn. – Sollen wir etwa in den Hochsicherheitstrakt einbrechen?

– Na ja, früher oder später kommt er ja wieder raus, sagte Helgi.

– Und bist du bereit, dafür jahrelang im Gefängnis zu sitzen? Wäre es dir so viel wert, ihn zu töten?

– Man könnte ihn ja ordentlich zurichten, aber am Leben lassen. Ihn zum Krüppel schlagen vielleicht?

Sigurbjörn lachte hart und freudlos. – Das wäre zu gut für ihn, da käme er zu billig davon.

– Wärst du denn bereit, dafür zu sitzen?

– Mir würde das nichts ausmachen. Aber es gibt etwas anderes, vor dem ich Angst habe.

– Etwas anderes?

– Unseren Schöpfer, murmelte Sigurbjörn verlegen. – Was wird er sagen, wenn ich die Dinge so in die eigenen Hände nehme?

– Ich dachte, du bist nicht gläubig.

– Glaubst du, die Erziehung meiner Mutter hätte keine Spuren hinterlassen? sagte Sigurbjörn und richtete sich im Stuhl auf. – Deine Oma wollte, daß ich zur Heilsarmee gehe und Missionar werde. Korpskadett Sigurbjörn Helgason. Wie hätte es dir gefallen, mich mit der Weihnachtsausgabe des *Kriegsrufs* auf dem Laugavegur herumstehen zu sehen, mein Junge? Ho ho, er lachte trocken. – Wenn ich vor irgendwas Angst habe, dann ist es das ewige Leben. Glaubst du an Gott?

– Dazu habe ich mir noch keine Meinung gebildet.

– Ich kann mich einfach nicht abfinden mit eurem Jesus, sagte Sigurbjörn düster. – Warum sollte ich vergeben? Er sah Helgi zornig an. – Ich habe nie einen Menschen gekannt, der irgendeinem anderen Menschen auch nur die kleinste Kleinigkeit vergeben hätte.

– Ich glaube nicht, daß von dir mehr erwartet wird zu vergeben als von anderen, Papa.

– Doch, von deinem Jesus. Der will das. Wir sollen unsere Feinde lieben und für sie beten. Soll ich für den Mann beten, der meinen Jungen geschändet hat? Soll ich die Hände küssen, die mein Kind getötet haben? Sigurbjörn sah seinen Sohn scharf an. – Kommt nicht in Frage, Helgi. Ich werde gehen und diesen Mann töten. Ich werde ihn töten!

Helgi erschrak vor der irren Wut in den Augen seines Vaters, der die geballte Faust in der Luft schwang, um zu zeigen, was am Tage des Zorns zu erwarten stand. Unwillkürlich hob er die Hand vor den Kopf, ließ sie aber sofort wieder sinken.

– Führ dich nicht so auf, murmelte er, peinlich berührt. – Du hast mich zu Tode erschreckt.

– Oh, das tut mir leid. Sigurbjörn wirkte auf einmal sehr müde, die Anspannung verschwand aus seinem Gesicht, er sah alt und hinfällig aus. – Wenn ich so viel Kraft hätte wie du, Helgi, sagte er und wurde noch einmal lebhaft. – Da könnte ich etwas ausrichten.

– Du kannst Gott dankbar sein, daß du nicht so viel Kraft hast wie ich.

– Du bist ein guter Junge, Helgi, sagte Sigurbjörn. – Du hast versucht, sie umzustimmen, als sie mir das Unternehmen weggenommen haben.

– In Gottes Namen, bitte laß uns nicht schon wieder davon reden.

– Du bist trotzdem ein guter Junge. Du hast zu mir gehalten.

– Und Ragnar.

– Ja, und mein Ragnar.

– Ich werde dir helfen, den Kerl zu vermöbeln.

– Das wird nicht nötig sein in der nächsten Zeit. Sigurbjörn brauchte lange, um vom Tisch hochzukommen. Als er den Stuhl losließ, schwankte er und stand einen Moment mit gesenktem Kopf, um sich zu sammeln.

Die Kartoffeln, das Fleisch und der Kohl lagen kaum angerührt auf dem Teller, die geschmolzene Butter darüber wurde langsam fest.

– Das ist ja furchtbar, wie schwach ich geworden bin, ho ho.

– Na, du ißt ja auch nichts, Mann.

– Entschuldige, mein Lieber, daß ich so gar keine Lust mehr auf Essen habe. Ich will mich ein bißchen ausruhen, bevor wir gehen.

– Alles in Ordnung, sagte Helgi und nahm sich das restliche Essen aus der Schüssel. Er hörte, wie sein Vater sich ein Bad einließ.

Es war schon nach halb neun, als sie sich auf den Weg nach Laugarnes machten. Helgi sprang in zwei Sätzen die Treppe hinauf. Sunneva und die Kinder wohnten im ersten Stock eines Zweifamilienhauses im Kirkjuteigur.

Vilborg kam elegant trippelnd die Treppe herunter, sie hatte ihre Abendhandtasche über der Schulter und trug ihre frisch gebürsteten roten Mokassins und einen Rock mit Zierborte, der länger als ihr Mantel war. Sie hatte sich Locken ins lange Haar gedreht, eine Spange hielt sie aus der Stirn. Um den Hals hing eine Perlenkette. Sie hatte Badesalz ins Wasser gegeben und lange in der Wanne gelegen und das Gefühl genossen, wie schwerelos ihr Körper im Wasser schwebte. Sie war eine Frau geworden.

Daß Thórarinn schlechtgelaunt war und nicht mitkommen wollte, freute sie sehr, endlich würde sie einmal eine Gelegenheit bekommen, mit ihrem Papa allein zu sein. Es gefiel ihr nicht im Kirkjuteigur; es hatte schon so ausgesehen, als würde dieses Wochenende genauso trist ausfallen wie das letzte.

Sie wohnten nun in einer Dreizimmerwohnung. Die Einrichtung hatten sie sich von Oma und Opa geliehen. Sunneva hatte in einem Gebrauchtmöbelladen drei Schlafbänke für sich und die Geschwister gekauft. Im Wohnzimmer hingen zwei scheußliche Landschaftsbilder. Im Kirkjuteigur gab es keine geschnitzte Uhr, kein Bild von Kjarval, keinen Schrank mit Porzellangeschirr und anderen Kostbarkeiten. Sie hatte ihre Mutter gefragt: – Mama, warum holst du nicht was ab von den Sachen, die uns gehören?

– Weil dein Papa gefährlich geworden ist.

– So ein Quatsch, Papa ist nicht gefährlich.

– Ich kenne ihn viel besser als du, meine kleine Vilborg, hatte Sunneva geantwortet.

Sigurbjörn hatte sich einen prächtigen Bart wachsen lassen, der die Narben auf seinen Wangen fast verbarg. Sie öffnete die Tür, sprang in das Auto, küßte ihn auf die Wange und zog die weißen Kniestrümpfe hoch.

– Meinst du nicht, daß Thórarinn gern vorne sitzen würde?

– Der kommt nicht.

– Ach so?

– Er fühlt sich nicht gut.

– Ach so.

– Papa, sieh mal, Mama steht in der Tür und winkt dir zu.

– Sunneva stand auf der Eingangstreppe, sie lächelte nicht, aber sie hob die Hand und winkte. Der Abendwind spielte in ihrem Haar.

Er sah weg und erwiderte den Gruß nicht.

– Willst du denn nicht zurückwinken? fragte Vilborg erschrocken.

Er besann sich eines anderen, aber da fiel die Tür schon ins Schloß.

– Was ist denn los mit Thórarinn? fragte Sigurbjörn, als er losfuhr.

– Ich weiß nicht, der sitzt nur noch zu Hause rum.

– Ach so?

– Du sagst zu allem nur »ach so«!

– Welchen Film wollen wir sehen?

– Dir ist bestimmt aufgefallen, daß *Die roten Schuhe* im Frühjahr noch einmal gezeigt wurden, sagte Vilborg. – Ich habe alle Mädchen in der Schule dazu gebracht, eine Aufforderung an das Kino am Stadtteich zu unterschreiben, in dem wir darum baten, den Film wieder ins Programm zu nehmen. Den Brief habe ich dann beim Geschäftsführer des Kinos abgegeben, und er hat sich überreden lassen, eine weitere Vorstellung zu geben. Und rate, was dann passiert ist.

Sigurbjörn schüttelte den Kopf und warf seiner Tochter einen Blick zu.

– Niemand kam außer mir und meiner Freundin Gudbjörg. Wir waren die beiden einzigen Besucher im Saal. Kannst du das glauben, Papa?

– Ho ho. Ihr seid also wieder Freundinnen.

– Ja, alte Liebe rostet nicht, sagte das Mädchen verlegen.

– Welchen Film möchtest du gern sehen, meine Kleine?

– *High Noon,* im Tripoli.

– Aber das ist ein Western, Mädchen.

– Ja, ich bin mit Western aufgewachsen. Was glaubst du, was das für Filme waren, in die Helgi und Ragnar mich früher immer mitgenommen haben? Liebesfilme?

Gary Cooper spielte einen Sheriff, der in großen Schwierigkeiten steckte. Ein paar Schurken waren auf dem Weg in die Stadt, um ihn zu töten. Cooper brauchte dringend Hilfe, aber niemand wagte, ihm beizustehen. Sigurbjörn erinnerte sich, daß er den Film vor einem Jahr schon einmal gesehen hatte und daß er die Verlassenheit des Sheriffs und die Gleichgültigkeit der Stadtbewohner vollkommen unrealistisch gefunden hatte, aber nun verfolgte er die Geschichte mit neuem Interesse. Immer wieder tauschten Vater und Tochter das Konfekt und die Tüte mit den Schokorosinen aus.

– Die Feigheit der Städter ist einfach abstoßend. Alle warten nur darauf, daß der Mann endlich getötet wird, murmelte Sigurbjörn, den Blick auf die Leinwand geheftet.

– Psst, Papa, flüsterte Vilborg. – Die Leute hören uns doch.

– Das Kirchenpack ist am schlimmsten! brummte Sigurbjörn, während er sich eine Handvoll Rosinen in den Mund schob.

Cooper trat allein vor die Kirche und streckte alle Schurken nieder. Als die Stadtbewohner sich daraufhin mit dem Sieger versöhnen wollten, sah er unglaublich gelassen von einem Mann zum anderen, und dann fuhr er mit seiner Geliebten auf dem Kutschbock aus der Stadt. – Ho ho ho, lachte Sigurbjörn laut. – Geschieht den feigen Schweinen recht!

– Papa! sagte Vilborg in Panik.

– Verzeih mir, meine Liebe, sagte Sigurbjörn und küßte sie auf die Wange. Gegen Ende des Films hatte Vilborg ihre Hand in die ihres Vaters geschoben.

Sie fuhren am Hafen entlang nach Hause, und Sigurbjörn stellte der Tochter viele Fragen, vermied es aber sorgfältig, Sunneva zu erwähnen. – Hast du gute Noten im Zwischenzeugnis bekommen? Das Mädchen bejahte.

– Kommt Helgi oft zu euch zu Besuch?

– Ja, manchmal zum Abendessen.

– Dann ißt er wohl zweimal, der Junge! Und was erzählt er so?

Sie schwieg.

– Redet er von mir?

– Es fällt ihm wohl schwer, dich ständig von vorn bis hinten zu bedienen.

– Was sagst du da, Vilborg! So sieht er das also?

– Außerdem gibt es schon wieder Aufregung wegen Tóti, sagte Vilborg. – Irgendwas in der Zeitung. Irgendwas ist falsch gelaufen.

– Falsch gelaufen?

– Mehr weiß ich auch nicht. Kauf am besten das *Morgenblatt*.

Sigurbjörn fuhr die Hverfisgata entlang. Gudbrandur hatte den Namen geändert, das Kaufhaus hieß jetzt *Ladenzentrum Reykjavík*. Er sah, daß das Gebäude weiß verputzt worden war; über dem Eingang befanden sich vier Fahnen, bekleidete Schaufensterpuppen standen in den dekorierten Fenstern. Die gelben Fahnen hingen schlaff in der Windstille, nur der Buchstabe *z* von *Ladenzentrum* war sichtbar.

– Das Kaufhaus ist sehr schön geworden, oder? sagte Vilborg.

– Doch, ziemlich. Siehst du Gudbrandur und Ingirídur oft?

– Nein, zu denen gehe ich nie wieder, sagte die Tochter mit hoch erhobenem Kopf. – Sie haben mir vorgeworfen, ein Dieb zu sein.

– Ganz unter uns, liebe Vilborg, sagte ihr Vater. – Ich habe die Streichholzschachtel am Bein der Kommode gefunden.

– Dingeling! sagte die Tochter und wurde blutrot.

– Ich war beim Aufräumen.

– Und hast du die Schachtel aufgemacht?

– Allerdings. Ich war zu neugierig.

– Papa, du bist schlimmer als Rasputin. Von Helgi hätte ich das vielleicht erwartet, aber nicht von dir.

– Nimm es dir nicht zu sehr zu Herzen, meine Liebe, sagte der Vater und tätschelte ihre Hand. – Ich hab auch manchmal was gemopst, als ich ein Junge war.

– Na so was. Sie war sehr erleichtert. – Aber du mußt mir schwören, daß du das keinem erzählst, vor allem nicht dem Helgi. Mama darf auch nichts davon wissen.

Er nickte.

– Was glaubst du übrigens, was am letzten Wochenende passiert ist?

– Ja, das weiß ich nicht.

– Ich und ein anderes Mädchen und die Schulleiterin sind zusammen nach Thingvellir gefahren, wir hatten eine Einladung bekommen, weil wir im Handarbeitswettbewerb gewonnen haben, und da sagte das Fräulein zu mir: – Vilborg! Du kommst aus einer reichen Familie, aber Elíns Familie ist arm. Sie ließ mich das ganze Sommerhaus von oben bis unten putzen, stell dir das mal vor, Papa, den Boden schrubben, die Teppiche ausklopfen, die Bettwäsche lüften, Feuerholz sammeln, während sie und Elín in der Zwischenzeit einen Spaziergang machten.

– Was ist denn das für eine Hexe? frage Sigurbjörn teilnahmsvoll.

– Na ja, manche Leute sind so, Papa. Kommst du auf einen Sprung mit hoch? Vilborg öffnete die Autotür und wartete. Die Röte auf den Wangen hatte sich wieder verflüchtigt.

– Nein, ich bin zu müde. Ich sollte schleunigst nach Hause, meine Liebe.

– Du rufst nie an, Papa.

– Du rufst auch nie an. Und Thórarinn auch nicht. Vor allem vom Tóti erstaunt mich das doch sehr, murmelte Sigurbjörn mit bitterer Miene. – Und deine Mama läßt auch nichts von sich hören.

Das Mädchen hielt ihm die Wange zum Kuß hin, und Sigurbjörn fuhr los auf der Suche nach einem Zeitungsverkäufer. Er konnte keinen finden; die einzige Möglichkeit, die ihm einfiel, um diese Zeit eine Zeitung zu kaufen, war der Kiosk am Arnarhóll. Der Verkäufer bot ihm die Sonntagsausgabe an.

– Nein danke, die Zeitung von heute. Sigurbjörn blätterte sie sofort durch, fand aber weder ein Bild von Thórarinn noch seinen Namen irgendwo in den Schlagzeilen. Er sah sie noch einmal Seite für Seite durch, aber nichts war zu finden. Er ging zur Luke zurück und kaufte auch die anderen Tageszeitungen, falls das Mädchen sich falsch erinnert hatte, aber nirgendwo war Thórarinn erwähnt. Er fuhr nach Hause, setzte sich an den Sofatisch und sah noch einmal das gesamte *Morgenblatt* durch. Er hatte den Artikel schon zweimal überflogen, aber es war ihm nicht eingefallen, die richtige Verbindung herzustellen:

Aus Anlaß des zehnjährigen Jahrestages
der Republikgründung am 17. Juni 1954:
Verbrecher in großer Zahl begnadigt

Der Präsident hat ein Gesetz unterzeichnet, das aus Anlaß des zehnjährigen Jubiläums der Staatsgründung eine große Zahl verurteilter Straftäter begnadigt. Viele werden zweifellos mit Erstaunen zur Kenntnis neh-

men, daß sich unter diesen auch ein Mann befindet, der erst vor sieben Monaten wegen der Schändung eines zwölfjährigen Jungen zu einer mehrjährigen Gefängnisstrafe verurteilt worden war. Die Redaktion setzte sich daraufhin kurz vor Drucklegung mit dem Justizministerium in Verbindung. Auf unsere Frage, ob es sich dabei nicht um eine schwerwiegende Fehlentscheidung handle, da die Redaktion aus sicherer Quelle darüber informiert sei, daß alle anderen Begnadigten nur wegen kleinerer Eigentumsdelikte inhaftiert waren, antwortete der Ministerialbeauftragte, der das Gespräch mit uns führte, daß es nicht üblich sei, Einzelfälle mit der Öffentlichkeit zu diskutieren. Außerdem sei die Tatsache zu beachten, daß Begnadigungsentscheidungen des Präsidenten unumkehrbar sind.

Lange saß er wie besinnungslos. Dann las er die Nachricht noch einmal, langsam und aufmerksam. Sein Kopf sank nach vorn, ein tiefer Schlummer überkam ihn. Er erwachte davon, daß ihm ein Bein eingeschlafen war, und schleppte sich die Treppe hinunter in den Keller. – Sieben Monate hat er bekommen, flüsterte er. – Sieben Monate hat er bekommen.

Er holte die Bibel aus dem Keller und machte sich wieder auf den Weg nach oben, blieb aber auf halber Treppe stehen. – Jetzt hat er gerade nach Tisch einen Kaffee getrunken. Und er hat bei dem alten Mann, seinem Vater, zu Abend gegessen, als wäre das vollkommen natürlich und selbstverständlich. Er stand regungslos und lauschte lange den Worten nach, die er gesprochen hatte. Dann zitierte er Ketills Gerichtsaussage, die er auswendig wußte: »Der Junge kam freiwillig mit. Zur Belohnung wollte er Süßigkeiten haben. Wie die Verkäuferin des Spielwarenladens bestätigen kann, haben wir uns freundlich unterhalten.« – Ich will so nicht länger leben! schrie Sigurbjörn heiser. – Ich will so nicht länger leben!

Er legte die Bibel auf einer Treppenstufe ab und ging schnellen Schritts nach oben. Er nahm die Waffe aus dem Schrank. Die Büchse war schwer und fühlte sich gut an in seinen Händen. Er fand Munition und stopfte zwei Schüsse in das Magazin. Ich schieße ihm den Kopf ab, sobald er die Tür aufmacht. Nein, das geht nicht, dachte er. Er kann mich vom Fenster an der Treppe aus sehen. Ich kenne diese Häuser gut. – Sie sind im Stil des traditionellen isländischen Bauernhauses gebaut, sagte er laut. – Der Gudjón hat sie im Jahre 1922 entworfen.

Sigurbjörn legte die Schrotflinte auf den Wohnzimmertisch und lief in den Keller; dort lagen ein Hammer, eine Axt und andere Werkzeuge in einer Kammer hinter der Waschküche. Er zog eine lange, geschärfte Ahle hervor und betrachtete sie.

Schlagartig wurde ihm klar, was Gott wollte. Ich muß diesen Mann aufsuchen und mich mit ihm in christlicher Liebe aussöhnen, was auch immer es koste, dachte er. Ich habe nie etwas für Gott getan, aber jetzt ist es soweit. Ich söhne mich mit diesem Mann aus. Mein Seelenheil, ja unser beider Seelenheil hängt davon ab, daß ich ihn dazu bringe, mit mir niederzuknien und zu beten. Dafür wird Gott mich belohnen wie den Hiob und mir zwanzigtausend Kamele schenken und alles zurückgeben, was ich besaß. – Denn ich sage euch, sagte Stammvater Abraham selbst; Sigurbjörn streckte die Hand aus: – Daß der Herr Leute von diesen Steinen auferstehen lassen kann. Ich bin nicht mehr bei Trost, sagte er mit dunkler Stimme und schüttelte staunend den Kopf. – Ich bin nicht mehr bei Trost …

Er ging hinauf, zog seinen Mantel an und suchte ein Paar Schuhe. Die Uhr im Wohnzimmer zeigte halb drei. – Ist so viel Zeit vergangen, seit wir im Kino waren? Warum kommt Helgi nicht nach Hause? Er suchte in seinen Taschen nach den Autoschlüsseln, konnte sie aber nicht finden und ließ sich für einen Moment am Eßzimmertisch nieder. Draußen war es so still, daß es merkwürdig war sich vorzustellen, es wohne überhaupt jemand in der Stadt. Andererseits war ihm vollkommen bewußt, daß auch die Bäume im Garten Lebewesen waren, und dieses Wissen flößte ihm Furcht und Grauen ein. Die mondhelle Nacht warf einen Lichtstreifen auf den Tisch, und die vertraute Maserung des glänzenden Holzes war klar erkennbar. Er hatte das Gefühl, daß sich die Vergangenheit wieder über das Haus senken würde, wenn er diese Maserung nur lange und intensiv genug studierte.

Nach geraumer Zeit ging er in die Küche und holte die Autoschlüssel aus der Schublade, in der sie immer lagen, ging hinaus, setzte sich ans Steuer und kurbelte die Seitenfenster herunter. Es war still auf der Straße, die belaubten Baumkronen zeichneten sich schwarz vor dem graubewölkten Himmel ab. – Jetzt söhne ich mich aus, flüsterte er. – Nun findet diese Angelegenheit ein glückliches Ende für alle Beteiligten. Er fuhr los.

Auf dem Stadtring parkte er das Auto am Straßenrand und ließ die Tür eine Weile halboffen stehen. Eines der »Faxi«-Flugzeuge stand mit der Nase nach vorn neben einem Hangar geparkt. Vielleicht ist in Wirklichkeit gar nichts passiert, dachte er. Er empfand Freude bei diesem Gedanken, doch das Glücksgefühl schlug bald um in Wut, dann in Traurigkeit. Diese Sache wird wirklich völlig übertrieben. Was stößt uns Menschen nicht alles zu auf dieser Erde? Und man übersteht es und lernt, damit zu leben. Ich muß dem Mann Versöhnung anbieten. Eine andere Rettung gibt es nicht.

– Die Miete in diesen Häusern ist bestimmt ziemlich hoch, murmelte er, während er im Framnesvegur parkte und die Häuserreihe entlangsah. – Vielleicht kann ich dem Mann helfen, wieder auf die Beine zu kommen. Ich hatte ja Arbeit zu vergeben, bis dieser verdammte Brandsi mir alles weggenommen hat.

Er stellte den Motor ab. An der Hauswand stand eine junge, schlanke Birke. So schön war dieser Baum, so ungewöhnlich weiß seine Rinde, daß er die Birke auf den Namen seiner Tochter taufte. Die Fenster sahen freundlich und einladend aus in der mondhellen Nacht. Nun schlief der Mann in seinem Bett, der arme Mann, hundemüde. Der Vorgarten war klein und gepflegt, mit einem niedrigen Eisengitter drumherum, über das man problemlos hinwegsteigen konnte. Eine steile Steintreppe mit einem rostigen Geländer führte zur Haustür. Unter dem Dachfirst befand sich ein rautenförmiges Fenster.

Sigurbjörn betrachtete sich im Rückspiegel. Er hatte keine Kopfbedeckung dabei, und seine Wangen waren grau wie die einer Leiche. Während er saß und die Zeit verstreichen ließ, wurde es kalt im Auto. Er ließ den Motor wieder an und sah zu dem Haus hinauf. Auf der Uhr im Armaturenbrett war es sieben Minuten nach drei. Er stellte das Radio an. Aus Keflavík wurde Tanzmusik übertragen, aber sie war ihm unerträglich. Er mußte an die heiligen Propheten des Alten Testaments denken. Die hatten keine Angst davor gehabt, die Vorübergehenden anzusprechen, um ihre Botschaft zu verkünden, oder einer Seele auf Abwegen die Gefahr vor Augen zu führen, in der sie sich befand. Was für großartige Männer! Sie standen barfuß und in zerrissener Kleidung auf den Marktplätzen, durchglüht vom Wort Gottes, das sie über die versammelte Menge hinausbrüllten. Das waren noch Männer, zum Beispiel mein guter Jeremias, dachte Sigurbjörn. »Und des Herrn Wort geschah zu mir und sprach: Ich kannte dich, ehe denn ich dich im Mutterleibe bereitete, und sonderte dich aus, ehe denn du von der Mutter geboren wurdest, und stellte dich zum Propheten unter die Völker.«

Er öffnete die Tür und stieg aus, ein eiskalter Wind blies den Framnesvegur entlang und durch seinen Wollmantel hindurch. Er knöpfte ihn bis zum Hals zu und ging zu dem Haus, stieg über das niedrige Gitter und lief die Stufen hinauf. Die Tür hatte ein kleines Fenster und einen eisernen Klopfer. Er nahm den Türklopfer und schlug damit energisch gegen die Tür.

Nichts rührte sich im Haus, trotz seines Klopfens. Was, wenn es ein Feuer in der Straße gäbe, dachte er ungeduldig. Dann gäbe es keinen Weg, diesen Mann zu wecken. Die ganze Häuserreihe, wie sie hier steht, würde lichterloh brennen, und dieser arme Teufel, wie heißt er doch gleich . . . , schliefe und fiele hilflos dem Feuer anheim. Sigurbjörn nahm den Türklopfer und schlug ihn anhaltend und wild wie ein Irrer. Totenstille im Haus. Eine Bewegung am Vorhang im oberen Stock. Der Mann bemühte sich, das Fenster zu öffnen, aber es klemmte. Nur die obere Ecke ließ sich ein wenig bewegen.

Sigurbjörn sah Füße auf der Treppe. Der Mann erschien an dem kleinen Fenster in der Tür und sah ihn mit bösem, fragendem Blick an, er trug ein kurzärmliges Unterhemd, sein Fleisch war schlaff, die Arme weiß.

– Reden Sie mit mir, rief Sigurbjörn mit einer ihm selbst fremden Stimme und bedeutete dem Mann mit dem Finger, zu ihm herauszukommen. Der Mann hatte den Mund noch immer nicht geöffnet. Unfreundlich sah er Sigurbjörn an, der abwechselnd auf sich und die Haustür wies. Der Mann öffnete die Tür.

Ketill trug eine schwarze Hose und Pantoffeln. Die rechte Hand steckte unter dem einen Hosenträger. Die Haut an seinen Händen war hell und sommersprossig, die Sprossen waren von draußen nicht sichtbar gewesen. Eine Andeutung von Brüsten unter dem Unterhemd. Bürstenschnitt. Sein Bauch wölbte sich beträchtlich. Nun, da die Tür einen Spaltbreit offenstand, war sein Gesichtsausdruck eher mißtrauisch; seine Nase war spitz, die Augen wäßrig blau, die Wangen schlaff. Ketill zog die Tür zu sich heran und fragte: – Was wollen Sie? Er klang ärgerlich.

Sigurbjörn sagte mit Autorität in der Stimme: – Unten beim Wasser brennt es. Bei Ánanaust. Ich bin Bevollmächtigter der Feuerwehr. Wir müssen die Leute wecken und sie warnen. Sehen, welche Ausrüstung sie haben, für den Fall, daß das Feuer hier hinaufkommt. Der Wind könnte drehen. Das Feuermeer ist unkontrollierbar, und jedem ist noch der April 1915 in frischer Erinnerung, als die gesamte Innenstadt von Reykjavík in Flammen stand. Die Situation ist nicht viel anders als damals. Eine Katastrophe!

– Hier ist wohl alles in Ordnung, sagte Ketill und setzte ob der Mitteilung ein neugieriges und erfreutes Gesicht auf.

– Lassen Sie mich bitte ein, guter Mann, wenn Sie so freundlich sein wollen. In dieser Straße wohnen noch mehr Leute, ich habe wirklich viel zu tun.

Ketill öffnete die Tür ganz und ließ Sigurbjörn eintreten. Sigurbjörn war sich der Nähe von Ketills Körper bewußt, als er an ihm vorbeiging, und er mußte unwillkürlich an Thórarinn denken. Wie eine Sturmflut überschwemmte ihn der Haß.

Ketill schloß die Tür und ging vor ihm her in die Küche, die Füße in den Pantoffeln waren nackt, die Knöchel schneeweiß. Sigurbjörn hörte seine Stimme wie von weit her: – Ich habe nichts zum Löschen. In kleineren Fällen kann man doch eine nasse Decke benutzen, oder? Die Pantoffeln schlappten auf dem Küchenboden. Er sah hinaus und zog die Hosenträger über den Schultern zurecht, drehte sich mißtrauisch um und sagte: – Ich sehe kein Feuer.

– Es ist weiter im Westen, die Straße hinunter, murmelte Sigurbjörn. – Unten in Ánanaust, da brennt es. In der Küche stand ein runder Tisch, er setzte sich, ohne auf Erlaubnis zu warten.

Eine Scheibe Weißbrot mit Käse lag auf dem Tisch, unnatürlich dick auf der einen Seite. Der Käse war gelb angelaufen, hart und feucht; die Wachshaut war nicht entfernt worden. Erwürge den Mann, sagte Sigurbjörn stumm zu sich selbst, plötzlich gefaßt, und besah seine Hände.

– Ist also geplant, daß wir uns selbst gegen das Feuer verteidigen sollen? fragte Ketill. – Das ist aber seltsam. Er trat vor dem Fenster von einem Fuß auf den anderen, drückte das Gesicht gegen die Scheibe und versuchte seitlich Richtung Süden hinunterzusehen, als hoffte er, zumindest einen Feuerschein auszumachen. Auf seinen Schultern standen einige lange weiße Haare in die Luft. – Irgendwas ist doch faul an der Sache, sagte er und sah Sigurbjörn an.

– Nichts ist faul daran, sagte Sigurbjörn schnell. – Befinden sich hochentzündliche Stoffe im Haus?

– Nicht der Rede wert, antwortete Ketill. – Vielleicht ein bißchen alte Farbe, und, ach ja, er wurde nachdenklich, – ein halber Kanister Benzin unten im Keller, den hat der Papa gekauft, um das Auto von meinem Bruder Binni wieder flottzukriegen, bei dem Kälteeinbruch im letzten Winter. Ketill rieb sich die Hände, als würde ihm schon bei der Erinnerung daran wieder kalt.

– Holen Sie das, und beeilen Sie sich.

– Ich gehe sofort und schaue, wo es ist. Am besten wecke ich auch gleich meinen Papa.

– Das ist nicht nötig, sagte Sigurbjörn.

– Ist es nicht besser, wenn wir ihn wecken? Ketill verschwand nach unten.

– Bewahrt er seinen Vater im Keller auf? dachte Sigurbjörn. Da unten sollte nichts anderes sein als die Waschküche. Und hat seine Schwägerin vor den Augen seines Bruders verprügelt. Erbärmliche Memmen die ganze Familie!

Ein Buch lag auf dem Küchentisch. Er öffnete es und las fassungslos den Namen seiner Mutter. Er hatte gar nicht bemerkt, daß er die Bibel noch in der Hand gehalten hatte, als er ins Haus getreten war.

Auf der Titelseite las er: *Die Bibel. Das ist die Heilige Schrift. Revidierte Ausgabe*. Unten auf dem Titelblatt stand: *Gedruckt in der Druckerei zu Spottiswood in London, auf Kosten der Britischen und Internationalen Bibelgesellschaft 1866*. Das Buch sah wenig gelesen aus, und das amüsierte ihn: – Ho ho.

Er blätterte um, auf der nächsten Seite war ein häßlicher Druckfehler: Inhaltsverzeichnis. Die Bücher der Bibe. – Bi-be, sagte er leise, verärgert wegen des Versehens eines Setzers, das beinahe ein Jahrhundert zurücklag. Die Britische und Internationale Bibelgesellschaft, las er langsam. Die Bibe, dachte er bekümmert. Ich muß das in Ordnung bringen. Komisch, daß Mama das nie erwähnt hat... Er hörte Ketill im Keller rumoren und erinnerte sich wieder, wo er sich befand. Jetzt wäre mein Bruder Jóhannes stolz auf mich, dachte er. Ich wäre aufgestanden und hätte Zeugnis abgelegt auf dem Holmenkollen, daß die Weiber gekreischt hätten vor Begeisterung.

– Welches Buch haben Sie denn da mitgebracht, guter Mann? fragte Ketill.

– Das Einwohnerverzeichnis von Reykjavík.

Ketill hatte einen Kanister Benzin und eine Flasche mit einem Terpentinrest hochgebracht. Der Korken war vollständig in den Flaschenhals gedrückt. Er sah Sigurbjörn forschend an. – Hier ist das Benzin und was ich sonst noch Brennbares gefunden habe. Sind wir uns nicht schon mal begegnet? Sie kommen mir irgendwie bekannt vor.

– Nicht, daß ich mich erinnere. Kann ich bitte telefonieren?

Ketill ging ins Wohnzimmer, und Sigurbjörn blieb etwas zurück, um seinem Körper nicht zu nahe kommen zu müssen. – Bitte schön, sagte Ketill laut.

Ketill hatte den Telefontisch an einen gepolsterten Sessel gezogen und den Sofatisch abgerückt, damit der Gast es leichter hatte, kurz Platz zu nehmen.

Das Wohnzimmer sah altertümlich aus und ganz anders, als Sigurbjörn es sich vorgestellt hatte. Ein schwarzer Schrank stand an der Wand. Auf dem Schrank stand eine Uhr, eine grünliche Meerjungfrau aus Kupfer erhob sich aus einer Muschelschale und hielt ein Pendel in der erhobenen Hand, das sich vor ihrem Arm bewegte; darüber war das Zifferblatt angebracht. Die Uhr zeigte halb vier.

Ketill stellte das Telefon auf den Sofatisch und bedeutete Sigurbjörn, sich zu setzen. Sigurbjörn ärgerte sich über die Geste, er starrte Ketill einen Moment drohend an, bevor er sich setzte. Auf der gegenüberliegenden Wand hingen Familienfotos, so viele, daß sie die ganze Wand bedeckten.

– Sie haben ja eine große Familie, wenn ich all die langbärtigen alten Kerle und die fetten Weiber in Tracht hier sehe.

– Das ist bei mir nicht anders als bei anderen Isländern. Sind wir nicht alle irgendwie verwandt? Ketill setzte sich ihm gegenüber.

– Nein, das sind wir nicht, sagte Sigurbjörn mit Nachdruck. – Ich zähle Sie nicht zu meiner Familie. Er nahm den Hörer ab.

Er ließ es eine Weile klingeln. Ketill ließ ihn die ganze Zeit nicht aus den Augen. Falls Helgi zu Hause wäre, würde es sieben bis zehn Klingeltöne dauern, bis er die Treppe herunterkäme und das Telefon erreichte. Sigurbjörn starrte zurück und lauschte dem Klingeln. Er steckte die andere Hand in die Jackentasche. Ketills Augen schweiften ab, er ließ seinen Blick am Gesims von einer Zimmerecke zur anderen entlangwandern. Sigurbjörn legte auf.

– Mehr Anrufe müssen Sie nicht machen? fragte Ketill, seine Stimme verriet erneutes Mißtrauen.

– Eigentlich bin ich unter einem Vorwand hier, sagte Sigurbjörn. – Es brennt nirgends. Ich bin hierhergekommen, um mich mit dir über Gott zu unterhalten.

Ketill sah ihn kühl an und antwortete: – Ich bin nicht bereit, darüber mit Ihnen zu diskutieren.

– Es könnte aber sein, daß du das dringend nötig hast. Sigurbjörn rutschte im Sessel nach vorn, schlug mit der Faust auf den Tisch, und seine Stimme brach, als er schrie: – Du hast dich erdreistet, Lügen über einen kleinen Jungen zu verbreiten, über meinen Sohn!

– Du bist dieser verdammte Architekt, sagte Ketill erstaunt. – Der Scheißkerl, der mir letztes Frühjahr dumm kommen wollte. Ich dachte mir doch, daß ich dich kenne. Bist du verrückt geworden? Er schlug seinerseits krachend auf den Tisch und rief: – Mach, daß du rauskommst, aber sofort! Das hier ist mein Zuhause.

– Ach, ist das dein Zuhause? wiederholte Sigurbjörn. Er lehnte sich im Sessel zurück und fixierte Ketill, und es war beinahe, als klänge eine Spur Sympathie mit in seiner Stimme, als er sagte: – Das ist mir nie eingefallen. Aber es ist wahr. Ein freundlicher Ausdruck breitete sich über sein Gesicht. – Und deswegen ist es so wichtig, dich zu retten. Gottes Urteil hängt über deinem Haupt, und du bedarfst seiner und meiner Vergebung.

Ein alter Mann mit nackten Storchenbeinen erschien in der Tür. Er trug ein kurzes Nachthemd, war zahnlos, sein Haar schlohweiß. – Sind Sie von der Heilsarmee? Ich muß Sie bitten zu gehen, sagte der alte Mann zitternd. – Man darf ihn keinesfalls wütend machen. Er hat schon so viel durchmachen müssen. Ketill mein Guter, geh hinauf in dein Zimmer.

– Geh in den Keller, Papa, sagte Ketill in gebieterischem Ton, während er drohend auf den Gast zuging.

Sigurbjörn erhob sich von seinem Sitz und rief mit donnernder Stimme: – Jesus Christus ist der Herr. Und niemand kommt zum Vater denn durch ihn. Er griff in seine Jackentasche. – Ich hätte dich töten können, aber ich habe es nicht getan. Er zog die scharfe Ahle hervor und sagte mit heiserer Stimme: – Fürchtet euch nicht vor dem, der den Leib tötet. Fürchtet euch vielmehr vor dem, der, nachdem er getötet hat, auch Macht hat, in die Hölle zu werfen.

Er sah Ketill einen Augenblick an und sagte dann ruhig: – Und da wirst du enden.

Sigurbjörn setzte sich ans Steuer und brauchte lange Zeit, um sich wieder zu beruhigen. Es war bereits heller Morgen, die Drosseln sangen auf den Dächern. Keine Bewegung war in dem Haus sichtbar. Er sah im Außenspiegel, wie ein Mann mit hängenden Schultern den Framnesvegur entlangkam und von Tür zu Tür ging. Sigurbjörn erschrak furchtbar, als der Mann an das Autofenster klopfte, um ihm ein Extrablatt anzubieten. Er lehnte dankend ab und sah ihm nach. Gerade, als der Zeitungsverkäufer um die Ecke verschwand, fuhr ein Polizeiwagen vor. Sigurbjörn kurbelte das Fenster herunter und der Polizist legte die Hand zum Gruß an die Mütze. – Ja, guten Morgen, wir haben von einem alten Mann eine Anzeige erhalten, daß hier Hausfriedensbruch verübt wurde. Sind Sie betrunken? Wollen Sie bitte so freundlich sein und aussteigen?

– Ich habe seit Monaten keinen Alkohol getrunken, mein Guter, sagte Sigurbjörn.

Der Polizist roch an ihm, als er auf der Straße stand. – Nein, keine Spur von Alkoholgenuß festzustellen.

Sein Kollege war nun auch ausgestiegen und betrachtete das Haus. Keine Bewegung war zu sehen. – Waren Sie da drin? fragte er.

– Ja.

– Wohnt da nicht Ketill Einarsson?

– Doch.

Der, der an ihm gerochen hatte, sah ihm direkt ins Gesicht: – Haben Sie Rauschmittel zu sich genommen?

– Nein.

– Sind Sie ein Verwandter? Wir sind gebeten worden, das Haus unter Schutz zu stellen.

– Nein.

– Wo wohnen Sie?

– Sjafnargata 1a.

– Und Sie waren da drin? fragte er erstaunt.

– Ja.

Die Polizisten schwiegen. Der, der zuerst gesprochen hatte, ein großer, untersetzter Mann, sagte: – Sollen wir Sie nicht lieber in Ihrem Auto nach Hause fahren, Sigurbjörn? Sie sind doch Sigurbjörn Helgason?

– Ja, der bin ich. Nein danke. Ich komme schon allein nach Hause.

– Wir würden es trotzdem vorziehen, Sie zur Sjafnargata zurückzubringen. Das verstehen Sie sicher.

– Gut, dann nehme ich eben mit dem Damensitz vorlieb.

Er erwartete, daß der Mann auf dem Weg nach Hause vielleicht eine Entschuldigung für die Begnadigung vorbringen würde, aber das tat er nicht. Dagegen fragte der Polizist: – Unser großer Fußballer, ist das nicht Ihr Sohn? Jetzt ist es ja nicht mehr lange hin bis zum Spiel gegen die Finnen.

Sigurbjörn bejahte stolz und sagte: – Der Junge hat vor, ein Tor im Länderspiel zu schießen.

Der Polizist plauderte den ganzen Weg über Fußball. Die beiden begleiteten ihn bis zur Tür hinauf, und der größere sagte: – Es tut mir leid, Ihnen das sagen zu müssen, aber wir müssen Sie leider bitten, sich in Zukunft von diesem Haus in der Weststadt fernzuhalten.

– Wird nicht noch einmal vorkommen.

Er erwachte gegen Mittag und hörte Helgi in der Küche. Der Sohn hatte Kaffee aufgebrüht und Speck und Eier gebraten. Er goß seinem Vater eine Tasse ein. Sigurbjörn hatte lange nichts gegessen und verspürte einen gesunden Appetit. – Vielen Dank für das ganze gute Essen, das du in letzter Zeit gekauft hast, lieber Helgi, sagte er mit vollem Mund. – Ich will auch in Zukunft mehr bei der Hausarbeit helfen. Er sah seinen Sohn mit großen Augen an.

– Vor einer halben Stunde war die Polizei hier, sagte Helgi.

– Und was wollte sie?

– Omas alte Bibel abgeben. Sie liegt auf dem Wohnzimmertisch. Sie sagten, sie hätten dich in der Nacht nach Hause gefahren.

– So, ja, sagte Sigurbjörn peinlich berührt.

– Sie haben mir auch gesagt, wo du warst. Wirst du jetzt vielleicht langsam wunderlich?

– Ich nehme dir die Frage nicht übel, Helgi. Ho ho.

– Was hast du dir dabei gedacht? fragte Helgi erstaunt. – Sollte der Mann vielleicht mit Gewalt getauft werden?

– Ich glaube, ich bin vorübergehend geisteskrank geworden, als ich die Nachricht im *Morgenblatt* gelesen habe, sagte Sigurbjörn. – Ich bin in letzter Zeit sowieso mehr oder weniger krank gewesen.

– Ja, aber mitten in der Nacht mit der Bibel in der Hand bei denen ins Haus einzudringen. Das ist ja reinster Wahnsinn. Du bist nicht mal gläubig. Was soll das überhaupt? Du hättest warten sollen, bis ich nach Hause komme. Dann wären wir zusammen dorthingefahren und hätten ihn getötet. Das wäre viel vernünftiger gewesen.

– Ja, das stimmt, sagte Sigurbjörn und lächelte breit.

– Man weiß natürlich nie, aber du hättest ihn wahrscheinlich leicht fertigmachen können, sagte Helgi nachdenklich. – Ich habe gehört, daß du in deinen jungen Jahren oft kräftig zugeschlagen hast.

Als Helgi am Montag abend von der Bank nach Hause kam, saß Sigurbjörn am Eßtisch, die Hand aufs Kinn gestützt.

– Mama hat mich heute angerufen und mir erzählt, daß sie in der Nacht zum Samstag einen seltsamen Traum hatte, sagte Helgi und setzte sich. Sein Vater hob fragend den Kopf.

– Im Traum ist sie hier in den Eingangsraum hinausgetreten. Da glaubte sie zu spüren, daß draußen etwas ganz Entsetzliches war. Sie schrie im Schlaf vor Angst, wachte aber nicht auf. Sie öffnete die Eingangstür und sah von hinten einen großen Mann, der gerade ein paar Schritte von der Haustreppe entfernt war und den Gartenweg zum Tor hinunterging.

– Die Frau hat vom Stromabsteller geträumt, sagte Sigurbjörn spöttisch grinsend.

– Nein, sie meinte zu bemerken, daß der Mann den Kopf seltsam geneigt hielt und daß er eine eigenartige Gangart hatte.

– Dann war es also mein Bruder Jóhannes, sagte Sigurbjörn verblüfft. – Er hat den Kopf immer so zur Seite geneigt, wenn er nachdachte. Das habe ich Sunneva oft erzählt.

– Jetzt hör dir den Traum doch an, sagte Helgi. – Der Mann verschwand einen Moment aus ihrem Blick, aber als sie ihn unten beim Gartentor wiedersah, schien er deinen Mantel zu tragen, also war es nicht Jóhannes. Sie meinte, es warst du. Du sahst dich über die Schulter um, und da, wo dein

Gesicht hätte sein sollen, war Dunkelheit, so dick, daß man sie mit Händen greifen konnte. Da erwachte sie.

– Werde ich bald sterben, Helgi? fragte Sigurbjörn und sah sich im Wohnzimmer um.

– Nein, das glaube ich nicht. Ich dachte, du glaubst nicht an Träume.

– Früher habe ich es nicht getan, aber jetzt weiß ich nicht mehr, was ich glauben soll. Vor allem, seitdem meine Sunna einen Wahrtraum hatte über all das Unglück im letzten Herbst. Sigurbjörn ließ den Blick sorgenvoll über den Tisch wandern. – Welcher schreckliche Schicksalsschlag steht uns jetzt bevor, mein lieber Helgi? Wie hat deine Mama den Traum gedeutet?

– Warum Schicksalsschlag? Sie hat ihn wie jede andere Vorwarnung betrachtet.

– Als Vorwarnung?

– Ja. Die Bedeutung liegt doch auf der Hand. Du klopfst an Türen, wandelst aber im Dunkeln.

– Ich wandle im Dunkeln, Helgi? Sigurbjörn war erstaunt.

– Ja, das muß die Bedeutung sein. Ich erzählte ihr von deinem Ausflug letzte Nacht, und da meinte sie, der Traum sei also wahr geworden.

– Und warum träumt deine Mutter diese Träume?

– Sie scheint in unserer Familie das Zweite Gesicht zu haben. Aber sprich sie nicht darauf an. Sie hat mir den Traum im Vertrauen erzählt, und sie will nicht, daß du dir deshalb Sorgen machst. Sie wäre böse auf mich, wenn sie wüßte, daß ich ihn dir verraten habe.

Sechs

Die gelben Fahnen auf dem Vordach des Kaufhauses knatterten im Regensturm, die Schnüre schlugen klappernd gegen die Stangen, als Gudbrandur eiligen Schritts durch den Haupteingang lief.

Es ging schon auf zehn zu. Nur wenige waren zum Einkaufen gekommen. Das Kaufhaus war am 8. Juni eröffnet worden. Gudbrandur hörte das sanfte Brummen der leeren Rolltreppe, während er auf sie zuging.

Er hatte sich nicht dazu durchringen können, Sigurbjörn zur Eröffnungsfeier einzuladen.

– Ruf den Mann an, hatte Ingirídur gesagt.

– Nein, ich kann es einfach nicht, hatte er geantwortet.

– Sigurbjörn kommt von sich aus, wenn er sich stark genug dafür fühlt, und dann wird alles gut.

– Verdammt, bist du naiv, hatte Ingirídur darauf gesagt. – Hast du noch nicht verstanden, daß ein Mann wie Sigurbjörn nichts vergißt und niemals verzeiht?

Er mußte an seinen Vater denken. Als Gudbrandur ein Junge war, waren Vater und Sohn einmal auf einen Jagdausflug nach Osten ins Gebirge gefahren; sie wollten Gänse schießen. Gudbrandurs Vater war Rohrlegermeister und ein großer Pferdenarr. Einige Jahre vor diesem Ausflug war es geschehen, daß er ein Reitpferd mit einem gespaltenen Huf zum Schlachten auf einen Hof in Flói gebracht hatte. Auf diesem Jagdausflug an einem Sonntag vor sehr langer Zeit hatten sie keine Gans erwischt, es war schon spät, die Vögel waren verscheucht, und da hatte Gudbrandurs Vater spontan die Idee, auf dem Hof vorbeizuschauen. Sie erkannten das Pferd von weitem. Es war vor einen Wagen gespannt, der Huf verheilt. Wortlos hatte sein Vater das Pferd ausgespannt, auf der Wiese vor dem Haus angebunden und es dort erschossen. Niemand hatte widersprochen. Und Gudbrandur wußte noch immer nicht, ob er diese Rücksichtslosigkeit für einen positiven Charakterzug halten sollte.

Er wählte eine Stufe der Rolltreppe und betrat sie. Er hielt sich auf beiden Seiten am Handlauf fest und stand ein wenig nach vorn gelehnt, während die Treppe ihn nach oben fuhr. Er hörte María vor Begeisterung quieksen, als ihre Mutter ihr half, auf die unterste Stufe zu steigen. Ingirídur hielt den kleinen Jungen auf dem Arm. Vielleicht hätte ich ihn anrufen sollen, dachte Gudbrandur. Er sah von oben auf die Kupfertöpfe im obersten Regal der Haushaltswarenabteilung hinab. Ingirídur hatte sie am Tag zuvor bewundert, und er beschloß, sie heute mit einem solchen Topf zu überraschen.

Er wartete auf María, half ihr von der Rolltreppe und nahm dann den kleinen Sigurbjörn auf den Arm. – Ja, jetzt heißt es Treppen steigen, Inga.

– Bleibst du heute lange hier? fragte Ingirídur.

– Nein, ich muß nur ein paar Rechnungen durchsehen.

– Kann ich vielleicht noch mal fünfhundert Kronen haben? Es gibt so viel, das ich kaufen muß.

– Ja, natürlich. Ansonsten weißt du ja, daß du hier auf allen Stockwerken anschreiben lassen kannst.

– Ich kann hier drinnen nicht einkaufen, sagte sie verlegen. – Das Haus verschlingt einen förmlich.

– Was glaubst du, was Sigurbjörn dazu sagen würde? antwortete Gudbrandur.

Im ersten Stock gab es Damenoberbekleidung. Die Treppe befand sich am östlichen Ende des Stockwerks. Gudbrandur hatte im fünften Stock ein Büro für die *Bauinitiative* eingerichtet. Im Herbst hatte er das Gebäude in Ánanaust verkaufen müssen. Und Anfang April sein Haus in der Öldugata. Das Unternehmen war dabei, sich zu erholen. Er hatte einen weiteren Kredit aufgenommen, um den schlimmsten Problemen zu begegnen, und Sigurbjörn ohne viel Aufhebens zwanzigtausend aus eigener Tasche geschickt. Das war der erste Schritt zur Versöhnung.

– Nimm du den Jungen, sagte Gudbrandur und hob seine Tochter auf den Arm. Im zweiten Stock standen Waschmaschinen und Kühlschränke in langen Reihen. Einige waren geöffnet, so daß die Kunden hineinsehen und die Gefrierfächer begutachten konnten. Im dritten Stock hatte sich eine Schneiderei eingerichtet. Der vierte Stock war noch nicht bezogen.

– Das wird einen großen Unterschied machen, wenn der Aufzug erst mal funktioniert, sagte Ingirídur. Ihre Stimme hallte im Korridor.

– Meinst du das ernst, hast du so wenig Kondition, Inga? antwortete Gudbrandur aufrichtig erstaunt. – Jetzt ist es nur noch ein kleines Stück. Er sah hinauf und erblickte Sigurbjörn; er saß im fünften Stock auf der obersten Stufe und ließ den Kopf hängen, die geballten Fäuste hielt er zwischen den Knien. Gudbrandur bemerkte, daß sein in der Mitte gescheiteltes Haar schlohweiß war. Er ist vollkommen grau geworden über diese Sache, dachte Gudbrandur erschüttert; er blickte auf die steinernen Stufen hinunter, um Zeit zu gewinnen und einige Male tief durchzuatmen, bevor er seinen Freund begrüßte.

Sigurbjörn hatte sie ebenfalls bemerkt. – Nein, warum sitzt du denn hier, lieber Sigurbjörn? sagte Gudbrandur.

– Ich glaube, ich habe den neuen Traum meiner Sunna jetzt gedeutet, sagte Sigurbjörn mit dröhnender Stimme. – Jesus ist nicht Gottes Sohn, wie schon immer meine Überzeugung war.

Gudbrandur ging die letzte Stufe hinauf und stellte María auf den Boden, Ingirídur war erst auf halbem Wege und sah zu den beiden hinauf. Sigurbjörn war aufgestanden. Sie gaben sich die Hand. – Na, und, wie gefällt dir das Haus?

– Sehr gut, Brandsi, donnerte Sigurbjörn. – Hier ist von oben bis unten dekoriert worden, und die Arbeit im vierten Stock ist in vollem Gang.

– Du wußtest doch, daß wir eröffnet hatten?

– Nein.

– Im Ernst? Es stand in allen Zeitungen.

– Ich lese keine Zeitungen.

– Komm rein und sieh dir das Büro an. Hier ist es.

– Das wurde mir unten schon gesagt.

– Hallo, sagte Ingirídur und begrüßte Sigurbjörn. – Und willkommen. Wie gefällt dir dein Patenkind?

Sigurbjörn strich dem kleinen Kind flüchtig mit dem Zeigefinger über die Wange. – Das ist ein strammer Junge geworden. Sigurbjörn junior versuchte, den Finger seines Paten zu greifen.

Sie gingen einen Korridor mit vielen Türen entlang. *Ingvar Hjálmarsson AG* stand auf einem goldenen Schild. Gudbrandur öffnete eine helle Eichenholztür mit einem Schild im gleichen Stil: *Bauinitiative AG*. Darin standen ein Schreibtisch mit einem Stapel Papieren darauf und zwei Stühle.

– Ja ja, sagte Gudbrandur. – Und wie gefällt dir das Büro?

– Gar nicht übel. Sigurbjörn sah sich um.

Gudbrandur setzte sich und nahm María auf den Schoß, die sofort begann, schwungvoll mit den Beinen zu baumeln. Er griff mit der einen Hand in die Schreibtischschublade und nahm zwei Fünfhundertkronenscheine heraus, die er seiner Frau gab. Das kleine Mädchen jammerte: – Ich will, daß wir zu uns nach Hause gehen.

– Papa kommt bald nach, und dann gehen wir »zu uns nach Hause«, sagte Gudbrandur. Er setzte das Mädchen ab, ging zum Fenster und sah hinunter auf den Parkplatz. Gerade in diesem Augenblick fuhr ein Auto vor, der Regen trommelte auf das Dach. Alle vier Türen öffneten sich und Leute rannten unter die Überdachung, dann kam aus der einen Hintertür ein Stab, wie eine Zeltstange, ein Regenschirm öffnete sich und eine alte Frau stieg aus. – Ho ho, lachte Sigurbjörn. – Ich hätte eine Stahlkonstruktion für den Parkplatz entwerfen sollen, mit Wellblech darüber, dann wären die Leute trockenen Fußes in den Einkaufspalast getreten. Sieh dir mal die Alte an. Omas sind doch alle gleich.

– Ich verabschiede mich dann erst mal, sagte Ingirídur an der Tür.

– Ja, wir sehen uns unten im Café, Liebste.

– Auf Wiedersehen, Sigurbjörn.

– Ja, auf Wiedersehen, meine Gute. Sigurbjörn drehte sich nicht zu ihr um.

– Was ist mit dem Bart passiert?

– Abrasiert, sagte Sigurbjörn kurz angebunden.

– Ist nicht ein Mann zu dir gekommen, der ein Haus gezeichnet haben wollte? fragte Gudbrandur, als Ingirídur die Tür hinter sich geschlossen hatte.

– Ja, du hast also dahintergesteckt? Sigurbjörn sah hinaus über den Sund.

– Nein, er kam hierher und fragte nach dir. Hast du die Entwürfe für ihn gemacht?

– Nein, daraus ist nichts geworden.

– Kann ich etwas für dich tun? Hast du schon das ganze Haus besichtigt?

– Ich brauche Geld. Ich hatte mir gedacht, am siebzehnten abends alle Kinder ins *Naustid* einzuladen, wenn es Helgi tatsächlich gelingt, den Finnen das Leder ins Netz zu hauen.

– Ich habe nichts Bares bei mir.

– Aber irgendwas muß mir hier doch gehören, sagte Sigurbjörn, den Blick ärgerlich auf den Fensterrahmen fixiert.

– Ja, eine ganze Menge sogar, aber ich habe es nicht flüssig.

– Nicht mal zwei- oder dreitausend?

– Also gut, komm am Siebzehnten mittags bei mir vorbei. Bis dahin sollte ich das für dich haben. Aber so wie die Dinge stehen, bin ich praktisch pleite. Du hast vielleicht gehört, daß wir die Öldugata und das Haus am Ánanaust verkaufen mußten?

– Nein, sagte Sigurbjörn. – Warum? Er schien verblüfft.

– Weil wir in so großen Schwierigkeiten waren.

– Und wo wohnt ihr jetzt?

– In der einen Wohnung, die ich noch übrig habe vom Mietshaus meiner Mutter in der Austurstræti. Aber das ist in Ordnung für uns.

– Und du bist jetzt Direktor, Brandsi, sagte Sigurbjörn mit hämischem Grinsen.

– Na ja, im Grunde nur dem Namen nach. Gudbrandur hob die Stimme. – Du kannst diese Stellung wieder übernehmen, wann du willst. Noch heute.

Sigurbjörn antwortete nicht. Er sah auf das Dach von Bjarnaborg hinunter. Ein alter Mann stellte gerade einen Blumentopf in eines der Giebelfenster.

– Komm Montag morgen zur Arbeit und übernimm hier den Laden, sagte Gudbrandur. – Als nächstes will ich einen großen Wohnblock an der Stigahlíd bauen. Bei der Stadt machen die jetzt alles für uns.

– Ja, das wäre vielleicht keine schlechte Idee.

– Wärst du bereit, die Entwürfe dafür zu machen?

– Ich kann es versuchen, sagte Sigurbjörn. Er drehte sich vom Fenster weg. – Ich mache dir keine Vorwürfe, daß du den Brief unterschrieben hast, Gudbrandur, sagte er. – Ich weiß, wer das alles angezettelt hat.

– Und wer?

– Mein Schwiegervater.

– Nein, es war eher so, daß ich selbst den Anstoß dazu gegeben habe, sagte Gudbrandur. – Ich war dabei, alles zu verlieren. Alles drohte mir zu entgleiten. Er fürchtete nichts mehr, als daß nun die Rede auf Sunneva käme, und fragte: – Wie geht es Tóti?

Doch Sigurbjörn antwortete nicht. – Du willst also, daß ich morgen Mittag vorbeikomme und mir das Geld abhole?

– Ja, und daß du am Neunzehnten pünktlich zur Arbeit erscheinst. Gudbrandur lächelte.

– Abgemacht, sagte Sigurbjörn. – Das Büro am Ánanaust hätte mir allerdings besser gefallen. Er griff in seine Manteltasche, holte seine Schirmmütze hervor und ging zur Tür, ohne sich mit Handschlag zu verabschieden. In der offenen Tür sah er sich noch einmal um und nickte kurz, während er die Tür hinter sich zuzog. Gudbrandur setzte sich an den Tisch und atmete tief durch. Aber als er daran dachte, daß Sigurbjörn nächste Woche die Geschäftsleitung übernehmen sollte, befiel ihn Panik.

Helgi kam am Morgen des Siebzehnten aus Laugarvatn zurück. Die Nationalmannschaft hatte sich dort die letzten Tage vor dem Spiel ausgeruht. Das Wetter in Reykjavík war hervorragend, blauer Himmel, Sonnenschein, Windstille und Feststimmung in der Stadt.

– Heute ist also dein großer Tag, sagte Sigurbjörn.

– Ja. Willst du nicht ins Stadion kommen?

– Nein. Sigurbjörn wiegte den Oberkörper vor und zurück.

– Du hast versprochen zu kommen, Papa. Du hast mich noch nie spielen sehen, sagte Helgi empört.

– Nimm es dir nicht zu sehr zu Herzen, Junge. Thórarinn und ich wollen hinaus nach Thingvellir. Sigurbjörn sah auf die Uhr.

– Was erzählst du da? Er wollte doch unbedingt das Spiel sehen! Das ärgert mich jetzt. Ich wollte, daß ihr beide kommt!

– Ach, Fußball hat mich noch nie interessiert, mein lieber Helgi, murmelte Sigurbjörn. – Ich habe ihn angerufen. Er will lieber den Ausflug mit mir machen. Es ist lange her, seit Tóti und ich gemeinsam irgendwohin gefahren sind.

– Die Finnen erleben heute ihr blaues Wunder, sagte Helgi. – Du wirst sehen, ich werde mindestens zwei Tore schießen. Ich werde sie in Grund und Boden spielen.

– Zwei Tore! Ho ho! Sein Vater klatschte in die Hände.

– Findest du das so unwahrscheinlich? Wie du weißt, ist unser Trainer Schotte. Helgi räusperte sich. – Nicht alle Jungs im Team sprechen fließend Englisch, daher übersetze ich immer für die Mannschaft. Gestern abend hat er mich zu einem Gespräch unter vier Augen gebeten. Helgi atmete tief durch und machte eine kurze Pause.

– Und ...

– Er war zweiter Trainer bei den Glasgow Rangers und hat früher auch einmal selbst für den Verein gespielt. Er hat mich gefragt, wie es mir gefallen würde, eine Profikarriere zu versuchen.

– Und ins Ausland zu ziehen? fragte Sigurbjörn. – Da wird es aber einsam werden in der Sjafnargata.

– Noch steht ja gar nichts fest. Irgendwann in der nächsten Zeit fahre ich zum Probespielen. Wenn das gutgeht, bekomme ich vielleicht einen Vertrag. Und es wird gutgehen, sagte er entschlossen.

– Du wirst sie im Sturm nehmen, sagte Sigurbjörn. – Aber, ho ho, kann ich dich vielleicht um tausend Kronen anhauen?

– Bist du sicher, daß du nicht mehr brauchst?

Nach kurzem Schweigen antwortete Sigurbjörn: – Im Augenblick nicht, Freund. Vielleicht kannst du mir den Kredit ja heute abend aufstocken. Ich habe vor, nach dem Wochenende wieder zur Arbeit zu gehen.

– Das sind ja gute Nachrichten. Hast du dich mit Gudbrandur getroffen?

– Wir haben uns gestern unterhalten. Ich wollte euch Kinder heute abend gern zum Essen einladen. Das ist auch der Grund, warum ich das Geld brauche.

– Und wohin gehen wir?

– Ins *Naustid*.

– Und Mama, sollen wir die nicht auch einladen?

– Deine Mutter? sagte Sigurbjörn und sah seinen Sohn erstaunt an. – Was gibt es Neues von ihr?

– Sie ist zum Justizministerium gegangen und hat mit den Leuten dort geredet. Aber es ist nicht viel dabei herausgekommen.

Sigurbjörn starrte auf den Eßzimmertisch und schlug in gleichmäßigem Takt einige Schläge mit der Faust auf die Tischplatte. – Ich möchte dich bitten, die Kinder gegen sieben abzuholen, sagte er dann. – Falls du ein Tor schießt, fügte er hinzu und lächelte.

Thórarinn wartete vor der Tür. Sunneva kam auf das Auto zu. – Mama möchte kurz mit dir reden, Papa.

Sunneva lächelte, ging um das Auto herum, er ließ das Fenster herunter. – Wann kommt ihr wieder? Sie hielt das Haar mit der Hand zurück, während sie sich vorbeugte.

– Am späten Nachmittag.

– Ragnar kommt zum Mittagessen. Danach wollte ich schnell mit Mama nach Kópavogur, aber gegen sechs sind wir wieder zu Hause.

– Bis dahin sind Thórarinn und ich zurück, sagte Sigurbjörn.

– Habt ihr nichts zu essen dabei für unterwegs? Sie sah sich suchend im Auto um.

– Nein, natürlich nicht, Frau, wir trinken Kaffee im Hotel Valhöll wie vornehme Leute.

– Ja ja, mein lieber Sigurbjörn, dann sehen wir uns vielleicht heute abend.

– Ja, das wäre gar nicht schlecht, liebe Sunna.

– Viel Spaß, Thórarinn. Sie sah zu ihrem Sohn hinüber.

– Ja ja, mein Tóti. Das ist ja eine Ewigkeit her, guter Mann, daß wir zusammen auf Expedition gegangen sind, sagte Sigurbjörn, als sie losfuhren.

– Guter Mann! So hast du mich noch nie genannt, sagte Thórarinn.

– Da habe ich mich aber einer groben Unterlassungssünde schuldig gemacht. Wie dem auch sei, es ist lange Zeit her.

– Ja, sehr lange, sagte der Junge mit dunkler Stimme.

Im Mosfellsdalur war der Himmel grau und es nieselte. Auf der Hochebene begann es zu regnen. Thórarinn sah zum Fenster hinaus. Am Straßenrand standen ein paar durchnäßte Schafe. Die Hochspannungsleitungen an den Strommasten sahen aus wie die Takelage eines auf dem Hochland gestrandeten Schoners.

– Helgi hat Glück mit dem Wetter in der Stadt, sagte Thórarinn.

– Ja, sagte Sigurbjörn. – Will Ragnar hingehen?

– Ja, und der Opa auch. Opa ist nicht im Stadion gewesen seit 1912.

– Und warum geht er jetzt?

– Helgi hat gesagt, er wird das Spiel ganz allein entscheiden, und Opa geht hin, um zu sehen, wie er sich zum Gespött der Leute macht.

– Ho ho.

– Heute werden nicht sehr viele Leute zu unserem altehrwürdigen Thingplatz fahren, sagte Thórarinn. – Papa, findest du nicht, daß Thingvellir einen immer wieder überrascht?

– Was meinst du?

– Ja, man fährt hier so lang, und alles ist flach wie ein Pfannkuchen. Und dann fährt man die Almannagjá-Schlucht hinunter, und auf einmal ist man in einer anderen Welt.

– Aber erst sieht man natürlich den See in seiner ganzen Pracht, mein Junge, sagte Sigurbjörn.

– Ja, das stimmt.

Sie fuhren in die Schlucht hinunter und ließen das Auto langsam an der Felswand vorbeirollen, Wasser rann glitzernd in sich vielfach verästelnden Strömen über die Straße. Moos und Heidekraut wuchs auf den Felsvorsprüngen, weiter oben klammerte sich eine junge Birke in die Wand. Als sie zur Ebene hinunterkamen, sahen sie in einer Senke rechts der Straße einen Mann vor einer Staffelei stehen.

– Nein, steht dort nicht der Meister selbst und malt an einem neuen Schinken, sagte Sigurbjörn und riß die Augen auf. – Möchtest du gern mal Kjarval treffen?

– Nein, ich glaube nicht. Ich mag solche komischen Typen nicht besonders.

– Erinnerst du dich nicht an ihn von früher? Wie oft er zu uns zu Besuch kam?

– Nein, da war ich noch zu klein. Aber ich habe ihn einmal auf einem Schulausflug gesehen. Er kam aus der Skihütte in Hveradalir, im Schlafanzug und mit einem Hut, und hielt eine Rede.

– Und wovon handelte seine Rede? Sigurbjörn hatte das Auto abgestellt.

– Ach, das war irgendwelcher Unsinn, ich kann mich nicht erinnern, wovon er genau geredet hat. Doch, irgendwas von den Bergen.

– Und das nennst du Unsinn, von den isländischen Bergen zu reden, Junge, laß das ja niemanden hören, flüsterte Sigurbjörn mit gespieltem Entsetzen.

– Nein, aber die Leute, die da waren, fanden, daß es Unsinn war. Thórarinn dachte einen Moment nach. – Manche haben trotzdem Fotos gemacht.

– Laß uns schnell hinübergehen und guten Tag sagen. Sigurbjörn öffnete die Autotür halb. Es hatte aufgehört zu regnen.

– Nein, ich habe keine Lust dazu. Das ist mir zu peinlich.

– Red doch nicht so einen Blödsinn, Tóti.

In der Schlucht herrschte vollkommene Windstille. Kjarval trug einen wachsbeschichteten Popelinemantel, statt eines Gürtels hatte er sich ein Seil um die Mitte gebunden, und auf dem Kopf trug er einen Hut mit abgeschnittener Krempe.

– Grüß dich, mein lieber Kjarval, tönte Sigurbjörn und ging mit großen Schritten und ausgestreckter Hand auf ihn zu. Sein Sohn stolperte ihm zögernd nach. Kjarval tat, als sähe er sie nicht. Sigurbjörn ging langsamer und ließ die ausgestreckte Rechte sinken.

Im Gras neben dem Maler lag ein offener Koffer. Kjarval ließ den Pinsel und die Palette hineinfallen und und hob den Deckel mit der Schuhspitze an, bis er zufiel. Der Koffer hatte Eisenbeschläge und war stark beschädigt.

– Ja ja, Meister, sagte Sigurbjörn. Er legte die Hand auf die Schulter seines Sohns und betrachtete das Bild. – Hier soll also der Ármannsfell-Berg auf Leinwand gebannt werden. Mein Sohn und ich wollten nur mal eben guten Tag sagen.

Statt zu antworten nahm Kjarval ein Stück Segeltuch und bedeckte die Staffelei damit.

– Paßt unser Besuch gerade nicht? Sigurbjörn wurde verlegen. Kjarval stand breitbeinig vor der Staffelei, verschränkte die Arme vor der Brust und sah Sigurbjörn feindselig an.

– Es ist sehr gut, daß Thingvellir einmal ordentlich auf die Leinwand kommt, sagte Sigurbjörn. Er begann, eine lustige Geschichte zum besten zu geben von einem Maler, den sie beide kannten, der Óskar hieß und eine Massenproduktion von Thingvellir-Bildern betrieb. – Das war so, Kjarval, daß ein guter Freund von mir das Mosfellsdalur-Tal entlangfuhr, und wen sieht er da stehen, wenn nicht unseren lieben Óskar, der im frohen Sonnenschein eifrig vor sich hinpinselte. Verblüfft hält er sein Auto an. Eher hätte er erwartet zu sterben als Óskar an diesem Ort malen zu sehen. Er watet also ins Moor hinaus, um einen Blick auf das Bild zu werfen, aber es war wieder nur eine Malerei von Thingvellir. Der gute Mann malte nach dem Gedächtnis, er sagte, er hätte keine Lust gehabt, weiterzufahren, zumal die Wettervorhersage für Thingvellir Regenschauer angekündigt hatte.

Kjarval starrte die Besucher zornig an und schwieg.

– Ja ja, Thórarinn, sagte Sigurbjörn. – Ich sehe, daß wir hier nur stören. Laß uns gehen.

– Mir ist egal, daß er so doof ist, sagte Thórarinn im Auto. – Ich finde sowieso nichts Besonderes an seinen Bildern.

Kjarval hatte das Tuch wieder abgenommen und stand über den Koffer gebeugt.

– Jetzt heißt es Kaffee und Kuchen, so viel wir schaffen können, sagte Sigurbjörn.

Er stellte das Auto auf dem Parkplatz vor dem Hotel Valhöll ab. Die höhere Seite der Almannagjá-Schlucht war schwarz und unheilvoll. Wind wehte vom See her und kräuselte das Wasser des Öxará-Flusses bei der Bootsanlegestelle.

Der See war grau und aufgewühlt, in regelmäßigem Takt schlugen die Wellen ans Ufer. Zwei weitere Autos standen auf dem Vorplatz.

Sie setzten sich und Sigurbjörn bestellte Kaffee und Kuchen. Er rieb sich die Hände. – Hier könnten sie ruhig besser heizen, sagte er zu seinem Sohn.

– Papa?

– Ja.

– Was ich in meinem Tagebuch über deinen Bruder Jóhannes geschrieben habe, das habe ich nicht wirklich gemeint. Ich bin mir sicher, daß er ein guter Mann war. Ich habe gesehen, daß jemand meine Schwarze Liste gelesen hat. Warst du das? Und die anderen häßlichen Sachen, die ich da geschrieben habe, die habe ich auch nicht ernst gemeint.

– Nein, natürlich hast du das nicht ernst gemeint, mein lieber Tóti. Hast du was Schlimmes geschrieben? Das macht nichts. Hier kommt die Bedienung.

Das Mädchen trug ein schwarzes Kleid mit einer weißen Schürze, sie war ein wenig füllig und wünschte ihnen einen guten Tag. Thórarinn bat um eine Orangenlimonade. Der Kuchen war lecker, aber trocken, und er mußte ihn mit der Limonade hinunterspülen. Er versuchte, seinen Vater darauf aufmerksam zu machen, aber der rief nicht nach der Bedienung, sondern beobachtete den Kücheneingang.

Das Mädchen sah zu ihnen herüber. Ein weiteres erschien in der offenen Tür und betrachtete sie. Kurze Zeit später trat auch noch der Pächter zu ihnen, um zu schauen. Sigurbjörn starrte auf das halbgegessene Kuchenstück auf seinem Teller und sah sich dann blaß im Saal um. Winzig kleine Schweißtropfen waren ihm auf die Stirn getreten. – Heute sind aber nicht viele Leute hier, sagte er.

– Die Autos auf dem Parkplatz gehören wohl den Angestellten. Die meisten Leute sind heute wahrscheinlich beim Fußball, sagte Thórarinn.

– Ich muß mal kurz wohin, sagte Sigurbjörn.

– Die Klos sind beim Hintereingang, sagte Thórarinn.

Sigurbjörn stand auf und legte seine Brieftasche auf den Tisch.

Thórarinn wartete. Schließlich begann er seinen Vater zu vermissen und ging hinaus zu den Toiletten, aber es war niemand dort. Er blickte hinaus auf den Vorplatz und sah, daß das Auto verschwunden war. Er erinnerte sich, daß er ein Auto gehört hatte. Hier gab es bestimmt ein Telefon. Er würde ruhig sitzen und warten und seine Mutter anrufen, falls sein Vater nicht zurückkäme. Wahrscheinlich war er kurz gegangen, um diesem Kjarval die Meinung zu sagen. Thórarinn setzte sich wieder und trank seine Limonade aus. Er bestellte sich eine Cola und nippte daran, dann leerte er den Kuchenteller. Ein Auto kam. Es war nicht Sigurbjörn. Die Uhr ging schon auf fünf zu. Die erste Halbzeit war nun schon beinahe um. Gegen sechs würde Sunneva wieder zu Hause sein. Er warf einen Blick in die Brieftasche. Führerschein. Ein altes Foto seines Vaters. Einige hundert Kronen. Er breitete die Scheine auf dem Tisch aus und zählte sie. Dann hob er die Hand, und das Mädchen kam.

– Papa mußte kurz weg und bat mich zu bezahlen, sagte Thórarinn.

– Dein Papa ist Architekt, oder?

– Ja.

– Dann sage ihm bitte, wenn er wiederkommt, daß es uns eine große Freude wäre, wenn er Kaffee und Kuchen als Geschenk des Hauses annehmen wollte.

– So, warum denn das?

– Hat er denn nicht früher im Staatsbauamt gearbeitet?

– Doch.

– Der Pächter würde ihm gern seine Dankbarkeit und Wertschätzung bezeigen. Der Herr Staatsbaumeister hat damals das Hotel Valhöll entworfen.

Thórarinn brach in lautes Weinen aus, und er selbst war nicht weniger darüber entsetzt als das Mädchen.

An einem Abend im Frühling hatte sie die Gänseherde das erste Mal in Laugardalur gesehen. Eine Tiefdruckrinne hatte sie herübergetragen. Der Orkan hatte zwei Tage und Nächte gewütet und in weiten Teilen des Landes Dächer von den Häusern gerissen, und die Gänse waren mit dem stürmischen Südwind in wenigen kurzen Stunden von Schottland nach Island herübergeflogen.

Als Thórarinn und Sigurbjörn nach Thingvellir aufgebrochen waren, kochte Sunneva Lachs für Ragnar. Am Vorabend hatte sie bereits einen Schokoladenkuchen gebacken, denn beides waren Ragnars Lieblingsspeisen.

Sie war früh am Tag erwacht und in der hellen Morgensonne hinunter ins Tal gegangen, als noch niemand unterwegs war außer den Gänsen, und hatte einen Blumenstrauß aus Hahnenfuß, Löwenzahn, Storchschnabel und Labkraut gepflückt. Du verwöhnst mich richtig, sagte er, als sie mit Kaffee und Kuchen fertig waren.

Sie beobachtete ihn, und es fiel ihr auf, daß er gebräunt war und viel lächelte. Sie schlug vor, zusammen spazieren zu gehen, aber Ragnar wollte zum Länderspiel und hatte vorher noch etwas zu erledigen.

– Ist es ein Mädchen?

– Ja.

– Und was macht sie?

– Sie studiert.

Sunneva hob fragend die Augenbrauen. – Studiert? Und was studiert sie?

– Dreimal darfst du raten.

– Nein! sagte sie ungläubig und schlug die Hände zusammen. – Architektur.

Er lachte.

– Gott steh dir bei, mein Lieber.

– Im Herbst verläßt sie Island wieder, dann fängt das Wintersemester an und sie muß zurück an die Uni. Sie hat eine drei Jahre alte Tochter. Hast du dich übrigens mit Snjólaugs Mann in Verbindung gesetzt?

– Dem Rechtsanwalt? Ja. Keiner fängt gern einen aussichtslosen Prozeß gegen den Staat an. Wir müßten stärker an die Öffentlichkeit gehen. Und das könnte niemand von unserer Familie ertragen. Ich habe direkt beim Justizministerium angerufen. Leute zu begnadigen ist das in der Verfassung festgeschriebene Recht des Präsidenten.

Sie gingen gemeinsam aus dem Haus. – Willst du wirklich nicht zum Spiel kommen? fragte er. – Der Bursche hat geschworen, ein Tor zu schießen.

– Nein, ich höre mir lieber die Übertragung im Radio an. Ich bin gern allein.

Sie ging den Kirkjuteigur hinunter und dachte über diesen Sohn nach, der so gut aussah und seinem Vater so ähnlich war. Die Straßen waren menschenleer. Plötzlich sah sie einen hochgewachsenen Mann in einem Anorak auf sich zukommen. War das Ketill? Sie drehte sich um und ging schnell zu ihrem Haus zurück, die Stufen zur Tür hinauf und tat, als sperrte sie das Schloß auf.

Der Mann ging an ihrem Haus vorüber. Er hatte eingefallene Wangen, eine schwarze Brille und schwarze Haare, die so schmutzig waren, daß sie aussahen wie geölt.

In Laugardalur wurde gerade eine neue Sportanlage gebaut. Das Tal war von Gräben durchfurcht, aber sie kannte den Weg über die Planken, die hier und dort ausgelegt waren.

Die Gänseherde hielt sich am liebsten in hohem Gras auf. Sie hatte manchmal versucht, sich ihnen vorsichtig zu nähern, aber sie hatten sie jedesmal bemerkt und waren schnatternd aufgeflogen. Es machte ihr Spaß, immer wieder zu probieren, wie nahe sie an die Gänse herankam, und sie dann aufstieben und sich zu einem V formieren zu sehen. Sie sah einen anmutigen Kopf über dem hochgewachsenen Hundsgras. Der Ganter hielt Wache und wartete regungslos. Sunneva stand ebenfalls stocksteif. Am Morgen hatte sie Sigurbjörn einen Brief geschrieben und ihn um Verzeihung gebeten dafür, daß sie ihre Unterschrift unter jenes Dokument gesetzt hatte. Ihn gebeten, sie wieder bei sich aufzunehmen und sich mit ihr zu versöhnen.

Sie lauschte auf die Geräusche im Tal. Ein matter Wind ließ das Gras rascheln, ein Rinnsal gluckerte im Graben. Langsam drehte sie sich um. Sie sah, wie sich die gelben Köpfe des Löwenzahns im Takt des Windes wiegten. Der Ganter sah sie an und streckte den Kopf.

Sie hatte sich vorgenommen, Sigurbjörn den Brief zu geben, wenn er Thórarinn zurückbrachte. Plötzlich sah sie ihren Mann vor sich: – Wie, glaubst du, ist das, wenn man neunzehn Jahre alt ist, Sunneva, und man weiß, daß der eigene Bruder in Deutschland vor die Hunde geht?

Sie dachte daran, wie Ragnar gerade geboren war und sie ihn das erste Mal in die Arme gelegt bekam. Er hatte die ganze erste Nacht im Krankenhaus wachgelegen und wortlose Zwiesprache mit ihr gehalten. Sie hatte ihn lächeln sehen, auch wenn das später niemand geglaubt hatte. Sigurbjörn hat mich dazu gebracht, meinen ältesten Sohn zu verraten, dachte sie und machte unwillkürlich einen Schritt nach vorn, der die ganze Gänseherde aufscheuchte. Sie beobachtete, wie die Vögel einer nach dem anderen in rascher Folge aufflogen.

Plötzlich formte sich in ihrem Bewußtsein ein neuer Gedanke: Er hat mich vor die Tür gesetzt. Ich bin allein. Und ich will allein bleiben.

Er drückte den Klingelknopf. Als niemand antwortete, legte Sigurbjörn die Stirn an das gelbe, wellige Glas in der Tür. Man konnte von außen in den Korridor sehen. Die Tür zum Wohnzimmer stand offen und der helle Strahl der Nachmittagssonne glänzte gedämpft in der Scheibe.

Er setzte sich auf die Treppe zum Dachboden. Auf dem Treppenabsatz war eine offene Balkontür. Die Treppe hatte auf jedem Absatz ein Fenster in der vollen Breite des Treppenhauses; in jedem zweiten Stockwerk war vor dieses Fenster ein schmaler Balkon gebaut. Auf der Austurstræti genau vor dem Haus befand sich eine Kanalöffnung, deren loser Deckel jedesmal klapperte, wenn ein Auto darüberfuhr. Sigurbjörn hörte am zeitlichen Abstand zwischen dem Klappern, blonk blonk, daß nur wenige Autos vorbeifuhren. Das Haus hatte einen Hinterhof, der Lärm der spielenden Kinder hallte im Durchgang wider. Es ging schon auf sieben zu.

Immer und immer wieder war er im Geiste durchgegangen, was er mit Gudbrandur zu besprechen hatte: Worauf wolltest du hinaus, als du mich gefragt hast, wie es Tóti geht? Was wolltest du mir damit zu verstehen geben?

Zweimal waren auf den unteren Stockwerken Türen geöffnet worden, Leute waren aus dem Haus gegangen, aber niemand war hereingekommen.

Er hörte, wie die Haustür aufgestoßen wurde. Sigurbjörn atmete tief durch und lauschte, jemand war in den Eingang getreten. Oben zwischen Tür und Rahmen war ein Stahlarm angebracht, der die Tür langsam wieder zuzog. Als die Tür sich schloß, hörte er, daß die eingetretene Person dabei war, die Treppe hinaufzugehen. Wenn das Gudbrandur war, ging er erstaunlich langsam und schlurfte auf jeder Stufe; im zweiten und dritten Stock machte er sogar kleine Pausen. Sigurbjörn hörte schweres Atmen. Er warf einen vorsichtigen Blick das Treppenhaus hinunter, aber keine Hand war zu sehen. Da, jetzt wurde eine Hand auf das dunkelbraune Mahagonigeländer gelegt. Handschuhe, Wollmantel, zartes Gelenk, Damenuhr. Ein rothaariges, sommersprossiges Mädchen erschien mit rotem Gesicht auf der letzten Treppe. Sie stellte eine große Reisetasche ab, sah den Mann erstaunt an und wünschte ihm einen guten Abend.

Sigurbjörn erwiderte den Gruß. – Ja, schönen guten Abend.

– Warten Sie auf jemanden? Das Mädchen war völlig außer Atem.

– Auf Gudbrandur Jónsson.

– So, ist er nicht zu Hause? Das Mädchen sah zu seiner Tür. – Haben Sie die Klingel gedrückt? Die klemmt manchmal ein bißchen. Sie klingelte. Brrrrrrrr. Man hörte ein heiseres Rasseln aus der Wohnung. – Da ist wohl keiner zu Hause, sagte das Mädchen.

– Ich warte hier, sagte Sigurbjörn. – Ich muß unbedingt mit dem Mann sprechen. Deswegen bleibe ich am besten hier sitzen.

– Leider muß ich Sie bitten, aufzustehen, sagte das Mädchen und lachte. – Ich muß nämlich hier durch.

– Nach oben? fragte er neugierig. – Aber da oben ist doch nur der Wäscheboden.

– Jetzt ist da mein Zimmer, sagte sie lächelnd. Sie hob ihre Tasche wieder auf, ihre roten Haare glänzten im Sonnenlicht, das durch das Fenster ins Treppenhaus fiel. – Ich bin die neue Mieterin, sagte sie.

Er stand auf, doch wegen der Dachschräge konnte er sich nicht ganz aufrichten. – Hier auf dem Dachboden? fragte er und betrachtete verwirrt die Tür. – Das kann gar nicht sein, meine Liebe. Auf dem Dachboden gibt es kein Zimmer. Ich kenne alle Baupläne von diesem Haus. Sie brauchte eine ganze Weile, um den Schlüssel aus ihrer Handtasche hervorzukramen. – Aber sicher ist dort ein Zimmer, sagte sie. Sie hatte es seit dem Frühjahr gemietet. Sie war Schwesternschülerin im Landakot-Krankenhaus und sagte, sie käme aus Reydarfjördur. Er konnte kaum glauben, was er hörte, und wartete ungeduldig darauf, daß sie aufschloß. – Mein Vater ist mit Gudbrandur bekannt, sagte sie.

Sigurbjörn trat als erster ein und sah, daß eine Ecke des Dachbodens mit Holzwänden abgetrennt worden war. – Impertinent, murmelte er. – Ich bin Architekt, müssen Sie wissen.

– Haben Sie dieses Haus entworfen?

– Nein, aber das spielt keine Rolle. Niemand darf solche Veränderungen vornehmen, ohne den Architekten zu fragen. Es gibt etwas, das heißt Urheberrecht. Und dieses Recht muß respektiert werden, egal, wer der Architekt ist.

– Ich weiß schon, daß der Ausbau nicht genehmigt ist. Der Brandur hat es mir selbst gesagt. Aber ist die Sache denn so schrecklich ernst? Sie sah ihn hoffnungsfroh an.

– Gudbrandur und ich waren einmal Freunde, sagte Sigurbjörn. – Ja, Freunde! Aber in letzter Zeit entscheidet er alles ohne mich, der verdammte Kerl. Er sah sich verärgert auf dem Trockenboden um. – Er hat mir mein Unternehmen weggenommen. Hat mich aus der Geschäftsleitung geworfen und es mir per Einschreiben mitgeteilt. Wissen Sie, wie das ist, wenn einem plötzlich so was vor die Nase gehalten wird? Er brachte meine Frau zum Unterschreiben und hätte meine Söhne beinahe ebenfalls dazu gebracht. Sigurbjörn war rot geworden. – Wir waren ein Vierteljahrhundert verheiratet. Meinem jüngsten Sohn ist etwas zugestoßen, nichts besonders Schlimmes, aber ich hatte Probleme, mich damit abzufinden. Ich stand unter Schock, wissen Sie. Bin mehr oder weniger krank gewesen. Man hat Ihnen vielleicht davon erzählt?

Das Mädchen schüttelte den Kopf.

– Ich möchte mit Gudbrandur reden, sagte Sigurbjörn. – Den Mann dazu bringen, die Dinge von meinem Standpunkt aus zu betrachten. Ich habe mich lange beherrscht. Ich habe Verständnis gezeigt. Aber ich kann mich nicht endlos treten lassen. Das müssen Sie verstehen. Er sah das Mädchen mit weit aufgerissenen Augen an. Sie blickte ängstlich zurück. Ungebeten holte er ihre Reisetasche und trug sie hinein. Das Sonnenlicht fiel durch vier Dachfenster schräg auf den Holzboden. Der Raum war mit Hanffaserplatten abgeteilt, die einen säuerlichen Geruch verströmten.

– Verdammte Grasplatten, murmelte Sigurbjörn. – Wie können Sie zwischen so einem Scheiß leben?

– Ja, da haben Sie recht, sagte sie und lachte nervös. – Die Platten sind weniger gut. Ich muß viel lüften hier.

– Und wie hoch ist die Miete?

– Dreihundert.

– Was, dreihundert Kronen! rief Sigurbjörn erstaunt. – Der Mann ist ein Halsabschneider, sagte er laut und lachte vor Empörung, während er die Tasche abstellte und sich in der kleinen Kammer umsah. – Ein richtiger Halsabschneider.

– Den meisten würde das eher billig vorkommen, sagte das Mädchen. – Ich betrachte das eigentlich eher als Gefälligkeit.

Ein Bett und eine Kommode, ein Schreibtisch unter einem der Dachfenster, eine alte Tür in neuem Rahmen. Das Zimmer war weiß gestrichen und mehrere Bilder waren an die Wände genagelt, manche einfach angeklebt.

– Dieses Bild finde ich unheimlich schön, sagte sie und zeigte auf die gerahmte Fotografie eines Hauses an einem Ententeich. – Etwas höher würde es allerdings besser zur Geltung kommen.

– Warum es also nicht höher hängen? fragte Sigurbjörn.

– Ich habe solche Höhenangst. Wenn ich auf dem Stuhl stehe, kann ich bis ganz hinunter in den Hof sehen, und das ist mir einfach zu unheimlich.

– Haben Sie einen Hammer? Sigurbjörn zog den Stuhl zum Dachfenster hinüber.

Das Mädchen ging hinaus auf den Dachboden, fand keinen Hammer und kam mit einem großen Brecheisen zurück, das sie ihm reichte. Sigurbjörn stieg auf den Stuhl und hielt das Bild an die Wand, und gemeinsam bestimmten sie die richtige Höhe dafür. Er hielt den Nagel an die Wand und schlug ihn mit dem Brecheisen ein. Dabei fiel sein Blick auf den asphaltierten Hinterhof; über den Hausdächern konnte er den Berg Esja sehen, die Schatten zwischen seinen Felsen und Vorsprüngen, die Mantelmöwen, die über dem Hafen kreisten.

– Tja, sagte sie. – Ich danke Ihnen herzlich für Ihre Hilfe, aber jetzt müssen Sie mich entschuldigen. Ich bin müde von der Reise und würde gern ein bißchen allein sein und mich ausruhen, denn um Mitternacht habe ich wieder Dienst.

– Oh, selbstverständlich. Bitte verzeihen Sie, sagte er und stieg vom Stuhl. – Aber die Miete hier ist zu hoch. Viel zu hoch. Glauben Sie mir, meine Gute.

Sie hörten Schritte im Treppenhaus, er ging auf den Treppenabsatz hinaus, die Tür zu Gudbrandurs Wohnung stand offen. Gudbrandur trug einen hellgrauen Staubmantel, aber keinen Hut. Er stellte gerade den Kinderwagen im Treppenhaus ab. – Komm, wir wollen *zu uns nach Hause* gehen, sagte Sigurbjörn.

– Was? Gudbrandur drehte sich um. – Nein, du bist es, Sigurbjörn? Du bist nicht gekommen, um dein Geld abzuholen. Was hast du eben gesagt?

– Was du zu deinem Kind gesagt hast gestern im Büro. Komm, wir wollen zu uns nach Hause gehen.

– Und was meinst du damit? Gudbrandur sah ihn erstaunt an.

Sigurbjörn stürmte mit erhobenem Brecheisen die Treppe hinunter. Gudbrandur hob die Arme vor den Kopf. Der erste Schlag ging daneben und traf den Türrahmen. Der zweite Schlag traf Gudbrandur an der Schläfe. Er taumelte einige Schritte zurück und fiel gegen die Tür. Die Hände abwehrend in der Luft stolperte er rückwärts in die Wohnung und fiel auf den Boden.

Der dritte Schlag traf genau die Schädelkrone. Gudbrandur kreischte: – Sigurbjörn, was machst du denn? Gott steh dir bei!

Sigurbjörn stieß einen unterdrückten Wutschrei aus und nahm die Brechstange in beide Hände. Die gebogene Spitze zeigte nach unten. Er schlug Gudbrandur die Brechstange mit aller Kraft auf den Kopf. Gudbrandur wälzte sich mit geschlossenen Augen auf dem Boden. Sigurbjörn setzte sich auf eine Holzkiste und betrachtete ihn verwundert.

Er saß gegenüber einer weißgestrichenen, getäfelten Tür, die halb offen stand. Sein Blick fiel durch den Spalt in das Wohnzimmer, ein Sonnenstrahl lag auf den breiten Bodendielen. Er hörte Schritte auf der Treppe, lehnte sich vor und sah die Mieterin vom Dachboden in die Wohnung schauen. Sie rannte die Treppe wieder hinauf. Er stieg über Gudbrandur hinweg und schloß die Tür.

Sigurbjörn wusch sich die Hände im Bad. Er hörte Gudbrandur heiser stöhnen. Er sah auf die weiße Wohnzimmertür, sie war jetzt geschlossen. Von drinnen hörte er unterdrücktes Husten. Er hob das Brecheisen vom Boden auf und öffnete die Tür.

Vilborg saß auf dem Diwan. María schlief rotwangig auf einem Kissen neben ihr. Vilborg streichelte abwechselnd ihren Rock und die blaukarierte Wolldecke. Sie sagte, ohne ihn anzusehen: – Ich soll auf María aufpassen.

Sigurbjörn schwieg.

– Wir waren nur schnell mit dem kleinen Sigurbjörn beim Kinderarzt. María war unruhig, da hat uns Ingirídur nach Hause geschickt.

– Hast du wieder angefangen, als Kindermädchen hier zu arbeiten, fragte ihr Vater lallend.

– Ja, Mama und Ingirídur sind wieder Freundinnen. Helgi hat zwei Tore geschossen, Papa. Island hat drei zu zwei gewonnen. Ich habe mir die Übertragung angehört, sagte das Mädchen atemlos. Sie blickte zu ihm auf, dann fiel ihr Blick auf das Brecheisen.

Sigurbjörn zog die Tür hinter sich zu, legte das Brecheisen ab, faßte Gudbrandur, breitbeinig hinter ihm stehend, unter die Achseln und zog seine Leiche den Flur entlang. Blut war aus seinem Kopf geflossen, das jetzt eine breite Spur auf dem Parkett hinterließ. Er zerrte Gudbrandur in das Schlafzimmer. In der Ecke stand ein Kinderbett. Die Decke war von dem liebevoll verzierten Kissen zurückgeschlagen. Auf dem Bezug war das Bild eines Engels, der in eine Posaune blies. Unter dem Engel stand in Schönschrift gestickt: *Sigurbjörn.*

Er zog Gudbrandur zum Fußende des Bettes, machte im Bad ein Handtuch naß und wischte in gebeugter Haltung das Blut auf, aber das Handtuch war zu naß und zu dick und zuviel Blut auf dem Boden, eine feuchte rosa Spur blieb im Flur zurück. Er brachte es nicht über sich, das Handtuch auszuwringen oder den Fleck auf andere Weise zu entfernen, und so schleuderte er das Handtuch einfach in die Badewanne.

Dann zog er den Schlüssel aus der Wohnzimmertür, er paßte auch für das Schlafzimmer, und schloß es ab. Im Kinderzimmer fand er eine Wolldecke, in die er das Brecheisen wickelte. Mit diesem Paket unter dem Arm trat er ins Treppenhaus hinaus und schloß die Wohnungstür hinter sich ab.

Bei Geitháls, ungefähr fünfzehn Kilometer von Reykjavík entfernt, stand eine einstöckige, wellblechverschalte Raststätte mit niedrigem Dach. Das Gebäude war ziemlich groß und stand auf einem Steinfundament; davor befand sich ein großer, mit Kies aufgeschütteter Vorplatz, und das Haus hatte zum Vorplatz hinaus auf der ganzen Länge Fenster. Dort war eine Gruppe von Reitern zusammengekommen, die sich unterhielten, gegenseitig Schnupftabak anboten und Schnaps tranken. Einige Frauen waren auch dabei, und ein paar Kinder spielten. Eine Handvoll Pferde graste auf einer Weide beim Fluß, und etliche Männer standen in einem Kreis zusammen. Einer von ihnen hielt zwei Pferde bei den Zügeln, die Tiere standen mit gesenkten Köpfen hinter ihm und warteten mit großen, freundlichen Augen. Es war warm, Mücken umschwärmten die Männer und die Pferde. Sigurbjörn ging energisch auf diese Gruppe zu und fragte: – Ist es möglich, hier Kaffee zu bekommen, Jungs?

– Durchaus, sagte einer der Männer und zeigte mit seiner Gerte auf die Gaststätte. Die anderen sahen Sigurbjörn wortlos an. Sigurbjörn spürte das brennende Verlangen, mit diesen Männern ins Gespräch zu kommen. – Und vielleicht auch Branntwein? fragte er.

Die Männer schwiegen und sahen einander an. Einer von ihnen, der lebhafteste in der Gruppe, war dabei gewesen, eine Geschichte zu erzählen; er hatte eine Boxernase und trug eine

Schiebermütze auf dem Kopf. – Einar, gib dem Mann Schnaps, sagte er. Ein etwas beschränkt aussehender Mann mit langem Gesicht reichte Sigurbjörn einen silbernen Flachmann. Er nahm einen Schluck daraus.

Er bedankte sich und ging in die Gaststätte hinein. Dort saßen einige Männer an einem Tisch und unterhielten sich laut und grölend. Kinder rannten zwischen den Tischen herum. Es roch nach Pferden und Pfannkuchen. Auf dem Boden war nasser und trockener Sand; die Fensterrahmen brauchten einen neuen Anstrich. Sigurbjörn hatte den Eindruck, daß die Gaststätte im Winter geschlossen war. Der grünlackierte Leinwand-Bezug an der Decke hatte sich an einigen Stellen gelöst und hing leicht gewölbt über dem Raum; hier und dort war der Lack abgesprungen. Nun kam der Wirt zum Vorschein. Er war klein und trug eine schwarze Hose und ein weißes Hemd; am Kragen standen ein paar Knöpfe offen. Der schwarze Backenbart war kurzgeschnitten, das graue Haar gerade nach hinten gekämmt. Graues Haar kräuselte sich auch aus dem offenen Hemd. Er hörte einem Gast aus der Reitergruppe zu, der in einem schmutzstarrenden Anorak und glänzenden Reitstiefeln vor ihm stand. Sie unterhielten sich über einen Neubau, gegen den sie beide starke Einwände zu haben schienen. Der Pferdeliebhaber war betrunken und sagte laut: – Ja, ha ha ha, die wollen den Kasten doch nur bauen, um an staatliche Fördermittel zu kommen.

– Ich würde nie einen Fuß in so ein Etablissement setzen, sagte der Wirt. – In so ein Hurenhaus. Der Wirt hatte auffallend dünne, blaurote Lippen; er stand breitbeinig, die Arme in die Seiten gestemmt.

Er hatte Sigurbjörn bemerkt, ihm aber bis jetzt keine Beachtung geschenkt. Nun kam er zu ihm herüber, und Sigurbjörn bestellte Kaffee und einen Pfannkuchen mit Sahnefüllung.

Auf dem Weg aus der Stadt hatte er die ganze Fahrt über entsetzlich gefroren. Ein junges Mädchen, so um die achtzehn Jahre alt, in einem schwarzen Kleid und mit langem blonden Haar kam herein, blieb in der Mitte des Raums stehen und sah sich nach jemandem um. Sigurbjörn beobachtete sie. Er hatte nicht bemerkt, daß er weinte, aber seine Wangen waren naß. Er wischte sie mit dem Handrücken ab.

Der Kaffee war heiß und gut, und der Pfannkuchen schmeckte ihm. Obwohl er nicht viel Alkohol getrunken hatte, glühte er innerlich, und der Schweiß brach ihm aus. Er fühlte, daß die Mahlzeit ihm neue Kraft gab.

Einige Männer kamen herein. Sie hatten eine Flasche Branntwein und wollten dem Wirt, mit dem sie bekannt zu sein schienen, unbedingt einen Schluck aufnötigen. Er lehnte entschieden ab. – Nein, nicht heute abend, Jungs.

– Na, was soll denn das, Steini, trink einen Schluck mit uns.

– Nein, ich sagte doch, nicht heute abend.

Kurz darauf erschienen drei betrunkene junge Burschen, die lärmten und grölten und sich schlecht benahmen. Einer öffnete seine Hose und entblößte sich. Der Wirt ging mit schnellen Schritten auf ihn zu, er war kräftig gebaut wie ein Boxtrainer. Er packte den Jungen und schob ihn energisch vor sich her zum Ausgang. Er gab dem Übeltäter nicht einmal Gelegenheit, seine Hosen hochzuziehen und den Reißverschluß zu schließen.

Das amüsierte Sigurbjörn über seinem Kaffee außerordentlich: – Ho ho.

– Die entblößen sich in meinem Restaurant, diese Idioten, sagte der Wirt erbost.

– Ja, das sind Flegel, stimmte Sigurbjörn ihm zu und nahm einen Schluck aus seiner Tasse, aber der Kaffee war kalt und bitter geworden. Er blickte auf seine Hosenbeine hinunter. Blutflecken waren darauf. Er griff in seine Brusttasche. Dreihundert Kronen hatte er noch. Er stand auf, und der Wirt kam mit fragendem Blick auf ihn zu. Dann fingerte er in der schwarzen Tasche, die er am Gürtel trug, und zählte ihm das Wechselgeld auf den Tisch. Er wirkte jetzt freundlicher.

Sigurbjörn ging hinaus auf den Vorplatz. Auf der Wiese neben der Straße machte der Hólmsá-Fluß eine scharfe Kehre. Das Wasser war erstaunlich hoch, der Fluß plätscherte, als ob es Frühling wäre, und spritzte am Ufer empor. Trotz der späten Stunde hatte es noch nicht zu dämmern begonnen. Er ging zu den Reitern, die ihm den Flachmann gereicht hatten. Der mit der Boxernase war verschwunden, die anderen standen noch im Gespräch. Nicht weit von der Wand stand das Steinfundament eines Nebengebäudes auf der Wiese. Die Männer schwiegen und sahen ihm entgegen. – Seht ihr dieses Fundament, Jungs? sagte Sigurbjörn.

Die Männer blickten hinüber. Einer, mit einer Adlernase und so schwer hängenden Tränensäcken, daß man die rosa Innenseite der Lider sah, antwortete für die anderen: – Ja, was ist damit?

– Manchmal finde ich, daß wir Isländer nicht ehrgeizig genug bauen.

– Das Fundament steht noch von den Engländern.

– Ich weiß, Sigurbjörn legte die Hand vertraulich auf den ledernen Ärmel des Mannes. – Dennoch, Jungs – das Wort Jungs klang gezwungen aus seinem Mund – wir müssen größer denken – wir alle zusammen, wie wir hier stehen, sind Isländer, wir stammen von norwegischen Fürsten und Königen ab. Verdammt noch mal, wir sind nicht schlechter als andere Völker, Jungs. Wir sollten mit Ehrgeiz bauen, nicht nur für die bodenlose Banalität unserer alltäglichen Bedürfnisse, wir sollten prächtige Bauten errichten, nach unserem besten handwerklichen Können, dann werden kommende Generationen unserer mit Stolz gedenken.

– Bauen, womit denn? fragte einer der Männer. – Einfuhrverbote und Beschränkungen, wohin man schaut. Man bekommt ja kaum genug Holz, um eine Stalltür zu zimmern. Der Mann scharrte mit der Stiefelspitze im roten Schotter auf dem Vorplatz. Sein Pferd schloß die Augen und zitterte ein wenig, es war schwarz und so schweißnaß, daß seine Flanken metallisch glänzten.

– Aber es stimmt, sagte ein anderer. – Wir sollten einmal etwas Großes bauen. Alle kennen die Pyramiden.

– Ja, genau, sagte Sigurbjörn eifrig, hob den Finger und nickte mit dem Kopf. – Alle kennen die Pyramiden. Da hast du ganz recht, Kamerad. – Wir stammen von Sklaven ab, sagte ein dritter Mann spöttisch und sah über den Fluß in die Ferne. – Man sagt, auf Island hat es sechzigtausend Sklaven gegeben, die haben sich doch sicher auch fortgepflanzt.

– Nein nein, es stimmt schon, was dein Genosse sagt, sagte Sigurbjörn. – Alle kennen die Pyramiden. Er schwieg. – Nehmen wir mich als Beispiel, sagte er. – Ich bin Architekt. Habe in Frankreich studiert.

– Und wie war das Leben in France?

– Mon dieu, nichts als à la batterie die ganze Zeit.

Die Männer lachten alle über seine Antwort, und Sigurbjörn wurde ganz froh zumute. – Mein Traum war, eine Kirche zu entwerfen, sagte er glücklich. – Keine normale Kirche, an der jeder achtlos vorübergeht. Nein, eine ganz großartige Kirche. Eine besondere, rein isländische Kirche. Ich wollte, daß sie so aussieht wie die Klippen und Felsformationen der Almannagjá-Schlucht. Wollte studieren, wie der Berg aus den verschiedenen Gesteinsarten gebildet ist, und die Türme genau in dieser Form bauen. Er hob beide Hände in die Luft. – Thingvellir in all seiner hinreißenden Schönheit auf der Anhöhe von Skólavörduhæd erstehen lassen, wenn man das so sagen kann. Eine Kirche, die Island berühmt machen würde. Eine Kirche, die dem Land zur Ehre gereicht. Da würden die Menschen in Zukunft sagen, die Peterskirche, ja, die steht in Rom, aber die neue Thingvellir-Kirche, die ist in Reykjavík. Da würden die öffentlichen Mittel einmal für etwas Dauerhaftes verwendet, das uns einen Namen unter den Völkern machen könnte.

– Und hast du sie entworfen, diese Kirche, die du bauen willst? fragte einer der Männer.

– Ja ja!

– Und was haben sie dazu gesagt?

– Sie hat ihnen nicht gefallen.

Die Männer schwiegen eine Weile, bis einer von ihnen aufgebracht sagte: – Das sieht ihnen ähnlich, den Dreckskerlen. Wenn mal einer in diesem Land eine gute Idee hat, dann ist die einzige Reaktion, sie noch im Keim zu ersticken. Ich finde, deine Idee klingt wunderbar. Natürlich soll Geld für so was ausgegeben werden, wenn es das wert ist. Das ist ja eben das Problem. Statt die Steuergelder zu verschwenden für alle möglichen – wie der Mann so treffend gesagt hat – banalen Alltagsbedürfnisse.

Die anderen nickten ernst.

Sigurbjörn blickte einen nach dem anderen an, dann ging er im Kreis herum und verabschiedete sich von allen mit Handschlag. Aus irgendwelchen Gründen verneigten sich einige vor ihm. Er bemerkte, daß das Pferd immer noch zitterte. – Sagt mal, Jungs, was ist los mit dem Rappen?

– Ich glaube, er hat Angst vor deinem Auto, sagte der, der den geringsten Glauben in den Kirchenbau zu haben schien.

– Na, da ist es wohl am besten, wenn ich fahre.

Er hielt an der Abzweigung nach Heidmörk und stieg aus. An der Straße floß ein kleiner Bach, Hundsgras wuchs zwischen dem grünen Moos am Bachufer. Das klare Wasser strömte über das algenbewachsene steinerne Bett, ein Regenpfeifer tat, als renne er mit gebrochenem Flügel weg, um den Mann von seinem Nest abzulenken. Sigurbjörn schöpfte Wasser aus dem Bach und benetzte sich das Gesicht. Die Feuchtigkeit des moosigen Grundes drang durch seine Lederschuhe. Er fuhr in Richtung Heidmörk weiter und stellte das Auto ab. Er lief ein beträchtliches Stück in die Lavalandschaft hinein und durchquerte Senke nach Senke. Hier war er noch nie gewesen, und er wunderte sich darüber, wie tief diese Senken waren. An einigen Stellen bildeten sie beinahe kleine Täler in der Lava, warm und windgeschützt, in denen Gräser und Flechten und kleine Büschel Storchschnabel wuchsen.

Er stand auf dem höchsten Punkt einer Anhöhe im Lavafeld und sah das rote Dach seines Autos in weiter Ferne. Während er herumgewandert war, war die Dämmerung der Sommernacht hereingebrochen. Hier und dort erhob sich Nebel, und die Lavahügel sahen aus wie Gebirgsspitzen, die aus den Wolken ragten. Man konnte den Verlauf des kleinen Flusses erkennen, der Nebel folge ihm in anmutigen Biegungen. Er legte sich auf den Rücken und sah in den Himmel. Die Wolken waren unglaublich hell und sahen aus wie auf einem Gemälde. Ihm fiel wieder ein, daß er gekommen war, um die Wolldecke mit dem Brecheisen zu verstecken, aber er war zu müde, um zum Auto zurückzugehen, und schlief mit dem Kopf auf einem Storchschnabelkissen ein.

Spät in dieser Nacht erwachte Thórarinn davon, daß seine Mutter weinte. Etwas daran klang beunruhigend. Nie zuvor hatte er sie mit so hoher, hohler Stimme weinen hören. Er bekam Angst und drehte sich um, in der Hoffnung, wieder einzuschlafen, aber das Weinen ließ ihn nicht. Er schlich zur Tür. Wer war so böse zu ihr? Er drückte vorsichtig die Klinke herunter; sie glitt ihm krachend aus der Hand und die Tür sprang auf.

Es war nicht seine Mutter, die dort laut schluchzte. Sein Vater saß am Wohnzimmertisch und hielt beide Hände vor das Gesicht. Oma Sigurlaug war zu Besuch gekommen. Sie stand hinter dem Stuhl ihres Sohns und ließ ihre Hände auf seinen Schultern ruhen. Sunneva stand ein kleines Stück entfernt; ihre Gegenwart wirkte unangebracht.

Sieben

Eines Morgens im Frühjahr 1955 packte Sunneva für einen Schulausflug, an dem Thórarinn teilnehmen sollte. Er brauchte noch einen Anorak, und gemeinsam fuhren sie in die Stadt, sobald die Läden öffneten. Der Bus sollte spätestens um halb elf von der Schule abfahren. Am Tag zuvor hatte sie einen Anorak zu einem guten Preis in Egill Jacobsens Geschäft in der Austurstræti gesehen.

Im Laden maulte Thórarinn herum; so früh im Jahr hatte er noch kein Interesse an einer leichten Jacke mit Kapuze. Seine Mutter erinnerte ihn daran, daß er sich für den kommenden Sommer eine Stelle gesucht hatte. Der Ladeninhaber und sie waren sich einig, daß ein Anorak sehr nützlich wäre, wenn der Sommer kalt würde.

– Du warst es, die mir die Arbeit besorgt hat, wie üblich, sagte der Junge.

Der Ladeninhaber zeigte ihnen eine schwarze Lederjacke mit goldenem Reißverschluß. Sunneva kaufte sie zur Entschädigung ebenfalls, und alle waren zufrieden.

Das Wetter war eine Mischung aus Winter und Frühling, klarer Luft und Sonnenschein, aber im Schatten zwischen den Häusern war es kalt. Auf dem Berg Esja lag immer noch der Osterschnee. Im Laden war es sehr warm gewesen, sie hatten sich länger als geplant dort aufgehalten, und Sunneva ging nun die Austurstræti mit aufgeknöpftem Mantel entlang. Sie begegneten einem jungen Mann, der seine Augen nicht von ihrem Busen wenden konnte. Sie blieb stehen, hielt ihren Mantel auf und betrachtete ihren Pullover mit einer Abscheu, als wäre ein Soßenfleck darauf. So stand sie, bis er vorübergegangen war.

Sie waren wieder in die Sjafnargata gezogen. Wohl hatte sie darüber nachgedacht, das Haus zu verkaufen, aber sie konnte sich nicht dazu durchringen, das Thema mit Sigurbjörn zu besprechen. Den Winter über hatte sie versucht, ihn jede Woche im Gefängnis zu besuchen. Bei diesen Besuchen saßen sie zumeist schweigend zusammen. Er erwähnte nie auch nur mit einem Wort, was Vilborg mitangesehen hatte.

Thórarinn wäre am Tag seiner Konfirmation gern bei seinem Vater vorbeigegangen. Sie hatte das abgelehnt, hatte nicht gewollt, daß dieser Besuch das Erlebnis des Tages sein würde, an das er sich später vor allem erinnerte.

Der Bus stand schon auf dem Parkplatz vor der Schule. Die Kinder warteten mit ihren Taschen und Rucksäcken vor sich, einige hatten sich schon hineingesetzt. Thórarinn bekam einen Fensterplatz. Sie winkte, und er nickte ihr zu. Sie hatte versprochen, nicht zu warten, bis der Bus abfuhr.

Sie hatte wirre Träume und fühlte sich zerschlagen, wenn sie morgens aufwachte. Einmal träumte sie, sie käme in das Haus ihrer Eltern am Vitatorg. Das Wellblech war trocken wie uraltes Papier und zerfiel, wenn sie es berührte. Die Holzwand darunter war morsch und schwarz vor Alter und trockener Fäulnis. Sie streckte ihre Hand aus, und die Dachsparren zerfielen zu Staub. Ein blonder, streng aussehender Mann reichte ihr einen Brief. Sie faltete ihn auf und las einen Namen: Gudbrandur Jónsson. Sie mußte in das Haus gelangen! Sie meinte zu wissen, daß sich ihr Großvater aus Búdardalur darin in schwerster Not befand. Die Bodenbretter brachen unter ihren Tritten ein. Auf dem Stuhl, auf dem sie ihren

Großvater erwartet hatte, saß Sigurbjörn. Da erwachte sie und blieb erschöpft liegen.

In ihrer Erinnerung fand sie einen Winkel, der ihr Zuflucht bot. Sie war in Búdardalur im fürchterlichen Frostwinter von 1918. Sie war sechs Jahre alt, die Zimmerdecke war mit Rauhreif überzogen und glitzerte im Schein der Petroleumlampe wie mit goldenen und blauen Sternen übersät. Opa kam, um ihr einen Gutenachtkuß zu geben. Er blies ins Lampenglas, und die Flamme erlosch. Um ihn wieder zu sich zurückzuholen, rief sie: – Opa! Opa! Es schwelt. Es schwelt. Weiter wollte sie diese Erinnerung nicht verfolgen, denn als nächstes würde sie hören, wie sich ihre kranke Oma schweren Schrittes über den Gang schleppte. – Was, würde Opa fragen und sich in der Dunkelheit umsehen. – Es schwelt, meine kleine Sunna? Machst du auch keine Scherze?

In ein paar Wochen sollte Sigurbjörn in das Staatsgefängnis nach Litla-Hraun verlegt werden. Ein großer, hagerer Mann öffnete die Tür des Untersuchungsgefängnisses am Skólavördustigur. Er hieß Vilhjálmur. – Einen schönen guten Tag.

– Wie geht es ihm zur Zeit?

– Er ist viel besser gelaunt. Viel besser. Er hat angefangen zu zeichnen, der Gute. Am Mittwoch hat er mich gebeten, ihm Papier und Bleistifte zu kaufen. Sie folgte ihm hinein, Vilhjálmur nahm den Schlüsselbund vom Haken.

Sigurbjörn lag auf seinem Bett und brauchte lange, um auf die Beine zu kommen. Er war ganz ausgemergelt, sein Händedruck kalt. – Guten Tag, Sunneva.

Sie küßte ihn auf die Stirn. Die Zelle war eng und die Wände dick, eine karierte Decke lag auf dem Bett. Lesestoff, Bücher und Zeitungen, war auf dem Boden verstreut. Von der Straße hörte man Verkehrsgeräusche und die Schritte vorbeieilender Fußgänger. – Du hast Falten unter den Augen bekommen, sagte er spöttisch.

– Und du bist nur noch Haut und Knochen.

– Aber ich bin doch immer noch der gleiche alte Herzensbrecher, oder nicht? Ho ho.

Sie freute sich, ihn lachen zu hören. – Aber sicher. Du siehst jetzt viel besser aus als damals, als wir uns das erste Mal begegneten. Aber immer noch furchtbar wetterwendisch.

Er bot ihr einen Platz an und fragte nach Neuigkeiten.

– Thórarinn ist heute morgen auf einen Schulausflug gegangen, in einer neuen Lederjacke, ganz schick, wie du es magst.

– Ja, mein Tóti. Bleibt er lange weg?

– Nein nein, er kommt heute abend wieder.

– Und was gibt es Neues von Helgi?

– Er hat am Freitag abend angerufen und mir erzählt, daß er ein Angebot von einem englischen Fußballverein bekommen hat.

– Und wie heißt der Verein?

– Arsenal. Er war ganz aufgeregt deswegen.

– Arsenal sagst du, Frau. Das ist eine große Ehre. Mein guter Helgi, sagte Sigurbjörn stolz und fragte nach Neuigkeiten von Vilborg.

– Sie wächst und wächst. Sie kommt jetzt gar nicht mehr so stark nach mir, sondern wird mit jedem Tag dir ähnlicher.

– Ach, die Arme. Und mein Ragnar?

– Alles in Ordnung bei ihm. Er fährt seinen Lieferwagen und hat eine neue Freundin. Sie hat übrigens eine kleine Tochter. Sie wollen bald heiraten. Du weißt, daß sie einen Sohn zusammen haben, oder?

Er nickte. – Und du? Kommst du zurecht, meine Beste?

– Ja, ich bekomme jeden Monat die Miete überwiesen.

Er setzte sich aufs Bett. – Schau mal. Er nahm einige Blätter mit Skizzen vom Tisch am Kopfende des Bettes. – Hier ist die neue Kirche. Die isländische Sagrada Familia. Er fuhr mit dem Finger über die Zeichnung und zeigte ihr die Türme, die der Wind umtosen sollte. – Wird das ein großartiger Anblick, die Möwen dort herumfliegen zu sehen wie an einem Vogelfelsen! Der größte wird dreihundert Meter hoch.

– Aber wird man sie überhaupt sehen, wenn die Wolken niedrig hängen, Sigurbjörn?

– Dann verschwinden die Steinsäulen im Nebel und kommen darüber wieder zum Vorschein. Das wird hinreißend schön. Ich bewundere die Mantelmöwen, sagte er gefühlvoll. – Sie waren schon immer meine Lieblingsvögel.

– Die meisten halten sie für raubgierig und brutal, sagte sie.

– Aber sie sind vollkommen furchtlos. Siehst du, hier werden die Glocken in den Türmen hängen. Stell dir vor, wie das klingt, wenn die Orkanböen sie in Bewegung setzen. Ho ho.

– Das wird eine wahre Geisterkirche werden, sagte sie.

Er starrte sie an, und sie war sich nicht sicher, ob ihm der Name gefiel. Aber als er sah, daß sie sich nicht über ihn lustig machte, setzte er seine Beschreibung fort.

– Sigurbjörn, sagte sie plötzlich verwundert. – Du erinnerst mich immer mehr an Kjarval.

– Diesen Vergleich betrachte ich als Kompliment. Er stand auf, machte ein paar kraftlose Schritte und hob die Hände in die Luft. – Der spanische Dichter Garcia Lorca sagte: Als er die Türme der Kirche in Barcelona betrachtete, da erhoben sie sich vor seinen Augen in den Himmel, bis die Engel mit ihren Trompeten begannen, ein so herrliches Lied anzustimmen, daß er es nur einen einzigen Atemzug lang ertragen konnte. Sigurbjörn ließ die Hände sinken. – Die wissen sich auszudrücken, diese Versemacher. Aber der gute Mann beschreibt genau, wie mir zumute ist, wenn ich in Thingvellir stehe. Er betrachtete die Zeichnung. – Das ist die heilige Hallgrímskirche.

– Und was ist das hier? fragte sie und zeigte auf ein winziges Nebengebäude unter den mächtigen Flügeln, das ihr von Ferne bekannt erschien.

Er beugte sich über das Blatt. – Das ist der Chor der Hallgrímskirche, der jetzt oben auf der Anhöhe steht. Es gibt keinen Grund, ihn nicht dort stehenzulassen. Es ist ein merkwürdiger Zufall, daß Gaudí auf gleiche Weise das Werk eines anderen Mannes übernommen hat, sagte er mit düsterer Stimme. – So wirkt das Schicksal, Sunneva, flüsterte er. – Gaudí war nur einunddreißig Jahre alt, als ihm dieser Auftrag übertragen wurde. Da hatte man bereits eine Kapelle in traditionellem gotischen Stil auf dem Bauplatz errichtet.

Er setzte sich und nahm die Zeichnung in die Hand. – Als nächstes müssen jetzt ein paar vereinfachte Baupläne gemacht werden, die man den Mitgliedern des Stadtrats vorlegen kann. Vielleicht kannst du damit bei unseren Abgeordneten und beim Staatsbauamt vorbeigehen, wenn die sich nicht dazu bringen lassen, zu mir zu kommen. Er legte das Blatt auf den Tisch, faltete die Hände und starrte auf den Boden. – Ich müßte doch die Bauaufsicht übernehmen können, auch wenn ich für einige Zeit im Zuchthaus bin, meinst du nicht?

Sie wußte nichts darauf zu antworten.

– Tja, sagte er. – Ich will dich nicht aufhalten.

Er drückte auf den Klingelknopf neben der Tür. Sie küßte ihn auf die Wange, und er legte ihr den Arm um die Schulter.

Als sie neben dem Auto stand, sah sie den Skólavördustígur hinauf. Für einen Augenblick meinte sie das Portal und die Türme der isländischen Sagrada Familia vor sich zu sehen. Die Öffnungen der Glockentürme erinnerten an dunkle Höhleneingänge hoch oben in den Felsen.

Sie mußte mit dem Wagen an der Tankstelle in Klöpp geraume Zeit anstehen, erst nach langem Warten erreichte sie endlich die Pumpe. – Volltanken bitte, sagte sie zu dem Angestellten und ging hinein, um zu bezahlen. – Das geht ja schrecklich langsam heute, sagte sie zu dem Mann an der Kasse.

Der antwortete nicht.

– Es wäre gut, wenn auch der Ölstand überprüft werden könnte.

– Ketill, rief der an der Kasse laut hinaus. – Miß den Ölstand für die Dame. Sunneva blickte aus dem Fenster. Ein Mann in einem alten Anorak stand am Auto und füllte Benzin in den Tank. Er stand mit dem Rücken zum kalten Wind und trat von einem Fuß auf den anderen; dabei kaute er auf einem Streichholz und blickte ausdrucksIos zum Waschplatz hinüber. Sie fühlte sich einer Ohnmacht nahe. Ketill war mit dem Tanken fertig und hängte den Einfüllstutzen zurück. Er öffnete die Motorhaube und las den Ölmeßstab ab. Schloß die Haube wieder. Dann begann er, einen belanglosen Vorgang auf der Straße zu beobachten. Ein mit Betonröhren beladener Lastwagen hatte angehalten, und der Fahrer machte sich an den Seilen zu schaffen. Einige Autos hupten. Da hörte sie Sigurbjörns Stimme: – Weißt du, Sunneva, dieser bösartige Ausdruck in seinem Gesicht, als er Tóti das erste Mal sah. Ich glaube, er hat mich um den Jungen beneidet. Hörst du, Sunneva? Er hat mich um den Jungen beneidet.

– Öl ist genug, rief Ketill.

– Genug Öl. Das macht fünfundsiebzig Kronen, sagte der Kassierer.

Wenn der Mann hereinkommt und mich anspricht, dachte sie, dann schreie ich.

Ketill kam zur Tür herein und sagte: – Entschuldigen Sie, meine Dame, aber könnten Sie bitte Ihr Auto wegfahren?

Sie schrie nicht und ging hinaus. Wasser sprudelte aus einer Bürste am Waschplatz.

Sie hatte Schwierigkeiten, den Schlüssel in die Zündung zu stecken, bevor es ihr endlich gelang, das Auto anzulassen. Im Augenwinkel sah sie den braunen Anorak. Thórarinn war zu einem stummen Gespenst geworden und Sigurbjörn geisteskrank. Wie konnte der Mann hier stehen und auf einem Streichholz herumkauen, als ob nichts geschehen wäre? Sie legte den Gang ein, ließ die Kupplung aber zu schnell kommen. Das Auto machte einen Satz nach vorn und ging aus. Der Mann im Anorak beobachtete sie.

Sie mußte sich mit aller Kraft zusammenreißen, um auf die Skúlagata hinauszukommen. Ihre Beine zitterten. Sie fuhr den Vitastígur hinauf und den Laugavegur wieder hinunter, aufgewühlt und unfähig, sich zu beruhigen. Ich fahre zur Polizei, dachte sie. Nein, die helfen mir nicht. Sie fuhr langsam an der Tankstelle vorbei. Ketill war nicht draußen zu sehen. Ragnar holen, dachte sie. Den Mann töten!

Sigurbjörn legte sich nach ihrem Besuch aufs Bett und träumte, daß er in Barcelona war. Das Wetter war herrlich, und er sah sich in dem kleinen Straßencafé sitzen und die Sagrada Familia betrachten, die noch großartiger war, als er sie in Erinnerung gehabt hatte. Die Kirche, die weiß verputzt zu sein schien, glänzte gleißend in der Sonne. Der hagere Spanier, der gesagt hatte, daß Gaudí tot sei, war auch dort und führte absurde Tänze zwischen den Tischen auf. Sigurbjörn sah seinen Vater schwermütig auf dem Gehweg sitzen. An den anderen Tischen wurde fröhlich gefeiert. Gudbrandur saß allein dort, ganz für sich, und sah traurig zu ihm hinüber. Der betrunkene Spanier schien wenig Achtung zu genießen, denn die anderen Gäste lachten ihn aus. Sigurbjörn begann sich unwohl zu fühlen in diesem Traum und erwachte.

Als Helgi das erste Mal mit Arsenal durch den dunklen Tunnel auf das Spielfeld in Highbury hinauslief, hatte er entsetzliche Angst. Was mache ich hier mit Männern wie Tommy Lawton und Alex Forbes? dachte er. Sie liefen auf den Rasen. Das Schreien der Menschenmassen bereitete ihm Übelkeit.

In der ersten Halbzeit hatte er das Gefühl, daß ihm nichts gelingen wollte. Während der Pause saß er auf einer Bank in der Mannschaftskabine und fühlte, daß er am Verzweifeln war, als ein rundlicher Mann mit Brille zu ihm herüberkam, ihm auf die Schulter klopfte und sagte: – Very good, son. Very good. Es war der Manager Tom Whittacker.

– Du gefällst ihm, sagte der Spieler, der neben Helgi saß. – Zu mir hat er das noch nie gesagt.

Ich konnte es gegen die Finnen, dachte Helgi. Ich kann es auch gegen Newcastle.

In der zweiten Halbzeit kämpfte er plötzlich mit der Kraft eines Berserkers. – Very good, son, murmelte er vor sich hin, – very good. Er erinnerte sich später nicht mehr, wie er die ersten zwei Tore geschossen hatte, er wußte nur, daß alles, was er tat, funktionierte, daß er seinen Körper vollkommen unter Kontrolle hatte: statt zu ermüden, spürte er, je länger das Spiel ging, immer mehr Energie, als ob die lauten Schreie der Zuschauer ein erfrischender Schlaf waren und das Spiel selbst ein glücklicher, gaukelnder Traum. Zwei zu zwei.

Sie bekamen einen Eckball, Helgi sprang in die Luft, nahm den Ball mit der Brust an und feuerte ihn mitten hinein in die Masse der Spieler, sein Fuß war eine Kanone.

Den Lärm der Zuschauermassen hörte er nicht, das Rund der Stadionränge und Tribünen wurde ein schwarzer Ring, der sich wild um ihn drehte. Nach dem Spiel kam Tom Whittaker zu ihm und sagte: – You're very good, son, almost too good to be true.

Anfang Juni bekam er zehn Tage Urlaub und fuhr mit Geschenken für die ganze Familie in den Koffern nach Island. Er brachte seiner Oma Sigurlaug Parfüm mit. Sie empfing ihn in ihrer schönsten Tracht. – Ja ja, Oma, das ist mal was anderes als immer die verdammten Seidentücher, sagte er.

– Was hast du mir alter Frau denn mitgebracht, mein lieber Helgi? Sie packte das Geschenk aus. – Duftwasser.

Er ermunterte sie, die Flasche zu öffnen und etwas aufzutragen, aber sie sagte, sie wolle es nicht verschwenden. – Komm, sieh mal hier auf meiner Anrichte, Junge. Sie zog seine Hand zu sich heran.

Dort stand eingerahmt eine Postkarte, die er ihr geschickt hatte. Als er die Spieler um sich herum betrachtete, Männer, die er verehrte, deren Namen er aus der Zeitung kannte, schien es ihm unglaublich, daß er selbst mit vor der Brust verschränkten Armen dort unter ihnen stand. – Du bist wirklich unbezahlbar, lachte er. – Hast die Postkarte eingerahmt! Was sollen die Jungs bloß dazu sagen, wenn sie das erfahren?

Sie ließ ihn in ihrem besten Sessel Platz nehmen und servierte Kaffee und Kuchen. Sein Blick fiel auf eine halbvolle Flasche Sherry hinter der Gardine, er hob sie hoch und sagte: – Jemand trinkt aus dieser Flasche, wenn keiner hinsieht. Er berichtete ihr von der Familie, bei der er ein Zimmer gemietet hatte, von der Zugfahrt am Morgen, den englischen Pubs und den Würstchenverkäufern im Stadion. Er erzählte lebhaft, bemerkte aber nach einiger Zeit, daß seine Großmutter mit den Gedanken nicht bei der Sache war, und schwieg.

– Das wäre nie mit ihm passiert, wenn Jóhannes noch am Leben wäre, sagte sie.

In der Küche war ein Fenster zerbrochen. Ingiríður las die Glasscherben auf, später fand sie den Stein im Wohnzimmer. Sie ging durch das Haus und betrachtete ihren Besitz, öffnete die Küchenschränke und besah die Teller und Tassen, die sie gemeinsam für ihr Sommerhaus in Eyrarbakki ausgesucht hatten. Sie fror und legte sich unter die Bettdecke, aber das Bett war durch und durch kalt. Sie hatte Gudbrandur beim Begräbnis im offenen Sarg berührt. Nie zuvor hatte sie eine solche Kälte von einer Leiche gespürt, obwohl sie Krankenschwester war. Es war, als käme er aus der Tiefe eines Gletschers, dachte sie.

Sie ging hinunter zum Strand und setzte sich. Eine leichte Brise vom Meer her, Südwind. Weit draußen am Horizont sah sie ein Frachtschiff vorbeifahren. Sie ging am Wasser den Strand entlang, er war von Pfützen und schwarzem Seetang übersät.

Sunneva konnte ihr Erstaunen kaum verbergen, als Ingirídur nach ihrem Sohn fragte. Helgi nahm den Hörer, offensichtlich beunruhigt.

– Sie will alles aus dem Haus verbrennen, sagte er zu seiner Mutter, als das Gespräch beendet war. – Sie will, daß ich ihr helfe, die Möbel und den sonstigen Hausrat zum Strand hinunterzubringen. Sagt, daß sie Hilfe für die schweren Sachen braucht. Ich kann das unmöglich ablehnen.

Sie kam am nächsten Tag früh am Morgen mit einem kleinen Morris. Sie hatte alle Kleidung von Gudbrandur, die sie finden konnte, zusammengesammelt und in vier große Säcke gestopft. Seine Schuhe füllten den fünften Sack zur Hälfte.

– Und wie kommst du zurecht? fragte er sie, nachdem er ihr von seinem Aufenthalt in England erzählt hatte. – Ganz gut, ich arbeite Vollzeit und bekomme Miete von diesem verdammten Kaufhaus, genau wie deine Mutter.

– Was willst du mit dem Sommerhaus machen? beeilte er sich zu fragen.

– Verkaufen. Ich kann mir nicht vorstellen, dort noch einmal hinzufahren.

In der Luft lag ein Geruch von Kloake. Am Vorabend hatte sie das Loch im Küchenfenster mit einem Lappen verschlossen. Die Toilettenspülung rieselte die ganze Zeit. Helgi lief zur Tankstelle, um nach einer Schubkarre zu fragen. Der Mann wußte, von wo er kam, und hielt ihn für einen von Gudbrandurs Söhnen.

– Ihr Vater war ein feiner Mann, sagte er. – Diese Härte, wenn man schon so alt ist, zur See zu fahren, als es wenig für Zimmerleute zu tun gab. Das hätten nicht viele durchgehalten. Mein aufrichtiges Beileid, Freund.

– Gudbrandur war nicht mein Vater, sagte Helgi trocken.

– Ja, hör mal, sagte der Mann. – Sind Sie nicht der berühmte Fußballspieler? Helgi schüttelte den Kopf.

Er bekam die Schubkarre. Sie hatte in der Zwischenzeit die Matratzen herausgenommen und das Bettgestell zerlegt. Er legte die Bettroste und die Kopfteile überkreuz auf die Karre, und sie folgte ihm hinaus zum Strand, um ihm zu zeigen, wo die Sachen zur Verbrennung aufgetürmt werden sollten. Eine Chesterfield-Sofagarnitur und ein Sekretär. Küchenstühle und ein großer Schreibtisch. Es war ihm ein leichtes, diese Dinge allein zum Strand zu befördern, obwohl das Rad der Schubkarre jedesmal tief in den Sand einsank. Der Schreibtisch war am schwersten. – Bist du sicher, daß du das alles wegwerfen willst? fragte er.

– Ja, ganz sicher.

Der Strandhafer wogte im Wind. Er betrachtete den traurigen Scheiterhaufen im gelbbraunen Sand und begann nach brennbarem Strandgut zu suchen. Er fand, daß der Haufen banal und albern aussah. Halb im Sand vergraben entdeckte er einen großen weißen Treibholzbalken. Er wurde am einen Ende dünner, und er umfaßte ihn an dieser Seite, war aber erstaunt, wie schwer er war. Auf der Unterseite war das Holz kohlschwarz. Er schob ihn mit einem Fuß vor sich her und zerrte sich einen Muskel im Oberschenkel. Er biß die Zähne zusammen und wälzte den Balken abwechselnd mit beiden Füßen vorwärts. Im Sand lag eine dicke Schicht aus kleinen toten Krebsen, deren Schalen brachen, wenn er den Balken über sie schob. Weiter und weiter mit dem Holz über Muscheln, Seetang und Mertensien, very good, son! Er umfaßte das dünnere Ende, und der Balken rutschte ihm naß und schlüpfrig durch die Hände. Too good to be true! Er warf ihn mit einem Ruck auf das Sofa, dann setzte er sich und streckte die Beine. Der Wind nahm an Stärke zu.

Er stand auf und ging westwärts, die Seeschwalben kamen ihm zur Begrüßung entgegen. Er fand eine Menge angeschwemmter Holzstücke, die auf dem breiten Strand verstreut lagen. Er trug sie zum Scheiterhaufen hinüber, griff immer zwei mit jeder Hand und ging auf Zehenspitzen. Gutes Wadentraining. Wenige waren im Dorf unterwegs. Ingirídur war in der Zwischenzeit zum Lebensmittelgeschäft Laugabúd gegangen und hatte etwas zu essen eingekauft, Roggenbrot, Käse, Fleischpastete und Fladenbrot. Milch. Er fand es befremdlich, mit ihr zusammen zu Abend zu essen. Er hatte sich immer klotzig und schwerfällig gefühlt in der Nähe dieser zierlichen Frau mit dem hübschen schwarzen Schönheitsfleck auf der Wange. Sie aß kaum etwas, er verschlang den Rest, und wieder fühlte er sich wie ein Koloß neben ihr.

– Tja, sagte sie. – Ich bin bereit.

Sie holte den Rest der Kleidung aus dem Schrank und stopfte sie ihm einfach in die Arme. Er machte den Küchentisch auf dem Dachträger fest. Sie fuhren die kurze Strecke des Feldwegs entlang, direkt bis zu den strandhaferbewachsenen Dünen, die vom Haus den Blick auf das Meer verdeckten, und stellten das Auto ab. Sie hatte eine halbe Flasche Cognac im Küchenschrank gefunden und bot ihm davon an. Er nahm die Flasche und trank einen großen Schluck, dann noch einen. Er fühlte ein angenehmes Flimmern hinter den Augen.

Er rannte über den Sand und zog alle Säcke auf einmal. Vereinzelte Regentropfen fielen ihm ins Gesicht. Ein Schwarm Seestrandläufer kam auf sie zugeflogen, die Vögel verschwanden hinter einer Düne, kamen einer nach dem anderen wieder hervorgeschossen und schwebten in einem Bogen über ihrem Kopf, schließlich landeten sie alle im Brandungsbereich des Ufers. Einige ließen sich auf dem Wasser nieder, während andere im Tang herumliefen und eilig trippelnd den Wellen auswichen, die den Strand hinaufschwappten. Helgi stellte die Säcke ab. – Das Holz, das du gesammelt hast, hätte allein schon für einen Scheiterhaufen gereicht, sagte sie.

Er holte das lange, gebogene Kabelrohr, das er bei der Holzsuche entdeckt hatte. Sie goß das Benzin aus dem Kanister über das Treibholz und das Sofa und zündete es an. Das Feuer fuhr in Sekundenschnelle über den Scheiterhaufen wie ein orangefarbener Teppich, der von oben weggezogen wurde. Sie nahm einen ganzen Arm voll Hemden und Unterwäsche und ließ sich vom Wind dabei helfen, die Kleidungsstücke ins Feuer zu werfen. Ein Hut flog daneben. Sie versuchte ihn aufzuheben, mußte sich aber abwenden, die Hitze war zu groß. Helgi ging hinüber und fischte mit dem Rohr nach ihm. Er bekam den Hut zu fassen und warf ihn in die Flammen.

Das Feuer brannte aus einer hellen gelben Öffnung in der Mitte des Haufens und leckte unten in lodernden Flammen über den Strand. Sie stand jetzt dicht vor dem Feuer und leerte die Müllsäcke. Langsam fielen die langen Stichflammen, die das Benzin verursacht hatte, in blaurote Glut zusammen, der Nieselregen verwandelte sich in einen sanften Schauer, die See wurde schwarz, der schwere Holzbalken brannte, das

Sofa brannte. Sie stand vor der Kleidung aus dem Sommerhaus, und ein Stück nach dem anderen flog ins Feuer.

Ihm dauerte das alles zu lange, und er ging mit dem Rohr so nah an das Feuer heran wie er es ertragen konnte, aber er mußte das Gesicht abwenden, seine Wangen glühten. Einige Mantelmöwen hatten sich auf den Wellen niedergelassen. Das Rohr wurde weich und bog sich. Ingirídur hielt einen grauen Staubmantel in der Hand.

– Mein Papa hat so einen Mantel, sagte Helgi.

– Das ist sein Mantel, sagte Ingirídur. – Er hat ihn hier vergessen, als der kleine Sigurbjörn getauft wurde. Ich wollte nicht, daß er nach ihm getauft würde. Sie betrachtete den Mantel von allen Seiten.

– Ich nehme ihn mit in die Stadt, sagte Helgi.

Sie schleuderte ihn ins Feuer. Er bekam einen Zipfel des Mantels zu fassen und zog ihn wieder heraus. Der Wind hob die brennenden Ärmel an.

Sie sah zu und lächelte.

Mit dem Rohr warf er den Mantel zurück in die Glut und setzte sich in den Sand. Der Schauer war vorübergezogen. Ein weißes Hemd, das Gudbrandur gehört hatte, schmolz zu einer klebrigen schwarzen Masse zusammen.

Sie nahm den halbvollen Schuhsack und manövrierte ihn in einen Hohlraum unter dem brennenden Holz. Nun befand sich alles auf dem Scheiterhaufen. Sie ging ein Stück weg und setzte sich ebenfalls.

Der dünne Sack verbrannte im Nu. Helgi beobachtete, wie die Schuhe aus der sich rasch verzehrenden Sackleinwand rollten. Plötzlich gab es eine Explosion. Ingirídur hatte einen halbvollen Kanister Benzin übersehen. Der Wind drehte sich, Fetzen von Kleidungsstücken und halbverbranntem Papier wurden über den Strand geweht. Sie ging im Sand herum und suchte das Meeresufer ab, bis sie jedes kleine Stoffschnipselchen gefunden hatte, das der wechselhafte, böige Wind aus dem Feuer getrieben hatte.

Das Feuer brannte schnell herunter, und sofort wurde es kalt. – Sollen wir gehen? fragte er.

Sie schüttelte den Kopf und wandte sich ab, gebeugt vor Trauer. So stand sie lange Zeit. Dann hob sie das Rohr auf und stocherte mit ihm in der Asche, bis sie sicher war, daß alles restlos verbrannt war. Nur ein paar schwelende Schuhabsätze ließ sie an der Brandstelle zurück.

Er wartete im Auto auf sie. Sie kam mit gesenktem Kopf, setzte sich erschöpft hinter das Steuer und ließ den Motor an.

– Hast du noch etwas im Haus, das du mitnehmen möchtest? fragte er.

– Ja, Geschirr und ein paar Kleinigkeiten. Und die Matratzen von den Mädchen.

– Ist noch was von dem Cognac da?

Sie griff in ihre Tasche und reichte ihm die Flasche.

Er setzte sich auf die Matratzen im leeren Schlafzimmer und trank in kleinen Schlucken von dem Cognac, während sie die letzten Sachen einsammelte. Draußen hörte man den Wind im hohen Gras rauschen. Sie stand in der Tür. Er hielt ihr die Flasche entgegen. – Wo willst du die Matratzen unterbringen?

– Können wir sie nicht zusammenrollen und auf dem Rücksitz verstauen?

Sie setzte sich, lehnte sich an die Wand und nahm die Flasche. – Mich hat es zu dir hingezogen, seit ich dich das erste Mal gesehen habe, Ingirídur, sagte er, nachdem sie die Flasche ein paarmal hin- und hergereicht hatten. Sie antwortete nicht, doch als er ihr Haar berührte, wich sie nicht aus, sondern lächelte.

Als sie fertig waren, nahm sie ihre Kleidung und ging aus dem Zimmer. Er hörte, daß sie duschte, danach kam sie wieder ins Zimmer zurück, vollständig zurechtgemacht, kühl und distanziert.

Er stand auf und zog sich an, während sie ihm zusah.

– Du darfst deiner Mama nichts davon erzählen, sagte sie. – Daß du mit einer so viel älteren Frau geschlafen hast.

– Nein, sagte er. – Da brauchst du dir keine Sorgen zu machen. Ich erzähle ihr bestimmt nichts.

Auf dem Weg nach draußen holte er ein Paar Ohrringe aus der Hosentasche und zeigte sie ihr. – Guck mal, sagte er. – Die habe ich zwischen dem ganzen Kram gefunden.

Die weißen Dächer der Verkaufsstände leuchteten in der Sonne; Süßigkeiten, Kuchen und Luftballons wurden verkauft. Auf Arnarhóll gab es eine Kindertheatervorführung auf einer hölzernen Bühne, einige Ausschnitte aus dem Zauberer von Oz, die böse Hexe wollte unbedingt den Hund Toto haben, den Dorothee weinend im Arm hielt. Ein kleines Kind, das bei seinem Vater auf dem Schoß saß, begann ebenfalls zu weinen, worauf der Vater schnaubte: – Und das soll ein Kinderfest sein!

Ein Flugzeug ließ Karamelbonbons über der Lækjargata niederregnen. Helgi hörte einen älteren Mann zu seinem Sohn sagen: – Als nächstes fliegen sie über den Kalkofnsvegur. Laß uns schon mal hingehen.

Helgi lehnte sich an eine der Säulen beim Regierungsgebäude. Wenig später sah er den Jungen in einiger Entfernung zwischen seinen Eltern auf der beinahe menschenleeren Straße stehen. Das Flugzeug verteilte seine wohlschmeckende Ladung ein zweites Mal über der Lækjargata und drehte dann in Richtung Süden ab.

Er bahnte sich einen Weg durch die Menschenmassen zum Idnó-Theater und entdeckte seinen Bruder. Ragnar hatte viel Haar verloren, seine entstehende Glatze war sonnengebräunt und sommersprossig. Ragnar schob einen Sportwagen vor und zurück. Helgi hatte eine Flasche Whisky in der Manteltasche.

Sie fielen sich in die Arme, klopften einander auf den Rükken. Helgi reichte ihm das Geschenk und warf einen Blick in den Sportwagen, in dem Ragnars Sohn lag. Ragnar öffnete die Tüte. – Na so was, sagte er lachend. – Was hast du denn da mitgebracht? Cutty Sark?

– Der arme Junge sieht ja genauso aus wie du! Helgi drückte ihm die Schulter. – Herzlichen Glückwunsch.

– Danke. Hast du Papa schon besucht?

– Nein, da gehe ich später noch hin. Und wo ist deine Frau?

Ragnar nickte in Richtung einer blonden Frau, die mit dem Rücken zu ihnen am Ufer des Stadtteichs stand. An der Hand hielt sie ein kleines Mädchen, das gerade auf einen Schwan zeigte.

– Sie will Architektur studieren. Im Herbst ziehen wir nach Deutschland.

– Komm, stell mich deiner Frau vor.

Helgi trug einen schwarzen Regenmantel mit breiten Aufschlägen und Schulterklappen und stützte sich auf einen schwarzen Stockschirm. Er wußte, daß er hinreißend aussah.

– Wir haben schon alles gepackt und verladen, sagte Ragnar. – Wir werden das nächste Jahr in Dresden sein. Gréta, rief er. Die Frau am Seeufer drehte sich um. – Wie ich wohl mit meinem Deutsch durchkommen werde? Er stieß Helgi mit dem Ellbogen an. – Wir wohnen derzeit in Grímsnes, im Sommerhaus vom Schwiegerpapa. Komm doch mal vorbei.

– Und wo in Grímsnes ist dieses Haus?

– Der erste Feldweg auf der rechten Seite, wenn du auf der Straße nach Thingvellir fährst. Wir könnten dich mitnehmen. Es würde dir bestimmt Spaß machen, das Wochenende über bei uns zu sein.

– So lange bleibe ich ja gar nicht. Wir spielen nächste Woche gegen Belgien. Aber Mama würde mir sicher den alten Plymouth leihen.

– Noch besser, Mann. Komm heute abend, wirklich. Gréta, rief Ragnar. – Komm mal schnell her. Sie kam. – Ich möchte dir meinen Bruder vorstellen, den berühmten Fußballspieler und Herzensbrecher. Und bitte, gib ihm nicht zu lange die Hand.

Die Frau begrüßte ihn, ihre Hand war klein und weich. Sie stellte sich selbst vor: – Hallo, Gréta Thorkelsdóttir. Sie war sehr schüchtern, klein und rundlich. Sie nahm den Jungen aus dem Sportwagen. Eine blonde Locke hing ihm in die Stirn. Das Eis des Mädchens schmolz in Strömen, Ragnar wischte ihr Gesicht und Hände notdürftig mit einem Taschentuch ab. – Ich nenne ihn Murkel, sagte er.

– Sein Name ist Thorkell, sagte seine Mutter.

Er brauchte am Abend über eine Stunde für die Fahrt nach Osten, aber er fand das Haus sofort. Der Lieferwagen stand davor geparkt. Ein aufgeregt bellender Hund empfing ihn, eine schwarze Hündin, die ihn auf dem geschotterten Vorplatz drohend umkreiste. Er befahl dem Hund energisch, aufzuhören und ruhig zu sein. Es zeigte keinerlei Wirkung. Ragnar und Gréta waren sprachlos vor Erstaunen, ihn zu sehen. Sie zeigten ihm das Haus und das Grundstück. Es gab einen Küchengarten und einen Frühbeetkasten mit zerbrochenen Scheiben, das Gras unter den Fensterscherben war hellgelb. Um den Zaun herum wuchsen niedrige Birken auf grasbewachsenen Hügeln. Auf dem Grundstück standen auch einige angepflanzte Bäume, Espen und Fichten. Am Tor lagen zwei Haufen aufgeschüttet, einer aus Sand, der andere aus Dung.

Helgi hatte eigentlich gleich wieder in die Stadt zurückfahren wollen, doch Ragnar versuchte mit allen Mitteln, ihn zum Bleiben zu bewegen. Ragnar und Gréta wollten nach Selfoss hinunterfahren, um Schokolade und Getränke zu kaufen, und Helgi bot an, in der Zwischenzeit den Dünger auf die Bäume zu verteilen. Sie lehnten dankend ab, doch er bestand darauf, bis die Frau ging und nach passenden Jeans und Gummistiefeln für ihn suchte. Das kleine Mädchen ließen sie in seiner Obhut zurück. Er suchte sich eine Schubkarre und eine geeignete Schaufel und füllte eine Schubkarre nach der anderen. Er fühlte sich wohl. Das Mädchen redete ohne Punkt und Komma. Der Hund der Familie lief ihm die ganze Zeit in den Weg und folgte keinem Kommando. Er schien dem Gast nicht zu trauen. Helgi wollte ins Haus gehen, um einen Schluck Wasser zu trinken, und er mußte dem Hund erst einen kräftigen Fußtritt geben, der ihn jaulend über die abgestellten Gummistiefel fliegen ließ. Er schloß die Tür, der Hund stand mit den Vorderpfoten auf dem Fensterbrett und sah grimmig von draußen herein.

Als nächstes wendete er sich dem Sandhaufen zu, der im Gemüsegarten in die Erde gearbeitet werden sollte. Einige große Rhabarberbüsche wuchsen dort. Das kleine Mädchen wich nicht von seiner Seite und stellte ihm pausenlos Fragen.

– Könnten alle Pferde der Welt zusammen alle Hunde der Welt besiegen?

– Keine Ahnung, Kind.

– Aber wie viele Giraffen müssen zusammen kämpfen, um einen Eisbären zu besiegen?

– Wie kommst du auf so einen Unsinn?

– Hat Gott den Rhabarber gemacht?

– Ja.

– Und die Bäume?

– Auch die Bäume.

– Und die Spinnen?

– Die Spinnen auch. Er hat alles gemacht. Helgi grub wie wild. Er schwitzte und fühlte, wie gut es ihm tat, sich nach einigen Tagen Pause wieder richtig anzustrengen.

– Alles? sagte das Kind und sah sich ratlos um; ihr Blick fiel auf das Haus: – Auch Opas Haus?

Es begann zu nieseln, und die Regenkleidung, die ihre Mutter ihr in weiser Voraussicht übergezogen hatte, glänzte feucht. Das nasse Gras streifte an ihren Gummistiefeln entlang. Plötzlich rannte die Hündin laut bellend davon. Zwischen den Birken erstreckte sich ein unbewachsenes Stück Moorland. Etwas Kleines, Weißes bewegte sich über das Moor und verschwand für Momente zwischen den Birken, um gleich wieder aufzutauchen. Es war eine Mantelmöwe. Die Möwe hatte einen gebrochenen Flügel und kam in ihre Richtung gerannt; mit ihrer breiten, dicht gefiederten Brust sah sie von Ferne beinahe wie eine Gans aus. Kleinere Vögel umkreisten sie angriffslustig. Helgi sah, daß der Vogel den Flügel nach oben verdreht hinter sich herzog, das Kugelgelenk stand weiß glänzend hervor. Die verletzte Möwe steuerte genau auf ihn und das Mädchen zu, und Helgi erschrak. Hoffte der Vogel etwa auf Hilfe? Regenbrachvögel griffen ihn aus der Luft an. Immer und immer wieder landeten sie neben ihm und umsprangen ihn keckernd.

– Was ist mit dem Vogel? fragte das kleine Mädchen.

– Er hat einen gebrochenen Flügel.

– Warum?

– Er ist gegen eine Leitung geflogen.

Helgi kam näher und versuchte, den Hund zu verscheuchen. Der Hund lief zwar fort und in einem Bogen um sie herum, kam dann aber in rasendem Tempo auf sie zugerannt, daß die Brachvögel erschreckt aufflogen, überschlug sich vor geifernder Aufregung und stürzte sich auf die Mantelmöwe, die sich hilflos im Gras niederduckte.

– Gehst du wohl von dem Vogel runter, schrie Helgi. Er rannte auf sie zu und verjagte den Hund. Als er sich umdrehte, war die Mantelmöwe schon zwischen den Birken verschwunden, ihre Verfolger dicht auf den Fersen. Einen Moment später kam sie wieder zwischen den Bäumen hervor. Helgi nahm eine Forke. – Ich will nach Hause, sagte das kleine Mädchen.

– Ja, geh zurück ins Haus.

Das Kind ging auf das Haus zu, ohne sich umzublicken. Helgi befürchtete, das kleine Mädchen könnte seinen Bruder aufwecken. Er warf die Forke hin und begleitete sie ins Haus, aber als er wieder herauskam, um nach dem Vogel zu suchen, konnte er ihn nicht mehr finden. Er sah das Möwenweibchen, das würdevoll eine Weile auf einer Scholle saß und dann die großen Flügel ausbreitete und über die Ebene davonflog.

In diesem Augenblick fuhr Ragnar vor dem Haus vor. Gréta bewunderte, was er geleistet hatte.

– Du hast mir das Leben gerettet, Genosse, sagte Ragnar.

– Du glaubst nicht, wie sehr er sich gegen diese Arbeit gesträubt hat. Wir haben das Haus nur unter der Bedingung bekommen, daß wir die Bäume düngen.

– Wir haben einen Vogel mit gebrochenem Flügel gesehen, Mama, sagte das Mädchen.

– Was für einen Vogel denn?

– Eine Mantelmöwe.

– Du hättest ihr den Gnadenschuß geben sollen, Junge.

– Was, du hast eine Büchse hier?

Sie gingen hinein, und Ragnar zeigte auf die Wand. Dort hing seine Jagdflinte. – Ich gehe manchmal zum Schießen in ein kleines Tal hier in der Nähe. Unsere Trefferquote letztes Jahr war doch zum Heulen, oder?

Gréta machte dem Gast ein paar Brote, und Ragnar holte eine halbvolle Flasche Cognac hervor, die die Brüder gemeinsam leerten. Sie trank Saft und aß Schokolade mit ihrer Tochter. Helgi war erleichtert, daß sie nicht über Architektur sprach. Ein unheimlicher Gedanke begann ihn heimzusuchen, als der Cognac seine Wirkung zeigte. Er sah klar vor sich, wie einfach es wäre, seine körperliche Überlegenheit einzusetzen, um seinen Bruder bewußtlos zu schlagen und die Frau zu vergewaltigen. Er rang mit sich, um seine Gedanken unter Kontrolle zu bringen und diese Vorstellung zu bannen. Gréta wartete in der Tür auf das Mädchen, das jetzt ein Nachthemd anhatte und beiden einen Gutenachtkuß gab. Gegen Mitternacht ging auch die Frau zu Bett. Dann goß Ragnar sich und Helgi Whisky ein. Er war betrunken und sah Helgi mit glühend roten Wangen an.

– Die sieht der Snjólaug aber wahnsinnig ähnlich, flüsterte Helgi. – Du suchst dir immer wieder den gleichen Typ aus, scheint mir. Nur daß diese hier natürlich nicht so wild ist.

– Ja, warum machst du dich nicht an sie ran und versuchst, sie ins Bett zu kriegen, wie du's mit der Snjólaug gemacht hast? Ragnar sah ihn mit haßerfüllt zusammengekniffenen Augen an. – Du bist ein Schwein, Helgi. Ich wollte sie heiraten. Wir hatten eine kleine Tochter zusammen. Plötzlich breitete sich ein Grinsen über seinem Gesicht aus.

– Warum grinst du so, Ragnar?

– Wegen dir, sagte Ragnar.

– Wieso, was ist so lustig an mir?

– Was hast du unserem alten Papa da im Frühjahr erzählt?

– Was meinst du?

– Mama hat mir damals erzählt, daß es irgendeinen Traum gibt, über den er nicht wegkommt. Daß er im Dunkeln wandelt. Daß sein Bruder Jóhannes auch im Dunkeln gewandelt ist. Völliger Blödsinn. Angeblich soll sie das geträumt haben, aber sie wußte nichts von diesem Traum.

– Ja, ich erinnere mich, sie hat das mal erwähnt, sagte Helgi. – Ich habe ihr damals gesagt, daß er das wahrscheinlich selbst geträumt hat. Er drehte verlegen das Glas zwischen den Händen. – Ich habe mir den Traum ausgedacht, Ragnar. Das war kein Traum von ihr. Ich hatte was im Kino gesehen, und das habe ich dann ergänzt. Hab sogar in der Bibel nachgeguckt, vor allem am Anfang träumen die Leute da irre Sachen. Ich konnte ja nicht ahnen, daß er damit hausieren geht und sich überall zum Narren macht. Ich hatte gehofft, daß der Traum ihn so beeindruckt, daß er zu Hause bleibt und keine Dummheiten anstellt. Ich wollte nur sein Bestes.

– Na, es scheint eine andere Wirkung auf ihn gehabt zu haben als du wolltest. Jetzt ist er jedenfalls ganz sicher, daß Jesus nicht Gottes Sohn war. Ragnar wechselte das Thema. – Ich ging weg bei der Beerdigung. Ich habe selten mehr Haltung gesehen. Als sie den Sarg in die Grube senkten, hat sie mit der Hand nachgeholfen, damit er gerade runtergeht. Die Frau ist beinhart. Phantasierst du immer noch von ihr?

– Ja.

Ragnar führte seinen Bruder ins kleine Gästezimmer. Helgi prüfte das Bett mit der Hand. Die Liege war schmal und hart. – Ich hoffe, du kannst hier eine Nacht kampieren, Genosse.

– Ich nehme einfach die Matratze raus und leg sie auf den Boden.

Er legte sich hin und lauschte den Geräuschen im Haus. Er hörte, daß die Eheleute sich noch eine ganze Weile unterhielten, aber er konnte nicht verstehen, was gesagt wurde. Langsam schlief er ein. Er träumte, daß er über ein heidebewachsenes Hochmoor wanderte und einen abgeschnittenen Trollkopf fand. Als er den Kopf betrachtete, kehrte dieser auf einmal zum Leben zurück, er schnaubte, und die Augen öffneten sich. Helgi bekam große Angst im Traum und lief davon. Er schrak hoch und sah, daß er etwa eine halbe Stunde im Bett gelegen hatte. Er war hellwach und beschloß, sich anzuziehen und hinauszugehen. Der Wind hatte nachgelassen. Es war eine helle Sommernacht, aber der Himmel war bedeckt, und über dem Ingólfsfjall-Massiv türmten sich die Wolken auf. Er holte das Jagdgewehr und fand Munition in einem Schrank im Wohnzimmer; dann ging er hinaus, um den Vogel mit dem gebrochenen Flügel aufzustöbern. Er suchte lange und gründlich nach der Möwe, fand sie aber nirgends. Als er Ker erreichte, war der Himmel grau geworden und die Wolken weiß. Er ging hinauf zum Kraterrand; unten im Krater lag Nebel. Er ging den heidebewachsenen Hang hinunter, an dem er im Vorjahr Schneehühner geschossen hatte. Der Nebel wallte zu seinen Füßen hinauf, und das Land verschwand. Er hörte Kiebitze und Brachvögel rufen. Er wußte, daß der Wind aus Osten kam. Er beschloß, ein Stück weiter nach unten zu dem kleinen Waldstück hinabzusteigen und in einem großen Kreis um den Krater herumzugehen, um nicht den steilen Hang hinunterzustürzen. Er hielt sich an Lavafelsen fest und setzte vorsichtig einen Fuß vor den anderen; es gab keinen Busch und keinen Strauch, an dem er Halt gefunden hätte. Er setzte sich auf einen Stein und blieb lange dort sitzen, er hatte keine Ahnung mehr, wo er war.

Plötzlich hob sich der Nebel wieder. Unter den Schwaden kam direkt vor ihm ein schwarzer Wasserspiegel zum Vorschein. Der Nebel zog sich die Felswände hinauf, und er konnte den blauen Himmel sehen. Er war in die Tiefe des Kraters abgestiegen, bis hinunter zum See. Die Windrichtung mußte sich geändert haben. Wolken zogen auf. Das Wasser zitterte unter dem Wind, der plötzlich in den Krater fuhr und einen Wirbel bildete; es hatte die Farbe von Erdöl. Eine junge

Birke mit voller Krone schwankte am steilen Hang. An manchen Stellen schimmerte der Felsrand wie ein zahnloser grüner Gaumen unter der Wasseroberfläche. Ein Rabe krächzte zwischen den Steinen, nahm den Mann in Augenschein und hüpfte um ihn herum. War das der gleiche Rabe wie letztes Jahr? Die Wolken rissen auf, und das Gefieder des Vogels leuchtete bläulich auf. Da überkamen Helgi so düstere Vorstellungen, daß er es nicht länger allein mit dem Raben im Krater aushielt.

Epilog

An demselben Morgen wurde Thórarinn davon geweckt, daß kleine Steine gegen sein Fenster geworfen wurden. Er hatte das Geräusch bereits eine gute Weile im Schlaf gehört. Er kniete sich auf sein Bett, um aus dem Fenster zu sehen. Sein Vater stand barhäuptig im Garten und hielt den Zeigefinger an die Lippen. Da verstand der Junge, warum die Polizei gegen Mitternacht dreimal an ihrem Haus vorbeigefahren war.

Sie hatten an der Tür geklopft und dringend darum gebeten, mit seiner Mutter zu sprechen. Er hatte geglaubt, es habe mit »diesem Mann« zu tun gehabt, und es war ihm schwergefallen einzuschlafen. Er hatte gehört, daß auch Sunneva noch lange auf den Beinen war.

Thórarinn blickte auf den Wecker auf dem Nachttisch. Es war halb fünf. Er glitt aus dem Zimmer, schlich hinunter zur Diele und öffnete die Tür. Sigurbjörn ging die Stufen hinauf. Er trug einen Wollpullover unter dem Anzug. – Zieh alle Vorhänge zu, Tóti.

Thórarinn schloß die Vorhänge. Als erstes ging Sigurbjörn zu dem Glasschrank, in dem sein Gewehr aufbewahrt war. Er nahm die Büchse heraus und fuhr mit der Hand in die kleine Schublade, in der sich immer die Munition befand, aber er griff ins Leere.

– Helgi hat Munition oben in seinem Zimmer.

– Schnell, geh und hol sie. Sigurbjörn steckte das Gewehr in seine Tasche. – Und zieh dich an, so schnell du kannst. Weck die Mama nicht auf. Ich bin gekommen, um dich abzuholen.

– Und wohin gehen wir?

– Ins Ausland.

– Aber wozu brauchst du das Gewehr?

– Um den Lümmeln Angst einzujagen, wenn sie mich verhaften wollen.

Thórarinn holte die Munition, er nahm zehn Stück aus der Packung und ging schnell in sein Zimmer. Er streifte seine Hose und einen Pullover über, aber er konnte in der Hast keine Socken finden und schlüpfte daher barfuß in seine Turnschuhe. Auf dem Treppenabsatz zögerte er, beschloß aber, seine Mutter nicht zu wecken. Sein Vater hatte das Jackett gegen einen warmen Mantel ausgetauscht und seine Schiebermütze aufgesetzt. Er stand wachsam neben dem Sofa, als Thórarinn die Treppe hinunterkam. Sigurbjörn nahm die Munition und steckte sie in seine Tasche. Thórarinn zog seinen Anorak an. Sie stiegen leise die Kellertreppe hinunter. Das graue Morgenlicht fiel durch ein Fenster auf den emaillierten Kessel in der Waschküche. Sehr vorsichtig schob Sigurbjörn den Riegel zurück. Sein Gesicht war verzerrt vor angestrengter Konzentration.

Thórarinn stand hinter ihm und betrachtete sein dünnes weißes Haar. Er hatte seinen Vater nicht gesehen, seit sie im Jahr zuvor nach Thingvellir gefahren waren. Sie traten auf die Kellertreppe hinaus, und Sigurbjörn lauschte mit geneigtem Kopf, dann schloß er die Tür ebenso vorsichtig, wie er sie geöffnet hatte. Eine Katze saß auf der Aschentonne vor der Gartenmauer. Sigurbjörn ließ seinen Sohn zuerst auf die Tonne steigen. Er flüsterte heiser: – Spring rüber. Die Katze rührte sich nicht.

Nun war Thórarinn allein, und ihm kam einen Moment lang der Gedanke wegzulaufen. Sigurbjörn setzte sich rittlings auf die Mauer und ließ die Tasche mit der Waffe zu seinem Sohn hinunterfallen, dann sprang er selbst nach, steif und schwerfällig.

Sie gingen schnell über den Garten ihres Nachbarn und durch das Gartentor hinaus. Die Straße lag leer und verlassen.

Es war hell, das Wetter mild. Die Stadt war menschenleer. Sie überquerten bald die Anhöhe von Skólavörduhæd und gingen den Frakkastígur hinunter, ohne einer Menschenseele zu begegnen. An der Ecke zur Grettisgata blieb Sigurbjörn stehen und lauschte. Sie überquerten die Hverfisgata. Die Fahnen am Kaufhaus Reykjavík hingen in der Windstille schlaff an den Masten, die See wirkte zähflüssig in dem ruhigen Morgenwetter. Nirgends war ein Mensch unterwegs. Es war geradezu, als wäre Reykjavík in der Nacht evakuiert worden.

Sie liefen die Skúlagata hinunter und gingen bei Faxagardur über die ausgetretenen Bohlen die Landungsbrücken entlang, durch die Ritzen sah man das ölgesättigte Hafenwasser schwappen. Die Türen der Lagerhäuser waren mit Balken verriegelt, der Lastkran thronte hoch über dem Verladeplatz. Sigurbjörn steuerte auf den Leuchtturm zu. Thórarinn spürte den leichten Morgenwind im Gesicht, die Turnschuhe rieben an seinen Füßen. Sie setzten sich auf die Seeseite, wo niemand sie sehen konnte. Sigurbjörn lehnte die Tasche mit dem Gewehr gegen die Wand. – Wollen wir nicht einfach wieder nach Hause gehen? sagte Thórarinn.

– Nein Tóti, wir wollen eine Reise nach San Francisco machen, sagte Sigurbjörn. – Wir wollten doch immer die steilen Straßen dort entlangspazieren.

– Aber wie kommen wir dahin, Papa? Wir haben kein Geld.

– Ich leihe es mir. Laß uns hier etwas ausruhen, solange noch so wenig Leute unterwegs sind.

– Wie bist du rausgekommen?

– Einige Jungs wollten tanzen gehen. Sigurbjörn lachte. – Sie fragten, ob ich etwas von Häusern verstehe. Ich sagte ihnen, das könnte schon sein, aber soviel weiß ich auf jeden Fall, daß niemand durch die Mauer eines alten Steinhauses bricht. Kennst du einen Trick? fragten sie. Und ich kannte einen Trick.

– Und, was war es?

– Die Fensterrahmen waren morsch. Es war kein Problem, die Gitter rauszubrechen.

Im Verlauf des Morgens nahm der Wind zu, und die See spannte sich und warf wieder Wellen wie ein Teppich, an dem zwei Männer von verschiedenen Seiten zogen. Wellenberge schoben sich auf und warfen Falten und glätteten sich wieder, darüber schwebten die Seemöwen im Wind, schlugen die Flügel und ließen sich wieder lange Strecken tragen. Sigurbjörn hatte den Kopf auf die Knie gelegt und schien zu schlafen. Thórarinn begann zu frieren. Ein Schiffshorn wurde geblasen. Die Wellen schlugen bei Faxagardur an das steinige Ufer, ein schwarzer Algenteppich bewegte sich in ihrem Takt in der Brandung. Ein Trawler fuhr gerade aus dem Hafen aus, an Bord war ein Mann damit beschäftigt, Taue aufzuwickeln. Thórarinn hörte Sägen kreischen. Er stand auf, um sich zu strecken. Die Sägemaschinen in der Holzwerkstatt *Völundur* waren eben angelassen worden. Er stieß seinen Vater an: – Es ist schon fast acht, Papa.

Sie gingen den Klapparstígur hinauf, im sonnenbestrahlten Arbeitshof bei *Völundur* liefen im Lärm der Sägen Männer geschäftig hin und her. Sie bogen in den Innenhof eines kleinen Hauses ein. Weißes Steinfundament und schwarzes Dach. Sigurbjörn klopfte an die Kellertür. Nach einer Weile wurde geöffnet. Ein barfüßiger Mann mit nacktem Oberkörper stand in der Tür. Man konnte die Knochen unter seiner Haut sehen, sein Bauch war flach, die Arme sehnig und weiß. Thórarinn erkannte den Rohrleger, der seinen Vater damals bei der Jubiläumsfeier zu sich nach Hause einladen wollte. – Nein, ist das nicht mein lieber Sigurbjörn? sagte der Rohrleger.

– Bist du noch nicht aus den Federn, Junge?

– Nein, ich habe Urlaub. Ich dachte, du ... Er musterte Sigurbjörn mit einer Mischung aus Besorgtheit und Mißtrauen.

– Sitzt im Gefängnis? Nein, ich bin begnadigt worden, mein Guter. Aber könntest du meinem Sohn und mir vielleicht ein paar tausend Kronen vorstrecken? Wir sind verdammt klamm im Augenblick. Wir wollen ins Ausland.

– Ein paar tausend nicht. Vielleicht ein paar hundert. Aber das wäre mir ein Vergnügen, du bist doch mein Freund. Der Rohrleger sah Thórarinn unschlüssig an.

– Na, dann werden der Junge und ich lieber Forellen angeln gehen, lachte Sigurbjörn.

Der Rohrleger verschwand in der Wohnung und kam nach einer ganzen Weile mit vierhundert Kronen zurück. Sigurbjörn dankte ihm mit Handschlag.

– Wollen wir nicht lieber nach Hause gehen? sagte Thórarinn.

Sein Vater nahm in fest bei der Hand, ohne ihm zu antworten. Sie gingen die Lindargata zum Arnarhóll hinauf.

Beim Transformatorenhäuschen im Jugendstil standen Leute vor einem Überlandbus und warteten. Sigurbjörn fand heraus, daß der erste Bus, der die Stadt verließ, in zwanzig Minuten abfahren würde, und zwar nach Vík in Mýrdalur. – Das ist ja ganz hervorragend, sagte er laut. – Es ist eine Ewigkeit her, seit der Junge und ich das letzte Mal nach Vík gefahren sind.

Er kaufte eine Fahrkarte für sich und eine weitere zum Kindertarif für Thórarinn. Die Frau in der Luke beäugte Thórarinn mißtrauisch, wagte aber nicht daran zu zweifeln, daß er zwölf Jahre alt war.

Thórarinn ließ die Sache auf sich beruhen. Sie setzten sich hinaus und warteten im Sonnenschein. Immer mehr Leute kamen an mit Taschen, Koffern und verschnürten Pappkartons, und der Fahrer verstaute alles auf dem Dachgepäckträger. Thórarinn wollte einsteigen, um Sitze in der hintersten

Reihe zu bekommen, aber sein Vater ließ sich erst in letzter Minute zum Einsteigen bewegen.

Sie setzten sich in die erste Reihe. Sigurbjörn steckte die Tasche mit dem Gewehr zwischen Sitz und Fenster. Der Fahrer sammelte die Fahrkarten ein, der Bus war voll geworden. Er ließ den Motor an, das ganze Fahrzeug vibrierte. Die Kupplung krachte jedesmal, wenn ein neuer Gang eingelegt wurde, und so verließen sie die Stadt.

Auf der anderen Seite des Gangs saß ein Ausländer. Sigurbjörn war bestens gelaunt und fragte ein ums andere Mal auf Isländisch: – Woher kommen Sie, mein Guter? Wo sind Sie her? Wenn der andere nicht antworten konnte, lachte er. Der Busfahrer warf einen Blick über die Schulter und sah Sigurbjörn warnend an.

Der Bus fuhr durch das Barackenviertel in Selás. Bei Raudavatn stand einsam eine Säule auf der rechten Seite des Sees. Sigurbjörn erzählte Thórarinn, daß man sie als Test gebaut hatte, bevor die Landakotskirche errichtet worden war. – Das hast du mir schon mal erzählt, Papa, sagte Thórarinn.

Ein Mann in grauer Hose und weißem Hemd stand vor der Raststätte in Baldurshagi im schönen Wetter vor der Tür. Sie fuhren an Geitháls vorbei, über die Brücke an der Hólmsá und an dem Bauernhof in Gunnarshólmar vorbei, dessen Dächer rot in der Morgensonne glänzten. Ein paar Hühner waren gerade auf der Flucht vor dem Hofhund gewesen, doch nun widmete sich der Hund verbissen der Verfolgung des Busses. Sigurbjörn beobachtete alles mit größter Freude und schwatzte jovial mit den Fahrgästen. Neben dem Busfahrer war ein Sitz frei, und Thórarinn setzte sich dorthin. Der Bus arbeitete sich den Anstieg zur Hochebene hinauf, kroch stöhnend über die bergigen Sander, pfiff aus dem letzten Loch auf dem Weg nach Hveradalir. – Ist hier in Kambar nicht während des Krieges ein Bus mit Soldaten die Felswand hinuntergestürzt? fragte Thórarinn, als sie den Rand der Hochfläche erreichten.

– Doch doch, sagte der Busfahrer. – Doch, so hieß es. Im Nebel. Zehn oder zwölf Männer. Hier ist wohl einiges während der Kriegsjahre passiert, aber das meiste haben sie erfolgreich unter den Teppich gekehrt. Der Fahrer schaltete zurück und stieg auf die Bremse aus Respekt vor der Bergstraße.

In Hveragerdi wurde kurz Halt gemacht. Einige stiegen aus. Ein Bauer mußte schnell gehen und etwas von dem berühmten Schwarzbrot kaufen, daß dort in der warmen Erde gebacken wurde. Thórarinn stieg aus, sein Vater machte mit der Schiebermütze über dem Gesicht lieber ein Nickerchen. Dann fuhren sie weiter. Beim Ingólfsfjall-Massiv zeigte Thórarinn auf die geschliffenen Felsen hoch oben am Berg und fragte: – Warum sieht der Fels dort oben so glatt aus? Der Busfahrer schüttelte den Kopf.

– Das kommt wahrscheinlich daher, daß sich diese Steine vor langer, langer Zeit einmal am Strand des Meeres befanden, sagte ein alter Mann. – Dann hat sich das Land aus dem Meer erhoben, und die Klippen, die vorher Tausende, wenn nicht Millionen Jahre an der Küste gestanden hatten, befanden sich auf einmal mitten am Berghang. Wenn man auf dem Berg spazierengeht, dann kann man an vielen Stellen Muscheln finden.

– Ja, die lieben Raben lassen Muscheln auf die Felsen fallen, um an ihr Essen zu kommen. Dann finden Leute die Muschelschalen und glauben wunder was für eine Entdeckung sie gemacht haben, sagte Sigurbjörn.

Der Bus fuhr die Straße unter dem Ingólfsfjall entlang. Bei Tryggvaskáli wurde wieder angehalten, und erneut verließen Fahrgäste den Bus. Zwei Mädchen stiegen ein. Thórarinn frage die eine, wieviel Uhr es war. Das Mädchen hatte eine Damenuhr mit rotem Lederarmband und las stolz die Zeit ab: – Zehn.

– Sieh mal, da ist die alte Hekla. Der Busfahrer zeigte Thórarinn den Berg. Ein Wolkenkranz lag über dem breiten Gipfel.

– Und dort ist Opas altes Haus, sagte Thórarinn. Das total verrostete alte Häuschen stand noch immer auf Tonnen. Eine verbogene Wellblechplatte hing lose am Giebel. Sonnige Flekken in der weiten Landschaft, sie fuhren bei Hella vorbei und nach Hvolsvöllur. Dort stiegen Vater und Sohn aus. Sigurbjörn schickte den Sohn in den Laden des örtlichen Konsumvereins, um einen Liter Milch zu kaufen. Thórarinn kaufte auch Lammpastete und Schwarzbrot und ließ sich einige Scheiben davon im Laden schneiden. Sie wanderten in der mittäglichen Wärme an der Fljótshlíd entlang und aßen ihr Frühstück im Gehen. Sigurbjörn teilte die Pastete mit den Fingern und schmierte sie für beide auf das Brot. Sie gingen an einer frischgestrichenen Kirche vorbei, vor der eine Menge Vogelbeerbäume im schönsten Sommerschmuck standen. Vater und Sohn reichten sich gegenseitig die Milchflasche. Sie aßen die Pastete auf und tranken die Milch fast aus, aber von dem Brot blieb ein Großteil übrig. Sigurbjörn schickte seinen Sohn, um es an ein Pferd zu verfüttern, das stoisch hinter einem baufälligen Zaun stand und sie mit großen Augen beobachtete. Dazu mußte man über einen Graben springen, die lehmige Erde auf dem Grund bildete ein Muster, das zitternde Wasser glänzte im Sonnenlicht. Das Schmielgras am Grabenrand war erstaunlich hoch gewachsen. Thórarinn versuchte hinüberzuspringen, kam aber nicht ganz bis auf die andere Seite. Ein Zaun führte krumm und schief einen Feldweg zu einem Bauernhof hinauf. Die Pfosten waren weiß vor Alter, Bretter von Holzkisten waren hier und dort zur Stabilisierung verwendet. Das Pferd fraß das Brot und zeigte sich danach wesentlich lebhafter. Diesmal gelang es Thórarinn, trockenen Fußes über den Graben zu springen, sogar ohne Anlauf zu nehmen. Sein Vater lobte ihn für seine Sprungkraft. Auf einmal wollte Sigurbjörn auf die Milchflasche schießen. Thórarinn lief mit der Flasche ein Stück den Weg entlang und stellte sie auf.

– Geh zur Seite, Tóti. Sigurbjörn zielte sorgfältig, aber die Schüsse bewirkten nichts anderes, als daß sie etwas Sand auf der ungeteerten Straße aufwirbelten. Jeder Schuß knallte laut und hallte von den umliegenden Bergen zurück. Keine Bewegung war auf dem Hof zu sehen. Niemand war auf der Straße unterwegs. – Stell sie dort auf einen Zaunpfahl.

– Und was ist mit der Milch? Thórarinn fand es schade, sie zu verschwenden.

– Auf einem der Höfe hier wird uns sicher etwas zu trinken angeboten.

Sie mußten einige hundert Meter laufen, um einen Pfahl zu finden, der stabil stand und dessen Oberfläche eben genug war, um die Flasche daraufzustellen. Endlich hatten sie einen. Die Schüsse pfiffen. Sigurbjörn lud und schoß. Rauch stieg aus dem Magazin auf. Die Patronenhülsen fielen auf die Straße. Ein Schuß traf das obere Ende des Pfahls, die Flasche fiel in das staubige Gras und rollte die Böschung hinunter auf die Straße. Sie blieb zwischen ein paar kleinen Steinen liegen, etwas Milch rann in den Sand.

– Wahnsinn, du triffst ja gar nichts mehr, Papa, sagte Thórarinn und bückte sich, um die Flasche aufzuheben, als sein Vater die Flasche von der Straße schoß. – Das war aber sehr nah an mir dran, sagte der Junge.

Sigurbjörn hielt das Gewehr im Schoß und sah ihn schweigend an.

– Soll ich versuchen, eine andere Flasche zu finden? fragte Thórarinn.

Aber sein Vater hatte kein Interesse daran, noch mehr zu schießen. – Ich muß etwas Munition zurückbehalten, sagte er, während er die verbliebenen Schüsse zählte.

Sie gingen die Auffahrt hinauf zu einem verlassen wirkenden, rostbraunen Wellblechhaus, das auf einem Hügel lag. In einiger Entfernung sah man einen Kuhstall, hohe Bäume standen in einem kleinen, abgegrenzten Halbrund vor dem Haus, Löwenzahn am Wegrand, Hahnenfuß in den Wiesen. Ein Hund kam bellend und knurrend auf sie zugerannt. Sigurbjörn hockte sich auf die Fersen und besänftigte ihn.

Kein menschliches Wesen war auf dem Hof zu sehen. Vor dem Eingang war eine große Steinplatte in den Boden eingelassen, der Hofstein, den früher alle isländischen Bauernhöfe hatten. Sigurbjörn klopfte mit ein paar schweren Schlägen an. Schließlich kam eine Frau zur Tür. Ihr Züge hatten sich über die Jahre zu einem dauerhaft angestrengten Gesichtsausdruck verhärtet. Sie trat langsam und widerwillig auf den Hofstein hinaus und gab nur vage Antworten auf alle Fragen, dabei hielt sie ihren Blick auf den Gletscher in der Ferne gerichtet. Nein, der Bauer war nicht zu Hause. Doch, sie hatten Kühe. – Wie viele? – Zwei. Ist der Herr Tierarzt?

– Ja, ich fahre auf die Höfe und überprüfe die Behandlung der Tiere, sagte Sigurbjörn mit Autorität.

– Sie ist gut hier, die Behandlung, sagte die Frau. – Alles bestens. Es schien Thórarinn, als habe die Anspannung in ihren Zügen ein wenig nachgelassen. Sie mußte sich oft die tränenden Augen abwischen. Die Bäuerin wollte sie ins Wohnzimmer bitten, aber Sigurbjörn sagte, er fühle sich in der Küche immer am wohlsten. Sie führte sie in eine große Wohnküche im Keller des Hauses, die vor Sauberkeit strahlte. Die Wände waren rosa gestrichen, der Tisch breit und lang.

– Will der Herr Kaffee? Und der Junge Milch zu trinken?

Sigurbjörn dankte der Frau herzlich. Thórarinn bekam lauwarme Milch aus einer Kanne, und die Frau stellte ihm eine Scheibe zuckersüßen Kuchen hin. Das Fenster war offen, ein Huhn wanderte pickend daran vorbei. Als es verschwunden war, hörte man laut eine Fliege summen. Thórarinn war noch satt von dem Brot, das sie gegessen hatten, aber ein Blick seines Vaters veranlaßte ihn dazu, den Teller leer zu essen. Sigurbjörn und die Frau diskutierten über den Zustand des Landes und wie er verbessert werden könnte. Bald war offensichtlich, daß der Bezirksveterinärinspektor sehr bescheidene Kenntnisse hatte von allem, das mit Milchwirtschaft und Tierhaltung zu tun hatte. Das Gespräch wendete sich immer wieder der Architektur zu. – Die Formgestaltung dieser Küche, sagte er und bewegte die Hand in großem Bogen. – Sie ist Zeugnis eines großen Geistes. Der Mann, der eine solche Küche unter seinem Haus baut, weiß, worauf es ankommt. Ach, Ihr Mann hat beim Bau der Kirche in Stóri Núpur geholfen? Na, da sehen Sie. Ich kenne mich ein bißchen aus mit solchen Sachen. Ich heiße Sigurbjörn Helgason. Bin ein bekannter Architekt. Ich habe ein Bauunternehmen betrieben, zusammen mit meinem Freund, dem Zimmermeister Gudbrandur Jónsson.

Bei dieser Erklärung legte sich ein breites Lächeln über das Gesicht der Frau. Thórarinn hielt es nicht länger im Haus aus. Er bedankte sich bei ihr und ging hinaus. Der Hund begrüßte ihn begeistert. Er ging hinunter zum Stall, dorthin führte ein Trampelpfad, der am Eingang in einer großen Schlammpfütze endete. Eine große rostige Hinterachse lag links neben der Betonwand des Stalls im kühlen Wind. Thórarinn ging einmal um den Stall herum und kehrte in einem Bogen wieder zum Haus zurück. Er fand einen toten Regenpfeifer unter dem Wohnzimmerfenster. Er war gegen das Fenster geflogen und durch den Aufprall etwas plattgedrückt erstarrt. Er hob den Vogel auf und rief: – Hier, Hund, fang! Dann warf er ihn ins Gras. Der Hund schnupperte nur kurz daran.

Er spähte durch das Fenster hinein und konnte durch das Zimmer in den Flur und durch die offene Haustür auf den Vorplatz hinaus sehen. Im Wohnzimmer stand eine Anrichte, auf ihr standen gerahmte Fotos der Familie. Ein kleiner Tisch mit schweren gedrechselten Beinen, eine grüne Kristallschale mit Postkarten darin. Ein großes Gemälde von einem Schwan an der Wand. Auf der Ostseite des Hauses floß ein kleiner Bach durch das Gras, der die Kieselsteine aus der sandigen Erde ans Ufer gespült hatte. Thórarinn kehrte zum Eingang des Hauses zurück. Die Luft flimmerte, und in der Ferne meinte er ein Dorf zu sehen. Als er wieder hinunter in die Küche kam, fragte er: – Warum haben Sie ein Bild von einem Schwan im Wohnzimmer?

– Ja, das war so, sagte die Frau, – wir haben hier ein Schwanenjunges großgezogen, und das arme Ding blieb dann praktisch bei uns im Haus wohnen. Dann kam eines Tages ein fahrender Maler vorbei und wollte unbedingt etwas für uns malen, und da haben wir ihn gebeten, den Schwan zu malen.

Sigurbjörn wurde ganz aufgeregt und wollte das Bild unbedingt sehen. Sie gingen ins Wohnzimmer. Der Schwan saß bildbeherrschend im Vordergrund, dahinter sah man ganz klein den Hof. Sigurbjörn las den Namen des Malers und sagte, daß dies ein Freudentag in seinem Leben sei. Dieser Maler, sein Freund Óskar, habe nämlich sein ganzes Leben lang immer nur Thingvellir gemalt. Nie hätte er erwartet, ein so schönes Bild von ihm zu sehen, hier handle es sich wirklich um ein Meisterwerk. Ihm fehlten die Worte, dieses Kunstwerk angemessen zu loben. Es überraschte die Frau, daß sie ein so außergewöhnliches Gemälde besitzen sollte. – Aber es war auch ein ganz besonderer Schwan, sagte sie.

Sigurbjörn war ans Fenster getreten. – Wir wollen heute noch zu den Raudaskridur wandern, der Junge und ich, sagte er und sah zum Stóri-Dímon hinüber. – Aber ich bin schrecklich müde.

In der Ecke des Wohnzimmers stand ein Bett aus blauen Holzbrettern an der Wand. Sigurbjörn zog einen Stuhl heran und setzte sich an den Tisch. Er zitterte etwas und beklagte sich über die Kälte. Die Frau staunte, denn es war ausgesprochen warm im Zimmer. Sie holte eine dicke Wolldecke. – Mir ist immer noch kalt, sagte er, nachdem er sich die Decke über die Schultern gelegt hatte. Die Frau hatte wieder ihren angespannten Gesichtsausdruck. Sie holte eine weitere Decke, und noch immer war dem Mann kalt. Sie kam mit einem großen, schwarzen Schafspelz zurück. Sigurbjörn kauerte sich mit dem Schafspelz auf das Bett. Das Gewehr hatte er bei sich in der Ecke liegen. Er döste sofort ein. – Ist dieser Mann dein Vater? fragte die Frau mit leiser Stimme.

– Ja, sagte Thórarinn.

– Ist etwas nicht in Ordnung mit ihm?

– Nicht soweit ich weiß, sagte Thórarinn.

– Wo wohnt ihr?

– In Reykjavík.

– Kannst du zu Hause anrufen?

– Nein, leider. Wir haben kein Telefon. Thórarinn sah, daß sich im Gang ein altmodisches Telefon mit Kurbel befand.

– Lügst du mich an?

– Nein, antwortete Thórarinn. – Ich will nur so lange wie möglich bei Papa bleiben.

Sie ging hinaus. Er setzte sich an den Tisch. Sigurbjörn hatte zwei Packungen Munition auf die Ecke des Tisches gelegt. Er nahm sie und legte sie auf die Postkarten in der Kristallschale. Durch das Fenster konnte er den Stóri-Dímon in der heiß flimmernden Luft sehen. Die Raudaskridur leuchteten rot in der Sonne. Der Markarfljót-Fluß erhob sich aus seinem Bett. Riesige Brandungswellen brachen sich über den Sandern.

Die Frau hatte die Tür hinter sich zugezogen, aber Thórarinn öffnete sie wieder einen Spaltbreit. Er trat ans Fenster, der Wind schüttelte den Hahnenfuß auf der Wiese. Nach einer

Weile hörte er sie telefonieren. – Ist da die Polizei in Selfoss? Hier sitzt ein Mann aus Reykjavík auf meinem Bett. Er hat ein Gewehr, das er sich weigert loszulassen, und er hat sich mit einem Fell zugedeckt. Er hat einen Jungen bei sich.

Thórarinn verstand nicht genau, was sie sonst noch sagte. Er setzte sich dicht neben seinen Vater auf die Bettkante. Er konnte die Frau nicht mehr hören. Sigurbjörn schien auf etwas zu lauschen; er rührte keine Miene. – Sunna! sagte er plötzlich laut, mit einem Ausdruck der Verwunderung in seiner Stimme und seinen Zügen, dann ließ er den Kopf sinken und lauschte wieder.

So saßen Vater und Sohn lange Zeit schweigend und vollkommen regungslos beieinander. Es sah aus, als würde ein Bildhauer im Wohnzimmer an einem Basrelief arbeiten, das zur Ausschmückung über der Tür der heiligen Hallgrímskirche angebracht werden sollte. Thórarinn sah zu seinem Vater auf.

Sigurbjörn hatte sich in die Ecke zurückgelehnt und blickte ihn scharf an, als sei er erstaunt, ihn dort zu sehen. – Was wird von mir erwartet? donnerte er zornig. – Kann denn niemand verstehen, daß ich nicht ohne Ehre leben will?

Wenig später war zu hören, wie ein Auto den Weg zum Haus heraufgefahren kam. Thórarinn, der wußte, daß dort die Polizei kam, setzte sich ein Stück weiter weg.

– Wo gehst du hin, Tóti? fragte Sigurbjörn.

– Nirgends, Papa, antwortete Thórarinn. – Ich habe nur ein bißchen Platz gemacht. Es könnte doch sein, daß da die Mama kommt, und dann will sie vielleicht hier zwischen uns sitzen.

HALLDÓR LAXNESS

Weltlicht

Roman
Aus dem Isländischen von Hubert Seelow
stb 183, 664 Seiten
€ 12,00

*

Olafur Karason ist ein Fremdling. Seine Leidenschaft und sein Talent gelten einzig der Literatur, insbesondere der Dichtkunst. In den Augen seiner Mitmenschen ist er nur ein Faulpelz, der Krankheiten vortäuscht und auf Kosten anderer lebt. Was immer er versucht und wohin er sich auch zurückziehen möchte, seine Umgebung duldet ihn nur voller Unwillen. Von seinen Eltern verstoßen, wächst Olafur als Gemeindepflegling heran. Auf einem Bauernhof muß er schwere körperliche Arbeit verrichten, er leidet unter Hunger, Schlägen und menschlicher Kälte. Später lebt er in ärmlichen Verhältnissen an der Seite einer ungeliebten Frau, seine Kinder sterben, wegen Vergewaltigung kommt er ins Gefängnis. Dort hat er eine Vision, und nach seiner Entlassung erfüllt sich doch noch sein Traum von Schönheit und Vollkommenheit. *Weltlicht,* 1937–1940 in vier Teilen niedergeschrieben, ist einer der schönsten und poetischsten Romane von Halldór Laxness.

Steidl Verlag · Düstere Str. 4 · 37073 Göttingen
www.steidl.de

HALLDÓR LAXNESS

Am Gletscher

Roman

Aus dem Isländischen von Bruno Kress

stb 35, 264 Seiten, € 9,50

*

Im äußersten Westen Islands am Fuß des Snaefellsgletschers versieht Pfarrer Jon Primus sein Amt. Doch die Seelsorge, die er den Menschen (und Tieren) angedeihen läßt, ist von ganz eigener Art. Was dem Bischof davon zu Ohren kommt, gibt Anlaß zur Besorgnis: Der Mann repariere die Kirche nicht, taufe die Kinder nicht, beerdige die Toten nicht. Und was hat es mit der Leiche auf sich, die auf den Gletscher geschafft worden sein soll?
All dies zu erkunden ist keine leichte Aufgabe für den jungen Theologen, der sich als Vertreter des Bischofs – kurz »Vebi« – mit Tonbandgerät und Stenoblock in die Abgeschiedenheit des Gletschers begibt. Er macht skurrile Bekanntschaften, hört sagenhafte Erzählungen und wird in krude Dispute verwickelt. Und er trifft auf eine »Wahrheit«, die sich nicht protokollieren läßt.

HALLDÓR LAXNESS

Lesebuch

Herausgegeben von Hubert Seelow
stb 13, 176 Seiten, € 5,00

*

Laxness lesen und entdecken – dazu lädt dieses Lesebuch ein, das einen Querschnitt aus der Erzählliteratur des isländischen Nobelpreisträgers bietet. Es versammelt Auszüge aus seinen Romanen, darunter *Der große Weber von Kaschmir, Atomstation* und *Am Gletscher,* und präsentiert eine der schönsten Geschichten aus dem Erzählband *Sieben Zauberer.* Laxness lesen heißt eintauchen in die Welt Islands, die der Autor wie kein anderer in moderne, weltgültige und kritische Literatur umzusetzen vermochte.

GUDBERGUR BERGSSON

Der Schwan

Roman

Aus dem Isländischen von Hubert Seelow

stb 155, 192 Seiten

€ 7,50

*

Als Strafe für einen Ladendiebstahl verbringt ein Mädchen den Sommer auf einem Bauernhof, denn »dort ist die Luft viel gesünder als hier, und die Leute sind sorgenfrei und gut«. Aber die Luft dort ist auch voller fremder, aufgescheuchter Vögel und voller Pferde, die »ohne Beine und Köpfe durch wellige Stille schweben«. Verlassen in der Fremde, allein unter schweigsamen Bauern, kann die Neunjährige die Rätsel des Landes und des Lebens nur mit ihrer Phantasie deuten. *Der Schwan* zeigt den halluzinatorischen wie erheiternden Blick eines aus seiner Unschuld erwachenden Kindes, zutiefst human in seiner Naivität und seinem beglückenden Witz.

»Noch viele Tage nach der Lektüre des *Schwan* war ich wie verzaubert. In diesem Buch werden Sie einen großen europäischen Romancier entdecken, dem es mit einzigartiger Finesse gelingt, das Leben eines heranwachsenden Mädchens einzufangen.« *Milan Kundera*

KÓLBRÚN HARALDSDÓTTIR/
HUBERT SEELOW (HG.)

Flügelrauschen

Erzählungen zeitgenössischer isländischer Autoren
Aus dem Isländischen von Studenten der Nordischen Abteilung der Universität Erlangen-Nürnberg
stb 157, 160 Seiten
€ 7,50

*

Sieben isländische Autorinnen und Autoren erzählen auf vergnügliche, spannende und ernste Weise über ihr Land. Der Leser erfährt, was ein kleines Mädchen erlebt, das von einem Adler entführt wird, was einem jungen Mann, Verfasser erotischer Gedichte, passieren kann, wenn er bei einer berühmten Schriftstellerin den Rasen mäht, wie es einem isländischen Autor auf Lesereise in Deutschland ergeht und wie Jesus einen Kommunisten lehrt, nicht mehr seine Frau zu betrügen.
Der Band enthält Erzählungen von Andri Snaer Magnason, Álfrún Gunnlaugsdóttir, Frída Á. Sigurdardóttir, Gudbergur Bergsson, Ólafur Gunnarsson, Vigdís Grímsdóttir und Thórarinn Eldjárn.
»Diese Anthologie bietet einen schönen Einblick in die moderne isländische Literatur.« *tip, Berlin*

FRÍDA Á. SIGURDARDÓTTIR

Ninas Geschichte

Roman
Aus dem Isländischen von Ingolf Kaspar
und Hubert Seelow
stb 156, 256 Seiten
€ 7,50

*

Ninas Geschichte ist eine isländische Familienchronik voller Wärme und Menschlichkeit. Eine junge, erfolgreiche Frau wacht am Sterbebett ihrer Mutter. Die Nacht wird zu einer Suche nach den Wurzeln, zu einer Reise in eine fast vergessene Vergangenheit. Dort begegnet Nina ihrer schönen Urahnin Sunneva, einer Bäuerin im unwirtlichen Nordwesten Islands, deren begabter Tochter Solveig, die sich im Schnee das Leben nahm, und Katrin, ihrer eigenen Großmutter – Frauen voller Leidenschaft, die ihr Leben und Lieben der kargen Natur abtrotzten.

»Dies ist nicht nur für isländische Begriffe ein realistischer Entwicklungsroman. Ein schöner dazu, angenehm leicht und offen.« *Berliner Zeitung*